古典文學研究資料彙編

# 曾鞏資料彙編

上册

李震編

中華書局

圖書在版編目(CIP)數據

曾鞏資料彙編/李震編. －北京:中華書局,2009.6
(古典文學研究資料彙編)
ISBN 978－7－101－03828－6

Ⅰ.曾… Ⅱ.李… Ⅲ.曾鞏(1019～1083)－研究資料
Ⅳ.I206.2

中國版本圖書館 CIP 數據核字(2003)第 016972 號

責任編輯:宋鳳娣

古典文學研究資料彙編
曾鞏資料彙編
(全二册)
李 震 編
*
中 華 書 局 出 版 發 行
(北京市豐臺區太平橋西里 38 號 100073)
http://www.zhbc.com.cn
E－mail:zhbc@zhbc.com.cn
北京瑞古冠中印刷廠印刷
*
850×1168 毫米 1/32 · 22¾印張 · 4 插頁 · 476 千字
2009 年 6 月第 1 版 2009 年 6 月北京第 1 次印刷
印數:1－3000 册 定價:59.00 元

ISBN 978－7－101－03828－6

# 目録

## 二　金元

## 三　明代

## 四　清代

# 前言

一向被冷落的唐宋散文八大家之一的曾鞏，近年來得到了古典文學研究者的重視，研究者們對他的思想和創作作了一些有益的探索。一九八四年十一月，中華書局出版了由陳杏珍、晁繼周兩先生點校的《曾鞏集》，這標誌着曾鞏研究已進入了一個新的階段。爲適應曾鞏研究形勢的需要，促進曾鞏研究的深入開展，一九八三年秋，我到江蘇教育學院中文系進修時，在我的老師吴文治教授指導下，開始輯録曾鞏研究資料，後歷經十二個春秋，幾經增補、復核，終於完成了這部書稿。

曾鞏，字子固，北宋建昌軍南豐縣（今江西省南豐縣）人。生於宋真宗天禧三年（一〇一九），卒於宋神宗元豐六年（一〇八三），一生經歷了真宗、仁宗、英宗和神宗四朝。死後追謚文定，學者稱爲南豐先生。著有《元豐類稿》五十卷，《續元豐類稿》四十卷，《外集》十卷，《隆平集》二十卷。現僅存《元豐類稿》五十卷和《隆平集》二十卷。

曾鞏的文學成就，早在宋代就得到人們的讚揚和承認。自「十二歲能文，語已驚人」林希、「未冠，名聞四方」曾肇以來，歷久不衰。比他大十三歲，也是他文學上導師的歐陽修，於慶曆元年（一〇四一）第一次見到他的文章，就稱讚説「其大者固已魁壘，其於小者亦可以中尺度」。後來，他又回憶説：「我始見曾子，文章初亦然。崑崙傾黄河，渺漫盈百川。決疏以道一作導之，漸斂收横瀾。東溟知所歸，識路到不難。」歐陽修是最早對曾文作出評論的人。從上面一文一詩中，我們可以看出：所謂「大者固已魁壘」，指的是文章思想合於「道」，「能以立意爲宗」《文選》序；所謂「其於小者亦可以中尺度」，是指曾文有法，懂得作文章的規矩。歐陽修是從「事信言文」的觀點出發，來評價曾文的。歐詩既指出了曾文早期「崑崙傾黄河，渺漫盈百川」和經他指點後「漸斂收横瀾」的特點，又概括了曾文風格轉變的過程，並讚揚曾鞏知文章所歸，識作文之路。他把曾鞏比作「百鳥而一鶚」，曾向人誇耀説：「過吾門百千人，獨於得生（曾鞏）爲喜。」他甚至對曾文有所偏愛。嘉祐二年（一〇五七），他知貢舉，閲蘇軾《刑賞忠厚之至論》，以爲是曾鞏所作，爲避嫌，「抑爲第二」蘇轍《東坡先生墓誌銘》。他甚至認爲王安石文比不上曾鞏文，「荆公爲許子春作家譜，子春寄示歐陽永叔而隱其名，永叔未及觀。後，因曝書讀之，稱善，初疑荆公作，既而曰：『介甫安能爲，必子固也。』」何良俊結果鬧了個小小的誤會。梅堯臣可以算是曾鞏的文學前輩，對曾鞏也極爲稱譽，他與曾鞏在秦淮河上邂逅，這位文學前輩在《逢曾子固》一詩中説：「昔始知子文，今始識子面」，兩人在寒流中「冷坐」，甚至「蕭然未知寒」。他在《重送曾子固》一詩中，甚至稱曾鞏「楚澤多年一卧龍」。曾鞏知齊州軍州事時，趙抃寄詩曾鞏，稱「太守文章聳縉紳，兩湖風月助吟神」。王安石對曾鞏更是推崇備至。自慶曆元年（一〇四一）兩人相識於京城後，互相傾慕，情誼日篤。分别後，王安石作《同學一首别子固》，稱曾鞏爲「賢人」。他作《贈曾子固》詩，極力稱讚曾鞏文學上的成就：「曾子文章衆無有，水之江漢星之斗。挾才乘氣不媚柔，群兒謗傷均一口。吾語群兒勿謗傷，豈有曾子終皇皇？借令不幸賤且死，後日猶爲班與揚！」這裏對曾文風格的評論與歐陽修的評論相似，當指曾文的早期風格。只是「水之江漢星之斗」一句不僅僅是從文章風格方面，而且從曾文的歷史地位上來評論。「挾才乘氣不媚柔，群兒謗傷均一口」句，顯然是針對當時作浮靡文章的人而發。王安石認爲，即使曾鞏不幸而死，亦可像班固、揚雄一樣名垂青史。這雖出於偏愛，但在反對浮靡文風的鬥爭中來高度評價曾文的歷史價值是值得肯定的。王安石也確實認爲曾鞏是文章高手，他在《答王景山書》中說：「足下又以江南士大夫爲無能文者，而李泰伯、曾子固豪士，某與納焉。」慶曆三年（一〇四三），他在《答曾子固南豐道中所寄》一詩中，認爲曾鞏「學術窮無間」，「直意慕聖人，不問閔與顔」，並表達自己的傾慕之情說：「愛子所守卓，憂予不能攀。」他甚至在讀到曾鞏的書信時，也像口渴的人得到美味的肉汁，「徐歸坐當户，使者操書入。時開識子意，如渴得美湆」。同年，曾鞏落第歸鄉後受誣，王安石作《與段逢書》爲之力辯，並說：「鞏文學議論，在某交游中，不見可敵。」蘇軾比曾鞏小十七歲，但與曾鞏同年進士及第，又同爲歐陽修門生。治平四年（一〇六七），在蜀的蘇軾特囑黎生、安生二人攜文至京向曾鞏請教，翌年（熙寧元年）春，蘇軾又自蜀寄書至京師，請曾鞏爲其伯父蘇序作墓誌銘，這說明對曾鞏的道德文章極爲佩服。熙寧二年（一〇六九），曾鞏通判越州，臨行館閣同舍舊例餞送賦詩，蘇軾分得「燕」字韻，作《送曾子固倅越得燕字》詩，詩中說：「醉翁門下士，雜遝難爲賢。曾子獨超軼，孤芳陋群妍。」這說明在歐陽修門生中，他獨慕曾鞏。蘇轍在《曾子固挽詞》中也稱讚曾鞏：「儒術遠追齊稷下，文詞近比漢京西。」熙寧七年（一〇七四），曾鞏知襄州，二十二歲的陳師道以文謁見求教，曾鞏「爲點去百十字，文約而義加備，無已大服」黄宗羲。元豐六年（一〇八三），曾鞏去世，陳師道作《妾薄命》兩首悼念，又作《南豐先生挽詞》兩首，稱讚曾文「江漢有東流」，意思是説其文與江漢同存。陳師道在《觀兗文忠公家六一堂圖書》詩中有「向來一瓣香，敬爲曾南豐」之句，表達了對曾鞏的無限懷念和敬仰之情。與曾鞏同時的孔武仲、孔平仲兄弟對曾鞏也極爲佩服。孔武仲在《祭曾子固文》中稱鞏「絶衆起群，自其少年」，「雷動風興，聲薄於天」。與曾鞏同爲江西人的劉弇，在曾鞏知洪州軍州事時，兩次上書曾鞏，認爲「曾公文章擅天下」。「虚徐容與，優游平肆，其析理精，其寓意微，其序事詳且密，而獨馳騁於百家之上」。曾鞏的師長、好友、同學、門生對曾鞏的評論都是建立在對其道德文章的深刻理解的基礎上的。

對曾鞏文學和學術上的成就，在其弟曾肇撰寫的《亡兄行狀》、林希撰寫的《墓誌》、以及韓維撰寫的《神道碑》中，有較全面的評價，三人皆與鞏同時，又是在鞏去世後作，基本上概括了曾鞏一生的成就。《神道碑》中説：「自唐衰，天下之文變而不善者數百年。歐陽文忠公始大正其體，一復於雅。其後，公與王荆公介甫相繼而出，爲學者所宗，於是大宋之文章，炳然與漢、唐侔盛矣。」這裏充分肯定了曾鞏在宋代古文運動中的作用和貢獻。《行狀》中説：「宋興八十餘年，海内無事，異材間出，歐陽文忠公赫然特起，爲學者宗師。公稍後出，遂與文忠公齊名，自朝廷至閭巷海隅障塞，婦人孺子皆能道公姓字。其所爲文，落紙輒爲人傳去，不旬月而周天下。學士大夫手鈔口誦，唯恐得之晚也。」這是講曾鞏的文學聲望，時已歐、曾並稱。又説：「至其文章，上下馳騁，愈出而愈新。」「世謂其辭於漢、唐可方司馬遷、韓愈，而要其歸，必止於仁義，言近指遠，雖《詩》《書》之作者未能遠過也。」這是分析概括了曾文的風格和淵源。又説：「蓋自揚雄以後，士罕知經。至施於政事，亦皆卑近苟簡。故道術寖微，先生之跡不復見於世。公生於末俗之中，絶學之後，其於剖析微言，闡明疑義，卓然自得，足以發六藝之藴，正百家之謬，破數千載之惑，其言古今治亂得失是非成敗，人賢不肖，以至彌綸當世之務，斟酌損益，必本於經，不少貶以就俗，非與前世列於儒林及以功名自見者比也。」這是評價曾鞏的學術成就。

降及南宋，對曾文的評價有了分歧。王震對曾鞏評價很高。他説：「其文章之慓鷙奔放，雄渾瑰偉，若三軍之朝氣，猛獸之抉怒，江湖之波濤，煙雲之姿狀，一何奇也。」並認爲曾文「衍裕雅重，自成一家」。朱熹在青年時就喜讀曾文，並常常「竊慕效之」，「竟以才力淺短，不能遂其所願」。他認爲「蓋公之文高矣，自孟、韓以來作者之盛，未有至於斯」，他用四個字來概括曾文的風格：「簡嚴静重」，這是他精研深思之後的見解。但他也批評曾文在「關鍵緊要處，也説得寬緩不分明，緣他見處不徹，本無根本功夫」，又和蘇軾文比較説，曾文「較質而近理」。這顯然是用理學家的標準來要求的。他在少年時，「愛其詞嚴而理正」，待成爲理學家後，就要求高了，口氣大了，便覺曾文「見處不徹」了。吕祖謙在《古文關鍵》中評論曾文時也多有褒語；李塗在《文章精義》中指出曾鞏作文師承劉向，並把曾文與劉文作了比較，認爲「劉向老，子固嫩；劉向簡，子固煩；劉向枯槁，子固光潤」，並認爲子固之文「最淡而古」。這種評論是有見地的。曾鞏對劉向的文章有研究，他在任舘閣校勘時，作《戰國策目録序》等，對劉向持有批評的態度，劉向的文章不能不對他産生影響，李塗以「嫩」、「煩」、「光潤」等概念來批評曾文，這是與劉向對比着説的，褒中有貶，貶中有褒。也有人認爲曾鞏與歐、王之文皆以「文詞爲盛」，「不過記序銘論，浮説閑語」葉適。這種目空一切的批評，只是少數。

對曾鞏文學上的評論，也當包括對其詩詞的評論。蘇門四學士之一的秦觀就曾認爲「曾子固文章妙絶古今，而有韻者輒不工」，而「此語一出，天下遂以爲口實」孫覿；曾鞏門生陳師道也説：「世語云：蘇明允不能詩，歐陽永叔不能賦，曾子固短於韻語，黄魯直短於散語。」對曾詩的評價，問題集中在能不能作詩上。從上面兩則記載來看，我們可以知道，當時確有此「世語」，即流行的説法。因爲秦觀與陳師道皆曾鞏之門生，這些記載當屬實際情況。但我們仔細分析，所謂「有韻者輒不工」、「短於韻語」，不是説曾鞏不會作詩，不懂作詩，而是與他的散文成就相比較而言，詩居其次。從創作實踐上來看，曾鞏留下四百多首詩，這些詩有着充實的思想内容，包含着豐富的情感，形式古樸典雅，平實清健。由於秦、陳首開此議，到宋人彭淵材那裏，被説成「不能作詩」。然而此語一出，即有人爲曾鞏鳴不平。劉克莊在分析了曾鞏數詩後，對曾鞏「不能作詩」的説法提出質問：「誰謂曾鞏不能詩耶？」至於曾鞏詞，我們只能在《全宋詞》中看到一首《賞南枝》，此詞原見《梅苑》卷一，不知作於何時，當是有感而作。詞中描寫了在「瑞雪飄飛」環境中，「幾點清雅容姿」的嶺梅，正「丹染蕚，玉綴枝」，讚揚了梅花的高潔脱俗。僅憑這首詞難以評判曾鞏詞的優劣，但李清照在《詞論》中曾批評説：「王介甫、曾子固，文意似西漢，若作一小歌詞，則人必絶倒，不可讀也。」曾詞少，論其詞優劣者也少。不過，從李清照《詞論》一文看，當時歐陽修、蘇軾、柳永等無不在其批評之列，何況「短於韻語」的曾鞏呢？從僅存一首曾詞看，我們可以窺見這樣的消息：曾詞並非綺靡香艷之作，與其詩風文風是一致的。兩宋時期，對曾鞏詩文評論的，還有晁補之、張耒、邵博、胡仔、朱弁、陳造、真德秀、葛立方、吴子良、黄震、王應麟、周密、陳宗禮等。

元代對曾鞏的評價，基本上承襲了宋代正面肯定的觀點。有代表性的當推脱脱。他著《宋史》，在《曾鞏傳》中評論道：「曾鞏立言於歐陽修、王安石間，紆徐而不煩，簡奥而不晦，卓然自成一家，可謂難矣。」這裏注意從其座師、良友的對比中來考察，指出曾文「紆徐而不煩，簡奥而不晦」的特點，比宋人從縱的方面來批評顯然有了發展，且比較接近曾文的實際，算是較爲中肯的評語，故後人多引用。劉壎也稱讚少年時曾鞏「超卓不凡」、「非若新學小生，惟務辭章而已」，並認爲曾鞏「超軼時賢」。劉壎對「子固不能作詩」之論作了批評，他説：「自曾子固不能作詩之論出，而無識者遂以爲口實，乃不知先生非不能詩者也，蓋平生深於經術，得其理趣，而流連光景，吟風弄月，非其好也。往往宋人詩體多尚賦而比興寡，先生之詩亦然。故惟當以賦體觀之，即無憾矣。」劉壎從兩個方面爲子固作了辯解。一是主觀上的原因，他認爲曾鞏「深於經術，得其理趣」，不願「流連光景，吟風弄月」。這種分析是片面的，如果説曾鞏不喜歡「流連光景，吟風弄月」，那麽他入仕前就曾漫游大半個中國，這在《學舍記》、《南軒記》中有記載，步入仕途之後，北至齊魯，南至吴越，所到之處每喜登臨游覽，飽覽大自然風光，寫了諸如《西湖納凉》、《丹霞洞》、《冬望》、《雪詠》等情趣盎然的小詩，這又如何解釋？説他「深於經術，得其理趣」是對的，説他不願「流連光景，吟風弄月」未必恰當。二是客觀上的原因，即「宋人詩體多尚賦而比興寡」，環境影響使然，這有道理。這也是宋詩的一個特點。劉壎的分析對後人研究曾鞏詩是有一定啟發的。另外，方回、王構、吴澂、虞集、馬祖常、丁思敬等對曾鞏也有一些評論。

明代對曾鞏的評論，大體上分爲三派：一是重「道」派，如方孝孺認爲「其文粹白純正，出入禮樂法度之中」，羅倫在《南豐文集序》中把曾鞏與蘇軾、王安石之文作比較，認爲蘇、王之文「淫於老佛者有矣」，「惟曾氏獨得其正」，但曾氏還屬於「文人之學，心乎文非心乎道也」，還没有達到文王、孔子那種「文與道爲一」的境界。王一夔認爲曾文「未嘗不與六經合也」，邵廉則認爲「曾氏當理」，其文「深明學有統，道有歸」。二是重「法」派，姜洪評其文重其風格：「雄偉奔放，不可究極」，唐宋派王慎中、唐順之文宗歐、曾，極力探求曾文内部規律。王慎中認爲曾的序類文「皆一一有法」，「信乎能道其中之所欲言」，即能表達内心感情。什麽是「法」呢？唐順之在《董中峰侍郎文集序》中說：「氣有湮而復暢，聲有歇而復宣。闔之以助開，尾之以引首」，就是説寫文章要抑揚頓挫，緩急有致，縱横捭闔，首尾照應。爲了探求曾文之「法」，唐順之在元末明初朱右編《八先生文集》的基礎上編《文編》。至茅坤，更把曾鞏列入「唐宋八大家」之列，編選文集，詳加評註，極力推崇，風行海内。至此，曾鞏在唐宋散文八大家中的地位得到確立。歸有光的古文亦「能取法於歐、曾」方苞，連明代第一流的戲曲家湯顯祖作文也法南豐。三是反對派，屠隆就認爲曾文「讀之可一氣盡也，而玩之則使人意消」。公安派的袁宗道在《論文》中也瞧不起曾鞏，認爲曾鞏是「理充於腹，而文隨之」。從明代對曾文的批評來看，一是與文學派别上的門爭相聯繫，二是失之於片面，鼓吹者標榜不遺餘力，反對者指責又一無是處。前者是後者的原因，後者是前者的結果，缺乏實事求是的批評精神。

明代對曾鞏韻語的評價，反映了明代對曾詩的研究水平。其代表人物應推景泰進士何廷秀。何廷秀對曾鞏的人格、學術、文章極爲佩服。他在《又遇嘉禾懷南豐先生》一詩中說：「嘉禾驛下暫維舟，追感先賢淚欲流。學術自應超董賈，文章元不讓韓歐。」更值得注意的是他對曾詩的評價極高，他專門寫了長達四十四句的詩，題爲《讀曾南豐詩》，對曾詩作了全面的評價，自宋至明，獨此一家。他在這首詩中先描寫了自韓愈以後「詩道日陵夷」的詩壇局面，他指責說：詩家們作詩「徒呈妖媚詞」，像「倡家婦」一樣，「粉黛飾陋姿」。而曾詩却在「寥寥數百載」之後，「一掃西崑陋，力追《騷》《雅》遺。」曾詩有什麽特點呢？他說：「峻如登華嶽，石磴何嶔崎；壯如雷電驚，白晝騰龍螭。清如方塘水，風靜緑漪漪。澹如空桑瑟，枯桐絙朱絲。」他用「峻」、「壯」、「清」、「澹」四個字來概括曾詩的特點，雖有過譽之嫌，但也不無見地。他還分析了曾詩的師承，認爲「雄拔追李杜，奇澀薄宗師」。他把那些認爲曾鞏不能作詩的人駡爲「黄口」小兒，說他們「豈知韓公後，何人能庶幾？」他認爲「欲造《風》《雅》域，斯文乃階梯」。何廷秀的這種觀點是針對「曾子固不能作詩」之論有感而發，言辭偏激，但比空說來得穩實。除了清代何義門、方東樹外，像何廷秀這樣能對曾詩進行認真研究並作出較全面較系統評論的，實不多見。

有清一代對曾鞏研究比較活躍。魏禧認爲「子固如陂澤春漲，雖漶漫，而深厚有氣力」；王應奎認爲「子固文宗劉向」；厲鶚認爲「子固文不遠漢京」；鄭燮認爲曾鞏屬「讀書深，養氣足，恢恢游刃有餘地」的「大乘法」一類文章；林紓則認爲曾鞏長於學記一體。這些評論没有多少新意。劉熙載認爲「曾文窮盡事理，其氣味爾雅深厚，令人想見碩人之寬」。這種把文品與人品聯繫起來的評論，是值得重視的。

清代「桐城派」是清中葉最著名的一個散文流派，其古文理論是方苞建立的，他尊奉「宋學」，繼承

「唐宋派」古文傳統，提出了「義法」的主張。因此桐城派對歐、曾評價極高。因爲歐、曾「事信言文」的古文理論正好適合他們的「義法」說，並被其「義法」說繼承和發展。到了姚鼐，他在《古文辭類纂》中引呂東萊、王道思、茅坤等人評語來褒獎曾文，並在《覆魯絜非書》中認爲曾文「偏於柔之美也」，歸爲「陰柔之美」一類。以評點的形式對曾文進行研究的還有沈德潛的《唐宋八家文讀本》，張伯行的《唐宋八大家文鈔》，何焯的《義門讀書記》，高嵣的《唐宋八大家鈔》，儲欣的《唐宋八大家類選》等等。李卓吾曾經論及評點小說的好處時說：「書尚評點，以能通作者之意，開覽者之心也。得則如着毛點睛，畢露神采……於一部之旨趣，一回之警策，一句一字之精神，無不拈出……如按曲譜而中節，針銅人而中穴，筆頭有舌有眼，使人可見可聞，斯評點所最貴者耳。」對散文的評點也是這樣，它擴大了曾文的影響。

批評曾文的大有人在。王夫之對曾文就持批評態度。他主要嫌曾文「如村老判事，止此没要緊話，扳今掉古，牽曳不休，令人不耐」。因此，他認爲曾子固不足效。袁枚的思想比較解放，他對宋學深爲不滿，甚至認爲六經「多可疑」，「未必其言之皆當也」，「亦未必其言之皆醇也」，主張寫性情。由於這種觀點的影響，他對曾文頗爲不滿，認爲「曾文平純，如大軒駢骨，連綴不得斷」，認爲「開南宋理學一門」，不能與王安石、歐陽修相伯仲。但他又認爲自己作文不如歐、曾文空疏，並分析原因說：「正爲胸中卷軸太多之故。」王夫之、袁枚從另一方面反映了清代對曾文研究的意見。

清代對曾詩有深入研究並作出較切實際的評價的，要算何義門和方東樹了。何義門本着「别是非，辨利害，審成敗」的原則，「口不絶吟，手不停披」，於「簡端行側」，「以發先哲之精義」，對曾詩做了校勘和批注的工作，把曾詩的研究推進了一步。而方東樹認爲曾詩與鮑照、韓愈有繼承關係。他説：「南豐學鮑學韓，字字句句，與之同工，無一字不著力，而不如鮑與韓者，只是平漫無勢。知南豐之失，則知學詩之利病矣。」又説：「南豐學鮑學韓，可謂工極；但體平而無其勢，轉似不逮東野。」他認爲曾詩在字句上深得鮑照、韓愈之詩力，甚至「工極」，但在詩體結構上又缺少鮑、韓的飛動奔放，顯得「平漫無勢」。他針對「宋以後不講句字之奇，是一大病」的話，發表自己的看法説：「余謂獨南豐講之，而世人不之知。嘗論南豐字句極奇，而少鼓蕩之氣。又篇法少變換、斷斬、逆折、頓挫，無兀傲起落，故不及杜、韓。大約南豐學陶、謝、鮑、韓工夫到地，其在不放。一字一句，有有車之用，無無車之用。然以句格求之，則其至者，直與陶、謝、鮑、韓並有千古，其次者亦非宋以來詩家所夢及。」他惋惜説：「惜乎世罕傳誦，遂令玄文處幽，不得與六一、介甫、山谷並耀，豈其文盛而詩晦，亦有命存耶？」他甚至稱讚曾鞏説：「公自言『但取當時能記意，不論何代有知音。』公固不以世俗之知，縈其曠遠之高致矣。」這是繼何喬新、何義門之後，對曾詩作出較認真研究和評論的一家。另外，黄賀裳對曾詩也持肯定的態度，他批駁「子固不能作詩」説，認爲是「妄語」，並舉例説：「『憑欄到處臨清泚，開閤終朝對翠微』，『詩書落落成孤論，耕稼依依憶舊遊』，如此風調，不能詩耶？齊州《閲武堂》：『柳間自詑投壺樂，桑下方安佩犢行』，不獨循良如見，兼有儒將風流之致。」吴喬也支持黄賀裳的這種觀點，他在《圍爐詩話》中説：「黄公於詩有深得，而又能詳讀宋人之詩，持論至當。」陳訏在《宋十五家詩》中就選曾詩一百二十九首，姚廷謙編選《唐宋八家詩》，其中選了曾詩二百零一首，差不多是曾詩的一半。清代也有不公正地批評曾詩的,如晚清的林紓就認爲曾鞏「不長於韻語,去昌黎甚遠」,但畢竟也是少數。

清代對曾鞏的研究情況,除了上面論及的以外,還體現在兩個方面。一是出現了曾鞏的編年繫事之書,有姚範的《南豐年譜》一卷,楊希閔編的《曾文定公年譜》一卷。爲曾鞏作年譜,早在宋代就有。朱熹曾根據鞏集、史料和他書舊聞,「次之著於篇」,作《南豐先生年譜》,此譜已佚,只留得《序》兩篇。清代兩譜雖彌補了這個空白,但皆失之過簡,學術價值不大。二是對曾鞏文集作了校勘補正。在清代,曾鞏文集世行刊本雖較多,但影響較大的有三本。一爲明成化六年南豐知縣楊參所刊,蓋非宋本之舊,其中舛謬尤多,但此本刊行於世,《元豐類稿》始廣爲流傳。一爲清康熙年間長洲顧崧齡所刊,以宋本參校,補入第七卷中《水西亭書事》詩一首,第四十七卷中《太子賓客陳公神道碑銘》文中缺文四百六十八字,雖顯得清整,但仍有訛脱。一爲《四庫全書》本,此本在顧刊本的基礎上,又根據何焯《義門讀書記》有關點勘文字,補正其訛脱,這樣比起明刻,顯得完善多了。

縱觀由宋至清八百多年對曾鞏主要是對其文學成就的評價,我們可以看出:一、曾鞏擅名兩宋,露丐明清,封建時代的文人對曾鞏的道德修養、文學成就基本上作了肯定,尤其是肯定了他在散文創作上的成就,確立了他在唐宋八大家中的地位。雖有些貶抑曾鞏的言論,但始終不佔主導地位。二、宋元時代對曾鞏的道德文章已作出比較中肯的評價。明清時代多出於文學派别論戰的需要,或貶抑,或讚譽,在對曾鞏道德文章的學術研究上没有取得多少進展。但在對曾詩研究方面,明清時代比宋元時代有了進一步的發展,由單純的能否作詩的爭論轉入較爲具體切實的評論,尤其是肯定了曾詩在反對「西崑體」中的作用，概括了曾詩的特點，探索了曾詩的文學繼承。雖然這種探索還是初步的，但總算有了進步。三、清代曾鞏年譜的編著和文集的校勘，爲後代研究曾鞏提供了方便。

以上是對宋元明清時期曾鞏研究的主要情況的粗略評述。

在本書的編輯過程中，恩師吴文治先生把他編輯《柳宗元資料彙編》和《韓愈資料彙編》的經驗向我作了介紹，給我以許多切實具體的指導。中華書局的編輯老師，也對本書提出了許多寶貴意見。南京圖書館、北京圖書館、南京大學圖書館、南京大學中文系資料室、南京師範大學圖書館、江蘇教育學院圖書館綫裝書室、江蘇教育學院中文系資料室、遼寧圖書館、上海圖書館、連雲港市圖書館、山東省圖書館、濟南市圖書館等單位，在供閲圖書資料方面給我提供了很大方便。揚州大學師範學院中文系李廷先教授爲我審閲了宋、元、明三部分文稿，我的諸多老師、同學和同事也給我熱情的支持和幫助，僅在此一併致謝。由於編者水平所限，本書在資料的輯録、編排和所加按語等方面，難免存在着缺點和錯誤，敬請專家和廣大讀者批評指正。

李　震

一九八五年六月初稿寫於南京
一九八七年元月二稿寫於贛榆
一九九五年九月三稿寫於贛榆

# 凡　例

一、本書爲歷代評述曾鞏及其作品的資料彙編。以對曾鞏的思想、詩文創作進行評述的資料爲主；有關曾鞏的活動背景、生平事跡、作品考辨、字義疏證的資料，也予以收録。考慮到曾鞏祖父曾致堯、父曾易占，及其弟布、肇等某些著録和資料亦爲研究曾鞏所需要，故本書擇要予以收録。

二、本書輯録宋及宋以後迄於近代的有代表性的評述四百四十七家，包括詩文集、詩話、筆記、史書和類書四百四十六種。資料的編排基本上以評述者的年代先後爲序，年代未詳者，暫繫於同朝代人之後。

三、本書輯録的資料，儘量使用評述者原著，或最早出處。對後出資料，如無新意，則在前引資料後加按語略作説明。

四、本書對若干資料所加按語，或説明資料重出情況，或説明資料異同，或糾正資料中的某些誤考、誤記，或指明某些資料對曾鞏研究的意義，意在爲讀者提供使用上的方便。

五、本書附有「引用書目」，並注明了各書的版本。但在鈔録資料時，遇有可疑，亦曾參校其他版本，對資料本身存在訛、脱、衍、倒者，輯録時作了一些必要的校正，但未另作説明。

# 一　宋代

## 曾致堯

【望京樓】　望京樓上望，望久思踟躕。境土連江徼，人家匝海隅。隔山川隱映，近郭水縈紆。雨過風腥檻，潮來岸浸蘆。

按：詩爲排律，當有殘缺，後同題殘句一聯，疑亦屬本詩。（王象之《輿地紀勝》卷四十《淮南東路・泰州》）

【望京樓】　雲昏迷候館，樹缺辨江湖。（同上）

【東林寺】　江南楊柳春，日暖地無塵。渡口鶩新雨，夜來生白蘋。晴沙鳴乳雁，芳草醉遊人。向晚前山路，誰家賽水神。（張豫章《四朝詩》卷三十五）

【崇覺寺】　水深花影地莓苔，春色烘人若不開。走報鴿原無別事，遠將歌管酒壺來。（曾燠《江西詩徵》卷五）

【題劉居士江樓】　劉八江樓雅，詩家不易言。春風花對岸，夜月水當軒。簾捲青山入，窗開白浪翻。畫來須妙手，夢去亦清魂。吟稱雲初滿，登宜雪正繁。魚龍慣燈火，鷗鷺識琴樽。波動簷摇影，潮回砌露痕。勢雄鄰碧落，景好怕黄昏。未許凡蹤到，寧教俗態存。主人憑檻處，寥廓共誰論。（同上）

【題軍山徐秀才居】　買斷軍峰不計錢，屋前屋後水潺潺。　青春花發簾帷外，白日雲浮棟宇間。　金鼎欲成紅氣溢，玉芝初種紫苗慳。　未知桃熟先生醉，鶴馭何人得往還。（同上）

【題義門胡氏華林書院】　華林書院集群英，講誦興來里巷榮。　賓友盡爲文苑客，子孫多是帝門生。　九重下詔親旌義，四相留詩自著名。　致使舉家在霄漢，更將忠孝答皇朝。（《甘竹胡氏十修族譜》）

【春日至雲莊記　景德元年三月五日】　吾仲弟士堯，淳化中擢進士第，釋褐番禺户椽，歷滁州清流令。　母老，上章乞解官就養，優詔從之。　宜興縣太君周氏夫人，致堯母，士堯世母也，亦年將八十，士堯事之如母焉。　癸卯年，予自尚書版曹員外郎，解海陵郡事，歸鄉里。　明年春，士堯告予曰：「兄往年漕運吴越時，數示家法，俾諸兒姪帶經而耕，因授墾田種樹之法。　兒姪輩不獲師焉，而鄉里師之。　盱江南北，地方千里，田如綺繡，樹如煙雲，原隰高下，稍涉腴美，則鮮有曠土，皆兄教人謀生之術也。　今土膏脉起，農人始耕，欲俟兄命駕觀焉。」時巴江進士黄琮，麻僊山進士賁輔之、何玄齡，金嶂山玉漿源進士瞿仲康，皆詞場之秀，因不遠而至。　弟宗堯、戴堯，子易從、易知、易占，洎士堯皆從行。　廚人驅羊，僕夫載酒。　花坡柳村，時復駐馬；長郊遠野，亦或命酌。　境土田畝，人家園林，罔不周覽焉。　夫前引賓客，後擁兒姪，中載酒肴，而吾與群弟緩轡從容其間，亦太平時幸事耳。　自仲春二月十有二日發軍山，季春三月四日至雲莊。　莊亦吾家之別墅，在麻姑山南，盱江之北。　翌日置酒其間，酒闌客醉，因即席志之。　時大宋景德元年，太歲甲辰，三月五日，曾致堯記。（《建昌志》卷十一）

【齊雲院碑　淳化三年】　浩浩妙界，茫茫衆生，以妄爲真，以真爲妄，一心顛倒，五慾縱横。　溺在愛河，罹于世網，不思解脱，自作煩惱。不知見佛，歸來道場。五藴皆空，六塵俱浄。無有恐怖，常獲安樂。臨川郡管南豐縣。縣西有山，高萬餘仞，翠壓五嶽，根盤萬里。奇峰怪石，靈草異藥，罔不在焉。若歲大旱，請禱必雨。山前有古精舍曰齊雲院，以其院在山前，猶與雲齊，故以齊雲爲名。乾德中築室掘地，得白石觀音像，高尺餘，瑩潔殊絶，與冰雪等。復得銅鐘一，題云：「此鐘三百斤，大唐永泰二年太歲丙午二月鑄。」今院主僧智圓，劍潭人。淳化二年，山下善信稱智圓有道行，疏請掛錫于此。是時山椒寂寥，屋室敗壞，智圓召衆緣造法堂，以備説法。明年有縣城信士蘇吴朱氏令珍與弟令珙，皆純厚端謹，不雜流俗，樂于善，宗于佛，由是建僧堂海衆，至無闕事。復造大殿一，塑金姿寶相、左右諸天弟子，藻繪莊嚴，從西方教也。幡花沉水，香燈不絶，四壁月晃，重門洞開，珠網浮空，畫欄霞駁，亦一時佛事之盛也。又以佛堂既就，而香積廊廡，其可乏乎？于是造廚庫房廊數十屋，皆雕栱相鮮，朱軒交映。堂深則曉蓄風雲，簷峻則夜礙星斗。朱氏性安于道，孝于家。母何氏年八十四，有閨門之範，其視聽不衰，乃朱氏色養之所致。至于結善緣、作善事者，其故無他，上則以資母氏之遐算，下則以薦已往之眷愛。福存薦往，外無所禱，皆朱氏棣萼之心焉。吁！經云：「若有信心，人捨一金，施一食尚獲福；無量佛事，其獲因果，豈有窮乎？」僕與朱氏乃鄉里之親，朱氏善事畢，託予爲碑。碑成，銘曰：

軍山巍巍，在縣之西。山有禪院，院與雲齊。齊雲嶔岑，構此禪林。歲月滋久，屋不成陰。爰有朱氏，孝弟甚深。成此寶坊，壯古麗今。福存薦往，佛日昭臨。廣殿大廈，日礙星侵。禪堂邃

宇，雲宿風吟。香燈冪冪，幡花沉沉。川堂答響，鼓磬之音。資延母壽，不惜千金。稽首諸佛，棣萼一心。（《南豐縣志》卷四十二）

## 曾易占

【南豐縣興學記　慶曆四年三月】　古鄉黨學校，少長爲位以萃居，教用六德行禮，節用五禮六樂，糾用八刑，論用其鄉之老，蓋本之導民成化。故其士之入朝，在鄉居家，皆就法度而莫爲非，此古之所爲治而傳子孫不殆也。自鄉黨之制廢，學校雖有存者，亦戾于古。其居無少長，教無六德行藝，節無禮樂，糾非八刑，論非其鄉之老，不本之導民成化而主于辭。故其士之入朝，在鄉居家，皆無法度，而爲亦無所不至，此後之所以不爲古也。雖然，古之意不可改也，古之制不必盡用也。今有能使君臣、父子、兄弟、夫婦、朋友皆爲其所宜而非辭之謂，則其俗庶幾矣。如是而設學也，非誠通于本末歟！宋初定天下，惟汴有學。天聖以來，洛睢上至他府若州，亦往往興學矣。縣于民最屬，與古鄉黨均，然莫知爲學。獨南豐周侯至，則考縣之西南構爲學，門闔邃深，殿室森嚴，孔子、七十子像圖以序其中。循兩旁而進，棲士之舍由甲而第之，至于癸，齋次之間焉。堂南嚮，講問之席于是乎設，庖湢並存之。東便門之西北，器施于古，禮于今，用無不備。修度之初，侯親教語，士民靡靡然争出財幣，惟恐人先。既作，侯引其佐，來觀來程。工不以勞，役毋以遲。已成，使少長爲列以入處，侯日爲言：「孝悌順慈，皆且論進。不然，吾罰不私！」人退于私，廬于里，進于公庭，皆相鐫切，以承侯言。噫，所謂通于本末者，此庶幾歟！縣之士劉德純合同志而謀曰：「吾侯所設修如此，盍相與圖記，使永永與是宫俱傳？然必假之以其言，爲來世信。往者，吾縣初無隸儒者，隸儒者由曾氏。建隆、祥符間，諫議以文行爲海内望，其世寖聞。往請于諫議之子，其可遂來。」予愧之，遜不得也，乃申古之意告之，使學者知有歸也。學之立，其佐蓋有助云。周侯字行鈞，名燮。佐名瑊，姓俞氏，慶曆四年三月十日記。（《建昌府志》卷七）

## 余　靖

【曾太博臨川十二詩序】　古今言詩者，二《雅》而降，騷人之作，號爲雄傑。僕常患靈均負才矜己，一不得用於時，則憂愁恚憝，不能自裕其意，取譏通人，才雖美而趣不足尚，久欲著於言議而莫由也。今兹得罪去朝，守土濱江，同年不疑曾兄惠然拏舟見顧，間日共言臨川山水之美，因出十二詩以露其奇。其詩皆諷詠前賢遺懿、當代絶境，未嘗一言及於身世，陶然有飛遁之想。通哉！不疑不以時之用捨累其心，真吾所尚哉！遂題其篇。（《武溪集》卷三）

## 梅堯臣

【得曾鞏秀才所附滁州歐陽永叔書答意】　客從淮上來，往問故人信。袖銜藤紙書，題字遠已認。既喜開其封，固覺減吾吝。新詩不作寄，乃見子所慎。向來能如今，豈有得觀釁。南方歲苦熱，生蝗復饑饉。憂心日自勞，霜髮應滿鬢。知予欲東歸，曉夕目不瞬。貧難久待乏，薄禄藉霑潤。雖爲委吏冗，亦自甘以進。相望未得親，終朝如抱疹。（《宛陵先生集》卷三十）

【逢曾子固】前出秦淮來，船尾偶攙薦。遽傳曾子固，願欲一相見。順風吹長帆，舉手但慕羨。楊子東園頭，下馬情眷眷。昔始知子文，今始識子面。吐辭亦何嚴，白晝忽飛霰。我病不飲酒，烹茶又非善。冷坐對寒流，蕭然未知倦。（同上卷四十五）

【新韻曾子進早春】新雷歲旦發聲嚴，冰管寒銷細滴簷。花甲將看枝上坼，蛇鱗不復地中潛。黄河分派來應早，白首歸朝意自恬。强欲擬君爲秀句，便無才思似江淹。

按：曾子進，即曾牟（字子進），曾鞏弟。嘉祐元年至京應試，於揚州逢梅，梅有是詩。二年，曾鞏、曾牟皆中進士第。（同上卷四十九）

【和楚屯田同曾子固陸子履觀予堂前石榴花】堂下一匹鄭虔馬，欄邊兩株安石榴。但能有酒邀佳客，亦任狂花落素甌。侍女紅裙無好色，主人白髮自侵頭。欲歌翠樹芳條曲，已去洛陽三十秋。（同上卷五十二）

【送曾子固蘇軾】屈宋出於楚，王馬出於蜀。荀楊亦二國，自接大儒躅。各去百數年，高下非近局。鉤陳豹尾科，登俊何炳縟。楚蜀得曾蘇，超然皆絶足。父子兄弟間，光輝自聯屬。古何相遼闊，今何相邇續。朝廷有巨公，講索無遺録。正如唐虞時，元凱同啟沃。何言五百載，此論不可告。二君從兹歸，名價同驚俗。（同上卷五十三）

【夜直廣文有感寄曾子固】 日暮蛛絲動，月暗螢火明。方兹步庭户，浩然懷友生。友生將東歸，泛若赴海鯨。已從龍門出，不慕朱鼈輕。朱鼈過吴洲，飛飛就東瀛。沉浮未可問，名(疑當作各)有萬里程。須憂小水魴，勞勞將尾赬。(同上)

【重送曾子固】 楚澤多年一卧龍，新春雷雨起鱗蹤。誰知天上争騰躍，偶落池中雜喁喁。且自摧藏隨浪去，何當駕馭使雲從。劉累只説古來有，暫屈泥蟠莫便慵。(同上)

【送次道學士知太平州因寄曾子固】 春浦楊花撩亂飛，春江鮆魚來正肥。采石新林兒女去，茭白蒲牙艇子歸。歸令煮魚不得熟，已望使君船上磯。上磯亦不待潮應，争牽篾纜泥污衣。姑熟溪頭槌大鼓，紅抹韡刀趨俯僂。牙兵可擬岸傍蘆，森森甲立雄南土。更得西州謝法曹，新詠定多傳樂府。(同上卷五十六)

【答王補之書(節録)】 適觀足下十篇之作，深厚詣道，究古人之所不及，發前史之所未盡，其至乎，至者矣！前日在歐陽永叔坐中，已嘗覽足下之文，相與歎激理意之高遠。思二十年時所見文章，始去對偶，其用已焉乎哉，字之未能安，稍安則謂之能文，豈在識道理、要趨向耶？如足下今日之文，當其時可謂傑出矣。況今榜中有兄弟父子雄才奥學，若曾子固、蘇軾之徒，又不可擬議，是過於唐元和之人絶甚。元和時，韓退之耳。退之於今可以當吾永叔，其李翺、皇甫湜、柳子厚，未能當吾永叔之門人也。足下亦在其門人之列。僕生於是時，得偏識而偏觀其進退道德，亦以樂也。又遊從於其間，爲幸何如！雖智不逭，不敢退避，庶幾附光漸潤，期有聞於後世耳。(《國朝二百家名賢文粹》卷一〇七)

## 歐陽修

【送楊闢秀才(節録)】吾奇曾生者,始得之太學。初謂獨軒然,百鳥而一鶚。既又得楊生,群獸出麟角。乃知天下才,所識慚未博。……其於獲二生,厥價玉一瑴。嗟吾雖得之,氣力獨何弱。帝閽啓巖巖一作嚴嚴,欲獻前復卻。遽令扁舟下,飄若吹霜籜。世好競辛鹹,古味殊淡泊一作薄。否泰理有時,惟窮見其確。(《歐陽文忠公文集》卷二)

【送吴生南歸(節録)】自我得曾子,於兹二十年。今又得吴生,既得喜且歎。古士不並出,百年猶比肩。區區彼江西,其産多材賢。吴生初自疑,所擬豈其倫。我始見曾子,文章初亦然。崑崙傾黄河,渺漫盈百川。決疏以道一作導之,漸斂收横瀾。東溟知所歸,識路到不難。(同上卷七)

【尚書户部郎中贈右諫議大夫曾公神道碑銘并序】公諱致堯,字某,撫州南豐人也。少知名江南,當李氏時,不就鄉里之舉。李氏亡,太平興國八年,舉進士及第,爲符離主簿,累遷光禄寺丞、監越州酒税。數上書言事,獻文章。太宗奇之,召拜著作佐郎、直史館,使行視汴河漕運,稱旨,遷秘書丞,爲兩浙轉運使。諫議大夫魏庠知蘇州,恃舊恩,多不法,吏莫敢近,公劾其狀以聞。太宗驚曰:「是敢治魏庠,可畏也!」卒爲公罷庠。洛苑使楊允恭以言事見幸,無不聽,事有下公,常厝不行。允恭以訴,太宗遣使問公,公具言其不可。公既繩其大而人所難者,至其小易,則務爲寬簡。歲終,其課爲最,徙知壽州。壽近京師,諸豪大商交結權貴,號爲難治。公居歲餘,諸豪斂手,莫敢犯公法,人亦莫見其以何術而然也。公於壽，尤有惠愛。既去，壽人遮留數日，以一騎從二卒逃去，過他州，壽人猶有追之者。再遷主客員外郎、判三司鹽鐵勾院。是時，李繼捧以銀、夏五州歸朝廷，其弟繼遷亡入磧中爲寇。太宗遽遣繼捧往招之，至則誘其兄以陰合，卒復圖而囚之。自陝以西，既苦兵矣。真宗初即位，益欲來以恩德，許還其地，使聽約束。公獨以謂繼遷反覆，不可予。繼遷已得五州，後二年，果叛，圍靈武。議者又欲予之，公益争以爲不可。言雖不從，真宗知其材，將召以知制誥，而大臣有不可者，乃已，出爲京西轉運使。王均伏誅，奉使安撫西川，誤留詔書於家。其副潘惟岳教公上言「渡吉柏江舟破亡之」，以自解。公曰：「爲臣而欺君，吾不能爲也。」乃上書自劾，釋不問。其後惟岳入見禁中，道蜀事，具言公所自劾者，真宗嗟歎久之。繼遷兵既久不解，丞相張齊賢經略環、慶以西，署公判官以從。公曰：「西兵十萬，皆屬王超。超材既不可專任，而兵多勢重，非易可指麾。若不得節度諸將，事必不集。」真宗難其言，爲詔陝西聽經略使得自發兵而已。公度言終不合，乃辭行。會召賜金紫，公謝曰：「臣嘗言丞相某，事未効，不敢受賜。」由是貶黄州團練副使。公已貶，而王超兵敗，繼遷破清遠軍，朝廷卒亦棄靈州。公貶逾年，復爲户部員外郎，知泰州。丁母憂，服除，拜吏部員外郎，知泉州，徙知蘇州，又徙知揚州。上疏論事，語斥大臣尤切，當時皆不悦，又徙知鄂州。坐知揚州悞入添支俸多一月，雖嘗自言，猶貶監江寧府酒税。用封禪恩，累遷户部郎中。大中祥符五年五月某日，卒於官，享年六十有六。遺戒：「無以佛污我。」家人如其言。公之曾祖諱某，某官。曾祖妣某氏，某縣君。祖諱某，某官。祖妣某氏，某縣君。考諱某，某官。妣某氏，某縣君。子男七人，曰某。

女若干人。用其子易占恩，再遷右諫議大夫。初葬南豐之東園，水壞其墓，某年月日，改葬龍池鄉之源頭。慶曆六年夏，其孫鞏稱其父命以來請曰：「願有述。」遂爲之述，曰：維曾氏始出於鄫，鄫爲姒姓之國，微不知其始封。春秋之際，莒滅鄫，而子孫散亡，其在魯者，自別爲曾氏。蓋自鄫遠出於禹，歷商、周千有餘歲，常微不顯。及爲曾氏，而蒧、參、元、西始有聞於後世，而其後又晦，復千有餘歲而至於公。夫晦顯常相反覆，而世德之積者久，則其發也，宜非一二世而止，矧公之有，不得盡施，而有以遺其後世乎？是固不宜無銘者已。公當太宗、真宗時，言事屢見聽用，自言西事不合而出，遂以卒於外。然在外所言，如在朝廷而任言責者，至其難言，則人有所不敢言者。予於其論議，既不能盡載，而亦有所不得載也，取其初不見用、久而益可思者，特詳焉，所以見公之志也。銘曰：

公於事明，由學而知。先知逆決，有若蓍龜。告而不欺，不顧從違。初雖不信，後必如之。公所論議，敢人之難。古稱君子，有德有言。德畜不施，言猶可聞。銘而不朽，公也長存。（同上卷二十二）

編者按：《名臣碑傳琬琰集》上卷十六，正德《建昌志》卷十一，同治《南豐縣志》卷四十三均載此條。

【送曾鞏秀才序】　廣文曾生來自南豐，入太學，與其諸生群進於有司。有司斂群材，操尺度，概以一法，考其不中者而棄之。雖有魁壘拔出之材，其一㮣黍不中尺度，則棄不敢取。幸而得良有司，不過反同衆人歎嗟愛惜，若取捨非己事者，諉曰：「有司有法，奈不中何？」有司固不自任其責，而天下之人亦不以責有司，皆曰：「其不中，法也。」不幸有司尺度一失手，則往往失多而得少。嗚呼！有司所操，果良法邪？何其久而不思革也。況若曾生之業，其大者固已魁壘，其於小者亦可以中尺度，而有司棄之，可怪也。然曾生不非同進，不罪有司，告予以歸，思廣其學而堅其守。予初駭其文，又壯其志。夫農不咎歲而菑播是勤，其水旱則已，使一有穫，則豈不多邪？曾生橐其文數十萬言來京師，京師之人無求曾生者，然曾生亦不以干也。予豈敢求生，而生辱以顧予。是京師之人既不求之，而有司又失之，而獨余得也。於其行也，遂見於文，使知生者可以弔有司，而賀余之獨得也。（同上卷四十二）

編者按：此條亦見《國朝二百家名賢文粹》卷一百六十五，《奇賞齋古文彙編》卷一百七十九，康熙《西江志》卷一百七十七，雍正《江西通志》卷一百三十六，《古今圖書集成》文學典卷一百二十五，同治《南豐縣志》卷三十五。

【與曾鞏論氏族書　慶曆六年】　修白：貶所僻遠，不與人通，辱遣專人惠書甚勤，豈勝愧也！示及見託撰次碑文事，修於人事多故，不近文字久矣，大懼不能稱述世德之萬一，以滿足下之意。然近世士大夫於氏族尤不明，其遷徙世次多失其序，至於始封得姓，亦或不真。如足下所示，云曾元之曾孫樂，爲漢都鄉侯，至四世孫據，遭王莽亂，始去都鄉而家豫章。考於《史記》，皆不合。蓋曾元去漢近二百年，自元至樂，似非曾孫，然亦當仕漢初。則據遭莽世，失侯而徙，蓋又二百年，疑亦非四世。以《諸侯年表》推之，雖大功德之侯，亦未有終前漢而國不絕者，亦無自高祖之世至平帝時，侯纔四傳者。宣帝時，分宗室趙頃王之子景，封爲都鄉侯。則據之去國，亦不在莽世，而都鄉已先別封宗室矣。又樂據姓名，皆不見於《年表》，蓋世次久遠而難詳如此。若曾氏出於鄫者，蓋其支庶自别有爲曾氏者爾，非鄫子之後皆姓曾也，蓋今所謂鄫氏者是也。楊允恭據國史所書，嘗以西京作坊使爲江浙發運、制置、茶鹽使，乃至道之間耳，今云洛苑使者，雖且從所述，皆宜更加考正。山州無文字尋究，幸察。(同上卷四十七)

編者按：此條又見康熙《西江志》卷一百七十三，雍正《江西通志》卷一百四十，《古今圖書集成》氏族典卷三百二十一，乾隆《建昌府志》卷八十五，同治《南豐縣志》卷四十。

【舉章望之曾鞏王回等充館職狀 嘉祐五年】 右，臣猥以庸虚，過蒙獎任。竊惟古人報國之效，無先薦賢。雖知人之難，愧於不廣，而高材實行，亦莫多得。苟有所見，其敢默然？臣竊見秘書省校書郎章望之，學問通博，文辭敏麗，不急仕進，行義自修。東南士子，以爲師範。太平州司法參軍曾鞏，自爲進士，已有時名，其所爲文章，流布遠邇，志節高爽，自守不回。前亳州衛真縣主簿王回，學行純固，論議精明，尤通史傳姓氏之書，可備顧問。此三人者，皆一時之秀，宜被朝廷樂育之仁。而或廢處江湖，或沉淪州縣，不獲聞達，議者惜之。其章望之、曾鞏、王回，臣今保舉，堪充館閣職任。欲望聖慈，特賜甄擢。如後不如舉狀，臣甘當同罪。謹具狀奏聞，伏候敕旨。(同上卷一百一十二)

編者按：此條又見《新增格古要論》卷四，嘉靖《河間府志》卷二十七，康熙《西江志》卷一百四十八，雍正《江西通志》卷一百一十九，乾隆《建昌府志》卷六十八，楊希閔《歐陽文忠公年譜》。

【與杜正獻公書七 慶曆□年】 某頓首。山僻少便，闕於修問，伏惟台候萬福。進士曾鞏者，好古，爲文知道理，不類鄉閭少年舉子所爲。近年文稍與，後進中如此人者不過一二。閣下志樂天下之英材，如鞏者進於門下，宜不遺之。恐未知其實，故敢以告，伏惟矜察。（同上卷一百四十五）

【與余襄公安道書　慶曆元年】　某頓首再拜啓：爲別五六歲，未嘗一日不企而南望。然某攜老幼，浮水奔陸，風波霧毒，周行萬三四千里，侍母幸無恙。其如頑然學不益進，道不益加，而年齒益長，血氣益衰，遂至碌碌隨世而無稱邪？安道又不幸丁家艱，窮居極處，起居安否不通於朋友，況欲施於他邪？嗚呼！天果欲窮吾人乎！承不久服除，當早治裝，以少解積歲區區之思。廣文曾生，文識可駭，云嘗學於君子，略能道動靜。因其行，聊書此爲問。（同上卷一百四十七）

編者按：卷末又附録有《與余襄公書》，文字與此條僅有小異。

【與梅聖俞書三〇　嘉祐二年】　某啓：大熱甚於湯火之烈，兩日差涼，粗若有生意。然以家人病患，飲食不能自給，區區煎迫，殊亂情悰。久不承問，不審尊體何似？二十二日，欲就浴室或定力餞介甫、子固，望聖俞見顧閑話，恐別許人請，故先拜聞。《禮部詩》納上。（同上卷一百四十九）

【與梅聖俞書三一　嘉祐二年】　某啓：以小兒子傷寒已較，因勞復發，今日錫慶齋會，亦去不得。愁坐，忽得所示，爲之豁然。憂煎病患，常以爲苦，思效榴花之飲，不可得也。三兩日兒子安，聖俞過不惜頻，相訪借馬，若修家又何厭也？三十年前事，信如前生，憂樂不同，可歎可歎。亦約子固、子履，當奉白也。秖候兒子稍安爾。人還，謹此。（同上）

【與曾舍人鞏字子固書一　慶曆六年】　某啓：雖久不相見，而屢辱書及示新文，甚慰瞻企。今歲科場，偶滯遐舉。畜德養志，愈期遠到，此鄙劣之望也。某此幸自如，山州少朋友之遊，日逾昏塞，加之老退，於舊學已爲廢失，而韓子所謂終於小人之歸乎？因風，不惜遠垂見教。未良會間，自重自重。（同上卷一百五十）

【與曾舍人書二　治平四年夏】　某啟：奉别忽忽，暑候已深，不審動履何似。某昨假道於潁者，本以歸休之計初未有涯，故須躬往。及至，則弊廬地勢，喧靜得中，仍不至狹隘，但易故而新，稍增廣之，可以自足矣。以是功可速就，期年掛冠之約，必不愆期也。甚幸甚幸。昨在潁，無所營爲，所以少留者，蓋避五月上官，未能免俗爾。亳之佳處人所素稱者，往往過實，其餘不及陳、潁遠甚。然俯仰年歲間，如傳郵爾，初亦不以爲佳，蓋自便其近潁爾。至此，便值酷暑，未能多作書。相知或有見問者，幸略道此意。惟慎夏自愛。（同上）

編者按：此條又見同治《南豐縣志》卷四十。

【與澠池徐宰書二　至和元年（節録）】　某秋涼方卜離此，南北未知何適？《五代史》，昨見曾子固議，今却重頭改换，未有了期。仍作注有難傳之處，蓋傳本固未可，不傳本則下注尤難，此須相見可論。（同上）

【答曾舍人書三　熙寧四年】　某自歸里舍，以杜門罕接人事，少便奉書。中間嘗見運鹽王郎中，得問動靜，兼承傳誨。近又聞曾少違和。急足至，辱書，喜遂已康裕，甚慰甚慰。某秋冬來，目、足粗可勉强，第渴淋不少減，老年衰病常理，不足怪也。餘在别紙。某白。見諭乞潁且止，亦佳，此時尤宜安

靜爲得理也。惠碑文皆佳，多荷多荷。常筆百枚表信，不罪不罪。（同上續添）

【答曾舍人書四】　辱示《爲人後議》，筆力雄贍，固不待稱贊，而引經據古，明白詳盡，雖使聾盲者得之，可以釋然矣。父子三綱，人道之大，學者久廢而不講，縉紳士大夫安於習見，閭閻俚巷過房養子、乞丐異姓之類，遂欲諱其父母。方群口諠譁之際，雖有正論，人不暇聽，非著之文章，以要於久遠，謂難以口舌一日爭也。斯文所期者遠，而所補者大，固不當以示常人，皆如來諭也。某亦有一二論述，未能若斯文之曲盡，然亦非有識之士，未嘗出也。閑居乏人寫録，須相見，可揚榷而論也。自去年至蔡，遂絶不作詩，中間惟有答韓、邵二公應用之作，不足采。惟續《思潁》十餘篇，是青州以前者，並傳記，皆石本，今納上。自歸潁，他文字亦絶筆不作。恐知恐知。青州十餘篇亂道，爲説道上石，彼近必見矣。（同上續添）

編者按：此條又見同治《南豐縣志》卷四十。

【與元珍學士書】　修啟：氣候不常，承動履清安。辱簡誨承問，感愧！修拙疾如故，然請外非爲疾，亦與諸公求罷而從容於進退者異也。諒非遂請不能已，然亦必易遂也。承見諭，敢及之。修頓首元珍學士。子固伸意。（《三希堂法帖》第八册第二千七百七十五頁）

編者按：此條又見《樵古齋石刻》卷下。

【與曾子固書】　此人文字可驚，世所無有，蓋古之學者有或氣力不足動人。使如此文字不光耀於世，吾徒可耻也。孟、韓文雖高，不必似之也，取其自然耳。（曾鞏《元豐類稿》卷十五）

編者按：此條從曾鞏《與王介甫第一書》輯出。

## 趙　抃

【寄酬齊州曾鞏學士二首】　太守文章聳縉紳，兩湖風月助吟神。訟庭無事鈴齋樂，聊屈承明侍從人。

樂天當日詠東吴，一半勾留是此湖。歷下莫將泉石戀，而今天子用真儒。（《清獻集》卷五）

## 祖無擇

【右軍墨池】　匡廬峰下歸宗寺，曾是當年内史居。繭紙世傳遺跡後，墨池人記作書初。秋毫幾老崇山兔，舊法空觀得水魚。《筆勢圖》云：先取崇山絶谷中兔毛，人九月收之。又《用筆法》云：「送脚似游魚得水，合頭若景山興雲也。」珍重僧家能好事，朱闌碧甃壯庭除。（《祖龍學詩集》卷二）

## 金君卿

【和曾子固聞言事謫官者】　四海瘡痍劇蝟毛，愛君三諫未能逃。所期力濟生民福，不爲名存信史褒。想見斯人心獨喜，願爲君黨義尤高。時有「願與黨人」之語。忠言已入身甘竄，始見吾徒氣思豪。（《金氏文集》卷上）

## 韓維

【朝散郎試中書舍人輕車都尉賜紫金魚袋曾公神道碑】 公姓曾氏，諱鞏，字子固。其先魯人，後世遷豫章，因家江南。其四世祖延鐸，始爲建昌軍南豐人。曾祖諱仁旺，贈尚書水部員外郎。祖諱致堯，尚書户部郎中，直史館，贈右諫議大夫。考諱易占，太常博士，贈右銀青光禄大夫，其履閲行實，則有國史若墓銘在。公生而警敏，自幼讀書爲文，卓然有大過人者。嘉祐二年登進士第，調太平州司法參軍。歲餘，召編校史館書籍，歷館閣校勘、集賢校理，兼判官告院，又爲英宗實録院檢討官。出通判越州，屬歲饑，公興積藏，通有無，老稚怡怡，不出里閭，鼓腹而嬉。擢知齊州，齊俗悍强，豪宗大姓抵冒僭濫，其尤無良者，群行剽劫，光火發塚，吏不敢正視。公屬民爲伍，謹幾察，急追胥，且捕且誘，盜發輒得，市無攫金，室無冗壞，貨委于塗，犬不夜吠。徙知襄州，州有大獄，久不決，公一閲，知其冤，盡釋去，一郡稱其神明。又徙洪州，歲大疫，公儲藥物飲食，在所授病者，民以不夭死。師出安南道江西者，且萬人，公陰計逆具，師至如歸，既去而市里有不知者。進直龍圖閣，知福州，兼福建路兵馬鈐轄，賜五品服。時閩有大盜數千人，朝廷赦其罪降之，餘黨疑不順，往往屯聚，居人惴恐，瀕海山林阻深，椎埋剽盜，依以爲淵藪。公以方略禽獲募誘，亡慮數百人，增置巡邏，水行陸宿，坦如在郛郭。召判太常寺，未至，改知明州，有詔完州城，公程工賦，裁省費十六，民不知役而城具。數月，徙亳州。元豐三年，知滄州，道由京師，召對，神宗察公賢，留勾當三班院。數對便殿，其所言皆安危大計，天子嘉納之。四年，手詔中書門下曰：「曾鞏史學見稱士類，宜典五朝史事。」遂以爲史館修撰，管勾編修院，判太常寺，兼禮儀事。公入謝曰：「此大事，非臣所敢獨當。」上諭：「以此特用卿之漸耳，毋重辭。」五年，大正官名，擢拜中書舍人，賜三品服。時除授日數十百人，公各舉其職以訓，丁寧深厚，學者以爲復見三代遺風。今天子爲延安郡王，其牋奏，故事命翰林學士典之。先帝特以屬公。九月，以母喪罷。六年四月丙辰，卒于江寧府，年六十有五。七年六月丁酉，葬于南豐從周鄉之源頭，敕在所給其喪事。公剛毅直方，外謹嚴而和裕。與人交，不苟合。朋友有不善，必盡言其過，有善必推揚其所長。獎誘後進，汲汲惟恐不逮。其爲政，嚴而不擾，必去民疾苦而與所欲者。未嘗按劾官吏，所蒞至于今思之。天子且欲大用，而公不幸死矣。自大理寺丞，五遷尚書度支員外郎，授朝散郎，勳累加輕車都尉。母周氏，豫章郡太夫人；吴氏，會稽郡太夫人；朱氏，遂寧郡太夫人。元配晁氏，光禄寺少卿宗恪之女。繼室李氏，司農少卿禹卿之女。子男三人：綰，瀛州防禦推官，知揚州天長縣事；綜，瀛州防禦推官，知宿州蘄縣事；綱，右承務郎，監常州税務。二女蚤卒。孫男六人：悊、悳、愈、昰、忖、憩。悊，假承務郎。餘未仕。孫女五人。公平生無所好，惟藏書至二萬卷，皆手自讐定。又集古今篆刻爲《金石録》五百卷，出處必與之俱。既殁，集其遺稿，爲《元豐類稿》五十卷，《續元豐類稿》四十卷，《外集》十卷。自唐衰，天下之文變而不善者數百年。歐陽文忠公始大正其體，一復於雅。其後公與王荆公介甫相繼而出，爲學者所宗，於是大宋之文章，炳然與漢唐侔盛矣。初，光禄公歸，家甚貧，公竭力以養，温凊旨甘，無一不如志者。既孤，奉太夫人如事光禄，教養弟妹曲有恩意，四弟牟、宰、布、肇繼登進士第，布、肇以文學論議有聲當世。九妹皆得其所歸。嗟乎，子固！而位止於斯，而壽止於斯，然其所以自立者，可以爲不亡矣，亦可以無憾矣！銘曰：

猗嗟子固，文與質生。不勤其師，幼則大成。學富行茂，其蓄弸弸。發爲文章，一世大驚。哲人既萎，邪説嗥吠。公不聽瑩，徑前無閡。砭廢藥瘍，抉昏剔瞶。波濤沄沄，東入于海。姬淪劉亡，文弊辭靡。引商召羽，偶六駢四。組綉芬葩，不見粉米。公於其間，鷹揚虎視。發揮奥雅，揀斥浮累。巍然高山，爲衆仰止。栖遲掾曹，翺翔書府。如鷙之鶚，如薪之楚。出貳于越，究問疾苦。屬歲大歉，稼荒于畝。興積于民，發藏于庾。既助既補，裹糧含哺。或歌或呼，謂公父母。一麾出守，六上郡計。振張領目，補葺刓弊。庭不留訟，獄無濫繫。勞之來之，鰥寡以遂。公殿海服，有命來覲。帝曰汝賢，毋遠王室。其代予言，汝且輔弼。五聖大典，唯公紬繹。百官正名，唯公訓敕。忠言嘉謀，入則造膝。公用不既，公至不卒。偉望廣譽，如星如日。石可磷兮，公名不没。（《南陽集》卷二十九）

## 陳　襄

【尚書祠部員外郎集賢校理權知洪州曾鞏】以文學名於時，人皆稱其有才，然其文詞近典雅，與軾之文各爲一體。二人者皆詞人之傑，可備文翰之職。（《古靈先生文集》卷一《熙寧經筵論薦司馬光等三十三人章稿》）

## 司馬光

元豐五年，韓持國知潁昌府，官滿，有旨許令持國鈔本無持國二字再仕。中書舍人曾鞏草誥詞，稱其「純明直亮」。既進呈，上覽鈔本無覽字，批其後曰：「按維天資忿戾，素無事國之意，朋姦罔上，老不革心。朕以東宫之舊，姑委使鈔本作便郡，非所望于承流宣化者也。而鈔本有曾鞏二字，其下令曾鞏三字無草詞乖僻，可令曾鞏贖銅十斤，别草詞以進。（《涑水記聞》卷十三）

## 蘇頌

【次韻曾子固舍人上元從駕遊幸】 雪霽蓬萊瑞景新，槐楓迎日麗重宸。鐘殘長樂千門曉，輦過章街九陌春。星列從官齊拱極，風驅前蹕旋清塵。一篇未易歌鴻業，三願還將祝聖人。（《蘇魏公文集》卷十一）

## 劉敞

【李覯以太學助教召曾鞏以進士及第歸俱會郡下素聞兩人之賢留飲涵虚閣】 孤鸞方北遊，威鳳復南翔。邂逅中道遇，其音何鏘鏘。太平嚮百年，此固多美祥。擾擾都人士，爭先顯輝光。雖無醴泉流，江水清且長。雖無朝陽桐，翠樹茂且芳。念將萬里逝，願得少徬徨。爲君賦卷阿，因以謝楚狂。（《公是集》卷十三）

## 王安石

【與郭祥正太博書 之三】 某叩頭：承示新句，但知歎愧。子固之言，未知所謂，豈以謂足下天才卓越，更當約以古詩之法乎？哀荒未能劇論，當俟異時爾。聞有殤子之釁，想能以理自釋情累也。某罪逆荼毒，奄忽時序，諸非面訴無以盡。（《王文公文集》卷第四）

【與孫侔書 之二】 某頓首：辱書具感恩意之厚。先人銘固嘗用子固文，但事有缺略，向時忘與議定。又有一事，須至别作，然不可以書傳。某於子固，亦可以忘形跡矣，而正之云然，則某不敢易矣。雖然，告正之作一碣，立於墓門，使先人之名德不泯，幸矣。子固亦近得書，甚安樂，云不久來此，遂入京，恐欲知，故及此。朱氏事固如足下説，而朱秘校乃已入京，考於禮，蓋亦皆如足下之説。但愁痛不能具道此意，以質於賢者耳。銘事子固不以此罪我兩人者，以事有當然者。且吾兩人與子固豈當相求於形跡間耶？然能不失形跡，亦大善，唯碣宜速見示也。某憂痛愁苦，千狀萬端，書所不能具，以此思足下，欲飛去，可以言吾心所欲言者，唯正之、子固耳。思企，思企，千萬自愛！（同上卷第五）

【答王逢原書】 某啟：不見已兩月，雖塵勞汩汩，企望盛德，何日無之。忽辱惠書，承以《〈論語〉義》見教，言微旨奥，直造孔庭，非極高明，孰能爲之？仰羨仰羨！近蒙子固、夷甫過我，因與二公同觀，尤所歎服。何時得至金陵，以盡遠懷？不宣。某再拜。（同上卷第六）

編者按：此則《臨川先生文集》卷七十二題爲《答王深甫書之三》。

【答王景山書】 安石愚不量力，而唯古人之學，求友於天下久矣。聞世之文章者，輒求而不置，蓋取友不敢須臾忽也。其意豈止於文章耶？讀其文章，庶幾得其志之所存。其文是也，則又欲求其質，是則固將取以爲友焉。故聞足下之名，亦欲得足下之文章以觀。不圖不遺而惠賜之，又語以見存之意。幸甚，幸甚。書稱歐陽永叔、尹師魯、蔡君謨諸君以見比。此數公今之所謂賢者，不可以某比。足下又以江南士大夫爲無能文者，而李泰伯、曾子固豪士，某與納焉。江南士大夫良多，度足下不遍識。安知無有道與藝，閉匿不自見於世者乎？特以二君概之，亦不可也。况如某者，豈足道哉？恐傷足下之信，而又重某之無狀，不敢當而有也。孔子曰：「十室之邑，必有忠信如丘者。」聖人之言如此，唯足下思之而已。聞將東遊，它語須面盡之。（同上卷第八）

【答段縫書】 段君足下：某在京師時，嘗爲足下道曾鞏善屬文，未嘗及其爲人也。還江南，始熟而慕焉友之，又作文粗道其行。惠書以所聞詆鞏行無纖完，其居家，親友惴畏焉，怪某無文字規鞏，見謂有黨。果哉，足下之言也！鞏固不然。鞏文學論議，在某交遊中，不見可敵。其心勇於適道，殆不以刑禍利禄動也。父在困厄中，左右就養無虧行，家事銖髮以上皆親之。父亦愛之甚，嘗曰：「吾宗敝，所賴者此兒耳。」此某之所見也。若足下所聞，非某之所見也。鞏在京師，避兄而舍，此雖某亦罪之也，宜足下之深攻之也。於罪之中有足矜者，顧不可以書傳也。事固有跡，然而情不至是者，如不循其情而誅焉，則誰不可誅耶？鞏之跡固然耶？然鞏爲人弟，於此不得無過。但在京師時，未深接之，還江南，又既往不可咎，未嘗以此規之也。鞏果於從事，少許可，時時出於中道，此則還江南時嘗規之矣。鞏聞之，輒矍然。鞏固有以教某也。其作《懷友書》兩通，一自藏，一納某家，皇皇焉求相切劘，以免於悔者略見矣。嘗謂友朋過差，未可以絶，固且規之。規之從則已，固且爲文字自著見然後已邪，則未嘗也。凡鞏之行，如前之云，其既往之過，亦如前之云而已，豈不得爲賢者哉？天下愚者衆而賢者希，愚者固忌賢者，賢者又自守，不與愚者合，愚者加怨焉。挾忌怨之心，則無之焉而不謗，君子之過於聽者，又傳而廣之，故賢者常多謗，其困於下者尤甚，勢不足以動俗，名實未加於民，愚者易以謗，謗易以傳也。凡道鞏之云云者，固忌固怨固過於聽者也。家兄未嘗親鞏也，顧亦過於聽耳。足下乃欲引忌者、怨者、過於聽者之言，縣斷賢者之是非，甚不然也。孔子曰：「衆好之，必察焉；衆惡之，必察焉。」孟子曰：「國人皆曰可殺，未可也，見可殺焉，然後殺之。」匡章，通國以爲不孝，孟子獨禮貌之以爲孝。孔、孟所以爲孔、孟者，爲其善自守，不惑於衆人也。如惑於衆人，亦衆人耳，烏在其爲孔、孟也？足下姑自重，毋輕議鞏！（同上）

【同學一首別子固】江之南有賢人焉，字子固，非今所謂賢人者，予慕而友之。淮之南有賢人焉，字正之，非今所謂賢人者，予慕而友之。二賢人者，足未嘗相過也，口未嘗相語也，辭幣未嘗相接也。其師若友，豈盡同哉？予考其言行，其不相似者，何其少也！曰，學聖人而已矣。學聖人，則其師若友，必學聖人者。聖人之言行豈有二哉？其相似也適然。予在淮南，爲正之道子固，正之不予疑也。還江南，爲子固道正之，子固亦以爲然。予又知所謂賢人者，既相似，又相信不疑也。子固作《懷友》一首遺予，其大略欲相扳以至乎中庸而後已。正之蓋亦常云爾。夫安驅徐行，轔中庸之廷，而造於其堂，舍二賢人者而誰哉？予昔非敢自必其有至也，亦願從事於左右焉爾。輔而進之，其可也。噫！官有守，私系會合不可以常也，作《同學一首別子固》，以相警且相慰云。（同上卷第三十三）

【答子固南豐道中所寄】　吾子命世豪，術學窮無間。直意慕聖人，不問閔與顔。彼昏何爲者？誣構來噸噸。應逮犯秋陽，動爲人所歎。不恤我躬瘁，乃嗟天澤慳。令人念公卿，煒煒趨玉班。伯無憫世意，狙猿而佩環。愛子所守卓，憂予不能攀。永矢從子遊，合如扉上鐶。願言借餘力，迎浦疏潺潺。亦有衣上塵，可攀禪泰山。大江秋正清，島溆相縈彎。四盼浩無主，日暮煙霞斑。水竹密以勁，霜楓衰更殷。賞托亦云健，行矣非閒關。相期東北遊，致館淮之灣。無爲襲寧贏，悠然及温還。（同上卷第四十二）

【寄曾子固二首】　嚴嚴中天閣，藹藹層雲樹。爲子望江南，蔽虧無行路。平生湖海士，心跡非無素。老矣不自知，低徊如有慕。傷懷西風起，心與河漢注。哀鴻相隨飛，去我終不顧。崔嵬天門山，江水繞其下。寒渠已膠舟，欲往豈無馬？時恩繆拘綴，私養難乞假。低徊適爲此，含憂何時寫？吾能好諒直，世或非詭詐。安得有一廛？相隨問耕者。（同上卷第四十三）

【得子固書因寄】　始吾居揚日，重問每見及。云將自親側，萬里同講習。子行何舒舒，吾望已汲汲。窮年夢東南，顔色不可挹。仁賢豈欺我，正恐事維縶。嚴親抱憂衰，生理賴以給。不然航江外，天寒北風急。無乃山路惡，僕弱馬行澀。孤懷未肯開，歲物忽如蟄。竭來高郵住，巷屋頗卑濕。蓬蒿稍芟除，茅竹隨補葺。苟云禦風氣，尚恐憂雨汁。故人莫在眼，屢獨開巾笈。忠信蓋未見，吾敢誣茲邑？出關誰與語，念子百憂集。眺聽聊自放，日暮城頭立。徐歸坐當户，使者操書入。時開識子意，如渴得美湆。驪駒日就道，玉手行可執。舊學待鐫磨，新文得删拾。重登城頭望，喜氣滿原隰。（同上）

【贈曾子固】　曾子文章衆無有，水之江漢星之斗。挾才乘氣不媚柔，群兒謗傷均一口。吾語群兒勿謗傷，豈有曾子終皇皇？借令不幸賤且死，後日猶爲班與楊！（同上）

【次韻舍弟遇子固憶少述　時舍弟在臨川】　歸計何時就一廛？寒城回首意茫然。野林細錯黄金日，溪岸寬圍碧玉天。飛兔已聞追騕褭，太阿猶恨失龍泉。遥知更憶河濱友，從事能忘我獨賢！（同上卷第五十四）

【豫章道中次韻答曾子固】　離别何言邂逅同，今知相逐似雲龍。蒼煙白霧千山合，緑樹青天一水容。已謝道塗多自放，將歸田里更誰從？龐公有意安巢穴，肯問簞瓢與萬鍾！（同上卷第五十五）

【得孫正之詩因寄兼呈曾子固】　一歲已闌人意倦，出門風物更蕭然。水摇疏樹荒城路，日帶浮雲欲雪天。未有詩書論進退，謾期身世托林泉。因思漠北離群久，此日窮居賴見賢。（同上卷第五十九）

【寄曾子固】　斗粟猶慚報禮輕，敢嗟吾道獨難行。脱身負米將求志，戮力乘田豈爲名？高論幾爲衰俗廢，壯懷難值故人傾。荒城回首山川隔，更覺秋風白髮生。（同上）

【還自舅家書所感】　行行過舅居，歸路指親廬。日苦樹無賴，天空雲自如。黄焦下澤稻，緑碎短樊蔬。沮溺非吾意，憫嗟聊駐車。（同上卷第七十四）

編者按：《曾鞏集》卷第七有《酬介甫還自舅家書所感》詩。

【祭曾博士文】 嗚呼！公以罪廢，實以不幸。卒困以夭，亦惟其命。命與才違，人實知之。名之不幸，知者爲誰？公之閭里，宗親黨友，知公之名，於實無有。嗚呼公初，公志如何！孰云不諧，而厄孔多？地大天穹，有時而毁。星日脱敗，山傾谷圮。人居其間，萬物一偏，固有窮通，世數之然。至其壽夭，尚何憂喜！要之百年，一蜕以死。方其生時，窘若囚拘。其死以歸，混合空虚。以生易死，死者不祈。唯其不見，生者之悲。公今有子，能隆公後。惟彼生者，可無甚悼。嗟理則然，其情難忘。哭泣馳辭，往侑奠觴。（同上卷第八十二）

【户部郎中贈諫議大夫曾公墓誌銘】 公諱某，字某。先封鄫，鄫亡，去「邑」爲氏。王莽亂，都鄉侯據棄侯之豫章家之，蓋豫章之南昌，後分爲南豐，故今爲南豐人。某爲唐沂州刺史，再世生某，贈尚書水部員外郎，公考也。李氏有江南，上公進士第一，不就。太平興國八年，乃舉進士中第，選主符離簿。歲餘，授興元府司録，道遷大理評事，遷光禄寺丞，監越州酒。召見，拜著作佐郎，知淮陽軍。將行，天子惜留之，直史舘，賜緋魚袋，使自汴至建安軍行漕。詔曰：「凡三司州郡事有不中理者，即驗之。」最鈎得匿貨以五百萬計。除秘書丞、兩浙轉運副使，改正使。始諫議大夫、知蘇州魏庠，知侍御史、知越州王柄，不善於政而喜怒縱人，庠介舊恩以進，柄喜持上，公到，劾之以聞。上驚曰：「曾某乃敢治魏庠，克畏也。」克畏，可畏也，語轉而然。庠、柄皆被絀。楊允恭督楊子運，公每得詔，曰：「使在外，便文全己，非吾心也。」輒不果行。允恭告上，上使問公，公以所守言，上繇此薄允恭，不聽。

言苛税二百三十餘條，罷之。移知壽州，壽俗富貲自豪，陳氏、范氏名天下，聞公至，皆迎自戢，公亦盡歲無所罰。既代，空一城人遮行，至夜，乃從二卒騎出城去，在郡轉太常博士、主客員外郎。章獻嗣位，常親決細務，公言之，又言民憊甚，宜弛利禁。是時羌數犯塞，大臣議棄銀、夏以解之。公奏曰：「羌虛款屬我，我分地王之，非計也。令羌席此，劫它種以自助，不過二三年，恚必復起矣，宜擇人行塞下，調兵食，待其變而已。」不報。二年，羌果反，圍靈州，議棄靈州勿事。公議曰：「羌所以易拒者，以靈州綴其後也。」判三司鹽鐵勾院，天子欲以爲知制誥，召試矣，大臣或忌之，除戶部員外郎、京西轉運使。請限公卿大夫子官京師。陳彭年議遣使行諸部減吏員，下其事京西。公曰：「彭年議，無賢愚，一切置不邪，抑擇愚廢之耶？擇愚而廢之，人材其可以早暮驗耶？」上令趣追使還。數論事，上感之，還公。既而王均誅，命公撫蜀，所創更百餘事。李繼遷再圍清遠、靈武，以丞相齊賢爲邠寧、環慶、涇原、儀渭經略使，丞相引公爲判官。公奏記曰：「兵數十萬，王超既已都部署矣，今丞相徒領一二朝士往臨之，超用吾進退乎？吾能以謀付與超而有不能自將乎？不並將而西，無補也。超能薄此重事，願更審計。」丞相乃以公爲言。詔陝西即經略使追兵，皆以時赴。公曰：「將士在空虛無人之處，事薄而後追兵，如後何？」遂辭行，上怒，未有所發。會召賜金紫，公曰：「丞相敏中以非功德進官，臣論其不可用，今臣受命，事未有效，不敢以冒賜。」固辭，繇此貶公爲黄州團練副使。既而超果敗，清遠、靈武踵亡。會南郊恩，復官知泰州，丁母夫人陳氏憂，外除，授吏部員外郎、知泉州。公常謂選舉舊制非是，請得論改之。陳省華子堯咨請托多爲姦，以科第畀舉人敗，省華、堯咨有邪巧材，朝廷皆患惡，而方幸，無敢斥之者，公入十餘疏辯之，移知蘇州。至五日，移知揚州。揚州守職田，歲常得仟斛，然遣吏督貧民耕，民苦之，公不使耕。天子方崇符瑞，興昭應諸宫，且出幸祠。公疏言：「昔周成王既卜世三十，卜年七百，然觀於《周禮》，其經緯國體，人事微細無不具，則知王者受命，必修人事，以稱天所以命之之意，不舉屬之天以怠人事也。」終曰：「陛下始即位，以爵禄待君子。近年以來，以爵禄畜盜賊。」大臣愈不懌，移知鄂州。封泰山恩，遷禮部郎中。始解揚州，受添支多一月，公尋自言，惡公者因復絀公監江寧鹽酒。西祀恩，遷户部郎中。以祥符五年五月二十二日疾不起，年六十六。階至朝請郎，勳至騎都尉。遺戒曰：「毋陷於俗，媚夷鬼以污我。」家人行之。所著書若干卷，傳於世，文長於歌詩云。以某年某月日歸葬南豐之東園。始公娶黄氏，生子男七人，仕者三人。某嘗爲太常博士，以能文稱。公以博士故，贈諫議大夫。公没八年而博士子鞏生，生若干年，水潰墓，改葬公龍池鄉之原頭，某年月日也。葬有日，鞏以博士命次公生平事，使來曰：「爲我誌而銘之。」安石視公猶大父也，其少也，則得公之詳，如其孫之云。始公自任以當世之重也，雖人望公則亦然。及遭太宗，愈自謂志可行，卒之閉於姦邪，彼誠有命焉，悲夫！亦正之難合也，雖其難合，其可少枉，合乎未可必也，彼誠有命焉。雖然其難合也，祇所以見士也。孔子曰：「所謂大臣者，以道事君，不可則止。」於戲！公之節，庶幾所謂大臣者歟？銘曰：

既墓而圮，乃升宅原。誰來求銘？公子與孫。公初哀終，惟義之事。維才之完，而薄其施。及其後人，有克厥家。天啟公子，非在兹耶？（同上卷第八十七）

【太常博士曾公墓誌銘】公諱易占，字不疑，姓曾氏，建昌南豐人，其世出有公之考贈諫議大夫致堯之碑。大夫當太宗、真宗世爲名臣。公少以蔭補太廟齋郎，爲撫州宜黄、臨川二縣尉。舉三司法，中進士第，改鎮東節度推官，還改武勝軍節度掌書記、崇州軍事判官，皆不往。用舉者監真州裝卸米倉，遷太子中允、太常丞、博士，知泰州之如臯、信州之玉山二縣。知信州錢仙芝者，有所丐於玉山，公不與，即誣公，吏治之，得所以誣公者，仙芝則請出御史。當是時，仙芝蓋有所挾，故雖坐誣公抵罪，而公亦卒失博士，歸不仕者十二年。復如京師，至南京病，遂卒。娶周氏、吴氏，最後朱氏，封崇安縣君。子男六人，曅、鞏、牟、宰、布、肇，女九人。公以端拱己丑生，卒時慶曆丁亥也。後卒之二年而葬，其墓在南豐之先塋。始公以文章有名，及試於事，又愈以有名。臨川之治，能不威而使惡人之豪帥其黨數百人皆不復爲惡。在越州，其守之合者倚公以治，其不合者有所不可，公輒正之。莊獻太后用道士言作乾明觀，匠數百人，作數歲不成。公語道士曰：「吾爲汝成之。」爲之損其費太半，役未幾而罷。如臯歲大饑，固請於州，而越海以糴，所活數萬人。明年稍已熟，州欲收租賦如常，公獨不肯聽，歲盡而泰之縣民有復亡者，獨如臯爲完。既又作孔子廟，諷縣人興於學。玉山之政，既除其大惡，而至於橋梁廨驛無所不治。蓋公之已試於事者能如此。既仕不合，即自放，爲文章十餘萬言，而《時議》十卷尤行於世。《時議》者，懲已事，憂來者，不以一身之窮而遺天下之憂。以爲其志不見於事，則欲發之於文，其文不施於世，則欲以傳於後，後世有行吾言者，而吾豈窮也哉？蓋公之所爲作之意也。寶元中，李元昊反，契丹亦以兵近邊，陽爲欲棄約者，天子獨憂之，詔天下有能言者皆勿諱。

于是言者翕然論兵以進，公獨以謂天下之安危顧吾自治不耳，吾已自治，夷狄無可憂者，不自治，憂將在於近，而夷狄豈足道哉？即上書言數事，以爲事不爾後當如此，既而皆如其云。公之遭誣，人以爲冤，退而貧，人爲之憂也。而公所爲十餘萬言，皆天下事，古今之所以存亡治亂，至其冤且困，未嘗一以爲言。公没，而其家得其遺疏，曰：「劉向有言：『讒邪之所以並進者，由上多疑心，用賢人而行善政，如或譖之，則賢人捨而善政還。』此可謂明白之論切於今者。夫夷狄動於外，百姓窮於下，臣以謂尚未足憂也。臣之所謂可憂者，特在分諸臣之忠邪而已。」其大略如此，而其詳有人之難言者。蓋公既病而爲之，未及上而終云。嗚呼！其尤可以見公之志也。夫諫者貴言人之難言，而傳者則有所不得言，讀其略，不失其詳，後世其有不明者乎？公之事親，心意幾微，輒逆得之。好學不怠，而不以求聞於世。所見士大夫之喪葬二人：逆一人之柩以歸，又字其孤；又一人者，宰相舅，嘗爲贊善大夫，死三十年猶殯，殯壞，公爲增修，又與宰相書，責使葬之。此公之行也。蓋公之試於事者小而不盡其材，而行之所加又近，唯其文可以見公之所存，而名後世。故公之故人子王某，取其尤可以銘後世者，而爲銘曰：

夫辨邪正之實，去萬事之例，而歸宰相之責；破佛與老，合兵爲農，以立天下之本；設學校，獎名節，以材天下之士；正名分，定考課，通財幣，以成制度之法：古之所以治者，不皆出於此乎？而《時議》之言如此。讀其書以求其志，嗚呼，公之志何如也！（同上）

【河東縣太君曾氏墓誌銘】尚書都官員外郎臨川吴君諱某之夫人，河東太君南豐曾氏，尚書吏部郎中、贈右諫議大夫諱某之子。諫議君伉直以擯死，而都官君尤孝友忠信，鄉里稱爲長者。夫人於財無所蓄，於物無所玩，自司馬氏以下史所記世治亂、人賢不肖，無所不讀，蓋其明辨智識，當世游談學問知名之士有不能如也。雖内外族親之悍强頑鄙者，猶知嚴憚其爲賢；而夫人拊循應接，親疏小大，皆有禮焉。嘉祐三年某月某甲子，年七十，終於寢。有子四人：芮，秘書丞；蕡，亳州録事參軍；其次蕃、蒙，曾出也，皆進士，而蒙爲象州司户參軍。于是蕡、蕃皆已卒，芮、蒙以某年某月某甲子，葬夫人某縣某鄉某所之原。某實夫人之外孫，而夫人歸之以其孫者也。涕泣而爲銘曰：

靜專幽閑，女子之方，閎覯博考，乃士之常。猗歟夫人，學問明智。其德女子，其能則士。我求於往，孰與比儕？嗚呼！公父穆伯之妻。（同上卷第九十九）

【寄曾子固】吾少莫與合，愛我君爲最。君名高山嶽，嵑嶪嵩與泰。低心收舂友，似不讓塵壒。又如滄江水，不逆溝畎澮。君身揭日月，遇輒破氛靄。我材特窮空，無用補倉廥。謂宜從君久，垢污得洮汰。人生不可必，所願每顛沛。乖離五年餘，牢落千里外。投身落俗穽，薄宦自鉗釱。平居每自守，高論從誰丐。摇摇西南心，夢想與君會。思君挾奇璞，願售無良儈。窮閻抱幽憂，凶禍費禳禬。州窮吉士少，誰可婿諸妹？仍聞病連月，醫藥誰可賴？家貧奉養狹，誰與通貨貝？詩人刺曹公，賢者荷戈祋。奈何遭平時，德澤盛汪濊。鸞鳳鳴且下，萬羽來翽翽。呦呦林間鹿，爭出噬蘋藾。乃令高世士，動輒遭狼狽。人事既難了，天理尤茫昧。聖賢多如此，自古云無奈。周人貴婦女，扁鵲名醫滯。今世無常勢，趨舍唯利害。而君信斯道，不閔身窮泰。棄捐人間樂，濯耳受天籟。諒知安肥甘，未肯顧糠糩。龍螭雖蟠屈，不慕虵蟬蜕。令人重感奮，意勇忘身蕞。何由日親炙，病體同砭艾。功名未云合，歲月尤須愒。懷思切劘効，中夜淚霶霈。君嘗許過我，早晚治車軑。山溪雖峻惡，高眺發蒙眛。峰巒碧參差，木樹青晻藹。桐江路尤駛，飛槳下鳴瀨。漁村指暮火，酒舍瞻晨旆。清醪足消憂，玉鱠行可膾。行行願無留，日夕佇傾蓋。會將見顏色，不復謀蓍蔡。延陵古君子，議樂耻言鄶。細事豈足論，故欲論其大。披披發鞬櫜，懍懍見戈鋭。探深犯嚴壁，破惑緐強獪。離行步荃蘭，偶坐陰松檜。宵牀連衾幬，晝食共簏糲。兹歡何時合，清瘦見衣帶。作詩寄微誠，誠語無綵繪。（《臨川先生文集》卷十二）

【答曾子固書】　某啓：久以疾病不爲問，豈勝嚮往！前書疑子固於讀經有所不暇，故語及之。連得書，疑某所謂經者佛經也，而教之以佛經之亂俗。某但言讀經，則何以別於中國聖人之經，子固讀吾書每如此，亦某所以疑子固於讀經有所不暇也。然世之不見全經久矣，讀經而已，則不足以知經。故某自百家諸子之書，至於《難經》、《素問》、《本草》、諸小説，無所不讀；農夫女工，無所不問，然後於經爲能知其大體而無疑。蓋後世學者，與先王之時異矣。不如是，不足以盡聖人故也。楊雄雖爲不好非聖人之書，然於墨、晏、鄒、莊、申、韓亦何所不讀？彼致其知而後讀，以有所去取，故異學不能亂也。惟其不能亂，故能有所去取者，所以明吾道而已。子固視吾所知，爲尚可以異學亂之者乎？非知我也。方今亂俗不在於佛，乃在學士大夫沉没利欲，以言相尚，不知自治而已。子固以爲如何？苦寒，比日侍奉萬福，自愛。（同上卷七十三）

【與王逢原書 之六（節録）】 某昨至金陵，忽忽遂歸番，冬末須一到金陵，不知逢原此行以何時到江陰。今必與吴親同舟而濟，但到金陵莫須求客舟以往否？近制船難爲謀，自金陵至潤只一兩程，到潤則求舫至江陰亦易矣。某處此遂未有去理，如孫少述、丁元珍、曾子固尚以書見，止不宜自求便安，數溷朝廷，它人復可望其見察者乎？（同上卷七十五）

【曾公夫人萬年太君黄氏墓誌銘】 夫人江寧黄氏，兼侍御史知永安場諱某之子，南豐曾氏贈尚書水部員外郎諱某之婦，贈諫議大夫諱某之妻，凡受縣君封者四：蕭山、江夏、遂昌、雒陽。受縣太君封者二：會稽、萬年。男子四，女子三。以慶曆四年某月日卒於撫州，壽九十有二。明年某月葬於南豐之某地。夫人十四歲無母，事永安府君至孝，修家事有法。二十三歲歸曾氏，不及舅水部府君之養，以事永安之孝事姑陳留縣君，以治父母之家治夫家，事姑之黨稱其所以事姑之禮，事夫與夫之黨若嚴上然；眂子慈，眂子之黨若子然。每自戒：「不處白人善否。」有問之，曰：「順爲正，婦道也，吾勤此而已。處白人善否，靡靡然爲聰明，非婦人宜也。」以此爲女與婦，其傳而至於没，與爲女婦時弗差也。故内外親無老幼疏近，無智不能，尊者皆愛，輩者皆附，卑者皆慕之。爲女婦在其前者多自歎不及，後來者皆曰可矜法也。其顔色在視聽，則皆得所欲，其離别則涕洟不能捨。有疾皆憂，及喪，來弔哭皆哀有餘。於戲！夫人之德如是，是宜有銘者。銘曰：

女子之德，煦願愉愉。教隳弗行，婦妾乘夫。趨爲亢厲，勵之顓愚。猗嗟夫人，惟德之經。媚於族姻，柔色淑聲。其究女初，不傾不盈。誰擬不信，來監於銘。（同上卷九十九）

【曾公夫人吴氏墓誌銘】　夫人吴氏，太常博士南豐曾君之配，世家臨川。二十四歸曾氏，三十有五以病終。子男三：鞏、牟、宰；女一。時博士方爲越州節度推官。某年月日，乃啓其殯臨川，葬南豐之某地。前葬，鞏謀於宗之長者，而請於博士曰：「夫人事皇姑萬壽太君，承顔色，教令一，主於順，斟酌衣服飲食盡其力，皇姑愛之如己女，於大人得輔佐之宜，於族人上下適其分。今其葬，宜得銘，秘之墓中，於以永永延夫人之德，無不可者。」博士曰：「然。」乃來求銘。夫人固早没，不及見其存時，雖然博士先人行也，而又鞏於友莫厚焉，於夫人之葬而銘也，其何讓？銘曰：

宋且百年，江之南有名世者先焉。是爲夫人之子葬夫人於此。於戲！（同上卷第一百）

# 强　至

【寄齊州曾子固學士】　歷山名重舜耕餘，太守文章世罕如。但見清風變齊魯，未聞紫詔起嚴徐。最宜視草歸時訓，可惜揮毫落簿書。千騎行春且乘興，里無勝母莫回車。（《祠部集》卷十）

【回越州通判曾學士書】　適懷清範，遽獲盛牋。粲然辭意之形，宛爾聲顔之接。會稽請去，暫虚嚴助之直廬；宣室歸來，行對漢文之前席。炎威寖劇，時祉載蕃。（同上卷二十七）

【回越州通判曾學士書】　居留少暇，衰病相仍。缺馳書舍之音，增企儒林之範。遠紆榮問，備戢高情。矧術業之表時，號文章之貫古。優游法從，潤色辰猷，兹茂器之所宜，非别車之可屈。行祇嚴召，倍冀珍頤。（同上卷三十一）

【代魏公回曾子宣學士書(節録)】竊審發蘊治朝，垂光書殿，家聲繼美，士論稱榮。(同上)

【回越州通判曾學士書】二氣交泰，百家寖亨。茂對歲端，亶應時祉。恭以某官學探聖際，文醇古初。頡頏嚴塗，久積士林之望；徘徊别乘，高深賢器之藏。年籥更新，召函垂至。首紆慶問，倍戢感悰。(同上)

【代魏公回曾舍人書】審對制函，進陞禁掖。訓辭鼓天下之聽，詔命見聖人之心。維時代言，僉曰宜職。某官道結真主，學通先王。盛際親逢於有爲，貴名自取於不次。兼提數局，奄有群才之所長；屢抗至言，力齊衆論之不一。聊屬演綸之手，未殫澤物之心。勢匪久居，議當大用。適叨封國之假守，側聽治朝之得賢。未列慶音，首紆榮誨；永言感愧，奚盡文陳。(同上)

## 李清臣

【曾博士易占神道碑 哲宗時】曾公諱易占，字不疑，系出建昌之南豐。考諱致堯，以文學論議知名天下，官至户部郎中，言事忠切，於權貴無所避，竟貶以卒。自江寧府官所歸葬南豐，歐陽文忠嘗作碑以勒於墓隧，其論家世封域詳矣。歐陽公又曰：「夫晦顯常相反覆，而世德之積久，則其發也宜非一二世而止。公有不得盡施者，其必有以遺於後乎？」公第五子，初以蔭補太廟齋郎，歷撫州、宜黄、臨川縣尉，舉州司法。進士中第，改鎮江軍節度推官、武勝軍節度掌書記、蔡州軍事判官，皆不赴。舉監真州裝卸倉，遷太子中允、太常丞，以博士知泰州如皋縣，又知信州之玉山縣。州守貪得不法，公逆折其所欲，守愠公，中之以事，御史劾治媕娿不盡。守雖坐譴，猶奪公博士。公受誣以歸，十二年不仕。公曰：「吾身弗用，吾豈戚戚於是哉！唯志之所存，不可偕吾身以殁也。」乃寓其志於文章，凡數萬言，作《時議》三十篇，其略以謂治天下先名教，次之以省事，又次之以擇人，然後立制度、信賞罰、重號令，敦本以帥之，節用以持之，夷狄可以理服也，盗賊可以術消也。治道之本先定而其末亦從而舉矣。書成，其後將如京師，抵南都，感疾薨。又二年，諸子舉公柩葬先君之隴下。公之殁既久，而賢士大夫言時政之所宜，以及朝廷有施設措置，思所以維馭太平者，而《時議》之説往往行於其間。如開廣學校，長養人材，分别科選，訓輯民兵，責宰相以事實，竄讒臣以警姦慝，罷居喪之起復者，多如公嘗所論著者。識者始謂公材能事業，可相天下。公平居泊然無所事，而獨積思於學，至吏治尤爽快，其爲縣能使豪强自斂飭，且帥其里人不犯法。在越屢直州守之失；在如皋建畫於州，航海以糴，活饑人數萬，其來年又力請寬逋租，民賴以安；興學校以教縣人。寶元中趙元昊叛，士爭言兵。公曰：「《春秋》之義先自治，吾能自治，夷狄非所憂也。自治且否，何遽言兵耶？」其論蓋如此。家甚貧，葬客死之士二人，歸其柩、字其孤者又一人。宰相舅有爲讚善大夫死三十年猶殯者，殯壞，公爲完之，且移書宰相責使葬。公生端拱己丑，終慶曆丁亥。子男七人：鞏，文章馳騁歐陽諸公間，自爲一家，仕至知制誥卒。牟，行誼過人，今卒。宰，亦早卒。布，事神宗皇帝，擢翰林學士，今上用爲知樞密院事。肇，歷中書舍人，今知海州事。公之曾祖諱延鐸，曾祖妣羅氏。祖諱仁旺，贈尚書水部員外郎，今累贈太保。祖妣周氏，初封陳留縣太君，今封國太夫人。考累贈太傅，妣封國太夫人。

公初娶周氏，今追國夫人；再娶吴氏，封國夫人；後娶朱氏，封國夫人。初，公之亡，家人得篋中疏稿，謂劉向言治道在别邪正，夷狄動於外，百姓窮於下，尚未足憂也。正人不用、邪臣進，斯可憂矣。公已葬後三十六年，臨川王丞相論公平生出處學行之所至，書之於碑陰。嗚呼！公其不殁矣。銘曰：公之於物，檄曲規邪。小人徂疾，君子嘆嗟。公之於事，周通縷制。細大本末，經經緯緯。凡公之言，匪葩匪組。品判是非，商較今古。公之所志，非己惟人。險夫躓公，斯困吾民。有書不志，雖詘猶伸。猗考如斯，猗子若兹。載其令光，世永如之。孰裕厥實，孰信厥詞。相國文公，前有銘詩。（《名臣碑傳琬琰集》中卷四十二）

## 劉摯

【正月十一日迎駕大慶殿次曾子固韻】錦繡龍鸞仗衛新，絳袍黄繖拜行宸。天開雲日端闈曉，歲謁衣冠别廟春。歸輦順風傳鼓吹，廣街嚴蹕静音塵。上元咫尺瞻游豫，更慰都城望幸人。（《忠肅集》卷十九）

## 沈遼

【子固挽詞】江左老儒宗，鴻名五紀中。晚方參法從，久已冠群公。纏服始去位，仙丹浩無功。古人稱不朽，終不愧軻雄。（《雲巢編》卷五）

典學蚤名世，緒餘爲史師。剛嚴終不倚，亮直欲誰欺？疾惡太阿刃，立言黄絹辭。平生舊遊意，流涕

向豐碑。(同上)

【祭曾舍人】 維年月日，餘杭沈某，謹以清酒牲牢，敢昭告於故友子固舍人兄之靈。嗚呼！昔有以相知者，世豈復知？公今逝矣，而吾方寄死於衰羸。欲矢諸文辭以抒哀兮，空皎皎，其何爲？吾聞聰明正直，歿將爲神，尚何疑？清酒在罇，牲牢在桙，即具事神之禮以告。維公來下而饗之。(同上卷十)

## 林　希

【朝散郎試中書舍人輕車都尉賜紫金魚袋曾公墓誌銘並序】 公曾氏，諱鞏，字子固。其先魯人，後世遷豫章，因家江南。公之四世祖延鐸，始爲建昌軍南豐人。曾祖諱仁旺，贈尚書水部員外郎。祖諱致堯，太宗、真宗時，上書言天下事，嘗見選用，仕至尚書户部郎中，直史館，贈右諫議大夫，文忠歐陽公爲銘其墓碑。考諱易占，太常博士，贈光禄卿。公生而警敏，讀書過目輒誦。十二歲能文，語已驚人，日草數千言。始冠遊太學，歐陽公一見其文而奇之。公於經，微言奥旨，多所自得。一不蔽於俗學，隨問講解，以開學者之惑。其議論古今治亂得失賢不肖，必考諸道，不少貶以合世。其爲文章，句非一律，雖開合馳騁，應用不窮，然言近指遠，要其歸必止於仁義，自韓愈氏以來，作者莫能過也。由慶曆至嘉祐初，公之聲名在天下二十餘年，雖窮閻絶徼之人，得其文手抄口誦，惟恐不及，謂公在朝廷久矣。而公方以鄉貢中進士第，爲太平州司法參軍。歲餘，召編校史館書籍，爲館閣校勘，集賢校理，兼判官告院，爲英宗實録院檢討官。出通判越州。初，嘉祐中，州取酒場錢給牙前之應募者，錢不足，乃使鄉户輸錢助役，期七年止，期盡而責鄉户輸錢如故。公閲文書，得其姦，立罷之，且請下詔約束，毋得擅增募人錢。歲饉，度常平不足以賑。前期諭屬縣，使富人自實粟，得十五萬石，視常平價稍增以予民。又出錢粟五萬，貸民爲種糧，使隨歲賦以入，民賴以全活。徙知齊州。齊俗悍，善攻劫，豪宗大姓多撓法。曲隄周氏世衣冠，以資雄里中。其子偕横，至賊殺平人，州縣莫敢詰。公至，首置之法。歷城章丘民聚黨數十百人，椎埋盜奪横行，無敢正視者。公禽致，悉黥徙之。弛無名渡錢，爲橋以濟往來。是時，州縣未屬民爲保伍，公獨行之。設方略，明賞購，急追捕，且開人自言，盜發輒得。由是奸寇屏迹，民外户不閉，道至不拾遺，獄以屢空。會朝廷初變法，公推法意施行之，有次第，民便安之。後使者至，或希望私欲有所爲，公不聽也。徙襄州，州繼有大獄，久不決。有當論死者，公閲其狀曰：「是當勿論，何得留此？」吏不能對。即出之，緣而釋者百餘人。州人叩頭曰：「吾州前坐死者衆矣，寧知非冤乎？」又徙洪州，歲大疫，自州至縣鎮亭傳，皆儲藥以授病者，其不能具食飲衣衾者，佐以庫錢。師出安南，道江西者，詔爲萬人備。公獨不以煩民，爲之區處次舍井爨什器，皆前期而辦，兵既過，市里有不知者。已而它州以不蚤計擾民者皆得罪。進直龍圖閣，知福州，兼福建路兵馬鈐轄，賜緋章服。時部中大盜數起，南劍州賊渠廖恩者，既赦其罪，誘降之，餘衆猶觀望，陰相推附，至連數州，其尤桀者，隸將樂縣，縣呼之不肯出，居人大恐。公遣使者以謀致之，前後自歸若就執者幾二百人，海盜自殺與縛致者又數十人。吏士以次受賞。復請並海增巡檢員，以壯聲勢，自是無敢竊發者。民行山浮海，如在郛郭。召判太常寺，未至，改知明州。有詔完城，役有期。

公親巡行，裁其工費甚衆，其力出於籍兵傭夫，而不以及民，城由是亟就。數月徙亳州，亳亦多盜，公治之如在齊時。公素慨然有志於天下事，仕既晚，其大者未及試。而外更六州皆劇處，然公爲之無難。始至，必先去民所甚患者，然後理頹弊，正風俗。凡所措畫，皆曲折就繩墨。其餘力比次案牘簿書。與屬縣爲期會，以省追呼。皆有法，終其去州，未嘗有一人至田里者。故所至有惠愛，既去，民思之不已，所爲法後終不可改。寮屬聞公名，始皆嚴憚之，久而察公廉平無私，又未嘗有所按擿，卒皆愧服。福州無職田，州宅歲收菜錢常三四十萬，公獨不取，以佐公錢，後至者亦不敢取。平居推誠待物，坦然無疑，於朋友喜盡言，雖取怨怒亦不悔。自其求補外凡十二年，而不悦公者屢欲有以擠之。然公奉法循理，終莫能中傷。賴天子聖明，察公賢，欲召用者數矣。元豐三年，徙知滄州，過都，召見勞問久之，留勾當三班院。公亦感激奮勵，思有所自效。數對便殿，其所言，上每嘉納之。四年，手詔中書門下曰：「曾鞏史學見稱士類，宜典五朝史事。」遂以爲史館修撰、管勾編修院、判太常寺、兼禮儀事。近世修國史，必衆選文學之士，以大臣監總，未有以五朝大典獨付一人如公者。公入謝曰：「此大事，非臣所敢當。」上曰：「此用卿之漸爾。」因諭公，使自擇其屬。公薦邢恕，以爲史館檢討。五年四月正官名，擢拜中書舍人，賜紫章服，始受命，促使就職。時自三省至百執事，選授一新，除吏日至數十，人人舉其職事以戒，上數稱其典雅，天下翕然傳之。皇子延安郡王戕奏，故事命翰林學士典之，上特以屬公。九月遭母喪，罷。六年四月丙辰卒于江寧府，享年六十有五。公自大理寺丞五遷尚書度支員外郎，授朝散郎。母曰文城郡太君吴氏，仁壽郡太君朱氏。娶晁氏，宜興縣君。又娶李氏，嘉興縣君。三男子：綰，太平州司理參軍；綜，太廟齋郎；綱，未仕。孫六人：悊、恴、愈、𢘑、忒、憇。公既卒，上以綱爲承務郎，悊爲假承務郎，敕所在量給其喪事。以七年六月丁酉葬公南豐從周鄉之源頭。公於取舍去就必應禮義，未始有所阿附。治平中，大臣嘗議典禮，而言事者多異論，歐陽公方執政，患之。公著議一篇，據經以斷衆惑，雖親戚莫知也。後十餘年，歐陽公退老于家，始出而示之，歐陽公謝曰：「此吾昔者願見而不可得者也。」所著《元豐類稿》五十卷，《續元豐類稿》四十卷，《外集》十卷。性嗜書，家藏至二萬卷，集古今篆刻，爲《金石録》又五百卷，出處必與之俱。平生論事甚多，與夫所下條教可以爲世法者，不可悉著。公少事光禄，家甚貧，奔走四方以致養。既孤，奉太夫人孝，鞠其四弟九妹，友愛甚篤，宦學婚嫁，一出公力。公既以文章名天下，其弟牟、宰、布、肇又繼中進士科，布嘗任翰林學士，肇以選爲尚書吏部郎中，與公同時在館閣，世言名家者推曾氏。公方遭時得君，未及有爲，而不幸以歿。士大夫爲之相吊，公之盛德，抑復有以遺于後乎！嗚呼，曾氏其顯矣！銘曰：

曾氏在南，三世有聞。維祖維考，始亨復屯。畜厚潛深，儒學之門。迨公之興，益顯於文。奮躬力行，道義之存。公自布衣，譽望四出。既位於朝，其剛不屈。公久於外，或留或徙。誰其知之？惟聖天子。天子曰咨，予惟汝賢。典予史事，五聖之傳。公拜稽首：臣敢不勉？肇新有官，左右慎選。於時中書，命令所在。帝曰往哉，予言汝代。凡百執事，分屬列職。肅然盈庭，俯聽訓敕。靖共夙夜，以出謀猷。四方鼓舞，天子之休。昔蒧父子，見稱仲尼。淵源有來，公則承之。矧公親逢，聖人之時。帝察其忠，從容眷睞。赫然榮名，受祉未艾。奄以艱去，訃聞何亟。揩紳咨嗟，相顧失色。有存者言，有遺者直。惟兹之銘，是謂不没。（《曾鞏集》附録）

編者按：一九七〇年冬曾鞏墓誌在南豐縣南郊七公里源頭村崇覺寺側出土。誌蓋全稱爲「宋中書舍人曾公墓誌銘」，墓誌首稱：「朝散郎試中書舍人輕車都尉賜紫金魚袋曾公墓誌銘並序」，「朝散郎守尚書禮部郎中上騎都尉賜緋魚袋林希撰」。

## 蘇　軾

【送曾子固倅越得燕字】　醉翁門下士，雜沓難爲賢。曾子獨超軼，孤芳陋群妍。昔從南方來，與翁兩聯翩。翁今自憔悴，子去亦宜然。賈誼窮適楚，樂生老思燕。那因江鱠美，遽厭天庖羶。但苦世論隘，聒耳如蜩蟬。安得萬頃池，養此横海鱣。（《蘇軾詩集》卷六）

【與曾子固一首】　軾叩頭泣血言：軾負罪至大，苟生朝夕，不自屏竄，輒通書問於朋友故舊之門者。伏念軾逮事祖父，祖父之没，軾年十二矣，尚能記憶其爲人。又嘗見先君欲求人爲撰墓碣，雖不指言所屬，然私揣其意，欲得子固之文也。京師人事擾擾，而先君亦不自料止於此。嗚呼，軾尚忍言之！今年四月，軾既護喪還家，未葬，偶與弟轍閲家中舊書，見先君子自疏録祖父事跡數紙，似欲爲行狀未成者，知其意未嘗不在於此也。因自思念，恐亦一旦卒然，則先君之意，永已不遂。謹即其遺書，粗加整齊爲行狀，以授同年兄鄧君文約，以告於下執事，伏惟哀憐而幸諾之。豈惟罪逆遺孤之幸，抑

先君有知，實寵綏之。軾不任哀祈懇切之至。（《蘇軾文集》卷五十《尺牘》）

【記少游論詩文】 秦少游言：「人才各有分限。杜子美詩冠古今，而無韻者殆不可讀。曾子固以文名天下，而有韻者輒不工。此未易以理推之也。」（同上卷六十八《題跋》）

【論詩（節録）】 曾子固編《李太白集》，而有贈僧懷素《草書歌》及《笑已乎》數首，皆貫休以下，格調卑陋。子固號有知識者，故深可怪。如白樂天《贈徐凝》、退之《贈賈島》，皆世俗無知者所記疑當作託，不足多怪。（《仇池筆記》卷上）

【東坡昇仙（節録）】 吾昔謫黄州，曾子固居憂臨川，死焉。人有妄傳吾與子固同日化去，且云：「如李長吉時事，以上帝召他。」時先帝亦聞其語，以問蜀人蒲宗孟，且有歎息語。（《東坡志林》卷二）

## 蘇轍

【曾子宣郡太挽詞二首】 族大徽音遠，年高福祚多。生兒盡龍虎，封國裂山河。象服驚初揜，埋文信不磨。送車江郭滿，咽絶聽哀歌。

安輿遍西北，丹旐歷江湖。存没終無憾，哀榮兩得俱。新封崇馬鬣，餘福薦浮圖。家法蘋蘩在，空堂始一虞。（《蘇轍集》卷十三）

【曾子固舍人挽詞】 少年漂泊馬光禄，末路騫騰朱會稽。儒術遠追齊稷下，文詞近比漢京西。平生碑版無容繼，此日銘詩誰爲題。試數廬陵門下士，十年零落曉星低。（同上）

【曾肇中書舍人】　敕：朝廷以號令，鼓舞四方。言之不文，行之不遠。昔河西諸將，讀璽書而知天子之聖明；河北叛臣，聞赦令而致武夫之涕泣。故朕思得良士，俾代予言，知民物之至情，識邦家之大體，擇之久矣，僅乃得之。具官曾肇，少知爲文，久益更事，家傳父兄之學，言有漢唐之風，汗簡編年，手紬金匱，執筆紀事，密侍丹墀。比於簡牘之餘，試以絲綸之作，油然不竭，焕乎可觀。俾即拜於西垣，將益觀其來效，雖文稱蘇、李，未足以爲賢，而事問高、崔，庶幾於適用。勉於自竭，以稱異恩。可。（同上卷二十八）

【曾布父】　敕：曾氏系出東魯，淵源師友，本於孔氏。譜牒詳具，雖遠而明；子孫盛大，繼顯於世。具官某父某，文學之美，肖其先人，議論之長，信於來世。仕而不遇，志存於書。没而愈彰，慶鍾厥子。屬詞比事，粲然有古人之風；理財禦邊，卓然有當世之具。才智競爽，爵秩同升，其於搢紳，殆無一二。朕既任以事，恩寵其先。今兹大享告成，顯親沛澤。追錫崇階之贈，以慰九原之知。可。（同上卷三十二）

【亡兄子瞻端明墓誌銘（節録）】　嘉祐二年，歐陽文忠公考試禮部進士，疾時文之詭異，思有以救之。梅聖俞時與其事，得公《論刑賞》，以示文忠。文忠驚喜，以爲異人，欲以冠多士，疑曾子固所爲。子固，文忠門下士也，乃置公第二。（同上《欒城後集》卷二十二）

# 孔武仲

【曾子開示詩再用前韻】　川滔海積歲月久，書秃十毫未停手。昔人四十誇專城，公佩黄金來帝右。當年逸足起江西，時輩共喜星之斗。榮華未滿衆所望，天啟叔季侍清光。莫言晝錦歸故鄉，莫對秋鴈思南翔，且登金門上玉堂。（《清江三孔集》卷六）

【謝曾學士舉升擢啟】　伏蒙知府學士舉某才行堪任升擢者。猥被甄陶，迄無稱副。退而自省，悸不能安。竊以才不易知，必考其措置施爲之當；行尤難至，又宜觀其行藏出處之淳。責以兼長，誰其兩得？故聰明敏疾，或不足以鎮天下之浮；厚重直方，或不足以通世俗之變。此進修者之所甚患，而品藻者之所難工。今天子紹五世之隆，覽四方之儁。廟堂之上，有召對以察其言；朝著之間，有考核以觀其効。尚虞英傑，或滯幽潛。詔在列之群公，講興賢之故事。宜得資深庶職之彦，絶倫軼衆之奇。上裨神明，旁警風俗。如某者，蕞然小器，藐爾諸生。自聞詩禮之言，頗好聖賢之義。謂高明光大爲易至，狹隘平陋爲可羞。及乎年長而志違，始知力薄而任重。感慨中夜，頗憂學問之無成；栖遲小官，尚喜紛華之未入。方悟退藏之爲佚，敢邀進取於其間。不圖稱揚，乃及狂斐。溢於始望，駭爾衆言。賁朽質以增華，究隆恩而有自。此蓋伏遇某官藴可大之業，懷知人之明。行古處今，故不遷於外樂；拔能進善，又常擇於中庸。謂其有挾策弄翰之勤，則假以文學之譽；謂其有抱甕守株之拙，則形於志行之操。雖華衮之誤褒，亦欲爲中才之勸，况青雲之所附，又將成後世之名。夫何鯫生，獨荷大賜，敢不激昂美意，步驟遠圖。施設事功，已難任於濟世；養完業履，尚無負於知人。過此已還，未知所措。（《宗伯集》卷十）

【上曾内翰】性非俊明，人不數比。向遊太學，濫厠諸生。辱矜其愚，特與之進。賜之教誨而不倦，所以成就者甚周。比主文衡，擢在甲選。夤緣竊第，奔走効官之職。南方最遠於京師，下邑不通於郵置。沉迷簿領，凌雜米鹽。未嘗得須臾之閑，以此廢起居之問。然而思嚮之切，造次不忘。恭維寬仁，尚未斥絶。近聞自石渠之禁地，涖寶婺之大邦。制俗有經，衛生無恙。恭以某官天儲間氣，時企絶流。博學强識，發越乎孔、孟、揚雄之微；高文大策，馳騁乎晁、董、公孫之表。操持端直，趣尚恬愉。惡當世之爭先，請一麾而出外。譽不爲於煊赫，政但布於優游。焯然斯人，激此天下。某朅來越上，方侍親輿。雖望得之不賒，然請益之未果。傾依文莬，結於寸心。時當清和，氣已煩溽。更祈順序保衛，慰人願瞻。（同上）

編者按：曾内翰，即曾鞏弟肇（字子開）。

【上曾内翰啟】伏審拜命宸庭，即真禁館。慈顔在侍，是爲儒者之極榮；清論滿朝，皆喜鉅人之追用。竊以近班之貴，内相之尊，不徒專主於文章，蓋亦上承於顧問。其言則典謨訓誥，所以宣發於皇猷；其事則禮樂政刑，所以參斷乎國論。向沿襲於陳故，特以待於高科；今總核乎僞真，所用止於賢者。尤爲盛選，首屬偉才。恭惟某官沛然自得者，高明深遠之資；取以爲助者，緝熙光大之學。平居慷慨，欲措世於唐虞三代之隆；一旦軒翔，自致身於師尹百執之右。語皆時變，動中事機。蓋逢獨斷之英，屢進太平之策。拱清光而下問，操新法以必行。西閣掌綸，灝灝乎有古人之遺美；中書讚議，洋洋乎鼓天下而不知。將歷試於華途，即次升於内職。嘗觀先進，自此爲公卿之階；況在上知，素許以宰相之器。久矣廟堂之虚位，顒然海宇之宅心。佇秉璣衡，以盡康濟。某技能蹇淺，聲迹湮沉。遊學京城，最蒙知於伯氏；効官江左，獲請謁於館人。以玆爲槃木之容，不日託太鈞之播。側聆成命，倍切歡悰。以職事。云云。（同上）

【祭曾子固文】　惟公文爲世表，識在人先。憤道之息，志於必傳。絶衆超群，自其少年。況有宗工，援引於前。雷動風興，聲薄於天。匪獨好古，窮探簡編。又達世務，不以跡牽。瀦爲積澤，決爲流泉。威爲秋肅，施爲春妍。時輩謂公，德業之全。外將六州，晚置内垣。商盤周誥，日代帝言。樞庭鈞府，衆日不遷。壽柄誰操，付與何偏。山摧玉折，反掌之間。士亡宗師，國失能賢。我少方蒙，公發其源。長仕岱陰，從以周旋。決疑辨惑，一語不捐。或鈎其細，毫積絲聯。或究其大，苞方括圓。面獎所是，奪其不然。粗若有知，公賜多焉。公方擇隱，在溢之壖。我亦於此，謀安一廛。謂公優游，從容於田。幽明隔矣，所志不宣。茫茫太空，孰招以還。或當上浮，追躡列仙。決不没没，凡皃比肩。公名播後，不待銘鐫。公子俱芳，當復大官。念當會哭，阻以山川。東南悠悠，不見新阡。斂不造帷，窆不持棺。徒有傷悲，爲涕漣漣。（《宗伯集》卷十七）

## 孔平仲

【曾子固令詠齊州景物二十一詩】《閲武堂》開拓乾坤遠，歡娱歲序深。堂前猶閲武，自是太平心。

《閲武堂下新渠》　東來細溜長，西去餘波漲。能收四海心，樂此一渠上。

《凝香齋》　東郡經年久，西齋一事無。蕭然静相對，惟有博山爐。

《芍藥廳》　芍藥花初發，牽公詩思濃。露紅煙紫句，全勝緑盤龍。

《仁風廳》　太守政如何？兹焉名可見。齊州一萬家，揮以袁宏扇。

《竹齋》　淅淅風敲韻，亭亭日轉陰。公應喜來此，相得歲寒心。

《水香亭》　龍頭落潺湲，鴈齒駕清淺。夜闌氣益佳，兩霽香尤遠。

《采香亭》　芙蓉近可搴，香草供幽賦。公才奴命騷，此是冥搜處。

《静化堂》　四境静山川，一枕閒風月。野水抱城幽，青天垂木末。

《鵲山亭》　老杜詩猶在，重華事已無。千秋陵谷變，塵起鵲山湖。

《芙蓉橋》　出城跨岧嶤，驚目見花豔。飛蓋每來游，佳境此其漸。

《芙蓉臺》　漾舟入芙蓉，花亂舟欹側。安穩此凭欄，清香生履舄。

《環波亭》　蕭灑塵埃外，崔嵬清淺中。四軒春水闊，兩岸畫橋通。

《水西橋》　景物此清淡，幽尋當細論。恐人容易過，常鎖水西門。

《水西亭》　河流春已深，野色晚更靜。生計慕園畦，歸心俯魚艇。

《西湖》　芙蓉十頃闊，藻荇一蒿深。晚日江鄉景，秋風澤國心。

《百花橋》　花滿紅橋外，尋芳未度橋。春風相調引，已有異香飄。

《北湖》　塵污遠已留，渌淨此不雜。僻招水鳥棲，清數游魚鬣。

《百花臺》　南瞻復北顧，春水緑漫漫。此地尋花柳，全勝别處看。

《百花堤》　花發紅雲合，公來醉玉頹。傍城行怯遠，却泛小舟迴。

《北渚亭》　高深極前臨，蒼莽接迴眺。齊州景物多，于此領其要。（《朝散集》卷二）

編者按：《四庫全書》影印文淵閣本將此二十一詩收入宋郭祥正（功父）《青山續集》卷三，題爲《曾子固令詠齊州景物作二十一詩以獻》，系誤入。

【太守視新堂】　遥遥元崇胄，藹藹東州守。留心學校事，遇我若寮友。蔽空起新堂，鼛鼓百夫走。枉駕親視之，丁寧到榱枓。北風沙迷眼，佇立相與久。宴我登哦亭，推我居席首。初嘗百花釀，肴蔌無不有。是日十月中，新霜脱人肘。醺酣一消鑠，和氣回物朽。昔人歌魯侯，在泮嘗飲酒。我今作此詩，亦以綴厥後。美哉姚侯政，豈弟民父母。此詩所不歌，先已載民口。（同上）

編者按：「太守」指曾鞏，「新堂」指鄆州新堂。《曾鞏集》（卷第七）有《鄆州新堂》詩：「百尺豐堂汶水濱，魯侯清燕此逡巡。溪寒素礫偏宜月，壁瑩黄金不受塵。引客笙歌行處是，賞心花木四時新。未應久作林泉主，天子今思舊學臣。」

【上曾子固】海邦窮僻想知音，疋馬春風入岱陰。千里山川忘道遠，一門兄弟辱恩深。發揚底滯先生德，振拔崎嶇長者心。更以詩篇壯行色，東歸勝挾萬黄金。（同上）

## 陸佃

【次韻和曾子固舍人二首】閶闔晨開玉殿浮，靈鼇不動海波柔。是般仙果三千歲，一樣春風四百州。鸞扇影寒裁就月，蜃爐香煖結成樓。從今不顧瑶池宴，閒卻西巡八駿騮。原註：右集英殿春宴呈諸同舍

平明下馬錦蒙鞍，暫向飛廊一整冠。行近柳陰移晝寂，坐來花氣辟春寒。別張翠幄黏絲絮，更想金人捧鏌干。洛下少年今亦老，宴遊無復似前歡。原註：右上巳日瑞聖園宴呈諸同舍（《陶山集》卷一）

【謝中書舍人表】原註：元豐五年四月，時官制初行，告報奉聖旨竝不許辭。佃與鞏皆就職。（同上卷七）

## 曾肇

【王補之文集序】補之歿二十有八年，二子絪、緼既仕，乃克集其遺文以授其舅南豐曾肇，且泣而請曰：「先人不幸，早歲文字散逸，今其存者纔若干篇，離爲若干卷，願有以發明先志於其篇首。」予不得辭。蓋宋興百年，文章始盛於天下。自廬陵歐陽文忠公、臨川王文公、長樂王公深父及我伯氏中書公同時並出，其所矢言，皆所以尊皇極、斥異端、明先王道德之意爲主，海内宗之。于是學者能自

力以追數公之後，卒成其名者相望，補之一也。補之始起窮約之中，未有知者，我伯氏一見異之，歸以其妹。其後歷抵數公，而從王文公游最久，至棄官積年不去，以迨於卒。今其見於集者，質疑問難於數公爲多，因其言可以知其學也。補之之於斯文非苟然而已，蓋其於書無所不讀，於聖人微言奥旨，精思力索，必極其至，於諸子百家歷代史記是非得失之理，必詳稽而謹擇之，本茂華韡，源深流駛，故其爲文貫徹古今，反復辨博，而卒歸於典要，非特馳騁虚詞而已。充補之之志，蓋將著書立言，以羽翼六經，而不幸死矣。獨嘗解《論語》十卷，行於世。補之，南城人，姓王氏，諱無咎；補之，字也。平生喜飲酒，遇酒輒醉，稍醒，雖暮夜，衆人熟寢，必自起吹燈，讀書達旦，終年常然，不爲寒暑輟也。蓋其勤苦自奮，故其成就如此。二子能世其學者。補之之葬，王文公爲之銘云。（《曲阜集》卷三）

【子固先生行狀】 公諱鞏，字子固，建昌軍南豐人。曾祖諱仁旺，贈尚書水部員外郎。祖諱致堯，尚書户部郎中，直史館，贈右諫議大夫。考諱易占，太常博士，贈光禄卿。母吴氏，文城郡太君。母朱氏，仁壽郡太君。公嘉祐二年進士及第，爲太平州司法參軍。召編校史館書籍，歷館閣校勘、集賢校理，兼判官告院。嘗爲英宗實録檢討官，不踰月罷。出通判越州，歷知齊、襄、洪州，進直龍圖閣，知福州，兼福建路兵馬鈐轄，賜緋衣銀魚，召判太常寺，未至，改知明州，徙亳州，又徙滄州，不行，留判三班院。遷史館修撰、管勾編修院，兼判太常寺。元豐五年四月，擢試中書舍人，賜服金紫。九月丁母憂。明年四月丙辰終于江寧府，享年六十有五。自大理寺丞，五遷尚書度支員外郎，授朝散郎，勳累加輕車都尉。元配晁氏，光禄少卿宗恪之女。繼室李氏，司農少卿禹卿之女。子男三人：綰，太平州司理參軍；綜，太廟齋郎；綱，承務郎。二女蚤卒。孫男六人：愬、悫、愈、恳、怤、愬。愬，假承務郎，餘未仕。孫女五人。元豐七年六月丁酉葬南豐從周鄉之源頭。曾氏姒姓，其先魯人。至其後世，避地遷于豫章，子孫散處江南。今家南豐者，自高祖諱延鐸始也。初，蒧及參父子俱事孔子。蒧樂道忘仕，孔子與之。參以孝德爲世稱首。而參孫西，耻自比於管仲。其世德淵源所從來遠矣。至皇祖大夫以直道正言爲宋名臣，皇考光禄博學懿文，惇行孝友，明古誼，達時變，位不配德，著書垂後，畜厚流長。天以道德文章鍾于公身，以侈大前烈，開覺後嗣，實命世之宏材，不待文王而興者歟！公生而警敏，不類童子，讀書數百千言，一覽輒誦。年十有二，日試六論，援筆而成，辭甚偉也。未冠，名聞四方。是時宋興八十餘年，海内無事，異材間出。歐陽文忠公赫然特起，爲學者宗師。公稍後出，遂與文忠公齊名。自朝廷至閭巷海隅障塞，婦人孺子皆能道公姓字。其所爲文，落紙輒爲人傳去，不旬月而周天下。學士大夫手抄口誦，唯恐得之晚也。蓋自揚雄以後，士罕知經，至施於政事，亦皆卑近苟簡，故道術寖微，先王之迹不復見於世。公生於末俗之中，絶學之後，其於剖析微言，闡明疑義，卓然自得，足以發六藝之藴，正百家之繆，破數千載之惑。其言古今治亂得失是非成敗，人賢不肖，以至彌綸當世之務，斟酌損益，必本於經，不少貶以就俗，非與前世列於儒林及以功名自見者比也。至其文章，上下馳騁，愈出而愈新，讀者不必能知，知者不必能言。蓋天材獨至，若非人力所能，學者僊精覃思，莫能到也。世謂其辭於漢唐可方司馬遷、韓愈，而要其歸，必止於仁義，言近指遠，雖《詩》、《書》之作者未能遠過也。其爲人惇大直方，取舍必度於禮義，不爲矯僞姑息以阿世媚俗。弗在於義，雖勢官大人不爲之屈；非其好，雖舉世從之，不輒與之比。以其故，世俗多忌嫉之，然不爲之變也。其材雖不大施，而所治常出人上。爲司法，論決重輕，能盡法意，繇是明習律令，世以法家自名者有弗及也。爲通判，雖政不專出，而州賴以治。初，嘉祐中，州取酒場錢給牙前之應募者，錢不足，乃俾鄉户輸錢助役，期七年止。後酒場錢有餘，應募者利於多入錢，期盡而責鄉户輸錢如故。公閲文書，得其姦，立罷輸錢者二百餘户，且請下詔約束，毋擅增募人錢。歲饑，度常平不足仰以賑給，而田居野處之人，不能皆至城郭，至者群聚，有疾癘之虞。前期喻屬縣召富人，使自實粟數，總得十五萬石，視常平賈稍增以予民，民得從便受粟，不出田里而食有餘，粟賈爲平。又出錢粟五萬貸民爲種糧，使隨歲賦入官，農事賴以不乏。爲州務去民疾苦，急姦强盗賊而寛貧弱，曰：「爲人害者不去，則吾人不寧。」齊曲堤周氏，衣冠族也，以資雄里中。周氏子高横縱淫亂，至賊殺平民，污人婦女，服器擬乘輿。高力能動權貴，州縣勢反出其下，故前後吏莫敢詰。公至，首取高置於法。歷城章丘民聚黨數十，横行村落間，號霸王社，椎埋盗奪篡囚縱火，無敢正視者。公悉擒致之，特配徙者三十一人，餘黨皆潰。是時州縣未屬民爲保伍，公獨行之部中，使譏察居人，行旅出入經宿皆籍記，有盗則鳴鼓相援。又設方略，明賞購，急追捕，且開人自言，故盗發輒得。有葛友者，屢剽民家，以名捕不獲。一日自出，告其黨。公予袍帶酒食，假以騎從，輦所購金帛隨之，徇諸郡中。盗聞多出自言。友智力兼人，公外示章顯，實欲携貳其徒，使之不能復合也。齊俗悍强，喜攻劫。至是豪宗大姓斂手莫敢動，寇攘屏迹，州部肅清，無枹鼓之警，民外户不閉，道不拾遺。閩粤負山瀕海，有銅鹽之利，故大盜數起。公至部時，賊渠廖恩者既赦其罪，誘降之，然餘衆觀望，十百爲群，既潰復合，陰相推附，至連數州。其尤桀者，隸將樂縣，縣嘗呼之不出，愈自疑，且起踵恩所爲，居人大恐。公念欲緩之，恐勢滋大，急之是趣其爲亂，卒以計致之。前後自歸若就執者幾二百人。又擒海盜八人，自殺者五人，老姦宿偷相繼縛致者又數十人。吏士以次受賞。公復請並海增巡檢員以壯聲勢。自是幅員數千里無敢竊發者，民山行海宿，如在郛郭。亳亦號多盜，治之如齊，盜爲引去。公爲人除大患者既如此，至於澄清風俗，振理頽壞，鬥訟衰熄，綱紀具修，所至皆然也。其餘廢舉後先，則視其時，因其便爲之。在齊，會朝廷變法，遣使四出，公推行有方，民用不擾。使者或希望私欲有所爲，公亦不聽也。河北發民浚河，調及他路，齊當出夫二萬。縣初按籍，二丁三丁出一夫，公括其隱漏，後有至九丁出一夫者，省費數倍。又損役人以紓民力，弛無名渡錢，爲橋以濟往來。徙傳舍，自長清抵博州以達于魏，視舊省六驛，人皆以爲利。其餘力比次案牘簿書，藏之以十五萬計，他州亦然。既罷，州人絶橋閉門遮留，夜乘間乃得去。襄州繼有大獄，逮繫充滿，有執以爲死罪者，公至，閱囚牘，法當勿論，即日縱去，並釋者百餘人。州人譟呼曰：「吾州前坐死者衆矣，孰知非冤乎？」在洪，會歲大疫，自州至縣鎮亭傳，皆儲藥以授病者。民若軍士不能自養者，以官舍舍之，資其食飲衣衾之具，以庫錢佐其費，責醫候視，記其全失多寡，以爲殿最，人賴以生。安南軍興，道江西者，詔爲萬人備。州縣暴賦急斂，芻粟賈踴貴，百姓不堪。公獨不以煩民，前期而辦，又爲之區處次舍井爨什器，皆有條理，兵既過而市里不知也。福州多佛寺，爲僧者利其富饒，争欲爲主守，賕請公行。公俾其徒自相推擇，籍其名，以次補之，授文據廷中，却其私謝，以絶左右徼求之敝。民出家者三歲一附籍，殆萬人，闔府徼賂，至衰錢數千萬，公至不禁而自止。廢寺二，皆囊橐爲奸者，禁婦女毋入寺舍。明州有詔完城，既程工費，而會公至，初度城周二千五百餘丈，爲門樓十，故甓可用者收十之四，公爲再計，城減七十餘丈，門當高麗使客出入者，爲樓二，收故甓十之六，募人簡棄甓可用者，量酬以錢，又得十之二，凡省工費甚衆，而力出於役兵傭夫，不以及民。城成，總役者皆進官，而公不自言也。公嘗以謂州縣困於文移煩數，民病於追呼之擾也，故所至出教，事應下縣，責其屬，度緩急與之期。期未盡，不復移書督趣；期盡不報，按其罪；期與事不相當，聽縣自言，別與之期。而案與期者，即有所追逮，州不遣人至縣，縣毋遣人至田里。縣初未甚聽，公小則罰典史，大則並劾縣官。於是莫敢慢，事皆先期而集，民不知擾，所省文移數十倍。事在州者，督察勾稽，皆有程式，分任僚屬，因能而使，公總覽綱條，責成而已。蓋公所領州多號難治，及公爲之，令行禁止，莫敢不自盡。政巨細畢舉，庭無留事，囹圄屢空。人徒見公朝夕視事，數刻而罷，若無所用心者，不知其所操者約且要，而聰明威信足以濟之，故不勞而治也。吏民初或憚公嚴，已而皆安其政，既去，久而彌思之。其於内所更官告院、三班、太常，遇事不爲苟簡，革官告院宿敝尤多，凡所規畫，至今守之不改。蓋公自在閭巷，已屬意天下事，如在朝廷。而天下亦謂公有王佐之材，起且大任，庶幾能明斯道，澤斯民，以追先王已墜之迹。然晚乃得仕，仕不肯苟合，施設止於一州。州又有規矩繩墨，爲吏者不敢毫髮出入。則其所設弛，特因時趣宜，固不足以發公之藴，又況其大者乎！公自爲小官，至在朝廷，挺立無所附，遠迹權貴，由是愛公者少。爲編校書籍，積九年，自求補外，轉徙六州，更十餘年，人皆爲公慊然，而公處之自若也。公於是時，既與任事者不合，而小人乘間又欲擠之。一時知名士，往往坐刺譏辭語廢逐。公於慮患防微絶人遠甚，政事弛張操縱雖出於己，而未嘗廢法自用，以其故莫能中傷，公亦不爲之動也。賴天子聖明，察公賢，欲用公者數矣。會徙滄州，召見勞問甚寵，且諭之曰：「以卿才學，宜爲衆所忌也。」遂留公京師。公亦感激奮勵，欲有所自效。數對便殿，所言皆大體，務開廣上意，上未嘗不從容領納，期以大任。一日手詔中書門下曰：「曾鞏以史學見稱士類，宜典五朝史事。」遂以公爲修撰。既而復諭公曰：「此特用卿之漸爾。」近世修國史，必衆選文學之士，以大臣監總，未有以五朝大典獨付一人如公者也。故世不以用公爲難，而以天子知人、明於屬任之爲難也。公夙夜討論，未及屬稿，會正官名，擢中書舍人，不俟入謝，使諭就職。時自三省至百執事，選授一新，除吏日至數十人，人人舉其職事以戒，辭約義盡，論者謂有三代之風，上亦數稱其典雅。皇子延安郡王牋奏，故事命翰林學士典之，至是上特以屬公。在職百餘日，不幸屬疾，遭家不造，以至不起。始，公之進，天下相慶以爲得人，謂且大用。及聞公歿，皆嘆息相吊，以謂公之志，卒不大施於世，其命也夫！公性嚴謹，而待物坦然，不爲疑阻。於朋友喜盡言，雖取怨怒不悔也。於人有所長，獎勵成就之如弗及。與人接，必盡禮。有懷不善之意來者，竢之益恭，至使其人心悦而去。遇僚屬盡其情，未嘗有所按謫，有所過誤抵法者，力爲辨理，無事而後已。在官有所市易，取賈必以厚，予賈必以薄，於門生故吏以弊交者，一無所受。福州無職田，歲鬻園蔬收其直，自入常三四十萬。公曰：「太守與民争利可乎？」罷之，後至者亦不復取也。平生無所玩好，顧喜藏書，至二萬卷，仕四方，常與之俱，手自讐對，至老不倦。又集古今篆刻，爲《金石録》五百卷。公未嘗著書，其所論述，皆因事而發。既歿，集其稿爲《元豐類稿》五十卷、《續元豐類稿》四十卷、《外集》十卷。後之學者因公之所嘗言，於公之所不言，可推而知也。初，光禄仕不遂而歸，無田以食，無屋以居，公時尚少，皇皇四方，營飦粥之養。光禄不幸蚤世，太夫人在堂，闔門待哺者數十口，太夫人以勤儉經理其内，而教養四弟，相繼得禄仕，嫁九妹皆以時，且得所歸，自委廢單弱之中，振起而亢大之，實公是賴。平居未嘗遠去太夫人左右，其仕於外，數以便親求徙官，太夫人愛之異甚。嗚呼！天奪吾母，不數月又奪吾兄，何降禍之酷至於斯極也！豈其子弟積惡，罰不於其身，而及其母兄，使之抱終天之痛，爲世之所大僇耶？不然，吾母之賢也，吾兄之盛德也，相繼而殞，所謂天道常與善人，果何如也？爲子弟者，不自滅身，罪固大矣。又不能推原前人德善勞績，托于當世之文章，以明著之無窮，是又罪之大者也。矧公於肇，屬則昆弟，恩猶父師，其於論次始終所不敢廢。維公於葬宜有銘，於墓隧宜有碑，於國史宜有載。輒不自知其迷謬，忍痛輟泣，謹述公歷官行事如左。至於論議文章見于公集者，後當自傳，此弗著。特著其大節，弗敢略，弗敢誣，以告銘公葬若碑者，且以待史官之訪焉。（同上）

## 釋道潛

【贈子固舍人】 文章煒燁動當時，雋乂雖多不並馳。解激頽波旋往古，獨憐夫子抱青規。山川淑氣真能感，宇宙雄名豈浪垂。未信長途老天馬，行看蹴踏上瑤池。吏部遺編久寂寥，穎濱居士亦蓬蒿。支流盡屈江湖闊，衆阜争隆泰華高。落落千章揮琬琰，湯湯萬頃起波濤。玉堂鵷鷺遲公久，何事崎嶇尚夢刀。（《參寥子詩集》卷三）

【曾子固舍人挽辭】命世高標見實難，狂瀾既倒賴公還。學窮游夏淵源際，文列班楊伯仲間。落落聲塵隨逝水，滔滔論著在名山。凄凉四海門人淚，想對秋風爲一潸。

雄詞大册破幽昏，返覆難窺斧鑿痕。投老雍容歸法從，銜哀倉卒去都門。雲泉已負高秋約，江渚空悲静夜魂。誰與朝廷終太史，君王應待鶺鴒原。（同上卷四）

【曾子開吏部服闋赴召　道過廬山，與余宿會東林觀，子固舍人題名一首】驛騎駸駸破夕烟，西來遇我虎溪前。征途乍即應勞止，陳迹重窺更泫然。天上歸瞻新日月，山中行睹舊林泉。感時撫事情何極，且伴幽人此夜禪。（同上卷五）

## 徐積

端禮謂公曰：「友人陳師道，南豐曾子固門生也，才高學古，介然不群於俗，今有書令端禮致左右。」公讀已，曰：「一言誠足以知人，陳君書辭不俗，必賢者也。江君稱其不群於俗，某雖未見其人，敢以爲信然。某未嘗以詩書入京，故不能爲謝，子幸致意謝之。」（《節孝集》卷三十一《語録》）

# 秦觀

【次韻邢敦夫《秋懷》十首(其三)】 昔者曾中書，門户實難瞰。筆勢如長淮，初源可觴濫。經營終入海，欲語焉能暫？斯人今則亡，悲歌風慘憺。(《淮海集》卷二)

【曾子固哀詞】 皇受命而熙洽兮，實千祀而一時。協氣鬱而四塞兮，與盛德其俱升。麟鳳出而旁午兮，猶氤氳而扶輿。篤生我公兮，以文章爲世師。公神禹之苗裔兮，肇子爵而鄫封。逮去邑而爲氏兮，季葉汩其南征。祖騫翔而績著兮，考踸踔而文鳴。公既生而多艱兮，踵祖武而好修。既輕車又良御兮，遂大放手厥詞。發天人之奥秘兮，約六藝而成章。元氣含而未泄兮，洞芒芴而窅冥。挽天河而一瀉兮，物應手而華昌。揖揚馬使先路兮，咸告公曰不敢。彼崔蔡之紛紛兮，孰云窺其藩翰。辰來遲兮而去速兮，固前修以跋疐。方盤礴而上征兮，遽相羊而補外。皇揆公之忠誠兮，即商墟而賜環。紬史牒乎東觀兮，裁誥命乎西垣。典章絶而復作兮，世争睹而快先。正經緯乎終古兮，配維斗而昭然。變化詭而難常兮，雖司命其或昧。忽遭艱而去國兮，遂御哀而即世。述作紛其具存兮，悵爽靈之焉詣。信百年纔斯須兮，遽電滅而欻逝。天不慭遺一老兮，固搢紳之所傷。矧不肖以薄技兮，早獲進於門牆。路貫江而修阻兮，曾莫奠乎酒漿。悲填膺而茀鬱兮，聊自託於斯文。(同上卷四十)

## 楊時

【曾文昭公行述（節録）】公諱肇，字子開，建昌軍南豐縣人。曾氏系出於鄫，少康之子曲列之始封也，更夏、商、周千有餘歲，微不見於經傳。春秋之際，爲莒所滅，其太子巫仕魯，乃去邑爲曾氏。巫生阜，阜生哲，哲生參，參生元西，父子俱爲孔門高弟。曾氏遂有聞於世，自是復晦而不顯。又千有餘歲，至宋興，公之皇祖密公，始以文學仕太宗、真宗，爲名臣。于是薦登膴仕者，代不乏人。至公，又以文學登進士第，調台州黄巖縣主簿。邵安簡公聞其賢，請爲州學教授，四方之士，蓋有聞風重道接踵至者，踏門授經無虚席。是時，上方向用儒臣，欲以經術造士，近臣言公經行宜首善之地，不宜淹留一郡。有旨延和殿賜對，公所陳皆上所欲聞者，酬問久之，殆將更僕矣。除崇文校書，兼國子直講，未幾，遷館閣校勘，删定《九域志》，改大理寺丞，同知太常禮院，權判太僕寺殿中省。元豐元年，除集賢校理，兼國子直講，轉殿中丞。久之，上讀公所撰《曾魯公行狀》，稱善。會修仁宗《兩朝正史》，迺以公爲國史院編修官，中書公鞏入判太常，以親嫌罷禮官，判登聞鼓。自秦以來，禮文殘缺，先儒各以臆説，無所稽據，公在職多所釐正。親祠皇地祇於北郊，蓋自公發之。雖衆議不同，而公獨引經辨析，詞旨精慤，故異論莫能奪。其議明堂配享，徧及五帝，初雖不合，後亦卒見施用。官制行，除吏部郎中，每便殿引選人，上常目送之，出殿門乃已。再遷朝奉郎，與修《兩朝寶訓》。國史成，錫宴，故事非侍從官不坐殿上，特命進公。其眷遇之厚，蓋示將用公也。未幾，丁夫人憂，居喪，哀毁瘠甚，年未四十，髭髮盡變。服除，入爲户部郎中，復還吏部，遷右司郎中，覃恩賜緋衣銀魚……曾祖諱仁旺，累贈太師沂國公，曾祖妣陳氏，楚國太夫人。祖諱致堯，尚書户部郎中，直史館，贈太師密國公，祖妣黄氏，趙國太夫人。考諱易占，太常博士，贈太師魯國公。妣周氏，周國太夫人；吴氏，吴國太夫人；朱氏，魯國太夫人。（《楊龜山集》卷六）

## 晁補之

【北渚亭賦序】北渚亭，熙寧五年集賢校理南豐曾侯鞏守齊之所作也。蓋取杜甫《宴歷下亭》詩以名之。所謂「東藩駐皂蓋，北渚凌清河」者也。風雨廢久，州人思侯猶能道之。後二十一年，而秘閣校理南陽晁補之來承守之。侯於補之，丈人行。辱出其後，訪其遺文故事，廑有存者。而圃多大木，歷下亭又其最高處也。舉首南望，不知其有山，嘗登所謂北渚之址，則群峰屹然，列於林上，城郭閭閻，皆在其下。陂湖迤邐，川原極望。因太息語客，想見侯經始之意，曠然可喜，非特登東山小魯而已。迺撤池南葦間壞亭，徙而復之。或請記其事，補之曰：「賦可也。」作《北渚亭賦》。（《鷄肋集》卷二）

【子固席上雪得芟字】新霜一夜草如芟，午酌臨軒雪點衫。不怕夷門清著骨，故教詩句聳巉巖。（同上卷二十二）

## 張耒

【書曾子固集後】　元豐二年夏，曾公自四明守亳道楚，余時自楚將赴河南壽安尉，始獲以書，拜公於行次。公得余書甚喜也，謂余曰：「我與子皆沂汴而西，能從我行乎？」時余舟無挽兵，爲予求之甚力。公又曰：「我行駛非子能及也，子至永城當纜舟陸走一日，至亳爲旬日會也。」公遂行，後余病六十日，至永城，病未愈，不能騎。因永城令寫書於公。六年，余罷壽安尉，居洛而聞公卒，爲文一篇，將祭公於河南，而成都范祖禹夢得自言嘗爲公舉，亦欲爲文以祭，謂余有往江南者約，同祭之。而是歲予家多事，自洛來陳。明年，又走淮南，未克祭也。八年四月，公弟翰林公自建昌赴京師，余謁見於咸平，知公已葬南豐。異時至南豐，或客可寓以祭者，當書於文，一弔公之墓焉，其意之所欲，則具之文矣。（《張右史文集》卷四十七）

## 陳師道

【妾薄命二首　爲曾南豐作】　主家十二樓，一身當三千。古來妾薄命，事主不盡年。起舞爲主壽，相送南陽阡。忍著主衣裳，爲人作春妍。有聲當徹天，有淚當徹泉。死者恐無知，妾身長自憐。

葉落風不起，山空花自紅。捐世不待老，惠妾無其終。一死尚可忍，百歲何當窮。天地豈不寬，妾身自不容。死者如有知，殺身以相從。向來歌舞處，夜雨鳴寒蛩。（《後山居士文集》卷第一）

【南豐先生輓詞二首】 早棄人間事，真從地下游。丘原無起日，江漢有東流。身世從違裏，功名取次休。不應須禮樂，始作後程仇。

精爽回長夜，衣冠出廣庭。動庸留琬琰，形像付丹青。道喪餘篇翰，人亡更典刑。侯芭才一尺，白首太玄經。（同上）

【觀兖文忠公家六一堂圖書】 生世何用早，我已後此翁。頗識門下士，略已聞其風。中年見二子，已復歲一終。呼我過其廬，所得非所蒙。先朝群玉殿，冠佩環群公。神文焕王度，喜色見天容。御榻誰復登，帝書元自工。黄絹兩大字，一覽涕無從。似欲託其子，天意人與同。歷數况有歸，敢有貪天功。集古一千卷，明明並群雄。誰爲第一手，未有百世公。廟器刻科斗，寶樽播華蟲。緬懷弁服士，酬獻鳴瑽瑢。插架一萬軸，遺子以固窮。素琴久絶絃，碁酒頗闕供。向來一瓣香，敬爲曾南豐。世雖嫡孫行，名在惡子中。斯人日已遠，千歲幸一逢。吾老不可待，草露濕寒蛩。（同上卷第二）

【和南豐先生西游之作】 孤雲秀壁共崔嵬，倚壁看雲足懶回。睡眼朦潮寒緑洗，醉頭强爲好峰擡。山僧煮茗留寬坐，寺板題名卜再來。有愧野人能自在，塵樊束縛久低徊。（同上卷第六）

【和南豐先生出山之作】 側徑藍舁兩眼明，出山猶帶骨毛清。白雲笑我還多事，流水隨人合有情。不及鳥飛渾自在，羨他僧住便平生。未能與世全無意，起爲蒼生試一鳴。（同上）

【答江端禮書（節録）】 僕之不敏，勤無成能，惟於修文略有師法。愧無異聞，虚辱盛意。若曰量子以爲教，如醫之量藥以當病，如工之量材以當用，子曾子蓋能之矣，僕非其任也。嗟乎！子之不逢夫子

也。與僕游者衆矣，莫有問焉，子何問之下耶？嗟乎，夫子之失子也！尚幸來臨，願言其詳。（同上卷第十）

【答晁深之書（節録）】　始僕以文見曾南豐，辱賜以教曰：「愛子以誠，不知言之盡也。」僕行方内才得此爾。夫言之不盡，非不能也，其心以爲不足與之盡爾。不者，有所畏而不敢也。愚者無以告，智者告之，而不敢盡也。言之難其若是乎？（同上）

【王平甫文集後序】　歐陽永叔謂梅聖俞曰：世謂詩能窮人，非詩之窮，窮則工也。聖俞以詩名家，仕不前人，年不後人，可謂窮矣。其同時有王平甫，臨川人也，年過四十，始名薦書群下士歷年。未幾，復解章綬，歸田里，其窮甚矣。而文義蔚然，又能於詩，惟其窮愈甚，故其得愈多。信所謂人窮而後工也。雖然天之命物用而不全，實者不華，淵者不陸。物之不全，物之理也。盡天下之美，則於貴富不得兼而有也。詩之窮人又可信矣。方平甫之時，其志抑而不伸，其才積而不發，其號位勢不足動人，而人聞其聲，家有其書，旁行於一時，而下達於千世，雖其怨敵不敢議也。則詩能達人矣，未見其窮也。夫士之行世，窮達不足論，論其所傳而已。平甫孝悌于家，信于友，勇於義而好仁，不特文之可傳也。向使平甫用力于世，薦聲詩於郊廟，施典策於朝廷，而事負其言，後戾其前，則並其可傳而棄之。平生之學可謂勤矣，天下之譽可謂盛矣，一朝而失之，豈不哀哉！南豐先生既叙其文，以詔學者，先生之没，彭城陳師道因而伸之，以通于世。誠愚不敏，其能使人後其所利而隆其所棄者耶？因先生之言以致其志，又以自勵云爾。（同上卷第十六）

【送邢居實序】（節録）　始吾來京師得邢生……吾始得生，年十五六，識度氣志已如成人。有其質也，如木之始生，玉之始斲，顧其所成就何如耳……吾年如生時，見子曾子於江漢之間，獻其説餘十萬言，高自譽道，子曾子不以爲狂，而報書曰：「持之以厚。」吾之不失其身，子曾子之賜也。吾以謂三君子之言，可法古之學，可道今之學，可戒也，以爲子别。（同上）

【光禄曾公神道碑】　寶元、康定間，屬羌叛亂，西方苦兵。天子恤勞吏民，制詔二府，謀于衆庶，以協大同。士爭論戰守，計利害，以幸潤澤。於是時，儒者曾公從江南來，上書曰：「先王詳内略外，化成人和，誰能侮之？不然，憂在内不在外也，願惠中國以寧内憂。」其後，朋黨之論興，變更大臣。公上書曰：「羌夷盜邊，病在膚革，非國之憂，正邪亂聽，心腹之疾，憂之大也。惟聖主明辨之，以幸天下。」明年，又書曰：「今東宫未建置，宜選宗子入侍帷幄，以須嗣子之生以代皇嗣，備師傅官承天而行意，以定大分，爲萬世計。」是歲，慶曆幾年，士大夫萬異，幸未發也，故進議者皆出其後。又爲《時議》數十篇，縱論天下事，學者嚮之。公學博而守約，思深而見遠，觀古治亂，明習當世之務。故其論，偉然協於法，議而達時之變，可舉而行。是時，公以誣，家居十餘年，人知其冤，哀其窮。而公不自訟，方以天下爲憂。其言後多施用，言者亦自爲功，蒙褒顯，而公已卒，世亦莫知也。公諱易占，字不疑，建昌南豐人，故屬撫州。以蔭爲太廟齋郎，歷撫州宜黄、臨川尉，輕俠少年戒其黨與，毋犯禁。公之皇考，治壽州其政如此。而人莫知其所出。夫人之所難爲，而公子父之所易。蓋人之以刑而公以德。能伏人之心，而不知其然，所以善察能。徙司徒參軍，遷鎮東節度推官，舉監真州倉，以課遷太子中允太常博士。知泰州如皋、信州玉山二縣，興學校以進善，新官寺以臨衆，治梁道繕置驛以奉行旅，歲凶請糴於鄰州以賑饑。明年，公又請曰：「今幸歲一登，然居者未完，亡者未復，而賦役如平時，與凶年等願緩一歲。」如皋賴公保其生業，而近縣不勝其弊。公事親將順其志，有女死，家貧不能歸逆喪以葬，而賙其孤。爲吏信厚敏惠，所居以廉稱。信州錢仙芝使客過公，諭吏民以惠客，公謝罷之。仙芝執愧怒以危法中公，請御史出驗治，仙芝坐誣公得罪，而公卒不免。公祖延鐸，散騎常侍。祖仁旺，贈水部員外郎。考致堯，户部郎中，直史館，贈諫議大夫。妣某氏。公夫人周氏、吴氏、朱氏。公子曄，不仕；鞏，中書舍人；牟，安仁令；宰，湘潭簿；布，龍圖閣直學士；肇，吏部郎中。女嫁承議郎關景暉，南康主簿王無咎，秘閣校理王安國，江寧府教授朱景略，秘書丞李中，承議郎王幾，宣德郎周彭孺，一卒於家，一再適王無咎，凡女九人。慶曆七年，公年六十九，道病，卒于南京。皇祐元年，葬龍池鄉青風里源頭。公以子恩累贈光禄卿，夫人分封京兆父城仁壽郡太君。公子舍人謂其門人陳師道曰：「公之葬，既以銘載於墓中，今幸蒙恩追榮三品，復立碑於墓道，以顯揚其勞烈，明示來今，是以命汝爲之銘。」師道幸以服役奉明命，雖愚不敢，其何敢辭？退，考次其行治，慨然興歎。其試何小，其效何大邪？及讀其書，又有大者，而未試也。因書以逆志而又知其懷之有言，言之有不盡，則其雄深偉奇，驚世而善俗者，猶其餘也。世徒見其仕而不遇，仁而不年，以爲公恨，此固命之適而士之常，豈足道哉！顧常以爲志不見於仕，則發之於文，文不施於今，則必傳之於後，有能行其言則不窮矣。此公之志也，其可謂盛哉！故述而銘之，以勵其子，亦以自勵，又以勵後人。其銘曰：

人之多言，言不由德。德必有言，惟公之賢。嗚呼哀哉，得時無命。功名其餘，夫復何恨。何以觀德，南阡之碑。其言不忘，後世之師。公則已矣，其言可試。其誰終之，在公孫子。（同上卷第十八）

韓退之《上尊號表》曰：「析木天街，星宿清潤，北嶽醫閭，神鬼受職。」曾子固《賀赦表》曰：「鈎陳太微，星緯咸若，崑崙渤澥，波濤不驚。」世莫能輕重之也。後當有知之者。（《後山詩話》）

世語云：「蘇明允不能詩，歐陽永叔不能賦。曾子固短於韻語，黄魯直短於散語。蘇子瞻詞如詩，秦少游詩如詞。」（同上）

文子曾子初見神宗，上問曰：「卿與王安石布衣之舊，安石何如？」對曰：「安石文學行義不減揚雄，然吝，所以不及古人。」上曰：「安石輕富貴，非吝也。」對曰：「非此之謂，安於有爲，吝於改過。」上頷之。（《後山談叢》卷三）

## 魏　衍

【彭城陳先生集記（節録）】　先生姓陳，諱師道，字履常，一字無己，彭城人。幼好學，行其所知，慕古作者，不爲進取計也。年十六，謁南豐先生曾公鞏，曾大器之，遂業於門。元豐四年，神宗皇帝命曾典史事，且謂修史最難，申敕切至。曾薦爲其屬，朝廷以白衣難之。方復請，而以憂去，遂寢。太學又薦其文行，乞爲學録，不就。（《後山詩注》卷首）

## 晁説之

【説之復兼二公而作圓機既同邪籍之契顯夫又與僕元豐五年登科事相類時曾子固坐失考罰銅三十斤後爲先人語之甚詳】　波臣好蕩箕風急，浮世誰爲自必人。顧我高飛摧短翮，念君闊步躡長紳。一枝青桂憎兄好，三府丹書重友因。近接語言遥夢寐，共將白髮傲芳春。（《景迂生集》卷八）

【與三泉李奉議書　一作與王漕（節録）】　所謂歐陽之文，雖不敢謂前無作者，第恐後之來者未易可繼也。雖東坡、南豐二公傑然名一世，而振聳九州之牧者，而自歐陽公視之皆其門人之文也。（同上卷十五）

【題王深甫書傳後　（節録）】　王深甫布衣之友曰曾子固、常彝甫。其名宦已顯，而忘年汲汲求友深甫於布衣中者，曰劉原甫、王介甫。是五人者，皆歐陽公客也。……彼五人商榷閫切之語，今雖無聞焉，而深甫於其所作書傳，偶不出曾子固耳。其三人則各以姓字戴之，或正其是非，或略無所辨，以示後之觀者。深甫爲人善取人而不攘人之善，於是乎在矣。（同上卷十八）

## 任淵

（陳師道）【妾薄命二首】　後山自注曰：「爲曾南豐作。」按《漢書·許后傳》曰：「奈何妾薄命，端遇竟寧前。」故曹植樂府有《妾薄命》篇。「主家十二樓」，鮑照《煌煌京洛行》曰：「鳳樓十二重。」按《漢書》雖有「五城十二樓」，事與此意不同，故不援引，後倣此。「一身當三千」，白樂天詩曰：「漢宮佳麗三千人，三千寵愛在一身。」後山以五字導之，語簡而意盡。集中如此甚衆。「相送南陽阡」，言樂未畢而哀繼之也。劉禹錫詩：「向來行哭里門道，昨夜畫堂歌舞人。」後山盡用此意。莊子曰：「可以盡年。」《漢書·帝紀》曰：「項伯亦起舞。」劉禹錫《紇那歌》曰：「願郎千萬壽，長作主人翁。」陶淵明《挽歌》：「向來相送人，各已歸其家。」《漢書·原涉傳》：「涉父爲南陽太守，父死，涉大治，起塚舍買地開道立表，署曰：南陽阡。」「忍著主衣裳，爲人作春妍」，此句及下篇「向來一瓣香，敬爲曾南豐」之句，皆以自表，見其不忍更名他師也。樂天《燕子樓》詩曰：「鈿暈羅衫色似煙，一回看著一潸然。自從不舞《霓裳曲》，疊在空箱得幾年。」後山蓋用此意而語尤高古。東坡詩云：「爲人作容姿。」「有聲當徹天，有淚當徹泉」，劉子玄《史通》載温子昇永安故事曰：「怨痛之響上徹青天。」韓退之詩：「上呼無時聞，滴地淚到泉。」《漢書·賈山傳》曰：「下徹三泉。」「死者恐無知」，《家語》：「子貢問孔子曰：『死者有知乎？將無知乎？』」「妾身長自憐」，謝靈運《銅雀臺》詩曰：「況乃妾身輕。」《楚辭·九辯》曰：「惆悵兮而私自憐。」李太白《去婦詞》曰：「孤妾長自憐。」世或苦後山之詩，非一過可了，近於枯淡。彼其用意直追《騷》《雅》，不求合於世俗，亦惟恃有東坡、山谷之知也。自此兩公外政，使舉世無領解者，渠亦安暇恤哉？（《後山詩註》卷二）

「葉落風不起，山空花自紅」兩句，曲盡丘原淒慘意象。《文選》潘安仁《悼亡》詩：「落葉委埏側，枯荄帶墳隅。」《南史》謝貞詩：「風定花猶落。」「捐世不待老，惠妾無其終」，《左傳》曰：「抑君賜不終。」注云：「惠賜不終也。」「一死尚可忍，百歲何當窮」，忍死尚可，所死實難。詩意謂安得速死以從其主也。

《晉宣帝紀》:「魏明帝曰:『死乃復可忍,吾忍死待君。』」退之詩:「百年未老不得死。」「天地豈不寬,妾身自不容」,孟郊詩:「出門即有礙,誰謂天地寬。」《莊子》云:「不容身於天下。」「死者如有知,殺身以相從。向來歌舞地,夜雨鳴寒蛩」,師死而遂背之,讀此詩亦少知愧矣。《南史》:「范縝曰:『王子知其祖先神靈所在,而不能殺身以從之。』」淵明詩:「向來相送人。」老杜詩:「回首可憐歌舞地。」《爾雅》曰:「蟋蟀,蛩。」(同上)

【南豐先生挽詞二首】「早棄人間事」,《漢書·張良傳》:「願棄人間事,欲從赤松子遊耳。」「真從地下遊」,《漢書·朱雲傳》:「臣得下從龍逢、比干遊於地下足矣。」故白樂天《哭劉夢得》詩曰:「賢豪雖殁精靈在,應共從之地下遊。」「丘原無起日」,《禮記·檀公》:「趙文子與叔譽觀乎九原,文子曰:『死者如可作也,吾誰與歸?』」注云:「作,起也。」老杜詩:「多病馬卿無日起。」「江漢有東流」,此言九原雖不可作,而文章之令名常與江漢俱存。老杜所謂「爾曹身與名俱滅,不廢江河萬古流。」王介甫《贈南豐》詩曰:「曾子文章世無有,水之江漢星之斗。」故此引用。「身世從違裏」,《選》詩曰:「身世兩相棄。」又淵明《歸去來詞》曰:「世與我而相違。」退之詩:「覲以彝訓或從違。」南豐仕宦不偶,晚得掌誥以憂去,遂死。蓋從違各半也。「功言取次休」,《左傳》:「穆叔曰:『太上有立德,其次有立功,其次有立言。』」《晉書·杜預傳》:「預常言:『德不可以企及,立功立言可庶幾也。』」「不應須禮樂,始作後程仇」,後山自謂也。《文中子》卷末載:「魏徵曰:『大業之際徵也。』嘗與諸賢侍,文中子謂徵及房杜曰:『先輩雖聰明特達,然非董、薛、程、仇之比,雖逢明主,必愧禮樂。』」按,程元、仇璋皆文中

子高弟，後山自謂得議禮樂，而判優劣也。（同上）

「精爽回長夜」，《左傳》曰：「心之精爽是謂魂魄。」王仲宣詩：「長夜何冥冥。」「衣冠出廣庭」，謂喪事陳衣也。「勳庸留琬琰，形像付丹青」，《周禮》：「王功曰勳，民功曰庸。」明皇《孝經序》曰：「寫之琬琰，庶有補於將來。」老杜詩：「形像丹青逼。」王介甫作蘇才翁挽詞曰：「音容歸繪畫，才業付兒孫。」「道喪餘篇翰，人亡更典型」，老杜詩：「磨滅餘篇翰。」《詩》云：「人之云亡，邦國殄瘁。」又曰：「雖無老成，尚有典刑。」「侯芭才一足，白首《太玄經》」，亦後山自謂也。《楊雄傳》：「鉅鹿侯芭常從雄居，受其《太玄》《法言》。」《吕氏春秋》：「魯哀公問於孔子曰：『樂正夔一足信乎？』」李太白詩：「誰能書閤下，白首《太玄經》。」（同上）

【觀兖文忠公家六一堂圖書】　歐陽文忠封兖國。「生世何用早，我已後此翁」，柳子厚《答袁饒州論陸先生春秋書》曰：「若吾生前距此數十年，則不得是學矣。今適後之不爲不遇也。」此句頗用其意，且爲下句張本。　曹子建《求自試表》曰：「士之生世，入則事父，出則事君。」「頗識門下士」，南豐、東坡皆六一門下士，東坡《送曾子固》詩曰：「醉翁門下士，雜沓難爲賢。」「略已門其風」，《莊子·雜篇》曰：「墨翟禽滑釐聞其風而悦之。」……「素琴久絶絃」，《晉書·陶潛傳》：「蓄素琴一張，弦徽不具。」《韓詩外傳》：「鍾子期死，伯牙擗琴絶弦。」「棊酒頗闕供」，自「集古一千卷」以下至此，已見前卷《贈叔弼》詩。　《春明退朝録》曰：「宗衮嘗言律，云可從而違，堪供而闕，亞六經之文。」《明皇幸蜀記》：「韋諤曰：『先無闕擬，又恐闕供。』」此借用。「向來一瓣香，敬爲曾南豐。世雖嫡孫行」，「向來」見上注諸方開堂至第三。「瓣香」，推本其得法所自，則云：「此一瓣香，敬爲某人」云云。曾鞏子固，建昌南豐人，於歐公猶宗門中嫡子，而後山又師南豐，乃其孫也。後山以東坡薦得官，作此詩時，東坡政爲郡守，終無少貶阿附之意，可謂特立之士矣，然亦知東坡之大，必能受之也。「名在惡子中」，此後山自貶損也。《前漢·尹賞傳》：「賞爲長安令，舉長安中輕薄少年惡子悉籍記之。」「斯人日已遠，千歲幸一逢」，老杜詩：「古人日已遠，青史字不泯。」東坡《答舒煥書》云：「歐陽公，天人也。天之息千百年恐未能復生斯人也。」「吾老不可待，草露濕寒蛩」，「草露濕寒蛩」，自言哀傷之意寄於詩什，如秋虫之悲鳴也。歐公詩蓋云：「堪笑區區郊與島，螢飛濕露吟秋草。」老杜詩：「草露亦多濕。」（同上卷三）

## 劉　弇

【上曾子固先生書】先生閤下：厥今推文章選鋒擅天下偉望者誰乎？徵諸學士大夫，必曰：「曾公其人也。」使學士大夫頗能知閤下所爲，則弇萬萬無可言者於此焉。徒曰曾公文章擅天下，而初不究知其精微，則弇雖欲不言，得乎哉？蓋世皆科舉輩，徒知閤下之能文，而獨不知閤下所以能文者。非徒能文，正在能變耳。使舉近而忘遠，蹠故而不跐其新，方將脂轄東引而未始收跡，西踐則窮矣，尚安得爲完文乎？顧以爲能知閤下之文，要必無易弇者。請捃摭其一二，試妄商焉，京本有「庶」字必有合也。文章之難也京本無「也」字，從古則然，雖有博者，莫能該也。則處此有一道焉，變是已。自樸散以來誰非從事乎文者？其間重見沓出，雖列屋兼兩猶不能既其實，然其大約有四：曰《經》曰《史》曰《詩》曰《騷》，而諸子蓋不預也，則亦不離乎變而已。《經》之作也，使讀《詩》者如無《書》，讀《書》者如無《易》，其讀《禮》《春秋》也亦然，豈唯句讀而已，其取名布義也亦然。《禹貢》載禹治水，北徂東漸，計往返無慮數萬里，足所投京本作「接」者幾所？身所嘗者幾事？而首尾纔千餘言焉。及丘明之傳《經》也，件爲編年而侈幾數百倍焉。遷之爲紀、傳、世家、書、表，則又倍焉。其後有班范晉陽秋《魏略》之類，則又倍焉。不害其爲史也。《詩》之約也，二言而已，曰「肇禋」；已而三言，曰「盧重鋂」；已而至於五言，曰「贈之以芍藥」；甚者如「誰知烏之雌雄」，乃有六言。而由漢閲唐，又有七言焉，不害其爲詩也。《離騷》之文則固異乎《招魂》矣，《招魂》之文則固異乎《大招》矣。於流而爲揚、馬之麗賦八字京本作《九歌》《九辨》，則亦無適而不異《經》也，《史》也，《詩》也，《騷》也，其每變乃如此。昔之人徜徉不根，宜莫如莊周，至其卒收之也，乃有《天下篇》焉。賈生之書如《陳政事》一篇，其劫束世故，僅如卑卑之申、韓。及讀《懷沙》《悲鵩》至欲拔堯孔之外鍵，而直將以此世與夫未始有極者遊也。夫是之謂善變，此殆韓愈所謂「惟陳言之務去」，陸機所謂「怵他人之我先」者歟？兩漢而下，獨唐元和、長慶間文章號有前代氣骨，何則？知變而然也。如李翺、皇甫湜輩尚恨有所未盡，於是則蟲讙鳥聒，過耳已泯京本作「隨盡」，蓋無以議爲也。韓子之文，如六龍解靷，放京本作「落」一本作「著」足千里，而逸氣彌勁，真物外之絶羈也。柳子厚之文，如蒲牢叩鯨鐘，驍壺躍俊矢，壯偉捷發，初不留賞，而喜爲愀愴凄淚之辭，殆騷人之裔比一作「民」乎？李翺之文如鼎出汾陰，鼓遷岐陽，鬱有古氣，而所乏者韻味。皇甫湜之文如層崖束湍，翔霆破柱，當之者駭矣，而略無韶潤京本作「韻」。呂温之文如蘭榱桂橑，質非不美，正恐不爲杞梓家所録。劉禹錫之文，如剔柯棘林，還相影發，而獨欠茂密。權德輿之文，如靜女莊士，能自檢儆，無媒介則躓矣。若閣下之文，則廓乎其能周，燁乎其能明，斂乎其若有所待，眇乎其似不可攬而取也。挑京本作「抗」之以果而不失於鋭，駕京本作「踔」之以逸而不至於放，聳之以嚴而不傷於介，振之以冷汰而不過乎絜。和平淡泊，而非直紆餘委靡也；慜惻怨悱，而非直騷條感發也。蓋自六經已還，諸史京本作「子」百氏，下至山經地志浮屠老子之書，與夫翰林子墨之文章，在閣下貫穿略盡矣。至於長哦短篇，尺簡寸札，音期洒落，率有妙趣，藻豐京本作「典」而證博，意滋出而義愈暢，真博大者之言也。語其形似，則如白玉田，種種京本作「觸處」渾璞，如青翰客而有秀舉京本作「峯」，如天驥蹋影，筋理颼洒，如喬松弄芝，真率徑盡，如炙髁當作「輠」聯環之運而不窮也，如疾蒐者之扼熊脰而絶貙膻也，如鋸齒錯列初若齟齬而卒乎其相承也，如荀生之辨車輞，叔向之别勞薪，易牙之判淄澠，而不可以非道入也。嗟夫！是其爲曾公之文歟？此弁所以有見乎閣下者也。弁涉世不韻，往者孰謂？閣下不以過踈乎己者見略，而正用過譽乎人者見取。因一介行李之間，北走京師，亟欲拔置門下，使與賢子弟游，故雖弁亦以爲他日之願望，誠有在於是者，不可以無償也。冒不測之汝漢，走千餘里之襄陽，於斯時也，去入謁之艱，無門屏之伺，一朝而足跡接焉，顧不幸哉！脱或泯默自同乎衆人，則閣下當誰與進者？謹因藉乎次一二具之，録耶？棄耶？惟命是聽，入冒臺嚴，俯伏待罪。不宣。弁再拜。（《龍雲集》卷之十五　書）

【上知府曾内翰子固書】 始某爲兒童時，聞江西文章之盛，近世所未有。初未之信也。其後，齒日益壯，乃始斂縮，從所謂鄉先生者求爲聲律句讀之學問，語及當世之聞人，並與其德業之隆，聲稱之盛，爲天下素所信而歸焉者，或齊或楚或趙或魏，與夫閩越交廣，窮荒絶徼之外，雖不必偏知其人，然可倒指而數者甚衆。至其言文章之盛，則未始不在吾江西也。於是嘗試叩其姓氏，則不過三數人而已。則同郡歐陽公，臨川王文公，而閣下曾公也。某雖不言，心獨異之。後數年始遊京師，至則盡得閣下與二公之文，伏而讀之，遂以前日所聞者爲信然，而恨不得即乎其人也。如歐陽公之本論，王文公雜説，閣下秘閣十序皆班班播在人口。雖不言可知，又知而不必言也。若夫世之人聞焉而不能知，知焉而不能詳者，某請因言之。蓋嘗以爲使真理不言而喻，妙道無跡而行，則世復何賴於言，而言亦無以應世矣。惟其形容之不能寫，精微之不能盡。中有以類萬物之情，外有以貫萬物之變，旁有以發其耳目之聰明，而截然自造於性命道德之際，此言之所以不可已，而文章所爲作也。蓋自孟子以來，號著書者甚衆，而漢獨一揚雄而已。唐自元和間復得韓愈、柳宗元之徒，垂千百年歷三四人至吾宋，而又得夫所謂三人者，何其作之鮮邪？孟子之言，淳深渾厚；揚子之言，勁直邃密。其爲法謹嚴，其立意微妙。至於歐、王二公之文，又議之而不暇也，蓋未易輕議。而請以韓、柳與閣下之文言焉：韓子之文煇鍠振越，瑰瑋連犿，如長河大川，一瀉萬里，而波濤洶涌，震撼硑擺，老蛟怒鯨，千詭百怪，與夫吞風笑日，破山發石之勢，無所不備，可以微睇，而不可以平視，此韓子之文也。柳子之文，如懸崖絶壑，壁立千仞，崒嵂峭拔，洞鴻轇轕，嶄然獨峙於蒼烟藹杳之外，使望之者不能躋，躋之者不能踰，踰之者不能絶，此柳子之文也。然二子之文，其宏壯偉麗，雖足以家自爲名，而求列於後世，顧其間不能無憾。而若有所待者，亦豈少哉？至於閣下之文則不然，虚徐容與，優游平肆，其析理精，其寓意微，其序事詳且密，而獨馳騁於百家之上，渾渾乎其深也。暨乎其壯也，謷乎其似質而無當於用也，韜乎其與物逝而不主於故常也；沈乎其若浮，歛乎其似無所止，而迢迢乎如將治而不可窮也。其光少一字彰灼顯著舒發而不可掩者，若雲漢之昭融，日星之陸離。間見層列，時露琢刻，以出怪巧。及要其終，蓋汩如也。若此者，雖未敢直比之孟、揚，然自以爲跨越韓、柳，其過諸子遠矣。伏惟閣下道隆德峻，爲世表的。凡天下之所以望閣下，與閣下之所以慰天下之望者，固已非一日之積矣。而某猶爲此紛紛者，獨何邪？徒以有意乎閣下之爲人，而又嘗親誦其文也。顧某親老矣，不量力之不給，勉起於壠畝之間，掇前人顓蒙魯固之餘，補綴完緝，思欲有立於盛世，於此幾十年矣。前日幸以一日之故得造門下，蓋幸望之，以爲庶幾償夙昔慕望之意，又將乘此以聽緒言而望餘光也。而某初無一言以進，則是自比於無知者之列，而意未知閣下將何以處之也。以某之不肖使擇其所聞，加以强力，時竊謦欬之餘，而閣下因有以卒相之也。則雖未敢期於有成，亦庶幾乎無負矣。惟閣下哀其愚也而教之，憫其毅然欲有立於世者而推挽之，則頂踵之賜，正在於今日也。（同上卷之二十一　書）

## 劉誼

【曾公巖記　元豐二年】元豐元年冬，交人入貢。上方擇人處置疆事，乃詔曾公自廣州移帥桂府。二年，南方無事，民和歲豐，公以其餘暇訪尋桂之山水奇勝處。一日，率郡僚遊所謂風洞者，縱步而東行，得一巖於榛莽間。巖之前有石爲之門，屈曲而入，則流水横其中，碧乳垂其上。周環四視，其狀如雕鎸刻鏤，殆出於鬼工，而不類於融結者也。公於是拂石求前人之跡，則未嘗有至者焉。乃構長橋跨中流而渡，以爲遊觀宴休之處，且與衆共樂之。自是州人士，女與夫四方之人，無日而不來，其巖遂爲桂林絶觀。夫桂之洞穴最多，南有白龍，北有石門，回穴據其東，隱山在其西，皆唐名流之所嘗遊也。觀其詠歌序刻，莫不極道其勝概，而歎前人之所遺者。斯巖之景亦冠絶矣，而乃獨遺之，是真可歎也已。豈當時忽於尋訪而不見邪？將唐人所謂天作而地藏之，必待君子焉後顯邪？余生長東吴，號爲山水窟中，如天台、雁蕩，最爲奇觀，然未有過此者。邦人樂公之德政，而願以「曾公」名其巖，以比甘棠之思。余故爲書之，且以告後人，收入爲□經盛事云。公名布，字子宣，其年九月廿六日管勾本路常平。前江陰縣丞劉誼記。（北京圖書館藏拓片。各地九四九八）

## 吕南公

【上曾吏部書（節録）】　昔者，食於逆旅蓋十五年，嘗再至京師而未嘗得見，所謂巨公貴人非無所見者也。……往歲舍人屈於洪州，實獲一見。其後自福還朝又見焉，而翰林與閣下至今未識也。夫南豐爲邑，著於地志，千載而未有一人以文武勳名書之史氏。至宋興且七八十年，而後天下稱曾子固。又至熙寧，而翰林與閣下俱鳴於時，而事業條緒，瓌偉光衍，特未艾也。使異時載筆之士踴躍慰藉，

如得夔夷稷契，而序之一門三人，並駕方軌，何其盛也。(《灌園集》卷十)

【上曾龍圖書】知府學士閤下，某南城之東野寒人。少時自慮其智力蹇薄，不足以參農商工技下風，故忘意於文學。蓋十五而讀書，二十而思義。以爲文者言詞之大美。以天地之化，四時之運，人物之成世，古今之無窮。其間變故顯幽、治亂盛衰、賢愚勸戒，一切藉文而後經遠。其所關繫如此，雖古之人處之以力，行之餘事，然觀書契以來，特立之士，未有不善於文者也。士無志於立則已，必有志焉，則文何可以卑淺？所見既爾，故自唐虞至於近代，經子史集，説解志載，聞無不求，得無不讀，若是者數年。於是探索短長，補綴同異，隱以心靈之所明，嘗奮筆而書之，所獲多矣。猶未敢遽以爲至也，益取古之作者所成，反覆熟爛之，期於合似而止。蓋年三十餘矣，其所造詣粗若有就，而遭值時變，當路者以能文爲賤工，方且推崇馬融、王肅、許慎之事業，以風場屋；而剽章掠句，補拆臨摹之藝，藹然大行。以韓、柳之顯傳，宜已不可掩，然而後生脱略，往往輕之，况於未顯傳者？其何以露鋒而出彩？君子之道有得於中，則外之貴賤無以損益於我也。則某於今豈有所歉，而若有焉。何也？竊以自古文學之興，其人之所出，隆污不一，然其必有合比也。有大過人者，立乎世則相望而宗師之，孔孟之門是已；世無大過人者，猶有以致交遊之樂，建安七子、梁府十友與夫蘭臺之聚、烏衣之遊是已。近觀李唐文最盛於元和，而退之所與一時文士畢在相讙之地，若張藉、歐陽行周東南之羈人，賈島、劉叉朔北之異類，而皆收拾引掖，使至有聞，而况勢迹之親者？士患無所有而已，不患無所依歸。惟此時爲然。國朝文先有柳仲塗，倡率吹噓，預其曹者，各有聲實。慶曆以後，有歐陽永叔，而閤下爲之流亞，海内諸生出入門墻，倚賴輝澤者，凡不知其幾人矣！夫生而知學與學而有文，皆離倫之效，以某之不敏，亦何敢以此自張？然方之今昔，得所合比之徒，以不辱其後塵，今乃孤行獨息，若無所容，則其所以有歉歟？仲塗、歐陽聞而知之者也。惟閤下之命世，可以見而知之，而攀援仰望，又幸有今日之密邇。此其所以願於納謁也。夫中國之有江西，而江西之有洪府，其位任亦重矣。人莫不知趨重位希貴勢，而某十年之間，七八過洪，未嘗納謁於府門，非不能也，則今日之願拜光儀，不爲省閤之官、牧伯之權而來也，伏惟賜亮。謹獻雜文一卷，幸垂覽焉。（同上卷十五）

## 釋惠洪

【換骨奪胎法（節録）】　山谷云：「詩意無窮，而人之才有限；以有限之才，追無窮之意，雖淵明、少陵，不得工也。然不易其意而造其語，謂之换骨法；窺入其意而形容之，謂之奪胎法。」如鄭谷《十日菊》曰：「自緣今日人心别，未必秋香一夜衰。」此意甚佳，而病在氣不長；西漢文章雄深雅健者，其氣長故也。曾子固曰：「詩當使人一覽語盡而意有餘，乃古人用心處。」所以荆公菊詩曰：「千花萬卉彫零後，始見閒人把一枝。」東坡則曰：「萬事到頭終是夢，休，休，休，明日黄花蝶也愁。」又如李翰林詩曰：「鳥飛不盡暮天碧。」又曰：「青天盡處没孤鴻。」然其病如前所論。（《冷齋夜話》卷之一）

編者按：此則又見胡仔《苕溪漁隱叢話·前集》卷第三十五。

【曾子固諷舒王嗜佛】　舒王嗜佛書，曾子固欲諷之，未有以發之也。居一日，會于南昌，少頃，潘延之亦至。延之談禪，舒王問其所得，子固熟視之。已而又論人物，曰：「某人可秤。」子固曰：「弇用老而逃佛，亦可一秤。」舒王曰：「子固失言也，善學者讀其書，惟理之求。有合吾心者，則樵牧之言猶不廢；言而無理，周、孔所不敢從。」子固笑曰：「前言第戲之耳。」（同上卷之六）

【劉淵材迂闊好怪】淵材迂闊好怪，嘗畜兩鶴，客至，指以誇曰：「此仙禽也。凡禽卵生，而此胎生。」語未卒，園丁報曰：「此鶴夜産一卵，大如梨。」淵材面發赤，訶曰：「敢謗鶴也。」卒去，鶴輒兩展其脛伏地，淵材訝之，以杖驚使起，忽誕一卵。淵材嗟咨曰：「鶴亦敗道，吾乃爲劉禹錫《佳話》所誤。自今除佛、老子、孔子之語，予皆勘驗。」予曰：「淵材自信之力，然讀《相鶴經》未熟耳。」又嘗曰：「吾平生無所恨，所恨者五事耳。」人問其故。淵材斂目不言，久之曰：「吾論不入時聽，恐汝曹輕易之。」問者力請說，乃答曰：「第一恨鰣魚多骨，第二恨金橘大酸，第三恨蓴菜性冷，第四恨海棠無香，第五恨曾子固不能作詩。」聞者大笑，而淵材瞠目曰：「諸子果輕易吾論也。」（同上卷之九）

編者按：此則後半段又見胡仔《苕溪漁隱叢話前集》卷第五十五。

## 葉夢得

至和、嘉祐間，場屋舉子爲文尚奇澀，讀或不能成句。歐陽文忠公力欲革其弊，既知貢舉，凡文涉雕刻者，皆黜之。時范景仁、王禹玉、梅公儀、韓子華同事㊀，而梅聖俞爲參詳官，未引試前，唱酬詩極多。文忠「無譁戰士銜枚勇，下筆春蠶食葉聲」，最爲警策。聖俞有「萬蟻戰時春晝永㊁，五星明處夜堂深」，亦爲諸公所稱。及放榜，平時有聲如劉暉輩，皆不預選，士論頗洶洶。未幾，詩傳㊂，遂閧閧然，以爲主司耽於唱酬，不暇詳考校，且言以五星自比，而待吾曹爲蠶蟻，因造爲醜語。自是禮闈不復敢作詩，終元豐末幾三十年。元祐初，雖稍稍爲之，要不如前日之盛。然是榜得蘇子瞻爲第二人，子由與曾子固皆在選中，亦不可謂不得人矣。

㊀「韓子華」，原作「等」，據葉廷琯楙花庵本改。㊁「晝永」，原作「日暖」，據《苕溪漁隱叢話》引改。㊂「詩」原作「時」，據《遺書》改。（《石林詩話》卷下）

編者按：宋胡仔《苕溪漁隱叢話前集》卷第二十九，宋蔡正孫《詩林廣記》卷之一皆録此條。

王荆公初未識歐文忠公，曾子固力薦之。公願得遊其門，而荆公終不肯自通。至和中惠校本同，諸校本作「初」，爲群惠校本作「郡」，誤牧判官，文忠還朝，始見知，遂有「翰林風月三千首，吏部文章二百年」之句。然荆公猶以爲非知己也，故酬之曰：「它日倘能窺孟子，此身安敢望韓公。」自期以孟子，而黄本同，諸本無「而」字處公以商毛刻有「爲」字韓愈，公亦不以爲歉商刻作「嫌」。（《石林避暑録話》卷二）

治平中，議濮安懿王稱號，學士王禹玉、中丞呂獻可、諫官范景仁、司馬君實等，皆謂宜稱皇伯，此固顯然不可。歐陽永叔爲參政，尤詆之。五代史書追尊皇伯宗儒爲宋州刺史，所以深著其說。然遂欲稱考，則不免有兩統貳父之嫌，故議者紛然久不決。慈聖光獻太后内出手詔，令稱「親」。當時言官亦力爭而止，以諸侯入繼，古未有也。自漢帝以來始見之。魏相以爲宜稱皇考，此固亡乎《禮》之禮，而哀帝稱定陶王爲恭皇，安帝稱清河王爲孝德皇，則甚矣。禮以王以皇以顯冠考，猶是尊稱，若舉謚而加皇，乃帝號，既不足辨父子，子而爵父，此正禮之所禁也。曾子固嘗著議，以爲父没之通稱，施於爲

人後之義爲無嫌，此蓋附永叔之意。當時群議既不決，故仍舊，但稱濮安懿王，蓋難之也。（《石林燕語》卷二）

王荆公性不善緣飾，經歲不洗沐，衣服雖弊，亦不浣濯。與吴冲卿同爲群牧判官，時韓持國在館中，三數人尤厚善，無日不過從。因相約：每一兩月，即相率洗沐。定力院家，各更出新衣，爲荆公番，號「折洗」。番下當有脱字。號折洗，王介甫云作一句讀。折洗，宋人常談。《鷹齋續集》二十八載鄉邦俗語有折光。又《劉後村大全集》一百四十六，有折洗戍兵語。又按朱弁《曲洧舊聞》十，載荆公同浴僧寺事，而無折洗一語。王介甫云：出浴見新衣輒服之，亦不問所從來也。曾子先持母喪過金陵，廷琯案，曾子先似應作曾子宣。公往弔之。登舟，顧所服紅帶。適一虞候挾笏在旁，公顧之，即解易其皂帶入弔。既出，復易之而去。（同上卷十）

## 孫　覿

【與曾伯端書（節録）】某學迂才下，爲世畸人，區區小技如鼫鼠，然不可出鄭國尺寸之地。比讀新著而私意粗亦有合者。秦少游云：「曾子固文章妙絶古今，而有韻者輒不工。」此語一出，天下遂以爲口實。南豐作《李白引》，以謂閎肆瑰瑋，非近世騷人所可及者，而連類引義中法度者寡。荆公屢稱郭功父詩，而南豐不謂然。功父疑之，荆公曰：「豈非子固以謂功父天才超逸，更當約以古詩之法乎？」南豐論詩如此。如《兵間》一詩指徐德占，《論交》一詩指吕吉甫，又有《黄金》、《顔揚》諸詩，皆卓然有濟世之用，而世人便謂不能詩，某所以不喻其言也。……吕居仁作《江西宗派》，既云宗派，固

有次第。陳無己本學杜子美，後受知於曾南豐，自言「向來一瓣香，敬爲曾南豐。」非其派也。（《鴻慶居士集》卷十二）

【西山老文集序（節録）】宋興，文章猶襲五代之弊，自歐陽文忠公起江右，尊明道術於斯文將墜之餘，天下靡然從之，一洗老生常談腐儒俗學之陋。居亡何，臨川王文公、南豐曾公繼出公後，懷寶含章，待倡而發，如雲從龍，如水赴海，如大吕之應黄鐘，氣燄相薄，莫較高下，一代之彌文，鬱鬱乎不可尚已。……余嘗論三巨公相繼出江右，爲世大宗師，其外有二劉、三孔、王文公之子元澤、曾南豐之弟子開與鄧聖求、李泰伯皆以鴻儒碩學相望三、四州，不過數百里之間，今胡公又出而與諸作者爲竝，江西人物於是爲盛。（同上卷三十）

【送删定姪倅越序（節録）】逮慶曆、嘉祐間，歐陽文忠公以古文倡，而王荆公、蘇東坡、曾南豐起而和之，文章一變，醇深雅麗，追復古初，文直而事核，意盡而言止，譬之行雲流水，遇物賦形，體質自然，不見刀尺。於是天下翕然以爲宗師。删定姪，余愛其尺語最工。邇來作箋啟，它文亦稱是。比赴會稽别乘攜文過别，詞句温麗不類舊常，大抵能道意之所欲言，而無艱難辛苦之態，音指華暢，自中律吕。蓋進乎技矣！熙寧初，曾南豐自册府出越倅，《類稿》中有云「卧龍齋作」者，即越倅所爲文也。其序鑑湖數千言，引古知今，盡得一湖數千載利害之實，議論詳博，文辭雅健，如西漢一《志》。（同上卷三十一）

【曾公卷文集序（節録）】南豐曾氏，太平興國中諫議大夫、密國公諱致堯者，以文章有大名，著《仙凫書》、《西陲要紀》、《中臺志》等書，百八十餘卷，藏於家，歐陽文忠公銘其碑。有子曰太常博士魯國公諱易占，能傳父學，著《時議》數十萬言，皆當世要務。將獻之朝，行次南京遇疾卒，不果上。荆國王文公志其墓。生六子，多知名，而三人尤稱於天下，曰中書舍人鞏，以文儒道德爲學者宗，號南豐先生。曰右丞相布，以正言直道歷事三朝，有勳有勞，在受之籍，謚文肅。曰翰林學士肇，高文碩學，出處大節，與先生齊名，謚文昭。皆有文集行於世。今寶文公，丞相第四子也，諱紆，字公卷。年甫八歲，南豐先生授以韓吏部詩，一覽而誦。先生喜曰：曾氏代不乏人矣。（同上卷三十一）

【題秦會之跋後山居士集】秦會之嘗跋《後山居士集》云：曾南豐辟陳無己、邢和叔爲英宗皇帝實録檢討。初呈稿，無己便蒙許可，至邢乃遭横筆，微聲稱「亂道」。余按曾子固編者按：曾子固應爲曾子開著《亡兄行述》云，南豐嘗爲英宗實録檢討官，不逾月而罷，通判越州。而《類稿》中有《鑑湖序》，則熙寧二年也。其後守齊、襄、洪、福、明、亳六州，凡十三年，還朝爲中書舍人，纔數月，丁母憂，憂未除而卒，是元豐四年也。按謝克家叙《後山居士集》，元祐蘇東坡卒，諸侍從薦無己，繇布衣特起爲從州教授，則無己之任在南豐之殁七、八年矣。南豐爲檢討官，不踰月安能辟二公？自熙寧至元祐二十餘年，陳無己始入仕，南豐墓拱矣，會之乃牴牾如此。故事實録有修撰檢討官，國史有編修官，以首相監總一代大册典，朝廷除授，極天下文章之選，非辟闕也。試官考卷與鄉先生課試諸生之文，則有横筆，邢和叔造宣仁太后之謗，排王珪附蔡確，至今人聞其名往往縮頸。南豐雖作者，敢加横筆於邢和叔之文乎？會之爲宰相，乃不知史官爲辟闕，既知尊稱南豐、無己，而不知二公之先後。又云病起聞

鷄唱，不寐，書付塤、篪。余曰：幸付塤、篪，若以示識者則横筆作微聲，如公所云矣。（同上卷三十二）

【讀臨川集】本朝鴻儒碩學，比比出於慶曆嘉祐間，而莫盛於熙寧、元豐之際。王荆公自謂知經明道，與南豐曾子固、二王深父、逢原四人者，發六藝之藴於千載絶學之後，而自比於孟軻、揚雄，凡前世之列於儒林者，皆不足道也。荆公當國，二王已下世，獨有子固以秘閣校勘在京師，便當引而進士，致主行道，以共功名。乃擯棄不用，通判越州而去。余觀《南豐集》，《序禮閣新儀》則指新法，《記襄州長渠》則指水利，《兵間》詩則指徐德占，《論交》詩則指吕吉甫，而二人者如水火矣。夫道一而已，此不可曉者一也。公爲小官，時已負重名於世，及召試館職，累辭不試，除集賢校理累辭不受，其後擢修起居注，凡以十二疏辭而名益重。神宗即位，召爲翰林學士，尋拜參知政事，不逾年至宰相，位極人臣，例用故事三辭而止，此不可曉者二也。公既得位，罷黜詞賦，崇尚經術，盡革故時聲病彫篆之習，天下翕然以通經學古爲高，而公所爲文凡有韻有聲律者，皆妙絶一時，此不可曉者三也。（同上）

## 曾敏行

南豐之曾，曰鞏、曰牟、曰宰、曰布、曰肇；章貢之曾，曰弼、曰懋、曰班、曰開、曰幾，皆以伯仲取科第，致位通顯。南豐之最著者子固、子開，而子宣遂登相位。章貢之最著者叔夏、天猷，若吉甫，雖晚遇亦終次對。此二族蓋甲於江西也。……按千姓篇，曾氏望出廬陵，自孔門點、參、元、西之後，至漢纔有尚書郎偉一人耳。而江西之曾居廬陵猶多，散在諸邑，若太和，若安福，若何原，若松江，若睦陂，派

別枝分，不可盡紀。（《獨醒雜志》卷七）

## 符行中

【《灌園集》序（節録）】　近時人物磊落相望，其位於朝光顯者固多，而隱於韋布卓立傑出如灌園先生者，世未必知之。曾子固獨愛重其文，謂「麻姑秀氣，世不乏人」，豈虚言哉？（《灌園集》卷首）

## 邵　博

歐陽公謂曾子固云：「王介甫之文，更令開廓，勿造語，及模擬前人。」又云：「孟、韓文雖高，不必似之也。」（《河南邵氏聞見後録》卷十四）

曾子固之文，可以名家矣。然歐陽公謂：廣文曾生者，在禮部奏名之前已爲門下士矣。公示吴孝宗詩，有云：「我始見曾子，文章初亦然。崑崙傾黄河，渺漫盈百川。疏決以道之，漸斂收横瀾。東溟知所歸，識路到不難。」是子固於文，遇歐陽公方知其所歸也。而子固《祭歐陽公文》自云：「戇直不敏，早蒙振拔，言繇公誨，行繇公率」也。子開於歐陽公下世之後，作《子固行述》，乃云：「宋興八十餘年，海内無事，異才間出。歐陽文忠公赫然特起，爲學者宗師。公稍後出，遂與文忠公齊名。」余以爲過矣。張籍《哭韓退之》詩云：「而後之學者，或號爲韓、張。」退之曰籍、湜輩者，學者曰韓門弟子，不曰韓、張也。蘇東坡曰：「文忠之薨，十有八年，士庶所歸，散而自賢，我是用懼，日登師門。」有以也夫！曾子開論其兄子固之文曰：「上下馳騁，愈出而愈新，讀者不必能知，知者不必能言。蓋天才獨至，若非人力所能，學儊精思，莫能到也。」又曰：「言近指遠，雖《詩》、《書》之作未能遠過也。」蘇子由論其兄子瞻之文曰：「遇事所爲，詩騷銘記，書檄論譔，率皆過人。」又曰：「幼而好學書，老而不倦，自言不及晉人，至唐褚、薛、顔、柳，髣髴近之。」子開之言類夸大，子由之言務謙下。後世當以東坡、南豐之文辨之。（同上）

曾子固初爲太平州司户。守張伯玉，前輩人也。歐陽公、王荆公諸名士共稱子固文章。伯玉殊不顧，間語子固：「吾方作六經閣，其爲之記。」子固凡謄藁六七，終不當伯玉之意，則謂子固曰：「吾自爲之。」其書於紙曰「六經閣者，諸子百家皆在焉。不書，尊經也」云云。子固始大畏服，益自勵於學矣。（同上卷十五）

編者按：明何良俊《語林》卷九亦録此條。

王荆公與曾南豐平生以道義相附。神宗問南豐：「卿交王安石最密，安石何如人？」南豐曰：「安石文學行義，不減揚雄，以吝故不及。」神宗遽曰：「安石輕富貴，不吝也。」南豐曰：「臣謂吝者，安石勇於有爲，吝於改過耳。」神宗頷之。（同上卷二十）

編者按：此則與《後山叢談》卷三載略有不同，故録之，以資參考。

蘇東坡既貶黄州，神宗殊念之，嘗語宰相王珪、蔡確曰：「國史至重，可命蘇軾成之。」珪有難色。又曰：「軾不可，姑用曾鞏。」鞏爲檢討官，先進《太祖總論》，已不當神宗之意，未幾罷去。（同上卷二十

（二）王震

《南豐集序》 南豐先生以文章名天下久矣。異時齒髮壯，志氣鋭，其文章之慓鷙奔放，雄渾瓌偉，若三軍之朝氣，猛獸之抉怒，江湖之波濤，煙雲之姿狀，一何奇也。方是時，先生自負要似劉向，不知韓愈爲何如爾。中間久外徙，世頗謂偃蹇不偶。一時後生輩鋒出，先生泊如也。晚還朝廷，天下望用其學，而屬新官制，遂掌書命。於是更置百官，舊舍人無在者，已試即入院，方除目填委，占紙肆書，初若不經意，午漏盡，授草院吏上馬去。凡除郎御史數十人，所以本法意，原職守，而爲之訓敕者，人人不同，咸有新趣，而衍裕雅重，自成一家。予時方爲尚書郎，掌待制吏部。一日得盡觀，始知先生之學，雖老不衰，而大手筆自有人也。嗚呼！先生用未極其學已矣，要之名與天壤相弊，不可誣也。客有得其新舊所著而哀録之者，予因書其篇首云。宋元豐八年季春三月朔日，中書舍人王震序。（《曾鞏集》附録）

許顗

陳無己《賦宗室畫詩》云：「滕王蛺蝶江都馬，一紙千金不當價。」又作《曾子固挽詞》云：「丘園無起日，江漢有東流。」近世詩人莫及。（《彦周詩話》）

編者按：此則又見胡仔《苕溪漁隱叢話後集》卷第三十三。

## 李清照

【詞論（節録）】王介甫、曾子固文章似西漢，若作一小歌詞，則人必絶倒，不可讀也。乃知别是一家，知之者少。後晏叔原、賀方回、秦少游、黄魯直出，始能知之。（《李清照集校注》卷三）

編者按：此則又見宋《魏慶之詞話》。

## 朱弁

太祖皇帝抱帝王雄偉之姿，殆出於生知天縱，其所注措，初不與六經謀，而自然相合。晁以道云：曾子固元豐中奉詔作論，論成，以吾觀之，殊未盡善。某嘗謂太祖有二十事，皆前代所無，出於聖斷而爲萬世利者，今《實録》中略可數也。惜乎子固不及此，吾所深惜也。（《曲洧舊聞》卷一）

予在太學，同舍有誦《曾南豐集》者。或曰：「何獨喜此？」答云：「吾愛其文似王臨川也。」時一生家世能古文，聞其言大笑曰：「王臨川語脈與南豐絶不相類，君豈見其議論時有合處耶？」予殊未曉其意，久之而疑焉。後二十年間居洧上，所與吾游者皆洛許故族大家子弟，頗皆好古文，因説黄魯直論晁無咎、秦少游、王介甫文章，座客曰：「魯直不知前輩，亦未深許介甫也。」（同上卷三）

曾子固性矜汰，多於傲忽。元豐中爲中書舍人，因白事都堂，時章子厚爲門下侍郎，謂之曰：「向見舍人《賀明堂禮成表》，真天下奇才也。」曾一無辭讓，但復問曰：「比班固《典引》如何？」章不答，語同列曰：「我道休撩撥。」蓋自悔失言也。徐德占雖與子固俱爲江西人，然生晚不及相接。子固中間流落外郡十餘年，迨復還朝，而德占驟進至御史中丞。中丞在法不許出謁，而子固亦不過之。德占以其先進，欲一識其人，因朝路相值，迎接甚恭。子固却立曰：「君是何人？」德占因自叙。子固曰：「君便是徐禧耶？」頷之而去。（同上卷十）

編者按：明何良俊《語林》卷二十六亦録此則。

陳無己與晁以道俱學文於曾子固。子固曰：「二人所得不同，當各自成一家。然晁文必以著書名於世。」無己晚得詩法於魯直。他日二人相與論文，以道曰：「吾曹不可負曾南豐。」又論詩，無己曰：「吾此一瓣香須爲山谷道人燒也。」（《風月堂詩話》卷上）

## 周紫芝

吕舍人作《江西宗派圖》，自是雲門、臨濟始分矣。東坡《寄子由》云：「贈君一籠牢收取，盛取東軒長老來。」則是東坡、子由爲師兄弟也。陳無己詩云：「向來一瓣香，敬爲曾南豐。」則陳無己承嗣鞏和尚爲何疑。余嘗以此語客，爲林下一笑，無不撫掌。（《竹坡詩話》）

## 呂本中

近世文字如曾子固諸序，尤須詳味。（《童蒙詩訓》）

《孟子》中百里奚自鬻於秦一章與韓退之論思元賓而不見，見元賓之所與者，猶吾元賓也及曾子固《答李廌書》，最見抑揚反覆處，如此等類皆宜詳讀。（同上）

文章紆餘委曲，説盡事理，惟歐陽公爲得之。至曾子固，加之字字有法度，無遺恨矣。（同上）

曾子固舍人爲太平州司户時，張伯玉瑑作守，歐公、王荆公諸人皆與伯玉書，以子固屬之，伯玉殊不爲禮。一日，就設廳召子固，作大排，唯賓主二人，亦不交一談也。既而召子固於書室，謂子固曰：「人謂公爲曾夫子，必無所不學也。」子固辭避而退。一日，請子固作《六經閣記》，子固屢作，終不可其意，乃謂子固曰：「吾試爲之。」即令子固書曰：「六經閣者，諸子百家皆在焉，不書，尊經也。」其下文不能具載。又令子固問書傳中隱晦事，其應答如流，子固大服，始有意廣讀異書矣。（《紫微詩話》）

## 江少虞

嘉祐四年，仁宗謂輔臣曰：「宋、齊、梁、陳、後魏、後周、北齊書，世罕有善本，未行之學官，可委編校官精加校勘。」八月，命編校書籍孟恂、丁寶臣、鄭穆、趙彦若、錢藻、孫覺、曾鞏校宋、齊、梁、陳、後魏、北齊、後周七史。恂等言：「梁、陳等書缺，獨館閣所藏，恐不足以定著，願詔京師及州縣藏書之家，使悉上之。」仁宗皇帝爲下其事，至七年冬，稍稍始集，然後校正訛謬，遂爲完書，模本行之。（《宋朝事實類苑》卷第三十一詞翰書籍）

【神仙二事】神仙之説，傳聞固多，予之目覩者二事。供奉官陳允，任衢州監酒税日，允已老，髮秃齒脱。有客候之，稱孫希齡，衣服甚繿縷，贈允藥一刀圭，令揩齒，允不甚信之。暇日，因取揩上齒，數揩而良久歸家，家人見之，皆笑曰：「何爲以墨染鬚？」允驚，以鑑照之，上髯墨如漆矣。急去巾，視童首之髮，已長數寸，脱齒已隱然有生者。予見允時，年七十餘，上髯及髮盡黑，而下髯如雪。又正郎蕭渤罷白波輦運，至京師，有黥卒姓石，能以瓦石沙土手挼之，悉成銀。渤厚禮之，問其法，石曰：「此真氣所化，未可遽傳。若服丹藥，可呵而變也。」遂授渤丹數粒，渤餌之，取瓦石呵之，皆成銀。渤乃丞相荆公姻家，是時丞相當國，予爲宰士，目覩此事。都下士人求見石者如市，遂逃去，不知所在。石纔才，渤之術遂無驗。石，齊人也，時曾子固守齊，聞之，亦使人訪其家，了不知石所在。渤既服其丹，亦宜有補年壽，然不數年間，渤乃病卒，疑其所化特幻耳。（同上卷第四十四仙釋僧道）

曾鞏知襄州日，朝廷遣使按水利，振流民者，各辨辟三兩選人，充幹當公事。鞏一日宴諸使者，座客有言：「昨夕三鼓，大星墜於西南，有聲甚厲，次又有一小星隨之。」鞏曰：「小星必天狗，下幹當公事也。」（同上卷第六十五談諧戲謔）

# 朱翌

陳無己平生尊黄魯直，末年乃云：「向來一瓣香，敬爲曾南豐。」南豐人或疑之，不知曾子固出歐公之門，後山受業南豐。此詩乃潁州教授時觀六一堂圖書作，爲南豐先生燒香，宜哉！（《猗覺寮雜記》上）

# 吴曾

【李白非蜀人】　曾子固作李白詩集序云：「白，蜀郡人，初隱岷山。」又云：「舊史稱白山東人，爲翰林待詔。皆不合于白之自序，蓋史誤也。」余按，杜子美有蘇端薛復筵簡薛華醉歌云：「近來海内爲長句，汝與山東李白好。」乃知舊史以白爲山東人，不爲無據也。故范傳正所作李白碑，以白「其先隴西成紀人，涼武昭王九代之孫。隋末流離，神龍初，潛還廣漢，因僑爲郡人。」由此觀之，則白本非蜀人也。（《能改齋漫録》卷三《辨誤》）

【牛僧孺聰明臺】　國史《劉沆列傳》，曾南豐撰。云：「沆，吉州永豐人。曾祖景洪，事楊行密爲江西牙將。有彭玕者，據州稱太守，脅景洪附湖南，僞許之。復以州歸行密，遂不仕。嘗謂人曰：『我不從彭玕，當活萬餘人。後必有隆者。』因名所居山曰後隆山。山有唐牛僧孺讀書堂故基，即其上築臺曰聰明臺。沆母夢牛相公來而生沆。」以上皆列傳所載。予按，江南野史，《彭昌傳》云：「初唐相牛僧孺，其祖遠仕交廣。罷秩，還至郴、衡間，爲山賊所剽掠。唯僧孺母子獲存，遂亡入江南，止於廬陵禾川。迨長，爲母所訓，遂習先業。縣之北有山名絮苧源，下有古臺，故老傳爲聰明臺。其下有湧水，曰聰明泉。古今學者，多此成業。僧孺乃舍其上而肄業，迨十數年，博有文學。會母死，遂葬于縣之西南才德鄉太學里。既隨計長安，以文投韓退之、皇甫湜爲知遇，由是擢上第。不十數年，累秩輔相。時彭昌四世祖，居于僧孺母墓之側。應諸科舉，至京師，僧孺聞而引與見。問其墳陵，彭氏幼而不知，默不能對。及歸，爲修其塋。會僧孺罷相，出鎮襄陽，未幾暴薨，故其墳未曾封。至今本縣圖經，但載聰明泉側，有牛相讀書堂，餘址尚存。」野史本吉州人龍衮所撰，或得其真。今沇傳以祖景洪即其上築臺，曰聰明臺，誤也。野史以爲故老相傳爲聰明臺耳。此國史之失也。予又按，唐杜牧所撰《僧孺墓誌》叙曰：「公孤始七歲。長安南下杜樊鄉東，祖文安侯有隋氏賜田數頃，書千卷，尚存。公年十五，依以爲學，不出一室。數年業就，名聲入都中。故丞相韋執誼，命柳宗元、劉禹錫訪公于樊鄉。公乘驢至門，遂登進士第。」今野史以僧孺肄業于聰明臺十數年，會母死葬于彼，因隨計長安，擢上第，誤也。墓誌以爲七歲而孤，至年十五，依樊鄉以爲學。及其上第，亦自樊鄉出焉。此野史之失也。予又按墓誌曰：「除河南尉，拜監察御史，丁母夫人憂。制終，復拜監察御史。」今野史乃以僧孺母死在未第之前，此又野史之失也。予又按墓誌曰：「僧孺以大中二年，薨于東都城南別墅。」今野史乃以僧孺罷相，出鎮襄陽，未幾暴薨，此又野史之失也。（同上卷五《辨誤》）

【張伯玉記六經閣取王弼傳《易》意】古人要爲，不可及。王弼傳《易》，于初九「潛龍勿用」下注云：「文言備矣。」世之陋者，往往詆其無所發明。予嘗見蜀李畋著論，以爲「弼之所傳止于四字者。蓋

《易經》之旨，未敢率用己意，欲尊乎道也。」乃知前輩用心如此。予嘗見吕居仁言，曾子固初爲太平州司户，時張伯玉作守。歐陽公與荆公諸人咸薦之，伯玉殊不爲禮。一日，就設廳作大排，召子固。惟賓主二人，亦不交一談。既而召子固于書室，謂曰：「人以公爲曾夫子，必無所不學也。」子固辭避而退。一日，請子固作《六經閣記》，子固屢作，終不可其意。乃謂子固曰：「吾試爲之。」即令子固代書曰：「六經閣者，諸子百家皆在焉；不書，尊經也。」文多不載。乃知伯玉之意，取李畋發明弼傳《易》之意耳。伯玉，字公達，范文正公客。所以揭己，示子固如此者。子固年少恃才名，私以不識字詆之，伯玉有所聞，故耳。(同上卷十《議論》)

【晏元獻節儉(節録)】右晏元獻公手帖。予嘗謂公以童子被遇章聖，觀慶曆聖德詩，名首諸公，則公之爲人可知也。方國家承五季文章卑陋，公師楊、劉，獨變其體；識歐陽公諸生，遂以斯文付之，宋之文于是視古無愧。功德如范、富，氣節如孔道輔，咸出其門。然則仁宗治致太平，非公而誰？大抵善觀人者，不于其顯，必于其幽；不于其外，必于其内。以書規兄嫂，守官必曰廉，曰官下不可營私，當以魏四工部爲戒，首尾大約本于節儉。至引古人非親耕不食，親織不衣，兹非畏獨、根諸中而不欺者邪。昔東坡跋歐陽公與其子書，戒其在官欲附致朱砂。乃知歐陽公所養，不無所自矣。曾南豐與公同鄉里，元豐間，神宗命以史事。其傳公云：「雖少富貴，奉養若寒士。」考公手帖，則曾傳可謂得實。而景文宋公草公謫辭云：「廣營産以植私，多役兵而規利。」宋亦公門人，而必爲此者，豈當時有不得已歟？(同上卷十二《記事》)

【曾子固懷友寄荆公】　王荆公初官揚州幕職，曾南豐尚未第，與公甚相好也。嘗作《懷友》一首寄公，公遂作《同學》一首别之，荆公集具有其文。其中云：「子固作《懷友》一首遺予，其大略欲相扳以轕乎中庸而後已」云云。然《懷友》一首，《南豐集》竟逸去，豈少作删之邪？其曰介卿者，荆公少字介卿，後易介甫。予偶得其文，今載此云：「聖人之於道，非思得之而勉及之，其間於賢大遠矣。然聖人者，不專己以自蔽也。或師焉，或友焉，參相求以廣其道而輔其成。故孔子之師，或老聃、郯子云；其友或子産、晏嬰云。師友之重也，聖人然爾。不及聖人者，不師而傳，不友而居，無悔也希矣。予少而學，不得師友，焦思焉而不中，勉勉焉而不及，抑其望聖人之中庸而未能至者也。嘗欲得行古法度士與之居或游，孜孜焉考予之失而切劘之，庶於幾而後已，予亦有以資之也。皇皇四海，求若人而不獲。自得介卿，然後始有周旋激懇，摘予之過而接之以道者。使予幡然其勉者有中，釋然其思者有得矣。望中庸之域，其可以策而及也。使得久相從居與游，予知免於悔矣。而介卿官於揚，予窮居極南，其合之日少，而離别之日多，切劘之効淺，而愚無知易懈，其可懷且憂矣。思而不釋，已而叙之，相慰且相警也。介卿居今世，行古道，其文章稱其行，今之人蓋希，古之人固未易有也。爲作《懷友》書兩通，一自藏，一納介卿家。」（同上卷十四《記文》）

【仙家亦有靈芝殿】　劉禹錫《嘉話》謂：「唐延英殿，即靈芝殿也，謂之小延英。」余見《雲齋廣録》載：「王平甫熙寧六年冬，直宿崇文院。夢有邀至海中，宫殿甚盛，其中樂作。題其宫曰靈芝。平甫有詩紀之，略云：『萬頃波濤木葉飛，笙簫宫殿號靈芝。』」則靈芝之號，不特世間有也。余又觀平甫女名

茂者石刻云。曾子固舊有《夢記》以述其事。然子固之筆，竟無有蓄之者。（同上卷十八《神仙鬼怪》）

【曾易占詩讖】曾子固之祖曾易占，南豐人。知信州玉山縣，坐法失官。閒居十餘年，執政憐之，諷令至京師。行次，至洪州樵舍僧寺，題詩屋壁云：「今朝纔是雪泥乾，日薄雲移又作寒。家山千里何時到，溪上梅花正好看。」是時慶曆七年六月二十日也，人怪其寫景不侔。既而行次睢陽而卒。其孫子固載柩還鄉，復過樵舍，乃臘中雪日梅芳。然此詩乃蔡君謨詩，易占偶書之耳。（同上）

編者按：曾易占，字不疑，鞏（字子固）父。

## 黄次山

【紹興重刊臨川文集叙（節録）】江西士大夫多秀而文，挾所長與時而奮。王元之、楊大年篤尚音律，而元獻晏公臻其妙，柳仲塗、穆伯長首倡古文，而文忠歐陽公集其成，南豐曾子固、豫章黄魯直亦所謂編之乎詩書之册而無媿者也。丞相旦登文忠之門，晚躋元獻之位，子固之所深交，而魯直稱爲不朽。（《臨川先生文集》卷首）

## 李肅

（八月）戊子，太常博士曾易占除名，配廣南衙前編管，坐前知玉山縣受賕事發，監察御史裏行張宗誼按其罪，法當死，特貸之。易占，致堯子也。王安石作易占墓誌，言易占坐知信州錢仙芝所誣，故失官。（《續資治通鑑長

編》卷一百二十　仁宗　景祐四年）

春正月癸未，翰林學士歐陽修權知貢舉。先是，進士益相習爲奇僻，鉤章棘句，寖失渾淳，修深疾之，遂痛加裁抑，仍嚴禁挾書者。及試牓出，時所推譽，皆不在選。囂薄之士，候修晨朝，群聚詆斥之，至街司邏吏不能止；或爲《祭歐陽修文》投其家，卒不能求其主名置於法。然文體自是亦少變。（同上卷一百八十五　仁宗　嘉祐二年）

（三月）丁亥，賜進士建安章衡等二百六十二人及第，一百二十六人同出身。是歲，進士與殿試者始皆不落。己丑，賜諸科三百八十九人及第，又賜特奏名進士諸科二百十四人同出身，及補諸州長史、文學。（同上）

編者按：曾鞏是年及進士第。

（閏正月）法寺奏新知福州曾鞏遷延不之官等罪，詔特罰銅十斤。（同上卷二百八十七　神宗　元豐元年）

（八月）度支員外郎、直龍圖閣、權知福州曾鞏判太常寺，未至，改知明州。十月三日改明州，今附見。（同上卷二百九十一　神宗　元豐元年）

## 汪應辰

曾子固謂皇考一名，而爲說有三，如《禮》之皇考，則曾祖也；漢宣帝父稱尊號曰皇考，則加考以皇號也；屈原稱皇考曰伯庸之類，則父没之通稱也。且言有可有不可者，其剖析甚詳，而以悼園稱皇立廟爲非。今三説之中，專舉其「父没之通稱之」一句，以爲附永叔之意，亦未盡也。若謂皇乃帝號，則或曰皇考，或舉謚而加皇，苟以爲不可，則一也，豈得一以爲亡乎《禮》之禮，一以爲甚矣乎！既以濮議稱皇伯爲顯然不可，又以稱考爲有兩統二父之嫌，然則當何稱乎？歐陽公嘗辨二父則有之，而非兩統也。然則兩統或可以言嫌，而二父亦謂之嫌，非也。（《〈石林燕語〉辨》，見《石林燕語》附録一）

編者按：此則亦見《〈石林燕語〉考異》。

## 陳　善

【陳后山學文於南豐學詩於山谷　儒學本作陳后山之學】陳后山學文於曾子固，學詩於黄魯直，儒學本有蓋字嘗有詩云：「向來一瓣香，敬爲曾南豐。」然此香獨不爲魯直，何也？（《捫蝨新話》卷之九）

【人才有長短　儒學本作辨前輩古今人文長短】后山居士言：「蘇明允不能詩，歐陽永叔不能賦，曾子固短於韻語，黄魯直短於散語。子瞻詞如詩，少游詩如詞。」此論得今人之短宋。尚書云：「老子《道德經》爲至言之宗，屈平《離騷經》儒學本作賦爲詞賦之宗，司馬遷《史記》爲紀傳之宗，左丘明工言人事，莊周工言天地儒學本無『地』字。」此論得古人之長。雖然，要不可偏廢論人者，無以短而棄儒學本有「其」字長，亦無以長而護儒學本有「其」字短。自論則當於長處出奇，短處致功。（同上卷之十二）

## 蘇籀

【欒城遺言(節録)】姪孫元老呈所爲文一卷，公曰：「似曾子固少年時文」。(見明陶宗儀《説郛》卷十六下)

## 趙孟堅

【繁昌縣學南豐祠堂祝文】維年月日，具官趙孟堅謹以清酌之奠告於南豐先生中書曾公。孟堅初抵邑，奠謁學宫堂廡之東祠曰三賢。問賢謂誰？曰：先生闡文，記邑興造，荆國王相，記學之成。爰並祀茲蔡相，確嘗令邑，因麗焉。孟堅曰：嘻！是得例曰賢乎？且荆國曩列從祀聖天子，詔其曲學謬差媒進小人，基禍誤國，屏而斥已，疇敢復存？確鬼蜮姦，造謗滔天，誣蔑我宣仁聖烈太后，掃除正人，以致敵難，罪通于天。誰其薰蕕罔銓，徒以令故而齒是諸？伊蔡與王並從斥徹。維先生高名清文，是敬是式。儻及在元祐建中靖國間，則必偕紫薇中立輔政，決不爲布之黨姦也。奉祠敬止，繇今丁祀，籩豆犧牲，分享于祠。視從祀禮，爰率學徒，昭告以聞。尚饗！(《彝齋文編》卷四)

## 洪邁

【張籍陳無己詩(節録)】張籍在他鎮幕府，鄆帥李師古又以書幣辟之，籍却而不納，而作《節婦吟》一章寄之，曰：「君知妾有夫，贈妾雙明珠。感君纏綿意，繫在紅羅襦。妾家高樓連苑起，良人執戟明光裏。知君用心如日月，事夫誓擬同生死。還君明珠雙淚垂，何不相逢未嫁時？」陳無己爲潁州教授，東坡領郡，而陳賦《妾薄命》篇，言爲曾南豐作，其首章云：「主家十二樓，一身當三千。古來妾薄命，事主不盡年。起舞爲主壽，相送南陽阡。忍著主衣裳，爲人作春妍？有聲當徹天，有淚當徹泉。死者恐無知，妾身長自憐。」全用籍意。（《容齋三筆》卷六）

【太宗恤民】曾致堯爲兩浙轉運使，嘗上言：「去歲所部秋租，惟湖州一郡督納及期，而蘇、常、潤三州，悉有逋負，請各按賞罰。」太宗以江、淮頻年水災，蘇、常特甚，致堯所言，刻薄不可行，因詔戒之，使倍加安撫，勿得騷擾。是事必已編入《三朝寶訓》中，此國史本傳所載也。（《容齋四筆》卷十四）

## 趙伯衛

【隆平集序】史官記録，其來尚矣，雖六史名，職司殊事，螭頭柱下操觚載簡，爲記事之始。蘭臺東觀，稽文責實，爲勒撰之所。至於研精覃思，諟正得失，權輿綱紀之論，總括經緯之條，則必窮神於退食委蛇之間，夙興夜寐之際。故凡爲是官者，莫不家有註記，自備討論，豈不以事重體大，君子之所盡心焉哉？厥自遷、固各有家學，楊子山爲郡上計猶獻《哀牢傳》，得詔，詣蘭臺，迺若陸賈、魚豢、張璠、范曄，亦復身非史職，私撰國書。由是言之，一代成憲，必資草創於前，博采群言於衆，迺能究當世之事，備後王之鑑。故知爲史之説，皇朝太祖開運立極，握符御天，聖神相繼，緝熙文明之治，亮采惠疇，官得其人，通籍史館，尤爲慎選。凡預論著皆命世大儒，博學通識，允所謂良史之才者也。南豐曾鞏子固爲左史，日嘗撰《隆平集》以進。自太祖至於英宗五朝聖君賢臣，盛德大業，文明憲度，更張治具之體；文武廢置，軍政大小之務；郡縣户口，風俗貢職之目；柴燎祠祀，學校科選之設；宰相百官，降王外彝之事，分門列傳，凡一百六年，爲書二十卷。當時號爲審訂，頒付史館，副存於家。雖非正史，亦草創注記之流也。世之學者，前古之事靡不歷覽。至於皇朝典故，則往往不知其源，或年代差舛，或名號錯誤，事辭失據，前後牴牾，蓋其所傳不審，而外之故事雜録，各附聞見。國史法禁，世莫得聞。每縉紳之士，文涉典故，則含毫猶豫，況於考著譜牒、載述碑頌，可使是非無準，厚誣當時，致惑來世。今斯集五朝之事，炳然在目。曾大夫淄王昔典宗正嘗授此書，不敢齗秘，庶幾宦學君子有所考質。嗚乎！觀皋陶益稷之言，知帝堯帝舜之事，學者豈不孜孜歟？淄國趙伯衛序。（《隆平集》卷首）

## 陸　游

秦會之跋《後山集》，謂曾南豐修《英宗實録》，辟陳無己爲屬。孫仲益書數百字詆之，以爲無此事。南豐雖嘗預修《英宗實録》，未久即去，且南豐自爲吏屬，烏有辟官之理？又無己元祐中方自布衣命官，故仲益之辯，人多是之。然以予考其實，則二公俱失也。南豐元豐中還朝，被命獨修《五朝史實》，許辟其屬，遂請秀州崇德縣令邢恕爲之。用選人已非故事，特從其請，而南豐又援經義局辟布衣徐禧例，乞無己檢討，廟堂尤難之。會南豐上《太祖紀敍論》，不合上意，修《五朝史》之意寖緩。未幾，南

豐以憂去，遂已。會之但誤以《五朝史》爲《英宗實録》耳。至其言辟無己事則實有之，不可謂無也。（《老學庵筆記》卷七）

南豐曾氏享先，用節羹、醃鵝、匙粥。建安陳氏享先，用肝串子、猪白割、血羹、肉汁。皆世世守之，富貴不加，貧賤不廢也。（同上）

【尤延之尚書哀辭（節録）】帝藝祖之初造兮，紀號建隆。煥乎文章兮，躡揖遜之遐蹤。詔册施於朝廷兮，萬里雷風。灝灝噩噩兮，始掃五季之雕蟲。閱世三傳兮，車書大同。黄麾纁仗兮，駕言東封。繼七十二后於邃古兮，勒崇垂鴻。吾宋之文抗漢唐而出其上兮，震耀無窮。柳、張、穆、尹，歐、王、曾、蘇，名世而間出兮，巍如華嵩。雖宣和之蠱弊，與建炎之軍戎，文不少衰兮，殷殷隆隆。太平之象兮，與六龍而俱東。（《渭南文集》卷四十一）

【書歎】三代藏寶器，世守參河圖。埋湮則已矣，可使列市區。文章有廢興，蓋與治亂符。慶曆嘉祐間，和氣扇大鑪。數公實主盟，渾灝配典謨。開闢始歐王，菑畬逮曾蘇。大駕初渡江，中原皆避胡。吾猶及故老，清夜陪坐隅。論文有脈絡，千古著不誣。俯仰四十年，緑髮霜蓬枯。孤生尊所聞，秉節不敢渝。久幽士固有，速售理則無。世方亂珉玉，吾其老江湖。（《陸放翁全集·劍南詩稿》卷七）

【追感往事　五首之四】文章光焰伏不起，甚者自謂宗晚唐。歐、曾不生二蘇死，我欲痛哭天茫茫。（同上卷四十五）

## 周必大

【陳無己字稱歐陽公】　陳無己作《平甫文集後序》，以字稱歐陽文忠公，至曾子固，則曰「南豐先生」，又曰「先生之後陳師道」。嗚呼！無己學於南豐，尊之宜矣！然尊其父而輕其祖，何也？唐立夫曰：「四海歐陽永叔也，無己何尊焉？至於得道之師，則不可以不別。」（《二老堂雜志》卷四）

## 王銍

曾子固作中書舍人，還朝，自恃前輩，輕蔑士大夫。徐德占爲中丞，越次揖子固甚恭謹。子固問：「賢是誰？」德占曰：「禧姓徐。」子固答曰：「賢便是徐禧。」禧大怒曰：「朝廷用某作御史中丞，公豈有不知之禮？」其後，子固除翰林學士，德占密疏罷之，又攻罷修《五朝史》。（《默記》）

編者按：此則亦見《曲洧舊聞》卷十、《宋人軼事彙編》卷十三。因與《曲洧舊聞》記載有不同之處，故録之。

## 王明清

曾密公在信州玉山令，除名徙英州，行次南都而卒。時公子南豐先生子固，已名重於世。公再娶朱夫人，年未三十，領諸孤歸里南豐。昆弟六人，久益滲落。舉長弟曄應舉，每不利於春官。里人有不相悦者，爲詩以嘲之曰：「三年一度舉場開，落殺曾家兩秀才。有似簷間雙燕子，一雙飛去一雙來。」南豐不以介意，力教諸弟不怠。嘉祐初，與長弟及次弟牟、文肅公、妹婿王補之無咎、王彥深，幾一門六人，俱列鄉薦。將入都赴省試，子婿拜别朱夫人於堂下，夫人歎曰：「是中得一人登名，吾無憾矣。」榜出唱第，皆在上列，無有遺者。楚俗遇元夕第二夜，多以更闌時微行聽人語，以卜一歲之通塞。子固兄弟被薦時，有鄉士黄姓亦預同升，黄面有瘢，里人呼爲黄痘子。諸曾俱往赴試，朱夫人亦以收燈夕往閭巷聽之，聞婦人酬酢造醬法云：「都得都得，黄豆子也得。」已而捷音至，果然。（《揮麈後録》卷之六）

編者按：此則亦見《宋人軼事彙編》卷十三。

秦會之暮年作《示孫文》云：曾南豐辟陳無己、邢和叔爲《英宗皇帝實録》檢討官。初呈藁，無己便蒙許可，至邢乃遭横筆，又微聲數稱「亂道」。邢尚氣跽以請曰：「願善誘。」南豐笑曰：「措辭自有律令，一不當即是亂道。請公讀，試爲公隳括。」邢疾讀，至有百餘字，南豐曰：「少止。」涉筆書數句。邢復讀，南豐應口以書，略不經意。既畢，授歸就編。歸閱數十過，終不能有所增損，始大服，自爾識關楗，以文章軒輊諸公。問以上秦語，其首略云：文之始出，秦方氣燄熏天，士大夫爭先快覩而傳之，今猶有印行者存焉。是時，明清考國史及前輩所記即嘗與蘇仁仲訓直父子言之矣。案，曾南豐元豐五年受詔修《五朝史》，爲中丞徐禧所沮，寢命，繼丁憂而終。蓋未嘗濡毫，初亦不曾修《英宗實録》也。陳無己元祐三年始以東坡先生、傅欽之、李邦直、孫同老薦於朝，自布衣起爲徐州教授，距南豐之没後十年始仕，亦未始預編摩也。邢和叔元豐間雖爲崇文館校書郎，不兼史局《英宗實録》。熙寧元年曾宣靖提舉，王荆公時已入翰林，請自爲之兼《實録》修撰，不置官屬，成書三十卷，出於一手。東坡先生嘗語劉壯輿義仲云：「此書詞簡而事備，文古而意明，爲國朝諸史之冠。」不知秦何所據而云。義仲，道原子也先人。（《揮麈三録》卷一）

元祐初，修《神宗實録》，秉筆者極天下之文人，如黄、秦、晁、張是也。故詞采粲然，高出前代。紹聖初，鄧聖求、蔡元長上章指以爲謗史，乞行重修，蓋舊文多取司馬文正公《涑水紀聞》，如韓、富、歐陽諸公傳，及叙劉永年家世，載徐德占母事，王文公之詆永年、常山，吕正獻之評曾南豐，安簡借書多不還，陳秀公母賤之類，取引甚多，至新史，於是裕陵實録，皆以朱筆抹之。（《玉照新志》卷一）

## 楊萬里

韓退之《行箴》云：「宜悔而休，汝惡曷瘳？宜休而悔，汝善安在？」柳子厚《憂箴》云：「宜言不言，不宜而煩；宜退而勇，不宜而恐。」二箴相似，未知孰先爲之者。曾子固《送王無咎字序》云：「以顔子之所以爲學者期乎己，予之所望於補之也。假借乎己而已矣，豈予之所望於補之哉！」此用《孟子》句法：「千里而見王，是予所欲也。不遇故去，豈予所欲哉！」而介甫《送陳升之序》云：「堪大臣之事，可信而望者，陳升之而已矣。煦煦然仁而已矣，孑孑然義而已矣，非予所望於升之也。」子固《送王希序》、介甫《九曜閣記》，言洪、撫兩州山川之盛，遊覽之樂，亦大略相似，未知孰先爲之者。（《誠齋詩話》）

歐陽公作省試知舉，得東坡之文驚喜，欲取爲第一人，又疑其是門人曾子固之文，恐招物議，抑爲第二。

（同上）

四六有作華潤語而重大者，最不可多得。韓退之表云：「地彌天區，界軼海外。北嶽醫閭，神鬼受職；析木天街，星宿清潤。」曾子固云：「鈎陳太微，星緯咸若；崑崙渤澥，波瀾不驚。」王履道行《种師道麻制》云：「封疆開崑崙積石之西，威讐震大漠龍荒之北。」四六有用古人全語，而全不用其意者。《行葦》之詩云：「仁及草木，牛羊勿踐履。」此盛世之事也。（同上）

## 朋九萬

【中使皇甫遵到湖州勾至御史臺（節録）】　今年七月二十八日，中使皇甫遵到湖州勾攝軾前來，至八月十八日，赴御史臺出頭。當日准問目，方知奉聖旨根勘。……又中書省劄子權御史中丞李定等，准元豐二年十一月二十八日劄子，蘇軾公事見結按次。其蘇軾欲乞在臺收禁，聽候勅命斷遣。奉聖旨依奏。按後收坐人姓名：

王鞏、王詵、蘇轍、李清臣、高立、僧道潛、張方平、田濟、黄庭堅、范鎮、司馬光、孫覺、李常、曾鞏、周邠、劉摯、吴琯、劉攽、陳襄、顔復、錢藻、盛僑、王紛、戚秉道、錢世雄、王安上、杜子方、陳珪。

已上係收蘇軾有譏諷文字不申繳入司。（《烏臺詩案》）

## 朱熹

【答吕伯恭書（節録）】《文海》條例甚當，今想已有次第，但一種文勝而義理乖僻者，恐不可取；其只爲虚文而不説義理者，却不妨耳。佛、老文字，恐須如歐陽公《登真觀記》、曾子固《仙都觀菜園記》之屬，乃可入。其他贊邪害正者，文詞雖工，恐皆不可取也。（《晦庵先生朱文公文集》卷三十四）

【跋曾南豐帖】熹未冠而讀南豐先生之文，愛其詞嚴而理正。居常誦習，以爲人之爲言，必當如此，乃爲非苟作者。而於王子發舍人所謂自比劉向，不知視韓愈如何者，竊有感焉。今乃得於先生之族孫灘，見其親筆，不勝歎息。文昭公字頊，嘗於長樂僧舍見之，至於湘潭文肅之書，則亦今始得觀也。紹熙甲寅夏四月二十二日新安朱熹書於宜春昌山渡之客舍。（同上卷八十三）

【跋曾南豐帖】余年二十許時，便喜讀南豐先生之文，而竊慕效之，竟以才力淺短不能遂其所願。今五十年乃得見其遺墨，簡嚴靜重，蓋亦如其爲文也。慶元己未三月八日。（同上卷八十四）

因論李泰伯，曰：「當時國家治時節好，所論皆勁正如此。曾南豐攜歐公書，往餘杭見范文正。文正云：『歐九得書，令將錢與公，今已樁得甚處錢留公矣，亦欲少欵？適聞李先生來，欲出郊迓之』云云。」（《朱子語類》卷一百二十九）

南豐與兄看來是不足，觀其兄與歐公帖可見。義剛（同上卷一百三十）

曾南豐初亦耿耿，後連典數郡，欲入而不得，故在福建亦進荔子，後得滄州，《過闕上殿劄子》力爲諛説，

謂「本朝之盛，自三代以下所無」。後面略略説要戒懼等語，所謂勸百而諷一也。然其文極妙。（同上）

曾子固初與介甫極厚善，入館後，出倅會稽令，集中有詩云：「知者尚復然，悠悠誰可語。」必是曾諫介甫來，介甫不樂，故其當國不曾引用。後介甫罷相，子固方召入，又却專一進諛辭，歸美神宗，更新法度，得箇中書舍人，丁艱而歸，不久遂亡。不知更活幾年，只做如何合殺。……（同上）

歐公文字大綱好處多，晚年筆力亦衰。曾南豐議論平正，耐點檢。李泰伯文亦明白好看。木之問老蘇文議論不正當。曰：「議論雖不是，然文字亦自明白洞達。」木之（同上）

東坡文字明快。蘇老文雄渾，儘有好處。如歐公、曾南豐、韓昌黎之文，豈可不看？柳文雖不全好，亦當擇。合數家之文擇之，無二百篇。下此則不須看，恐低了人手段，但採他好處以爲議論足矣。若班、馬、孟子，則是大底文字。道夫（同上卷一百三十九）

韓文高，歐陽文可學，曾文一字挨一字謹嚴，然太迫。又云：「今人學文者，何曾作得一篇，枉費了許多氣力。大意主乎學問以明理，則自然發爲好文章。詩亦然。」（同上）

文字到歐、曾、蘇，道理到「二程」，方是暢。荆公文暗。（同上）

歐公文字敷腴溫潤，曾南豐文字又更峻潔，雖議論有淺近處，然却平正好。到得東坡，便傷於巧，議論有不正當處；後來到中原，見歐公諸人了，文字方稍平。老蘇尤甚。大抵已前文字都平正，人亦不會大段巧説。自三蘇文出，學者始日趨於巧。如李泰伯文尚平正明白，然亦已自有些巧了。廣問：「荆公之文如何？」曰：「他却似南豐文，但比南豐文亦巧。荆公曾作《許氏世譜》，寫於歐公看，歐公一日因曝書見了，將看，不記是誰作。意中以爲荆公作。」又曰：「介甫不解做得恁地，恐是曾子固所作。」廣又問：「後山文如何？」曰：「後山煞有好文字，如《黄樓銘》、《館職策》皆好。」又舉數句，説人不怨暗君、怨明君處，以爲説得好。廣又問：「後山是宗南豐文否？」曰：「他自説曾見南豐於襄、漢間，後見一文字，説南豐過荆、襄，後山攜所作以謁之，南豐一見愛之，因留欵語，適欲作一文字，事多，因托後山爲之，且授以意。後山文思亦澀，窮日之力方成，僅數百言。明日以呈南豐，南豐云：『大略也好，只是冗字多，不知可爲略删動否？』後山因請改竄，但見南豐就坐取筆抹數處，每抹處連一兩行，便以授後山。凡削去一二百字，後山讀之，則其意尤完，因歎服，遂以爲法。所以後山文字簡潔如此。」廣因舉秦丞相教其子孫作《文説》，中説後山處。曰：「他都記錯了。南豐入史館時，止爲檢討官，是時後山尚未有官，後來入史館，嘗薦邢和叔，雖亦有意薦後山，以其未有官而止。」廣，揚録云：秦作《後山敍》，謂南豐辟陳爲史官，陳元祐間始得官，秦説誤。（同上）

問：「坡文不可以道理並全篇看，但當看其大者。」曰：「東坡文説得透，南豐亦説得透，如人會相論底一齊指摘説盡了。歐公不盡説，含蓄無盡，意又好。」因謂張定夫言，南豐秘閣諸序好。曰：「那文字正是好。《峻靈王廟碑》無見識。《伏波廟碑》亦無意思，伏波當時踪跡在廣西，不在彼中，記中全無發明。」揚曰：「不可以道理看他，然二碑筆健。」曰：「然。」又問：「《潛真閣銘》好？」曰：「這般閑戲文字便好，雅正底文字便不好。如《韓文公廟碑》之類，初看甚好，讀仔細點檢，疏漏甚多。」又曰：「東坡令其侄學渠兄弟早年應舉時文字。揚（同上）

老蘇文字初亦喜看，後覺得自家意思都不正當，以此知人不可看此等文字。固宜以歐、曾文字爲正。東坡、子由晚年文字不然，然又皆議論衰了。東坡初進策時，只是老蘇議論。（同上）

統領商榮以《温公神道碑》爲餉，先生命吏約道夫同視，且曰：「坡公此文，說得來恰似山摧石裂。」道夫問：「不知既說誠，何故又說一？」曰：「這便是他看道理不破處。」頃之，直卿至，復問：「若說誠之則說一，亦不妨否？」曰：「不用恁地說，蓋誠則自能一。」問：「大凡作這般文字，不知還有布置否？」曰：「看他也只是據他，一直恁地說將去，初無布置，如此等文字，方其說起頭時，自未知後面說什麼在。」以手指中間曰：「到這裏自說盡，無可說了，却忽然說起來。如退之、南豐之文，却是布置。某舊看二家之文，復看坡文，覺得一段中欠了句，一句中欠了字。」（同上）

南豐文字確實。道夫（同上）

問：「南豐文如何？」曰：「南豐文却近質。他初亦只是學爲文，却因學文漸見些子道理。故文字依傍道理做，不爲空言。只是關鍵緊要處，也說得寬緩不分明。緣他見處不徹，本無根本功夫，所以如此。但比之東坡，則較質而近理。東坡則華艷處多。」或言：「某人如博謎子，更不可曉。」曰：「然。尾頭都不說破，頭邊做作掃一片去也好。只到尾頭没合殺，只恁休了。篇篇如此，不知是甚意思。」或曰：「此好奇之過。」曰：「此安足爲奇！觀前輩文章，如賈誼、董仲舒、韓愈諸人，還有一篇如此否？夫所貴乎文之足以傳遠，以其議論明白，血脉指意曉然可知耳。文之最難曉者，無如柳子厚。然細觀之，亦莫不自有指意可見，何嘗如此不說破。其所以不說破者，只是吝惜，欲我獨會而他人不

能，其病在此。大概是不肯蹈襲前人議論，而務爲新奇。惟其好爲新奇，而又恐人皆知之也，所以吝惜。」僩（同上）

編者按：自「南豐文却近質」至「東坡則華艷處多」，又見馬端臨《文獻通考》卷二百三十五經籍六十二曾子固《元豐類稿》介紹，文字略有出入。

曾所以不及歐處，是紆徐揚録作餘曲折處。曾喜模擬人文字，《擬峴臺記》是倣《醉翁亭記》，不甚似。（同上）

南豐擬制内有數篇，雖雜之三代誥命中，亦無愧。必大（同上）

南豐作《宜黄》、《筠州》二學記好，説得古人教學意出。義剛（同上）

南豐《列女傳序》，説《二南》處好。（同上）

南豐《范貫之奏議序》，氣脉渾厚，説得仁宗好。東坡《趙清獻神道碑》説仁宗處，其文氣象不好，「第一流人」等句，南豐不説，子由《挽南豐》詩甚服之。（同上）

兩次舉《南豐集》中《范貫之奏議序》末，文之備盡曲折處。方（同上）

南豐有作郡守時榜之類爲一集，不曾出。先生舊喜南豐文，爲作《年譜》。（同上）

問：「嘗聞南豐令後山一年看《伯夷傳》，後悟文法，如何？」曰：「只是令他看一年，則自然有自得處。」（同上）

江西歐陽永叔、王介甫、曾子固文章如此好，至黄魯直一向求巧，反累正氣。必大（同上）

或言：「陳蕃叟武不喜坡文，戴肖望溪不喜南豐文。」先生曰：「二家之文雖不同，使二公相見，曾公須道

坡公底好，坡公須道曾公底是。」道夫（同上）

問：「要看文以資筆勢，言語須要助發義理。」曰：「可看《孟子》、韓文。韓不用科段，直便説起去至終篇，自然純粹成體，無破綻。如歐、曾却各有一箇科段。却曾學曾，爲其節次定了。今覺得要説一意，須待節次了了，方説得到。及這一路定了，左右更去不得。」（同上）

人要會作文章，須取一本西漢文與韓文、歐陽文、南豐文。燾（同上）

因論今人作文，好用字子。如讀《漢書》之類，便去收拾三兩箇字。洪邁又較過人，亦但逐三兩行文字筆勢之類好者讀看，因論南豐尚解使一二字，歐、蘇全不使一箇難字，而文章如此好。揚（同上）

【南豐先生年譜序】　丹陽朱熹曰：予讀曾氏書，未嘗不掩卷廢書而嘆，何世之知公淺也！蓋公之文高矣，自孟、韓子以來，作者之盛，未有至於斯。夫其所以重於世者，豈苟而云哉！然世或徒以是知之，故知淺也，知之淺則於公之事論之，猶不能無所牴牾，而況於公之所以爲書者，宜其未有知之也。然則世之自以知公者非淺而望，與其可嘆也已。公書或頗有歲月，參以史氏記及他書舊聞次之著於篇。年譜序畢。（《南豐先生元豐類稿》卷首）

【南豐先生年譜後序】　丹陽朱熹曰：世有著書稱公文章者，予謂庶幾知公，求而讀之，湫然卑鄙，知公者不爲是言也。然則世之自以知公者何如哉？豈非徒以其名歟？予之説於是信矣！其説又以謂公爲史官薦邢恕、陳無己爲《英録》檢討，而二子者受學焉。綜其實不然，蓋熙寧初，詔開實録院論次英宗時事，以公與檢討一月免。豈公於是時能有以薦士？或其不然，一也；恕治平四年始登進士第，元豐中用公薦，爲史館檢討，與修《五朝國史》，其事見於實録矣。爲實録院檢討而與修《英録》於熙寧之初，則未有考焉，其不然二也；師道見公於江漢之間，而受教焉。然竟公時爲布衣，元祐中乃用薦起家，爲郡文學，是公於史館猶不得以薦之，況熙寧時豈有檢討事哉？其不然三也。一事而不然者三，則公所以教恕者，其在元豐史館之時乎？未可知也。此予所謂牴牾者。斯人爲世所重，又自以知公，故予不得不考其實，而辨其不然者，其書世或頗有，以故不論，著其是非者焉。南豐先生年譜後序畢。（同上）

【門下侍郎韓公（節録）】　公名維，字持國。……車駕幸舊邸，除資政殿學士、通議大夫，再任，而中書舍人曾鞏草制，稱公「純明亮直，練達古今。」（《三朝名臣言行録》十之二）

## 郎　曄

【刑賞忠厚之至論】　孔安國注「罪疑惟輕，功疑惟重」云：「刑疑付輕，賞疑從重，忠厚之至。」公墓誌云：「嘉祐二年，歐陽文忠公考試禮部進士，疾時文之詭異，思有以救之。梅聖俞時與其事，得公《論刑賞》以示文忠。文忠驚喜，以爲異人。欲以冠多士，疑曾子固所爲。子固，文忠門下士也。乃寘公第二。」此論是也。（《經進東坡文集事略》卷九）

## 陳造

【答周解元書（節録）】退之四舉禮部，曾南豐、秦少游皆伸於久屈。……君子之學，志於古，必不諧於今；尊己者不徇俗。即兄之文，得兄之學，信篤於古，可自尊矣。彼或疾之，非疾之也，忌也；或誚之，非誚之也，必其有慕心也。忌者頓干將而誚者繩南威，皆不得其正。兄益求其無愧於古，而尊所聞焉，紛紛俗見夫奚暇恤？此或以《太玄》爲覆瓿物，子雲之書今竟如何？退之作應俗文，人必以爲工。自今觀之，退之之文，其表裏諧雅，陵轢遷、董者，皆當時所竊笑者也。兄亦求諸己，而信其可信，疾而忌，固悠悠慕而誚乎？於兄未必益也。古之君子，篤於所樹立，直要諸後世。雖然侯芭之尊《太玄》，籍、湜、郊、島輩服膺其師之書，不必後世始重也。曾、秦之文古矣，而歐、蘇亦非借之異代。庸庸者不勝其多，謂天下皆庸庸則不可。兄之文之學，淵奥不易知。如僕之愚，則已下拜敬畏，而主司亦嘗處以首選，況如僕輩者甚多，而賢於僕者亦多。收奇嗜古之士夫，亦不乏取驥於鹽車弭耳之餘，正恐不得辭也。勉之而已！（《江湖長翁文集》卷二十六）

【題六君子古文後】古不以文名，而其文垂後，邈不可及。人非學而能，何道使然哉！後之人有志於古，必力學；僅自立學，雖力而不至焉者皆是也。古文衰於東京，至唐韓、柳則盛，未幾復衰，至本朝歐公復盛。起衰爲盛，非學力深至不能予是焉。學久未有愜於心，乃取六君子文類而讀之。如昌黎之粹而古，柳州之辨而古，六一之渾厚而古，河南之簡切而古，南豐之密而古，後山之奇而古，是皆可仰可師。集而參之，肆吾力焉，庶以逞吾志。如諸公之墓誌、表，尤奇筆，然不勝其多，又不容率意去取，姑置之云。（同上卷三十一）

## 呂祖謙

【曾文】專學歐，比歐文露筋骨。（《古文關鍵》卷一《看文字法》）

《唐論》此篇大意專說太宗精神處。「成康殁而民生不見先王之治」，文勢說起，只歸在「莫盛於太宗」一句上。「更二十四君，東西再有天下」，都包漢盡，此是句法。「而其治莫盛於太宗」，自前說入太宗。「仁心愛人」，立三段間架。「以尊本任衆，賦役有定制，兵農有定業，官無虚名，職無廢事」，「以」字變作「有」字，「有」字變作「無」字，是句法。「而禄之出不浮」，句好。「以其法修則安且治」，此幾句是間架說太宗處。「可謂有治天下之效」，此三段是間架說太宗得處。「有天下之材」，結。「然而不得與先王並者」，鎖處以先王之說，則提綱起好。「禮樂之具」，自此以下放開說。「擬之先王」，抑。「躬親行陣之間」，揚。「天下莫不以爲武」，此二段說得失，看「莫不」二字。「而非先王之所尚也」，抑。「四夷萬里」，揚。「而非先王之所務也」，抑。「太宗之爲政於天下者」，說入太宗，「得失」二字兼二段。「由唐、虞之治五百餘年而有湯之治」，再總說自古難得如太宗意。「是則人生於文、武之前者」，一篇警策眼目都在此。「非獨民之生於是時者之不幸也」，就「民」字下生「士」字。「八元八凱之於舜」，「八元八凱」出《左傳·文公十八年》。「率五百餘年而一遇」，下語好。「雖太宗之爲君」，回

互好。(同上卷二《南豐文》)

《救災議》 此一篇後面應得好，説利害體。「然百姓患於暴露」，轉。「非錢不可以立屋廬」，兩句綱目。「二者不易之理也」，此一段文字有操縱。「非得此二者」，抑揚。「雖主上憂勞於上」，結。「使者旁午於下」，關鎖破前説。「特常行之法」，結前説。「見於衆人之所未見也」，關鎖破前説。「遭非常之變者」，應。「則其勢必不暇乎他爲」，作文好。「是農不復得修其畎畝」，散説文暢。「而專意於待升合之食」，警策。「率一户月當受粟五石」，下得好。「自今至於來歲麥熟」，算得分明。「且此不過能使之得旦暮之食耳」，轉。「雖有頹墻壞屋之尚可完者」，警策。「此衆士大夫之所未慮」，結。「而患之尤甚者也」，注下意，結前生後。「萬一或出於無聊之計」，不重説盜賊，文字有回互。「國家何能晏然而已乎」，回互。「然則爲今之策」，前説害，自此以下説利。「今被災之州爲十萬户」，説利，破有司説。「彼得錢以完其居」，應。「由有司之説」，説利害分明。「此可謂深思遠慮，爲公家長計者也」，與前相應，得劉向文字體。「就陽而郊」，文字。「見於衆人之所未見也」，結。「其於增糶一百萬石易矣」，應。「夫費錢五鉅萬貫」，總。(同上)

《戰國策目録序》 此篇節奏從容和緩，且有條理，又藏鋒不露，初讀若太羹元酒，當仔細味之，若他練字好，過換處不覺，其間又有深意存。「敍曰：向敍此書」，平説。「卒以謂『此書戰國之謀士度時君之所能行，不得不然』」。則可謂惑於流俗」，破向説。「而不篤於自信者也」，下字。「舊俗已熄久矣」，要説難。「二子乃獨明先王之道以謂不可改者」，愈難。「豈將强天下之主以後世之所不可爲哉」，不是孔、孟强天下以太古難行之事。最有力警策處。「二帝、三王之治」，轉換好，接得自然處。「而其爲國家天下之意」，應上。「二子之道，如是而已」，説破有力。「蓋法者所以適變也」，此數句蓋一篇骨子綱目。「能勿苟而已矣」，文字相承好，不費力。「不惑乎流俗而篤於自信者也」，有上三句無下二句，文字弱。「而樂於説之易合」，説出骨髓。「故論詐之便而諱其敗」，説戰國策士破骨髓。「言戰之善」，其害猶可掩。「而蔽其患」，轉佳，警策。「卒至蘇秦」，害掩不得。「其爲世之大禍明矣」，結住。「而俗猶莫之寤也」，接住。「惟先王之道」，過換好。「因時適變」，應前。「未有以此而易彼也」，結有力。「或曰：邪説之害正也」，餘意。「使當世之人」，關鎖好。「放而絶之，莫善於是」，結有力。「是以孟子之書，有爲神農之言者，有爲墨子之言者」，雖平易中有千鈞之力量，至此一段，甚有力勢。至此前之意思都一正。「固不可得而廢也」，有許多事不可廢。(同上)

《送趙宏序》　句雖少，意極多，文勢曲折，極有味，峻潔有力。「潭邊數州被其害」，敍事説。「又不勝」，句清。「食幾何」，句佳。「能知書」，轉佳。「然而卒殲焉者多矣」，下句好。「顧其義信如何耳」，下句好。「寇可以爲無事」，應前。「適重寇耳」，下句好。「則兵不能致平」，結此一段有反覆。「爲前之守者不能此也」，有力。「將特不爲是而已耶」，此二句意欲不用兵。「往往曰迂」，换好。「夫豈階於大哉」，結好。(同上)

## 陳傅良

【策問十四首（節録）】　至若江漢以南，嶓塚以東，幾見於馬遷之書，班固之志，桒欽之經，何者所當修理？科鎖條畫，世所論著，若白氏之記六井，曾鞏之敍鏡湖，單鍔之論西浙，何者所當依用？併幸毋略。（《止齋先生文集》卷之四十三）

## 陸九淵

【與朱元晦二（節録）】　尊兄平日論文，甚取曾南豐之嚴健。南康爲别前一夕，讀尊兄之文，見其得意者，必簡健有力，每切敬服。嘗謂尊兄才力如此，故所取亦如此。（《陸象山全集》卷三　書）

【與沈宰二（節録）】　《國風》《雅》《頌》，固已本於道，風之變也，亦皆發乎情，止乎禮義，此所以與世異。若乃後世之詩，則亦有當代之英，氣禀識趣，不同凡流。故其模寫物態，陶冶情性，或清或壯，或婉或嚴，品類不一，而皆條然，各成一家，不可與衆作渾亂。字句音節之間，皆有律吕，皆詩家所以自異者。曾子固文章如此，而見謂不能詩。其人品高者，又借義理以自勝，此不能不與古異。今若但以古詩爲詩，一意於道，則後之作者，又當左次矣。何時合併，以究此理。（同上卷十七　書）

## 胡仔

《後山詩話》云：「世語云：蘇明允不能詩，歐陽永叔不能賦；曾子固短於韻語，黄魯直短於散語；蘇子瞻詞如詩，秦少游詩如詞。」苕溪漁隱曰：「後山談何容易，便謂老蘇不能詩，何誣之甚！觀前二聯，編者按：前二聯指「佳節屢從愁裏過，壯心還傍醉中來。」豈愧作者？」（《苕溪漁隱叢話前集》卷第三十八　東坡一）

李易安云：「……王介甫、曾子固文章似西漢，若作一小歌詞，則人必絶倒，不可讀也。乃知别是一家，知之者少。後晏叔原、賀方回、秦少游、黄魯直出，始能知之。……」苕溪漁隱曰：「易安歷評諸公歌詞，皆摘其短，無一免者，此論未公，吾不憑也。其意蓋自謂能擅其長，以樂府名家者。退之詩云：『不知群兒愚，那用故謗傷，蚍蜉撼大樹，可笑不自量。』正爲此輩發也。」（《苕溪漁隱叢話後集》卷第三十三　晁無咎）

## 葉適

【播芳集序（節録）】　昔人謂蘇明允不工於詩，歐陽永叔不工於賦，曾子固短於韻語，黄魯直短於散句，蘇子瞻詞如詩，秦少游詩如詞。此數公者，皆以文字顯名於世，而人猶得以非之，信矣，作文之難也。夫作文之難固本於人才之不能純美，然亦在夫纂集者之不能去取決擇，兼收備載，所以致議者之紛紛也。向使略所短而取所長，則數公之文當不容議矣。（《水心先生文集》卷十二）

禮部尚書周必大承詔爲序，稱建隆、雍熙之間，其文偉，咸平、景德之際，其文博，天聖、明道之辭古，熙寧、元祐之辭達。按吕氏所次二千餘篇，天聖、明道以前，在者不能十一，其工拙可驗矣。文字之興，萌芽於柳開、穆修，而歐陽修最有力，曾鞏、王安石、蘇洵父子繼之，始大振，故蘇氏謂天聖、景祐斯文終有愧於古，此論世所共知，不可改，安得均年析號，各擅其美乎？（《習學記言》卷四十七）

聞之吕氏，讀王深父文字，使人長一格。《事君》《責難》《愛人》《抱關》諸賦可以熟玩。自王安石、王回始有幽遠遺俗之思，異於他文人。而回不志於利，能充其言，殆非安石所能及。然若少假不死，及安石之用，未知與曾鞏、常秩何如？士之出處固難也。（同上）

初，歐陽氏以文起，從之者雖衆，而尹洙、李覯、王令諸人，各自名家，其後王氏尤衆，而文學大壞矣。獨黄庭堅、秦觀、張耒、晁補之始終蘇氏，陳師道出於曾而客於蘇，蘇氏極力援。此數人者以爲可及古人。世或未能盡信，然聚群作而驗之，自歐、曾、王、蘇外，非無文人，而其卓然可以名家者不過此數人而已。（同上）

韓愈以來，相承以碑、誌、序、記爲文章家大典册而記，雖愈及宗元猶未能擅所長也。至歐、曾、王、蘇始盡其變態。如《吉州學》、《豐樂亭》始飲未詳、《擬峴臺》、《道山亭》、《信州興造》、《桂州修城》，後鮮過之矣。若《超然臺》、《放鶴亭》、《篔簹偃竹》、《石鐘山》，奔放四出，其鋒不可當，又關鈕繩約之不能齊，而歐、曾不逮也。舊傳曾鞏諸文士爲吴郡《六經閣記》，相顧莫敢先。張伯玉忽題云：「六經閣，諸子百家皆在焉，不書，尊經也。」衆遂擱筆，不知此何以爲工，而流俗夸艷，至其終篇皆陳語，緝補若

聚帳狀無可採。又謂伯玉博涉多聞，每以所短困鞏，如榜曾夫子位戲侮之類，鞏甚苦之。（同上卷四十九）

蘇洵自比賈誼，曾鞏、王安石皆畏其筆，至以爲過之歐陽氏，比於荀卿。嘉祐後布衣特起，名冠當時，而高後世，李覯、王回豈敢望也。（同上）

敍諸論舜、禹、皐陶，辨析名理，伊、傅、周、召，繼之典誥，所載論事之始也。至孔、孟折衷大義，無遺憾矣。春秋時，管仲、晏子、子產、叔向、左氏善爲論，漢人賈誼、司馬遷、劉向、揚雄、班固善爲論，後千餘年無有及者，雖韓愈、柳宗元、歐陽修、王安石、曾鞏間起，不能髣髴也。蓋道無偏倚，惟精卓簡至者，獨造詞必枝葉，非衍暢條達者難工此，後世所以不逮古人也。（同上卷五十）

曾鞏《救災議》，米百萬斛、錢五十萬貫爾，何至懇迫繁縷如此。若大議論又將安出？豈其時議者真庸奴耶？鞏文雖工，然此議及《鑑湖序》乃文人之累也。（同上）

陳師道在同時四人中，惟詩推敬黄庭堅，若文學識尚自視非其輩倫，言論未嘗及也。所師獨曾鞏，至與孔子同稱，歐、蘇皆不滿也。（同上）

曾鞏雜識孫甫、狄青事，又記余靖、高居簡事，大抵於當時所謂善人君子多不與，不知其意欲以何爲？狄青拔自卒伍爲執政矣，能勝濃智高，適當爾。而鞏稱之勤勤，且盡排孫沔諸人，滕宗諒以過用公使錢爲罪，朝廷議罰，意有輕重，調和歸中，亦常理也。孫甫何遽憂憤，至欲去諫列，而鞏遂以爲能不黨而知過，獨於甫是賢乎？鞏不附王安石，流落外補，汲汲自納於人主，其詞皆諂而哀，及敍漢高帝十不及，神宗以爲優劣論，非史家體，行韓維詞，忤上意，坐罰金。雖非其罰，要之，犖文與識皆達於大道，而自許無敵，後生隨和，亦於學有害。（同上）

## 傅伯壽

【雲莊集序（節録）】《雲莊集》，故零陵太守曾公所作也。公家世以儒顯，至南豐先生，遂以經術文章名天下，學者宗之，以繼唐之韓文公、本朝歐陽文忠公。時文肅、文昭公同以才學進，兄弟鼎峙於朝，文肅公位至宰相，佐朝初政，文昭公出入三朝，終始全節，號爲名臣，其所更踐多翰墨之職。今其文俱在，典雅温醇，蓋與南豐先生真雁行也。（《雲莊集》卷首）

## 王楙

【蘇明允不能詩】《後山詩話》載世語云：「蘇明允不能詩，歐陽永叔不能賦，曾子固短於韻語，黄魯直短於散語，蘇子瞻詞如詩，秦少游詩如詞。」苕谿漁隱引蘇明允「佳節每從愁裏過，壯心還傍醉中來」等語，以謂後山談何容易，便謂老蘇不能詩，何誣之甚！僕謂後山蓋載當時之語，非自爲之説也。所謂明允不能詩者，非謂其真不能，謂非其所長耳。且如歐公不能賦，而《鳴蟬賦》豈不佳邪？魯直短於散語，而《江西道院記》膾炙人口何邪？漁隱云爾，所謂癡兒面前不得説夢也！（《野客叢書》卷第六）

【蘇黄互相引重】漁隱云：元祐文章，世稱蘇、黄。然二公爭名，互相譏誚。東坡謂魯直詩文如蝤蛑、江珧柱，格韻高絶，盤餐盡廢，然不可多食，多食則發風動氣。山谷亦曰：蓋有文章妙一世，而詩句不逮古人者。此指東坡而言也。殊不知蘇、黄二公同時，實相引重，黄推蘇尤謹，而蘇亦獎成之甚力。黄云東坡文章妙一世，乃謂效庭堅體，正如退之效孟郊、盧仝詩。蘇云讀魯直詩如見魯仲連、李太白，不敢復論鄙事。其互相推許如此，豈爭名者哉？詩文比之蝤蛑、江珧柱，豈不謂佳？至言發風動氣，不可多食者，謂其言有味，或不免譏評時病，使人動不平之氣。乃所以深美之，非譏之也。文章妙一世，而詩句不逮古人，此語蓋指曾子固，亦當時公論如此，豈坡公邪！以坡公詩句不逮古人，則是陳壽謂孔明兵謀將略非其所長者也。此郭次象云。（同上卷第七）

【子美悶詩】《西清詩話》曰：人之好惡，固自不同。子美在蜀作《悶詩》，乃云：「捲簾惟白水，隱几亦青山。」若使余若此，從王逸少語，當卒以樂死，豈復有悶邪！僕謂《西清詩話》此言是未識老杜之趣耳。平時無事，青山白水，固自可樂，然當愁悶無聊之時，青山白水，但見其愁，不見其樂，豈可以常理觀哉！老杜在蜀，棲棲依人，無聊之甚，安得不以青山白水爲悶邪？曾子固謂：「以余之窮，足以知人之窮。」僕因知子美之言不妄也。（同上卷第九）

## 曹彦約

【譚仁季以二詩見貽走筆次韻　之二】詩才清不羨滄浪，曾向歐、曾接瓣香。萬里相逢書遜志，百年幾見易含章。（《昌谷集》卷二）

# 李　壁

【寄曾子固二首】　疑此詩公在館中時作也。「嚴嚴中天閣」，爲指祕閣而言。「時恩繆拘綴，私養難乞假」，子固以元豐元年十二月差知明州，未幾改亳，兼公時在鐘山，此詩必子固未第游孝至明時。（《王荆文公詩箋注》卷六）

【寄曾子固】　公集有《同學一首別子固》，子固作《懷友》一篇遺公，可見其相愛也。至晚年乃相違爾。（同上卷十七）

【贈曾子固】　「群兒謗傷均一口」，韓詩：「不知群兒愚，那用故謗傷。」子固晚稍稍用，神宗嘗語之曰：「以卿才學，宜爲人所忌也。」（同上卷十九）

【得子固書因寄】　「始吾居揚日」，居揚，公作僉判時。時子固未仕在臨川。（同上卷二十）

【次韻舍弟遇子固憶少述】　時公弟在臨川。少述，孫侔也，侔事已見上注。公少與侔善，兄事侔。洎爲相，道過真州，侔待之如布衣時。「飛兔」四句，《彌衡傳》：「飛兔、騕褭皆古駿馬也。」此言平甫與子固。「失龍泉」，謂少述獨遠耳。（同上卷三十五）

【得孫正之詩因寄呈曾子固】　「一歲」四句，荒城對欲雪，比平時詩似少工而意則甚精，而如畫也。「未有詩書」二句，公似言學未充而不輕於進，故接以「林泉」之句。（同上卷三十七）

## 葛立方

鮑溶《寄陽鍊師》詩云：「道士夜誦《蘂珠經》，白鶴下繞香煙聽。夜移經盡人上鶴，仙風吹入秋冥冥。」雖一時褒拂鍊師之言，然亦豈儒者所當道哉？曾南豐稱溶詩「清約謹嚴，違理者少」。觀此詩於理似未醇也。（《韻語陽秋》卷第十二）

歐公《贈介甫》詩云：「翰林風月三千首，吏部文章二百年。」可謂極其褒美。世傳介甫猶以歐公不以孔、孟許之爲恨，故作報詩云：「他日若能窺孟子，終身何敢望韓公。」恐未必然也。嘗讀《曾子固集》，見子固《與介甫書》云：「歐公更欲足下少開廓其文，勿爲造語及模擬前人。孟、韓文雖高，不必似之，但取其自然。」蓋荆公之文，因子固而授於歐公者甚多，則知介甫歸附歐公，非一日也。葉少藴以謂荆公自期於孟子而處歐公以韓愈，恐未必然爾。（同上卷第十八）

## 李心傳

張尚賢以大中祥符四年十一月及第，《掖垣叢》志尚賢以天禧二年十一月知制誥，此時及第纔七年耳。前一年王公已免相，是時，閤下乃盛文肅度，劉子儀、陳知微、王章惠、隨夏文、莊竦，凡五人，若有闕，則尚賢資甚淺，恐未在議中。曾子固《隆平集》云：「尚賢守道不回，執政不悦，在西掖者九年。」如此，則非奔競者。（《舊聞證誤》卷一）

## 周煇

歐公記真州東園，汎以畫舫之舟，曾子固亦以爲疑。（《清波雜志》卷五）

編者按：此則亦見《宋人軼事彙編》卷八。

## 韓淲

張芸叟乃陳後山妹婿，王平甫乃曾南豐妹婿。（《澗泉日記》卷中）

本朝慶曆間諸公，韓魏公、富鄭公、歐陽公、尹舍人、孫先生、石徂徠，雖有憤世疾邪之心，亦皆學道有所見，有所守。下至王介甫、王深甫、曾子固、王逢原，猶守道論學。至東坡諸人，便只有憤世疾邪之心，議論利害是非而已。（同上）

歐陽公自《醉翁亭》後，文字極老。蘇子瞻自《雪堂》後，文字殊無制科氣象。介甫之罷相歸半山也，筆力極高古矣。如曾子固見歐陽公後，自是迥然出諸人之上。老蘇文字篇篇無斧鑿痕，蓋少作皆焚之。其他吾不知也。（同上卷下）

東坡自東坡後，文章方見涯涘；半山自半山後，不止持論立説而已也。六一、南豐中年文字好，及晚年則已定，又放開了。東坡、半山晚猶向進不止。（同上）

鄒德久道山谷語云：庭堅最不能作議論之文。然每讀歐陽公、曾子固議論之文，決知此人冠映一代。

公試觀此兩人文章合處以求體制，當自得之。（同上）

## 陸子遹

【渭南文集序（節録）】 先太史按，指陸游之文，於古則《詩》、《書》、《左氏》、《莊》、《騷》、《史》、《漢》，於唐則韓昌黎，於本朝則曾南豐，是所取法。然禀賦宏大，造詣深遠，故落筆成文，則卓然自爲一家，人莫測其涯涘。（《渭南文集》卷首）

## 李塗

曾子固文學劉向平平説去，亹亹不斷，最淡而古。但劉向老，子固嫩；劉向簡，子固煩；劉向枯槁，子固光潤耳。（《文章精義》）

## 真德秀

《撫州顏魯公祠堂記》先叙事，後議論，而神光精焰全於轉摺處透出，逼是西京。（《山曉閣南豐文選》評語）

【跋彭忠肅文集（節録）】 漢西都文章最盛，至有唐爲尤盛。然其發揮理義，有補世教者，董仲舒氏、韓愈氏而止耳。國朝文治蝟興，歐、王、曾、蘇，以大手筆追還古作，高處不減二子。（《西山先生真文忠公文集》卷三十六）

## 魏了翁

【三洪制稿序（節録）】北門掌書内命，最號清切。自入國朝，選授尤新。有父子爲之，如饒陽之李，項城之梁，温陵之蘇，成都之范者矣；亦有兄弟爲之，如燕山之竇，肥鄉之李，閬中之陳，雍立之采，建安之吴，真定之韓，眉山之蘇，南豐之曾，莆田之蔡，成都之宇文者矣。（《鶴山先生大全文集》卷之五十一）

【跋蘇文忠墨蹟（節録）】歐陽公之司貢也，疑蘇公爲曾南豐，寘之第二，然南豐時在得中，公初不知也。（同上卷六十）

## 魏泰

吴孝宗，字子繼，撫州人，少落拓，不護細行。然文辭俊拔，有大過人者。嘉祐初，始作書謁歐陽文忠公，且贄其所著《法語》十餘篇。文忠讀而駭歎，問之曰：「子之文如此，而我素不知之，且王介甫、曾子固皆子之鄉人，亦未嘗稱子，何也？」孝宗具言少無鄉曲之譽，故不見禮於二公。文忠尤憐之，於其行，贈之詩曰：「自我得曾子，於兹二十年。今又得吴生，既得喜且歡。古士不並出，百年猶比肩。區區彼江南，其産多材賢。吴生初自疑，所擬豈其倫。我始見曾子，文章初亦然。崑崙傾黄河，渺漫盈百川，決疏以道之，漸斂收横瀾。東溟知所歸，識路到不難。……」孝宗至熙寧間，始以進士得第一，命爲主簿而卒。既嘗忤王荆公，無復薦引之者。家貧無子，其書亦將散落而無傳矣。故盡録文

忠之詩，亦庶以見其迹也。（《東軒筆録》卷十二）

## 嚴有翼

東坡嘗言曾子固文章妙天下，而有韻者輒不工。杜子美長於歌詩，而無韻者幾不可讀。（《藝苑雌黄》）

## 費　衮

【作詩當以學】　作詩當以學，不當以才。詩非文比，若不曾學，則終不近詩。古人或以文名一世，而詩不工者，皆以才爲詩故也。退之一出「餘事作詩人」之語，後人至謂其詩爲押韻之文。後山謂曾子固不能詩、秦少游詩如詞者，亦皆以其才爲之也。故雖有華言巧語，要非本色。大凡作詩以才而不以學者，正如揚雄求合《六經》，費盡工夫，造盡言語，畢竟不似。（《梁谿漫志》卷七）

## 羅大經

【文章有體（節録）】　楊東山嘗謂余曰：「文章各有體，歐陽公所以爲一代文章冠冕者，固以其温純雅正，藹然爲仁人之言，粹然爲治世之音，然亦以其事事合體故也。……曾子固之古雅，蘇老泉之雄健，固亦文章之傑，然皆不能作詩。山谷詩騷妙天下，而散文頗覺瑣碎局促。……」（《鶴林玉露》人集卷之二）

【江西詩文（節録）】　江西自歐陽子以古文起於廬陵，遂爲一代冠冕。後來者，莫能與之抗。其次，莫如曾子固、王介甫，皆出歐陽門，亦皆江西人。老蘇所謂執事之文，非孟子之文，而歐陽子之文也。朱文公謂江西文章如歐陽永叔、王介甫、曾子固，做得如此好，亦知其皓皓不可尚已。至於詩，則山谷倡之，自爲一家，並不蹈古人町畦。……（同上卷之三）

## 車若水

大田王老先生諱象祖，字德甫，嘗以文見水心。……予弱冠時，嘗投以書。答書云：「文字之趨日靡矣。皇朝文統大，而歐、蘇、曾、王次，而黄、陳、秦、晁、張皆卓然名家，輝映千古。……」（《脚氣集》）

## 劉克莊

【迂齋標注古文序（節録）】　夫大匠誨規矩而不誨巧，老將傳兵法而不傳妙，自昔學者病焉。至迂齋則逐章逐句，原其意脉，發其秘藏，與天下後世共之。惟其學之博、心之平，故所采掇尊先秦而不陋漢、唐，尚歐、曾而並取伊洛，矯諸儒相友之論，萃歷代能言之作，可以掃去粹選，而與《文鑑》並行矣。（《後村先生大全集》卷九十六《序》）

【李耘子詩卷題跋（節録）】　唐世以賦詩設科，然去取予奪，一決於詩。故唐人詩工而賦拙。「湘靈鼓瑟」、「精衛填海」之類雖小，小皆含意義，有王回、曾鞏之不能道。（同上卷九十九《題跋》）

余嘗謂選古今詩，先正惟韓、歐、曾、范，大儒惟周、程、張、邵，及近世朱、張、呂、葉，不可以詩論。然諸老先生之集具存，或未嘗深考而細味之，或畏其名盛而不敢輕下注脚。（同上卷一百八十五《詩話》）

秦會之嘗記曾南豐辟陳后山爲史屬，且塗改后山史稿，世謂元無此事，乃秦謬誤，殆以人廢言也。按魏衍爲《后山集記》，明言元豐四年神宗命曾典史局，曾薦后山爲屬，朝廷以白衣難之。衍乃后山高弟，《集記》作於政和五年，秦説有據，非誤。（《後村詩話·後集》卷一）

曾子固《明妃曲》云：「丹青有迹尚如此，何況無形論是非。」諸家之所未發。《哭尹師魯》云：「悲公尚至千載後，況復悲者同其時。」意甚高。《挽丁元珍》云：「鵬來悲四月，鶴去遂千年。」尤精切。《北歸》絶句云：「江海多年似轉蓬，白頭歸拜未央宫。堵墻學士争相問，何處塵埃瘦老翁。」極似半山。誰謂子固不能詩耶！（同上）

南豐序《南齊書》云：「爲二典者所記，豈獨唐虞之蹟耶！並與其精微之意而傳之。方是之時，豈特任政者皆天下之士哉！蓋執簡操筆而隨者，亦皆聖人之徒也。」曲阜《行潁濱中書舍人制》云：「在昔典謨訓誥誓命之文，學者宗之，以爲大訓。蓋當是時，豈獨綱紀法度後世有不能及哉！至於言語侍從之臣，皆聖人之徒，亦非後世之士所能髣髴也。」詞意全本南豐，其家庭素所講貫也。（同上《續集》卷二）

## 徐自明

布，字子宣，南豐人。幼孤，學于其兄鞏。（《宋宰輔編年録》卷之十　紹興二年）

## 王柏

【跋《歐、曾文粹》】右歐陽文忠公、南豐曾舍人文粹，合上下兩集，六卷，凡四十有二篇。得於考亭門人，謂朱子之所選，觀其擇之之精，信非佗人目力所能到。抑又嘗聞朱子取文字之法：「文勝而義理乖僻者不取；贊邪害正者，文辭雖工不取；釋老文字須如歐陽公《登真觀記》、曾南豐《仙都觀記》、《萊園記》之屬，乃可入。」此可以知其取捨之意矣。又曰：「歐陽公文字，敷腴温潤。曾南豐文字，又更峻潔。」又曰：「南豐文字，説通透，如人會相論底，一齊指摘，説盡了。歐公不盡説，含蓄無盡，意又好。曾所以不及歐，是紆徐曲折處。」又曰：「文字好處，只是平易説道理，初不曾使差異底字换尋常字。自蘇東坡文出，便傷於巧，議論有不正處，只就小處起議論。」此皆朱子論文之法，學者不可不知，因併識之云。（《魯齋王文憲公集》）

## 李曾伯

【謝制帥舉著述科（節録）】竊以推賢舉吉，雖前輩之盛心，著書述言，豈後進之能事？必老泉之可爲荀子，始可副廬陵一見之知，非安石之不滅楊雄，何以辱南豐平生之許。士而有志，代不乏人。未聞刀筆俗吏之愚，而被荷橐近臣之選。（《可齋雜藁》卷十一）

## 吴子良

【《篔窗續集》序（節録）】　自周以降，文莫盛於漢、唐、宋。漢之文，以賈、馬倡，接之者更生、子雲、孟堅其徒也；唐文以韓、柳倡，接之者習之、持正其徒也；宋東都之文以歐、蘇、曾倡，接之者無咎、無己、文潛其徒也；宋南渡之文以吕、葉倡，接之者壽老其徒也。壽老少壯時，遠參洙泗，近探伊洛，沉涵淵微，恢拓廣大，固已下視筆墨町畦矣。及夫滿而出之，則波浩渺而濤起伏，麓秀鬱而峰崚嶒，户管攝而樞運轉，輿衛設而冠冕雍容。其奇也非怪，其麗也非靡，其密也不亂，其疏也不斷，其周旋乎賈、馬、韓、柳、歐、蘇、曾之間，疆場甚寬，而步武甚的也。（陳耆卿《篔窗集》卷首）

【《篔窗集》跋（節録）】　爲文大要有三：主之以理，張之以氣，束之以法。篔窗先生探周、程之旨趣，貫歐、曾之脈絡，非徒工於文者也。（同上卷尾）

【退之作墓銘（節録）】　曾子固云：「銘誌義近於史，而亦有與史異者，蓋史於善惡無不書，而銘特古之人有功績材行志義之美者，懼後世不知，則必銘而見之。或存於廟，或置於墓，一也。」吾觀退之作《王適墓銘》，載娶侯高女一事，幾二百言，此豈足示後耶？然退之作銘數十，時亦有諷有觀，諒非特虚美而已。（《荆溪林下偶談》卷一）

【王介甫初字介卿】　《王深甫集》有《臨河寄介卿》詩，《曾南豐集》亦有《寄王介卿》詩。《能改齋漫録》載南豐《懷友》篇，蓋集中所遺者。其篇末云：「作《懷友》書兩通，一自藏，一納介卿家。」（同上）

編者按：是則亦見宋闕名《木筆雜鈔》卷上。

【劉原父文】　劉原父文，醇雅有西漢風，與歐公同時，爲歐公名盛所掩。西歐、曾、蘇、王亦不甚稱其文，劉嘗嘆「百年後當有知我者」。至東萊編《文鑑》，多取原父文，幾與歐、曾、蘇、王並。而水心亦極稱之，於是方論定。（同上卷三）

編者按：是則亦見宋闕名《木筆雜鈔》卷下。

【張守節《〈史記〉正義》（節録）】　《堯舜典》當時史官作也。形容堯舜盛德，發揮堯舜心術，鋪序堯舜政教，不過千餘言，而坦然明白，整整有次第，詳悉無纖遺，後世史官曾足窺其藩哉！曾子固謂不待當時史官不可及，凡當時執筆而隨者，意其亦皆聖賢之徒也。要之，論後世史才，以遷爲勝，然視古已霄壤矣。（同上卷四）

## 王霆震

《戰國策目録序》　迂齋批：議論正，關鍵密，質而不俚，太史公之流亞也。咀嚼愈有味。（《古文集成》卷二十七）

《撫州顔魯公祠記》　迂齋批：議論正，筆力高，簡而有法，質而不佻。（同上）

《移滄州過闕上殿劄子》　迂齋批：看他布置開闔文勢，次求其叙事措詞之法，而一篇大意所以詳於歸美，乃所以切於警戒，不可專以歸美觀。（同上）

## 蔡夢弼

秦少游《詩話》曰：「曾子固文章妙天下，而有韻者輒不工。杜子美長於歌詩，而無韻者幾不可讀。」夢弼謂無韻者若《課伐木詩序》之類是也。（《杜工部草堂詩話》卷一）

## 史繩祖

郡侯家編修約余飲玉茗堂，余舊見南豐、石湖詩意，其爲白山茶也。郡乘以爲天下止有此一株，他皆接本於此，如揚之瓊花，因成二絕，呈編修。「素艷絶如薝蔔朶，清芬渾是荔枝香。奇葩與立新名字，華扁高標玉茗堂。」「《爾雅·箋名》『茗』即茶，白山茶賦已矜誇。若教見此避三舍，絶品無同玉茗花。」（《臨川縣志》卷三十一）

## 岳珂

【堯舜二字】歐陽文忠知貢舉，省闈故事，士子有疑，許上請。文忠方以復古道自任，將明告之，以崇雅黜浮，期以丕變文格。蓋至日昃，猶有喋喋弗去者，過晡稍闃矣。方與諸公酌酒賦詩，士又有扣簾，梅聖俞怒曰：「瀆則不告，當勿對。」文忠不可，竟出應，鵠袍環立觀所問。士忽前曰：「諸生欲用堯舜字，而疑其爲一事或二事，惟先生幸教之。」觀者鬨然笑。文忠不動色，徐曰：「似此疑事誠恐其誤，但不必用可也。」內外又一笑。它日每爲學者言，必蹙頞及之，一時傳以爲雅謔。余按，《東齋記事》指爲楊文公，而徒問其爲幾時人，歲遠傳疑，未知孰是。然是舉也，實得東坡先生，識者謂不啻足爲詞場刷恥矣。彼士何嗤。（《桯史》卷第九）

編者按：歐陽修知貢舉爲嘉祐二年，是年曾鞏與蘇軾同年中進士及第，故録此條。

## 陳振孫

【古列女傳九卷（節録）】　王回、曾鞏二序，辨訂詳矣。鞏之言曰：「後世自學問之士，多徇於外物而不安其守，其家室既不見可法，故競於邪侈，豈獨無相成之道哉？……」（《直齋書録解題》卷七）

【古文關鍵】　吕祖謙所取韓、柳、歐、蘇、曾諸家文，標抹注釋，以教初學。（同上卷十五）

【元豐類稿五十卷續四十卷年譜一卷】　中書舍人南豐曾鞏子固撰，王震爲之序。《年譜》，朱熹所輯也。案韓持國爲鞏《神道碑》，稱《類稿》五十卷，《續》四十卷，《外集》十卷，《本傳》同之，及朱公爲譜時，《類稿》之外，但有《别集》六卷，以爲散逸者五十卷，而《别集》所存，其什一也。開禧乙丑，建昌守趙汝勵、丞陳東，得於其族孫濰者，校而刊之，因碑傳之舊，定著爲四十卷，然所謂《外集》者，又不知何當。則四十卷亦未必合其舊也。（同上卷十七）

## 黄　震

「星宿」之「宿」作入聲，押韻，見第四卷。《山水屏》詩云：「爭險挂星宿」。（《黄氏日鈔》卷六十三讀文集五、曾南豐文）

《麻姑山送南城羅尉》詩，可與歐公《廬山高》爲對。（同上）

「霧淞」音「夢送」，齊地寒，霧凝木上，如雪。之名見第七卷《冬日》詩。（同上）

《唐論》歷數三代以後，惟太宗有天下之志，有天下之材，有治天下之效，而不得與先王並者，法度未備也。斂多就寡，文極有法。然太宗之未得與先王並者，亦恐實德之有媿耳。實德如先王，法度則古今異宜，豈必一一先王耶？（同上）

《爲人後議》謂不當絶本生父母之名，豈爲濮議發耶？然亦正論也。要必存本生之名可也。（同上）

《公族議》謂袒免以外，盡當衣食於縣官，意則厚矣。恐禮法不無等殺，而先王未嘗以天下私其族耳。吁！如民生何。（同上）

《講官議》謂古禮於朝，則王及群臣皆立，無獨坐者；於燕則皆坐，無獨立者。坐云者，師所以命弟子，而譏當時請坐講者，爲非是。欲以古制律今而講官以弟子禮命其君耶！（同上）

《救災議》以頓予民，不朝夕食之，其説佳。（同上）

《洪範傳》布置大抵與荆公相類。（同上）

《太祖皇帝總叙》謂漢高不及者十事，自三代以來撥亂之主未有及太祖也。元年户九十六萬，末年三百九萬。至元豐年一千三百九十一萬。於是覆露生民之澤深矣。(同上)

《新序目録序》謂劉向所序三十篇，隋唐猶存，今所見者十篇最爲近古，而不能無失。(同上)

《梁書目録序》梁六紀五十傳，史官姚察之子姚思廉所成。南豐之爲此序辨佛患，梁爲甚，而佛不能覩聖人之内。(同上)

《列女傳目録序》　劉向以成帝後宫趙衛之屬尤自放，作《列女傳》篇，曹大家爲注，離其七篇爲十四，與《頌義》爲十五。嘉祐中蘇頌復定爲八篇。南豐疑此傳稱《芣苢》、《柏舟》、《大車》之類，與今《詩》序不合。蓋不思今序衛宏所作，出向之後也。(同上)

《禮閣新儀目録序》《新儀》三十篇，韋公肅記開元至元和變禮。南豐謂人之所未疾者不必改也，人之所既病者不可因也，何必一一追先王之迹？能合乎先王之意而已。余謂此名言也。(同上)

《戰國策目録序》　舊缺十一篇，南豐訪得之，而三十三篇者復完。且謂此書論詐之便而蔽其患，言戰之善而諱其敗，有利焉而不勝其害，有得焉而不勝其失。亦名言也。(同上)

《陳書目録序》《陳書》六紀三十傳，亦姚察姚思廉父子所成。南豐謂：「兼權尚計，明於任使，恭儉愛人，則其始之所以興；惑於邪臣，溺於嬖妾，忘患縱欲，則其終之所以亡。興亡之端，莫非自己致者。」「而士之安貧樂義，亦不絶於其間。」(同上)

《南齊書目録序》　江淹嘗爲《十志》，沈約又爲《齊紀》，梁蕭子顯别爲此書，凡五十九篇。南豐謂其改

折彫刻而益下。（同上）

《唐令目録序》凡三十篇以常員定職官，以府衛設師徒，以口分永業授田，以租庸調賦役。南豐謂「庶幾乎先王之意」。（同上）

《徐幹中論目録序》幹字偉長，北海人，生漢魏之間，魏太祖旌命之不就，獨考六藝，推孔、孟之旨，爲《中論》二十餘篇。唐太宗嘗稱其《復三年喪》一篇，而今無之，則所存二十篇非全書也。南豐謂其不合於道者少。（同上）

《説苑目録序》劉向所序凡二十篇，南豐謂「所取往往不當於理」。（同上）

《鮑溶詩集目録序》溶，唐人也，南豐稱其「清約謹嚴而違理者少」。（同上）

《李白詩集後序》白，蜀郡人，遊江淮，娶雲夢許氏。去，之齊魯，入吴，至長安。明皇召爲翰林供奉，不合，去。北抵趙、魏、燕、晉，西涉岐、邠，歷商於，至洛陽，遊梁最久，復之齊、魯，南遊淮、泗，再入吴，轉金陵，上秋浦潯陽，卧廬山。永王璘以僞命逼致之，璘敗，白奔宿松，坐繫潯陽獄。宣撫崔涣與御史宋若思驗治，謂罪薄，薦其才。不報，流夜郎。遂泛洞庭，上峽江，至巫山，以赦得釋。復如潯陽。族人陽冰爲當塗令，白過之，以病卒，年六十四。舊史稱白有逸才，志氣宏放，飄然有超世之心。南豐稱其實録詩舊七百餘篇，宋敏求廣至九百餘篇，南豐乃考其先後而次第之。（同上）

《先大夫集後序》南豐之祖也，事太宗、真宗。（同上）

《王深甫文集序》深甫，王回也。福州侯官人，家於潁。嘗登第爲主簿即棄官。弟向，字子直。冏，字

容季。兄弟皆以文學名，皆南豐序其文。荆公稱許之，亦然。(同上)

《范貫之奏議集序》 貫之名師道，曾事仁宗爲言官，其子世京集其奏議十卷，南豐發明其遭遇之盛云：「所以明先帝之盛德於無窮也。」墓則清獻趙公爲誌。(同上)

《王平甫文集序》 平甫文百卷，南豐許其兼文與詩之工，可比漢、唐之盛，不得志於時而求於内。(同上)

《强幾聖文集序》 幾聖名至，錢塘人，最爲韓魏公所知。其子浚明集其文二十卷，屬南豐爲序。(同上)

《思軒詩序》 撫州通判林君當旱蝗作軒，而能詩者賦之。(同上)

《序越州鑑湖圖》 周三百五十八里，漢順帝永和五年，馬臻所創。南並山，北屬漕渠，東西距江，溉山陰、會稽兩縣十四鄉，田九千頃。宋興，民始有盜湖爲田者。祥符間二十七户，慶曆間二户，爲田四頃。時三司轉運司猶切責州縣復田爲湖。治平間，盜者八千餘户，田七百餘頃，而湖幾盡矣。自此蔣堂、杜杞、吴奎、張次山、刁約、范師道、施元長、張伯玉、陳宗言、趙諴等各爲之計，而廢日甚。蓋法令不行，而苟且之俗勝也。昔謝靈運從宋文帝求會稽回踵湖爲田，太守孟顗不聽，又求休崲湖爲田，顗又不聽。此湖繇漢接錢氏不廢而今日乃廢，豈非苟且之俗勝哉！今所謂湖不必復者，曰湖田之入已饒。不知湖盡廢，則湖之田亦旱矣。謂湖不必濬者，曰益堤壅水而已。不知會稽得尺、山陰得半之必也。禁民爲田，而歲以農隙濬湖，則蔣堂以後諸公成説具在。故南豐具載之，以待來者，其事可載國史而其文可成誦云。(同上)

《類要序》 晏元獻起童子至宰相，在朝廷餘五十年，常以文學謀議爲己任，其子知止，集其書名《類要》

云。(同上)

《相國寺維摩院聽琴記》　説謂古之養其外者畢備琴棋，未嘗去左右者也，而又内當得之心。蓋南豐之學如此。琴者洪規，字方叔。(同上)

《張文叔文集序》　文叔名彦博，常從南豐游，其文未嘗輕出，其後其子仲偉始求公之序。(同上)

《館閣送錢純老知婺州詩序》　謂此館閣之禮而他司所無。(同上)

《齊州雜詩序》　此公爲齊時詩也。愚按，公詩多齊州所作，有欣焉安之之意。徙爲他州，詩不多作，雖作不樂之矣。豈齊其壯年試郡，而後則困於外不滿其當世之志耶？(同上)

《順濟王勅書祝文刻石序》　謂龍也。(同上)

《叙盜》　説凶年人食不足之意。(同上)

《贈黎安二生序》　二生蓋東坡薦於公者，説「迂闊」之弊，宛轉可佳。(同上)

《送周屯田序》　言古之致事而歸者有養，然今之士不必以動其意。(同上)

《送江任序》　説仕於近土知風俗之意甚悉。(同上)

《送劉希聲序》　言至道當不息。(同上)

《送李材叔知柳州序》　解仕南土者不安之心。(同上)

《送趙宏序》　謂平寇在太守而不在兵。前輩謂此文峻潔。(同上)

《送王希序》　叙江西游覽之勝，謂見西山最正且盡者，大梵寺之秋屏閣。(同上)

《王無咎字序》　謂人欲善其名字而未嘗善其行。(同上)

《送蔡元振序》　謂古之從事皆自辟，而今命於朝，然惟其守之同者多矣。爲從事乃爾，於朝不爾者其幾耶？(同上)

《上歐陽學士書》　謂韓文公以來一人而已。又書謂食民之食者，兵、佛、老也。兵擇曠土而使之耕，佛、老，止今之爲者，舊徒之盡也不日矣。(同上)

《上蔡學士書》　又薦王安石，謂「文甚古，行稱其文」，「知安石者尚少」，亦以此薦之歐公，又進其文。(同上)

《上杜丞相書》　勸以天下之材爲天下用。(同上)

《上齊工部書》　部使者數十萬家之命也，豈輕也哉！(同上)

《與撫州知州書》　言心之獨得。(同上)

《與孫司封書》　孔宗旦策儂智高必反，及反，乃死之，請白其事。(同上)

《寄歐陽舍人書》　公謝其爲先祖銘墓也，理密文暢可觀。(同上)

《與王介甫第一書》　報以歐公賞其文也。云：「歐公更欲足下少開廓其文，勿用造語及模擬前人。孟、韓文雖高，不必似之也，取其自然耳。」(同上)

《與王介甫第二書》云：「謗議之來，誠有以召之。又比聞有相曉者，足下皆不受之。」余謂此乃謂公忠於介甫之言也。(同上)

《謝章學士書》　自謂：「不能收身於世俗之外，力耕於大山長谷之中，以共饘粥之養，魚菽之祭，以其餘日考先王之遺文，竊六藝之微旨，以求其志意之所存，而足其自樂於己者。顧反去士君子之林，而夷於皂隸之間，捨自肆之安，而蹊乎迫制之地，欲比於古之爲貧而仕者，可謂妄矣。」愚謂此公道其中心所存者，令人慨然。(同上)

又其《答袁陟書》云：「有可仕之道，而仕不仕固自有時」。「某之家苟能自足，便可以處而一意於學。」(同上)

《與王深甫書》　叙情尤悉。雖然，力踐固存乎人。(同上)

《答王深甫論揚雄書》　公「謂揚雄處王莽之際，合於箕子之明夷。常夷甫以謂紂爲繼世，箕子乃同姓之臣，事與雄不同。又謂《美新》之文，恐箕子不爲也。」公辯之曰：雄之「辱於仕莽而就之，非無耻也。在我者亦彼之所不能易也。」愚按：雄本漢臣，既身受賊莽之僞命，而又稱頌其功德，則爲雄者皆易於莽矣。南豐所謂「莽所不能易者」指何物耶？又，王介甫謂雄之仕，合於孔子「無不可」之義。夷甫謂「雄德不逮聖人」，「於仕莽之際，不能無差。」公復辯之曰：「孔子之『無不可』，孟子所謂『聖之時』也。」「雄亦爲《太玄賦》，稱『蕩然肆志，不拘攣兮。』」愚按，孔子「無可無不可」，恐不可獨指其「無不可」，況「蕩然肆志」是直小人之無忌憚，而可謂其似聖人耶？南豐大賢，而議論若此，所未諭也。(同上)

《福州上執政書》　援《詩》以述養親之意，文甚贍。(同上)

《仙都觀三門記》 此記與《鵝湖院佛殿記》略同，皆以正義斥異端，有益世教。（同上）

《禿禿記》 記孫齊溺嬖寵殺子之事，文老事覈，尤卓然爲諸記之冠，視班、馬史筆，殆未知其何如耳。（同上）

《醒心亭記》 爲歐陽公守滁作，灑然使人醒者也。（同上）

《繁昌縣興造記》 太宗取宣之三邑爲太平州，而繁昌在焉。繁昌自唐昭宗爲邑百四十年。當慶曆間，夏希道邑治始大備云。（同上）

《墨池記》 池在臨川城東之新城，池之上，今爲州學。記曰：「夫人之有一能，而使後人尚之如此，況仁人莊士之遺風餘思，被於來世者何如哉！」（同上）

《宜黃縣學記》 記有云：「務使人人學其性。」此語似當審也。（同上）

《南軒記》 說隨所處而樂之意，淡静有味。（同上）

《兜率院記》 說異端無常業所享，已封君不如，而或友傾府空藏而棄與之。（同上）

《擬峴臺記》 模寫甚工，前輩取以爲文法者也。（同上）

《撫州顔魯公祠堂記》 發明魯公切實無餘藴。（同上）

《歸老橋記》 爲武陵柳侯作，説人情之歸休甚佳。（同上）

《尹公亭記》 尹洙嘗謫隨州，結茅爲亭，其後，知州李禹卿增大之。（同上）

《廣德湖記》 湖舊名鸎脰，源出四明山，引北爲漕渠，東北入江，鄞西七鄉之田仰溉焉。大曆八年，縣令儲仙舟更今名。貞元元年，刺史任侗治而大之。大中之後，有請爲田者，御史李後素驗視，得不廢。刺史李敬方與後素刻石見其事，謂湖成已三百年，則湖之興在梁、齊之際歟！淳化二年，民盜湖爲田。至道二年，知州丘崇元復之。自太平興國以後，民冒取之。天禧二年，李夷庚又復之。天聖、景祐間，民又請李照爲郡言其事，請者始息。康定間，張峋爲令，築堤九千一百三十四丈，爲碶九，埭二十，亭二，植柳三萬一百。愚按，陂湖水利，長吏急務。公通判越州記鑑湖，及守明州記廣德湖，皆根極始末。其一念在民爲何如？秦檜當國時，樓異守鄉郡乃廢廣德湖，至今反不若鑑湖猶有遺跡，惜哉！（同上）

《齊州二堂記》　歷山堂以舜所耕之地，濼源堂以春秋桓（公）十八年，所書之濼在焉。考地理甚精。（同上）

《襄州宜城縣長渠記》　春秋之世曰鄢水，其後曰夷水，又曰蠻水。白起壅水攻楚遂爲渠，本朝孫永復之，民賴其利。（同上）

《徐孺子祠堂記》　詳孺子處亂世之義。（同上）

《道山亭記》　備述七閩之險，而閩中獨夷曠。城中之三山，西曰閩山，東曰九仙山，北曰粵王山。而道山亭者，閩山登覽之地也，作於程師孟。（同上）

《越州趙公救災記》　救荒之委折備焉。（同上）

制誥多平易，特散文之逐句相類者耳。擬制誥則偏言新更官制之意，此爲王介甫代發明者也。（同上）

表多平澮説意。(同上)

《熙寧轉運對疏》　觀講學而得之於心。(同上)

《移滄州過闕上殿》　謂自「生民以來，未有如大宋之隆」。且引《詩》而言之曰：「歌其善者，所以啓其嚮慕興起之意，防其怠廢難久之情。」愚於是知公愛君之意深矣。然與警切規諫者恐又別是一體。(同上)

《請令長貳自舉屬官》　引《書·冏命》及陸贄之説爲證，且曰：「非惟搜揚下位，亦以閱試大官。」(同上)

《請令州縣特舉士》　引歷代爲證甚悉。令通一藝以上，充都事、主事、掌故之屬，以士易吏也，謂之特舉之士，愚恐風俗未易革弊或益甚耳。(同上)

《請西北擇將東南益兵》　愚謂西北擇將，如太祖法，可也；東南益兵，恐未易言也。兵豈在多也哉！(同上)

《議經費》　謂「景德官一萬餘員」，治平「總二萬四千員」，則官倍於景德。郊費六百萬，「皇祐一千二百萬，治平一千三十萬」，則郊費亦倍於景德。使歲入如皇祐、治平，而費如景德，則省半矣。(同上)

《請減五路城堡》　謂「將之於兵，猶弈之於棋」，「所保者必其地」，「所應者又合其變，故用力少而得筭多」。「昔張仁愿度河築三受降城，相去各四百餘里，首尾相應」，「減鎮兵數萬」，「所保者必其地也。仁愿之建三城，皆不爲守備，曰：『寇至當併力出戰，回顧猶須斬之。』自是突厥不敢度山，所應者合其變也。」愚按，此説精。於益兵之説，而讀可續誦。(同上)

《再議經費》謂：「臣待罪三班，按國初承舊，以供奉官、左右班殿直爲三班」，「員止三百」，「至天禧迺總四千二百有餘。至於今，迺總一萬一千六百九十，宗室又八百七十。蓋景德員數已十倍於初，而今殆三倍於景德。」「吏部東西審官，與天下他費，尚必有近於此者。」浮者必求其自而杜之，約者必本其由而從之。（同上）

《請改官制》前預習行事務此從更新制之一端也。劄中舉吏部言之，以槩其餘。此外又有《請整齊版籍》之劄，又《請以新制如〈周官〉〈六典〉爲書》，然恐泥於文爲矣。《六典》果皆周公之書乎？（同上）

《史館申請三道》別有《英宗實録院申請》，搜訪條例皆爲史者當知。（同上）

《訪高麗世次》夫餘王得河伯女，生朱蒙。至紇升骨城，號高麗，以高爲氏。傳子如栗，至孫莫來，當漢武元封四年爲縣。光武建武八年朝貢。莫來裔孫宫，復爲王，十七傳而至德武，爲安東都督。至後唐同光、天成間，屢入貢。明宗長興三年，再復拜其主建爲王。建生武，武生昭，當建隆、開寶來貢；昭生伷、生治、生誦、生詢，遞立詢，當真宗時入貢；凡蓋公參之國使如此。（同上）

《論中書舍人録黄畫黄不書檢》「中書舍人稱臣書名」於檢，「而侍郎押字」，自後舍人遂不書。「竊尋故事，未有可據而然也」。（同上）

《議邊防給賜士卒只支頭子》真宗東封，三司使丁謂奏令殿前都指揮使曹璨各與頭子，使兵士骨肉於各州請領。（同上）

任明州日，有高麗界託羅國人失風，奉旨安泊照管。（同上）

《奏乞推恩狀》「潘興嗣，五歲以父任得官，二十二歲授德化尉，不行。時朝廷察其高，以爲筠州（軍事）推官，不就。今年五十六」，欲照徐復、王回、孫侔、李覯例官其子。又，吴中復閑逸，陳樞不磨勘，皆公爲州時薦之朝者。（同上）

《乞賜唐六典狀》唐初以尚書、中書、門下三省預天下事，至六官所主，則一本於尚書。「開元十四年，張説罷中書令，爲尚書右丞相，不知政事。自此政歸中書，而尚書但受成事而已。」神廟印《六典》賜近臣，其書稱中書令張説撰，疑張九齡所爲，不過述先代遺法，時尚書已不得其職矣。（同上）

《福州擬貢荔枝狀》興化陳紫，福州江緑，興化方紅，又陳家紫，小陳紫，宋公荔枝，周家紅，泉之藍家紅，章之何家紅，泉之法石白，福之緑核、圓丁香，皆以次第著録。其外有虎皮、牛心、玳瑁、硫黄、朱柿、蒲桃、蚶殼、龍牙皆以形名之，出福州。水荔枝、蜜荔枝、丁香荔枝、雙髻小荔枝、真珠荔枝無核，荔枝所出不一。十八娘，或謂閩王女好食，而得名。將軍荔枝，五代時有此官種之。釵頭荔枝以其小，粉紅荔枝以其淡，中元紅以其晚。右二十品無次第。一品紅，言極品也，在福州宅堂。狀元紅，言第一也，出福州報國院。（同上）

《明州擬辭高麗饋送狀》欲示小國以廉，且寬其方。（同上）

《辭修五朝國史》以非一人所能辨。（同上）

啓，平易不華，文章之正也。（同上）

祭文、祝文、哀辭：祭歐公與王平甫二篇極注意，祭黄君者歎其不遇，有味也。（同上）

三十九卷至四十(卷),皆居官時祈晴謝雨等作。(同上)

《蘇明允哀辭》　二蘇請公爲之,銘則請之歐公。(同上)

《虞部戚公誌銘》　公舜臣也,綸之子。知太湖縣,「言賦茶之苛,歲用萬數,願棄勿採。」知撫州,有祠號大帝者百餘,悉除之。南豐言其世德以比唐柳氏。舜臣之子師道,亦公爲銘。(同上)

《都官陳樞誌銘》　令旌德,州有所賦調,獨曰:「非吾土所有也。」爭或至十反。州聽然後止。南豐曰:「令所試者大,則其事可勝傳耶?」(同上)

《翰林學士錢藻誌銘》　公,錢王後。自和徙蘇,清約終其身。(同上)

《刑部王逵誌銘》　「里胥捕罪人殺之」,君求其情,「爲奏讞」,得不死。「府史馮士元家富」,「啗諸貴人」,「君治之,竟其事」。李京爲諫官劾君,及京「罪斥監鄂州稅」,君爲湖北轉運,曰:「前事君職也。於吾何負哉?」與之歡。其京死,又力賙京家,奏官其子。(同上)

《司封孔延之誌銘》　廣西歲糴六百萬石,實不過能數十萬石,「君計歲糴二十萬而足,高其估以募商販,不糴於民。」儂賊平,南方「補虛名之官者八百人」,「皆弛役,而役歸下窮,君復其故。」君,孔子四十六世孫,三子文仲、武仲、平仲。

《都官曾誼誌銘》　「建昌南城人」,「其家學者自君始」。「其家故貧」,「罷吏歸,常闔門居」,「或日昃不得食」。「同職欲增賦役錢」,「爭不得,自請罷去」。(同上)

《王容季誌銘》　容季,名冋,與兄回、向,皆以文名當世。南豐爲之序曰:「此三人者,皆世不常有,藉令有之，或出於燕，或出於越，又不可以得之一鄉一國也，未有同時並出，出於一家。如此之盛，若將使之有爲也，而不幸輒死，皆不得至於壽考，以盡其材，是有命矣！而命之至於如此，何也？」愚謂此文之宛轉妙處，故特録之。（同上）

《都官胥元衡誌銘》　此篇説甚衰之際，文字可法。（同上）

《比部李丕誌銘》　敍契舊與其起家處，可法。（同上）

《職方蘇序誌銘》　君，東坡之祖也。東坡請公爲銘。初，蘇祐生於唐季，至成都遇道士，屏人謂：「吾術能變化百物。」祐辭不顧。祐生杲，「以好施顯名」。杲生序，好讀書，「歲凶，賣田賑鄉里」。慶曆初，「詔州縣立學取士，士爭欲執事學中，君獨戒子孫退避」。序生涣、洵，後涣以進士起家，仕至都官。洵即老泉云。（同上）

《庫部范端誌銘》　爲江都令。會歲旱，知揚張若谷遣吏視民田，「他吏還者白歲善，君還獨白田實旱。若谷初不是之，君持旱苗力爭，乃卒是君所白。」監雲安軍鹽井，「議蠲鹽課以數萬」。（同上）

《張久中誌銘》　久中名持，所與遊喜窮盡其是非得失，非其遊遇之温温惟謹。（同上）

《殿中丞徐元榆誌銘》　「唐之亡」，「楊行密有淮南，稱吴。海州人徐温爲吴將，有功」。「温死，其養子知誥，遂代楊氏，盡有江淮之地，稱唐。」復姓李氏，名昪。温己子知諫，生遜，遜生元榆，世事李氏。宋受命俘李氏，元榆亦隨之，歸京師，棄官死。公既序其次第，而復爲之言曰：「盛衰之變，何其速也！然自前世無不皆若此，富貴之不可以久恃，亦何必異也。而世之不安其命者，方枉義挈挈以覬

幸而偶得之者，又惴惴恐失之，是豈可以常處也哉？」（同上）

《都官王益誌銘》　益即荆公父也。督稅未嘗急貧民，或有所笞罰，惟豪劇吏耳。子七人，安仁、安道、安石、安國、安世、安禮、安上。（同上）

《衛尉金君誌銘》　君兄弟皆舉進士，諸子又皆舉進士，而君獨放山谷間，以恩受封。述其次第處，文字起伏可讀。（同上）

《太子右司禦率府副率致仕沈君誌銘》　以親戚恩得官，叙述佳。（同上）

《寶月塔銘》　醫僧也，剔脱處可法。（同上）

《曾氏墓誌銘》　回、向、同之母，公亮妹也。述其自處通塞之際，無不當理。（同上）

《錢氏墓誌銘》　劉凝之妻也。述其夫婦相成之賢，所謂筆端有畫，可以讀也。三代自叔叙上（同上）

《黄氏墓誌銘》　述其事夫、教子、教孫三節有味。（同上）

《吴氏墓誌銘》　荆公母也。愛前母子，曰：「甚於愛吾子，然後家人愛之，能不異於吾子也。」其子有歸志，以不足於養爲憂，曰：「安於命者，非有待於命也。」（同上）

《許氏墓誌銘》　沈括之母。（同上）

《謝氏墓誌銘》　荆公祖母。（同上）

《試秘書省校書郎李迂誌銘》　有田百餘頃，皆以與族人，獨留五頃，曰：「無令子孫以財自累也。」誌序李氏自皋陶以下甚詳，多其妻王氏所爲言。（同上）

《故太常博士吴祥誌銘》「衣食常不自足」,「以家之有無葬,故葬不緩。」或欲出錢,曰:「貧,吾素也。喪乃欲爲利乎?」(同上)

《光禄晁宗恪誌銘》 公之妻父也,妻名文柔,别有銘。(同上)

《太子賓客陳巽神道碑》 少客京師,有欲教公以化黄金者,公辭不受。(同上)

《秘書少監陳世卿神道碑》 知廣州罷,計口鬻鹽,人以休息。(同上)

《刑部郎中張保雍神道碑》 李丞相迪用公通判永興,萊公代鎮,因奏留之。知漢州,夜四卒告兵變,械以徇安之。至明鞫得,卒實與謀,併棄之市。爲湖北漕,活鄂州、漢陽應死者三十八人。漢州民趙昌以畫名,公迄代不問。(同上)

《刑部孫甫之翰行狀》 爲華州推官,「倉粟惡,吏當負錢數百萬」,公取舂之,可棄者十纔居一二。「吏遂得弛,負錢數十萬」。已而知諫院,言兵之弊曰:「天下所以大困者,兵爲甚,今不能損,又何益之耶?」徙晉州,近臣「夜半扣城」,「終不爲開門」。「論保州之變」,指杜公;論益兵,詆二三大臣。「至於城水洛也,又絀尹洙而申劉滬」,皆平生所友善者,不偏所好如此。(同上)

《徐復傳》 復精星曆,仁宗召見,官其子,賜復號沖晦處士。人或勸著書,復曰:「古聖賢書已具,顧學者不能求,吾復何爲以傲名後世哉?」復,莆田人,後家杭。(同上)

《洪渥傳》 渥得官時,兄老不可俱行。至官量口用俸,掇其餘以歸,買田百畝,居其兄。傳末論豪傑士多過《中庸》。如渥所存,人所易到,故載之云。(同上)

《本朝政要策·考課》建隆初，以户口增耗爲吏升降。興國初，定三等之法，以覈能否。雍熙間，閱班簿，始詔雷德驤以群臣功過俱對。淳化中，分京朝官考課，爲三。「久之，復廢京朝官考課，而置審官院，以錢若水主之；廢州縣官考課，歸之流内銓，以蘇易簡主之；惟三班無改易。」（同上）

《訓兵》周世宗高平之役，命太祖取其驍勇爲禁衛。「宋興，益修其法。」「興國有楊村之閱，咸平有東武之閱。」自此兵益廣，簡練遂疏，而黜廢之法怠矣。（同上）

《添兵》「唐罷府兵，置神武、神策爲禁兵，不過三數萬人」。「甲兵皆散在郡國，自河朔三鎮不統於京師，餘可舉者，太原、青社各十萬人，邠寧、宣武各六萬人，潞、滁、荆、揚各五萬人，襄、宣、壽、鎮海各二萬人，而觀察團練據要害者亦各不下萬人。」五代分裂，區區中州地，嘗至數十萬人，養之既費，教與用之又不得其理。至周世宗始修兵制。我太祖舉中國之兵纔十六萬人，太宗伐劉繼元，駕前兵蓋十餘萬，自是兵益廣。其後曹彬敗於祈溝關，在行者二十萬。楊業敗於陳家谷口，劉廷讓敗於君子館，全軍殁焉。沿邊瘡痍之兵不滿萬計。河朔悉科鄉民守城。咸平間，又集近京諸州丁壯爲兵，而西北邊臣猶請益兵不已。張齊賢謂調江淮八萬以益西師，劉承珪又取環慶諸州役兵，升爲禁兵，號振武。李元昊反河西，契丹謀棄約，西方遂益禁兵二十萬，北方益土兵二十萬，又益禁兵四萬指揮。及群盗張海、郭邈山等劫京西，江淮皆警，大臣又令天下益兵，知諫院孫甫言：「天下所以大困者，兵爲甚，又可益之耶？」（同上）

《兵器》太祖命魏丕主作，每十日一進，有南北作坊，歲造甲鎧、貝裝、鎗、劍、刀、鋸、器械、葫簏弩，凡三萬二千。又有弓弩院歲造弓、弩等千六百五十餘萬。諸州歲造六百二十餘萬。置五庫貯之。景德中，已可支三十年，權宜罷焉。(同上)

《城壘》「周世宗時，韓通築城於李晏口，立十二縣」。又葺祁州及築游口三十六，遂通瀛、莫。「宋興，王全斌葺鎮州西山堡」，劉過築堡州等五城。太宗命潘美移并州於榆次，又移於三交，得戎人之咽喉。(同上)

《佛教》「建隆初，詔佛寺已廢於顯德，不復興」。開寶，「令僧尼百人許歲度一人」。至道，「又令三百人歲度一人，以誦經五百紙爲合格」。(同上)

《任將》李漢超、馬仁瑀、韓令坤、賀惟忠、何繼筠等防北虜，郭進、武守琪、李謙溥、李繼勳等禦太原，趙贊、姚内斌、董遵誨、王彦昇、馮繼業等備西戎。此篇發明太祖用將之術甚備，可讀。(同上)

《水災》竇儼論水沴所興，有數有政。(同上)

《汴水》論歷代浚導。(同上)

《刑法》淳化置審刑院，防大理、刑部二司之失。事從中覆，下宰相府，再以聞，始行。(同上)

《管榷》言礬課則劉熙古，嚴茶禁則樊若水，峻酒榷則程能，變鹽令則楊允恭，古禁之尚疏者皆密焉。(同上)

《錢弊》江東鑄銅錢，自樊若水始。鉛錫雜鑄，自張齊賢始。淳化鑄大錢於蜀，自趙安易始，然不便即罷之。(同上)

《南蠻》「有用兵深入，伐而克之，興國初，翟守素之平梅峒是也；有兵已克破，赦而納之，咸平間，曹克明之收撫水是也；有納以恩信，章聖時，謝德權之靖宜州是也。（同上）

《契丹》騎卒六萬，太祖命田欽祚以三千人破之。其後天子伐晉，敵始復爲中國患。至真宗親征，講和之策遂定。（同上）

《折中倉》折中之法，聽商人入粟，而趨江淮受茶鹽之給，公私便之。端拱、淳化皆曾復行。（同上）

《屯田》「自漢昭始田張掖，趙充國耕金城」。曹操「力農許下」，「晉用鄧艾田壽春，羊祜田襄陽，杜預田荆州，荀羨田東陽」，隋耕朔方，唐屯振武，皆能服夷兼敵。宋興，雍熙間始議屯田。「是後開易水，疏雞距，修鮑河之利，邊屯以次立矣」。神宗「遣議臣東出宿亳，至壽春，西出許潁」，「至襄鄧」，得田二十二萬頃，任事者難之，功不立。」（同上）

《水利》歷述史起以後興水利之臣，至本朝不果行。（同上）

《茶》貞元初，趙贊興茶税，張滂繼之，什取其一。王播又增其數，裴休立十二條。我朝議以見緡折帛入中，天聖設三税法，景祐又用見緡之法。（同上）

《茅君碑》三茅名盈，次固，次衷云，漢景時人。梁普通中張繹建碑，孫文韶書。（同上　金石録跋尾）

韓公井者。襄州南楚故城，有昭王井，傳言汲者死，不敢視。開元中，韓朝宗爲採訪使，移書諭神，飲者無恙，更今名。故城今謂之故墻，即鄢也。由梁太祖父名誠，避之，今猶然。（同上）

《桂陽周府君碑並碑陰》歐公按《韶州圖經》：君以開武溪有功立廟，碑名訛缺，而《圖經》不著其名。

碑首題云「神漢」者，猶言「聖唐」也。南豐從知韶州王之材所得此本，之材又以書來曰：「按《曲江縣圖經》，周府君名昕。」歐公蓋未之得也。其碑陰「曲江」字，皆作「曲紅」，而「蒼江」字、「江夏」字，亦作「紅」，蓋古字通用也。永叔又記劉原父所得商洛之鼎銘云：「惟十有三月旁死魄」。蔡君謨問：「十四月者何謂？」原父不能言。南豐謂：「古字如『亦』字作『灸』，『人』字作『㕣』」，皆字之重出，「則此文作『三』者，特『二』字耳。永叔、原父、君謨皆博識，而亦有所未達」，「故並見之於此」。凡皆南豐之說也。愚觀此說莫之曉。長兒在側，忽云《籀史》載：古者人君繼世，踰年行即位之禮，然後改元。此類疑嗣王繼世雖踰年，未及改元，但以月數稱，故曰十有四月，不可以一歲不過十二月而疑也。如南宮鼎文有「十有二月」之文，周牧敦銘有「爲王十年十三月」之文，凡癸酉卣銘有「十九月」之文，商己酉尊銘亦有「十九月」之文，又姬鼎銘有「十一月又三」之文，凡皆以月起數之例。愚因思之，「亦」作「灸」非重寫「亦」字，「人」之作「㕣」，亦非重寫「人」字。恐亦不可爲例。如曰：「商王即位之十有四月」，恐亦有此理，而「四」字古作「亖」字，凡古銘皆然，以二字爲重寫二字亦安。姑記以俟知者。（同上）

《唐開元寺卧禪師淨土堂碑銘》「自河隴没於羌夷」，惟寺多在。南豐謂：「虞夏之世」，東漸西被，「朔南暨」，聲教則能令其信慕者，亦非特有佛而已也。彼以罪福報應之説動之，未若不動之以利害而使之心化，此先王之德所以爲盛也。」余按，此論甚高，前未之發。（同上）

《辱井銘》 銘十八字，可見者八字，曰：「辱井在斯，可不戒乎？」又有陳後主《辱井記》，大略以其與

張、孔二妃同投井也。愚按，「辱井」可對「貧泉」。(同上)

《漢武都太守漢陽阿陽李翕西狹頌》　郡有間道通梁、益，而臨溪危峻。李會與功曹史李旻等，「鐉燒大石，改高即平」，「人得夷塗」，「作頌刻石」。歐公《集古録》，以爲李會。熙寧十年，馬城出成州，所得此頌，以視南豐，始知其爲李翕。漢元鼎「以汧隴西南接巴蜀，爲武都郡」，後分爲興州成州云。(同上)

南豐與荆公俱以文學名當世，最相好，且相延譽。其論學皆主考古，其師尊皆主揚雄，其言治皆纖悉於制度而主《周禮》。荆公更官制，南豐多爲擬制誥以發之。豈公與荆公抱負亦略相似，特遇於世者不同耶！抑聞古人有言：有治人無治法，三代之治忽各係其君之賢否？法之詳未聞焉，三代君臣之謀猷亦未嘗有一語及於法者，詳於法必略於人。秦法之密，漢網之疏，其效亦可覩矣。周之所以爲治者，盡見於《尚書·周官》之篇。後千餘年，至王莽時倏有所謂《周禮》《六典》者出，曰：「此周公之法也。」使果出於周，亦不過《周官》一篇注疏耳。然其煩苛若此，果可見之施行否耶？設果嘗行於周，時異事殊，亦可行於後世否耶？我朝廷以仁立國一切，掃除煩苛，承平日久，或者反以寬弛爲厭，荆公遂勇爲新法。嗚呼，不忍言矣！南豐比荆公則能多論及本朝政要，又責誚荆公不能受人之言。使南豐得政，當有可觀者乎？南豐之文多精覈，而荆公之文多澹靖；荆公之文多佛語，南豐之文多闢佛。此又二公之不同者。而王震序曾南豐文乃特誇其爲制誥大手筆，真所謂知其一者耶？(同上)

《答曾子固書》　謂小説「無所不讀」，然後「能知大體」。嗚呼，此公之所以不能知大體歟？又謂「方今

亂俗不在於佛」，嗚呼，此公之所以自誤而亂俗者歟？（同上卷六十四讀文集六　王荆公文）

《答段縫書》　爲曾子固辨謗。（同上）

《曾致堯誌》　爲其孫南豐作也。末論遇合處，宛轉可法。（同上）

## 莊綽

曾鞏子固爲越倅作《鑑湖圖序》曰：「鑑湖，一曰南湖，南並山，北屬州城漕渠，東西距江，漢順帝永和五年，會稽太守馬臻之所爲也，至今九百七十有五年矣。……自此以來，人争爲計說」云云。宣和中，王仲嶷爲太守，遂盡籍湖田二千二百六十七頃二十五畝，以獻於官，則民之盜者不復禁戢，其蔣堂、杜杞、吴奎、范師道、施元長、張伯玉、陳宗言、趙誠復湖之議，與錢鏐之遺法，後世不復可考矣。（《鷄肋編》卷中）

## 王應麟

曾子固爲《徐復傳》云：「康定中，『仁宗命講《易》「乾」、「坤」、「既濟」、「未濟」，又問今歲直何卦？西兵欲出如何？復對歲直「小過」，而太一守中宫，兵宜内不宜外。仁宗嘉其言。』『與林瑀同修《周易會元紀》』。」今考侍講林瑀上《會元紀》，推帝王即位，必遇辟卦，而真宗乃得卿卦。每開說，皆諂諛之辭，緣飾以陰陽。賈昌朝奏瑀所學不經，不宜備顧顧問，遂絀之。復與瑀同修不經之書，不可謂知《易》

也。荀子曰：「善爲《易》者不占。」(《困學紀聞》卷一《易》)

南豐序《南齊書》曰：唐虞「爲二典者」，「所記者豈獨其迹耶？並與其深微之意而傳之。」又曰：「方是之時，豈特任政者皆天下之士哉？蓋執簡操筆而隨者，亦皆聖人之徒也。」後山《黄樓銘》序云：「昔之詩人，歌其政事，則並其道德而傳之。」朱文公詩《破斧》傳云：「當是之時，雖披堅執鋭之人，亦皆能以周公之心爲心，而不自爲一身一家之計，蓋亦莫非聖人之徒也。」皆用南豐文法。(同上卷二　書)

南豐記王右軍墨池云：「愛人之善，雖一能不以廢。」愚謂右軍所長，不止翰墨，其勸殷浩内外協和，然後國家可安。其止浩北伐，謂力爭武功，非所當作。其《遺謝萬書》，謂「隨事行藏，與士卒同甘苦。」謂謝安虚談廢務，浮文妨要，非當時所宜。言論風旨，可著廊廟。江左第一流也，不可以藝掩其德，謂之一能過矣。(同上卷十三　考史)

南豐序《南齊書》曰：蕭子顯之文，「喜自馳騁，其更改破析刻雕藻繪之變尤多，而其文益下。」愚謂蕭子顯以齊宗室仕於梁而作《齊史》，虚美隱惡，其能直筆乎？(同上)

《唐六典》，開元禮宣示中外，未有明詔施行。見《吕温集》。南豐《乞賜唐六典狀》謂：《六典》「本原設官因革之詳，上及唐虞，以至開元。其文不煩，其實甚備，信可謂善於述作者也。」(同上卷十四　考史)

南豐序禮閣新儀，則指新法；記襄州長渠，則指水利；《兵間》詩，則指徐德占徐禧；《論交》詩則指吕吉甫吕惠卿。此孫仲益孫覿之言也。(同上卷十七　評文)

南豐《麻姑山》詩送南城羅尉，倣《廬山高》而不逮，絶唱寡和也。(同上卷十八　評詩)

南豐跋西狹頌謂：「所畫龍、鹿、承露人、嘉禾、連理之木，漢畫始見於今」。邵公濟謂：「漢李翕、王稚子、高貫方墓碑，刻山林人物，乃知顧愷之、陸探微、宗處士輩，尚有其遺法。至吴道元絶藝入神，然始用巧思，而古意少減矣。」今於盤洲所集隸圖見之。(同上卷二十　雜録)

南豐詩稱昌黎之文云：「並驅六經中，獨立千載後。」(同上)

【元豐兩朝正史】　熙寧十年丁巳五月戊午命官修《兩朝正史》。元豐五年六月甲寅修成一百二十卷，紀五卷，志四十五卷天文至河渠，傳七十卷比之實録，事迹頗多，但非寇準，而是丁謂，託之神宗詔旨。上御垂拱殿，引監修國史王珪、修史官蒲宗孟、李清臣、王存、趙彦若、曾鞏進讀記，賜珪、宗孟銀絹、對衣、金帶，清臣等遷官，及與修史官蘇頌、黄履、林希、蔡卞、劉奉世以他罷去，各賜銀絹有差。故相吴充、故史館修撰宋敏求賜銀絹，七月丁未，以史成燕垂拱殿燕修史官。(《玉海》卷四十六)

《三朝史》，天聖五年二月修，至八年六月成，凡歷四年。《兩朝史》，熙寧十年五月戊午修，至元豐四年六月成，凡歷五年。(同上)

【元豐修五朝史】　四年七月二十四日己酉詔：「直龍圖閣曾鞏，素以史學見稱士類，見修《兩朝國史》將畢，當與《三朝史》通修成書是年十一月，廢編修院入史館，宜以鞏充史館修撰，專典史事。」十一月，鞏上《太祖總論》不稱上意。五年四月遂罷修《五朝史》。(同上)

【熙寧英宗實録】　熙寧元年正月二十四日一云二月丁酉，詔以宰相曾公亮提舉吕公著、韓維、王安石修撰，孫覺、曾鞏檢討。二年七月己丑，司徒韓琦等上《英宗實録》三十卷，事目三卷一云曾公亮等上，賜詔

奬諭。(同上卷四十八)

【嘉祐編定書籍】　嘉祐四年二月丁丑置館閣編定書籍，官以秘閣校理蔡抗、陳襄、集賢校理蘇頌、館閣校勘陳繹，分史館、昭文館、集賢院秘閣而編定之。……六月己巳，又益編校官，每館二員，給本官食，公使十千，及二年者選入京官，除館閣校勘，朝官除校理實録各一員，王陶、趙彦若、傅卞、孫洙。六年十二月辛丑，三館秘閣上寫黄本書六千四百九十六卷，補白本書二千一云一千九百五十四卷。二十二日壬寅，遣中使詔中書樞密院宰臣韓琦以下合三館秘閣屬四十一人賜宴，以嘉其勤宴崇文院，刻石記於院之西壁。先是，崇文白本書歲久多蠹，又多散失，置官校正，補寫別本，亦以黄紙以絶蠹敗。至是上之，其編校官昭文館職方員外孟詢一作恂、大理評事趙彦若、史館集賢校理竇卞、太平司法參軍曾鞏、集賢院國子監直講錢藻、秘閣館閣校勘孫洙、國子監直講孫思恭、校小學太常博士張次立。七年三月辛酉，詔參知政事歐陽修提舉三館秘閣寫校書籍，仍詔兩制看詳天下所獻遺書。六月丁亥，秘閣上補寫御覽書籍。(同上卷五十二)

【魏《中論》(節録)】　曾鞏目録序：「及觀《貞觀政要》，怪太宗稱嘗見幹《中論·復三年喪》篇，而今書此篇闕。因考之《魏志》，見文帝稱幹著《中論》二十餘篇，於是知館閣及世所有幹《中論》二十篇者，非全書也。」「幹獨能考六藝，推仲尼、孟軻之旨，述而論之。求其辭，時若有小失者；要其歸，不合於道者少矣。其所得於内者，又能信而充之，逡巡濁世，有去就顯晦之大節。臣始讀其書，察其意而賢之。因其書以求其爲人，又知其行之可賢也。」李獻民云：「別本有《復三年制役》兩篇，鞏特不見之爾。」(同上卷六十二)

東坡制詞有議論，荆公、南豐外制佳。王子發曰：「南豐本法意，原職守，而爲之訓敕，人人不同，咸有新趣。衍裕雅重，自成一家。」（同上卷二百二　誥）

## 周　密

【作文自出機杼難】　曾子固熙寧間守齊州，作《北渚亭》，蓋取杜陵《宴歷下亭》詩：「東藩駐皂蓋，北渚陵清河」之句。至元祐間，晁無咎補之，繼來爲守，則亭已頹毁久矣。補之因重作亭，且爲之記。記成，疑其步驟開闔，類子固《擬峴臺記》，於是易而爲賦，且自序云：「或請爲記，答曰：賦可也。蓋寓述作之初意云。」然所序晉、齊攻戰三周華不注之事，雖極雄贍，而或者乃謂與坡翁赤壁所賦孟德、周郎之事略同。補之豈蹈襲者哉？大抵作文欲自出機杼者極難。而古賦爲尤難。「惟陳言之務去，戛戛乎其難哉！」雖昌黎亦以爲然也。（《齊東野語》卷五）

前輩闢浮圖修崇之説甚衆，獨南豐之説，最爲簡明。（《浩然齋雅談》卷上）

## 葉　寘

二序編者按：指曾鞏《南齊書目録序》和李文叔《書〈戰國策〉後》。述古文記事之妙，其説精矣。以書之二典能傳二帝之深微，蓋爲史者亦聖人之徒，列國之策士，能發人疾隱，由三代文物未盡，論議高遠。玩文辭者可知叙述之難工，而繫乎世變矣。（《愛日齋叢鈔》卷四）

洪氏評歐公《醉翁亭記》、東坡《酒經》，皆以「也」字爲絶句。歐用二十一「也」字，坡用十六「也」字，歐《記》人人能讀，至於《酒經》，知之者蓋無幾。每一「也」上必押韻，暗寓於賦，而讀之者不覺其激昂淵妙，殊非世間筆墨所能形容。余記王性之云：古人多此體，如《左傳》：「秦用孟明，是以能霸也。」此段凡十「也」字。其後韓文公《潮州祭神文》，終篇皆「也」字，不知歐陽公用柳開仲塗體，開代臧丙作《和州團練使李守節墓誌銘》，又作《父監察御史夢奇誌》，文終篇用「也」字。《李誌》「也」字十五，末云：「摭辭而書石者，侯之舘客臧丙夢壽也。」性之以歐公全用此體。又觀王荆公爲《葛源墓誌》，始終用「也」字三十。末亦云：「論次其所得於良嗣而爲之銘者，臨川王安石也。」鞏氏謂全學《醉翁亭記》，用之墓文則新，是未知前有柳體也。韓《祭神文》亦於「也」字上寓韻，則《酒經》文其取法者。朱新仲評《醉翁亭記》終始用「也」字結句。議者或紛紛，不知古有此例。《易·雜卦》一篇終始用「也」字。《莊子·大宗師》自「不自適其適」至「皆物之情」皆用「也」字。以是知前輩文格不可妄議。項平父評《醉翁亭記》、《蘇氏族譜序》，皆法《公羊》、《穀梁傳》。蓋蘇明允序《族譜》，亦用「也」字十九。及曾子開作《從兄墓表》，又有「也」字十七。追論本始，古而《易》，後而三《傳》、《莊子》，又近而韓氏，迄柳仲塗以降，歐、王、蘇、曾各爲祖述。要知前文體已備，雖有作者，不能不同也。（同上）

## 文天祥

【祭宛陵先生文（節録）】　大江西東實倡古文，西則歐陽，東則先生。上追韓、孟，下啓蘇、曾。（《宛陵先生

集》附録）

## 馬端臨

【隆平集二十卷】　鼂氏曰：皇朝曾鞏撰，記五朝君臣事迹。其間記事多誤，如以《太平御覽》與《總類》兩書之類。或疑非鞏書。（《文獻通考》卷一百九十六　經籍二十三）

【古列女傳八卷　續列女一卷】　南豐曾氏序。劉向所叙《列女傳》，凡人、篇、事，具《漢書》。……王回、曾鞏二序辯訂詳矣。（同上卷一百九十八　經籍二十五）

【新序十卷（節録）】　皇朝曾鞏子固在館中日校正其訛舛，而綴緝其放逸久之，《新序》始復全。（同上卷二百九　經籍三十六）

【説苑二十卷（節録）】　鼂氏曰：劉向撰。以君道臣術建本立節貴德，復思政理，尊賢正，諫法誡，善説奉，使權謀，至公指式、談叢、雜言、辯物、修文爲目。陽嘉四年上之，闕第二十卷，曾子固校書自謂得十五篇於士大夫家，與《崇文》舊書五篇，合爲二十篇，又叙之。然止是析十九卷，作修文上下篇。……章號曰：《説苑》按《漢志》，劉向所序六十七篇，謂《新序》、《説苑》、《世説》、《列女傳》頌圖也。今本南豐曾鞏《序》言：「《崇文總目》云『存者五篇』。臣從士大夫間得十五篇編者按：一本作十三，與舊爲二十篇。編者按：一本作十八。」未知即當時篇章否？《新苑》之名亦不同。（同上）

【中論二篇（節録）】　鼂氏曰：後漢徐幹偉長撰。幹，鄴下七子之一也。曾子固嘗序其書。……今此本亦止二十篇，中分爲上下兩卷。按《崇文總目》七卷不知何人合之。李獻民云：别本有《復三年制役》二篇，乃知子固時尚未亡，特不見之爾。（同上）

【戰國策十三卷（節録）】 鼂氏曰：漢劉向校定三十三篇，東西周各一，秦五，齊六，楚、趙、魏各四，韓、燕各三，宋、衛、中山各一。舊有五，號向以爲皆戰國時游士策謀改定今名。其事則繼春秋，下記漢、楚之起，凡二百四五十年之間。《崇文總目》多缺。至皇朝曾鞏校書，訪之士大夫家，其書始復完。（同上卷二百十二　經籍三十九）

【李翰林集二十卷（節録）】 鼂氏曰：唐李白，太白也。白集舊十卷，唐李陽冰序。咸平中樂史别得白歌詩十卷，凡歌詩七百七十六篇，又纂雜著爲《别集》十卷。宋次道治平中得王文獻及唐魏萬所纂白詩，又哀唐類詩洎石刻所傳者通李陽冰樂史集，共一千一篇，雜著六十五篇，曾子固乃考其先後而次第之。（同上卷二百三十一　經籍五十八）

陳氏曰：……曾鞏蓋因宋本而次第之者也。以校舊藏本篇數如其言，然則蜀本即宋本也耶？末又有元豐中毛漸題云：以宋公編類之勤，曾公考次之詳，而晏公又能鏤板以傳於世。乃晏知止刻於蘇州者？然則蜀本蓋傳蘇本，而蘇今不復有矣。（同上）

【曾致堯文集十卷（節録）】 贈諫議大夫曾致堯撰。南豐之祖也。（同上卷二百三十四　經籍六十一）

【曾子固元豐類稿五十卷】 鼂氏曰：曾鞏，字子固，南豐人，元豐中爲中書舍人卒。子固師歐陽永叔，早以文章名天下，壯年其文慓鷙奔放，雄渾瓌偉，其自負要似劉向，藐視韓愈以下也。晚年始在掖垣屬新官制，方除目填委，占紙肆書，初若不經意，及屬草授吏，所以本法意、原職守爲之訓勅者，人人不同，贍裕雅重，自成一家。歐公門下士多爲世顯人，議者獨以子固爲得其傳，猶學浮屠者所謂嫡嗣云。（同上卷二百三十五　經籍六十二）

陳氏云：王震爲之序；年譜，朱熹所輯也。按，韓持國爲神道碑稱《類稿》五十卷，《續》四十卷，《外集》十卷，《本傳》同之。及朱文公爲譜時，《類稿》之外，但有《别集》六卷，以爲散逸者五十卷，而《别集》所傳其什一也。開禧乙丑建昌守趙汝礪、丞陳東得於其族孫濰者，校而刊之，因碑傳之，舊定著爲四十卷。然所謂《外集》者，未知何當則四十卷，亦未必合其舊也。（同上）

【曾子開曲阜集四十卷　奏議十二卷　西掖集十二卷　内制五十卷　外制三十卷（節録）】　鼂氏曰：曾肇，字子開，子固之弟也。登進士第。元祐中爲中書舍人，元符末再入西掖，遂爲翰林學士。（同上）

【蘇東坡前集四十卷　後集二十卷　奏議十五卷（節録）】　鼂氏曰：……嘉祐中，歐陽永叔考試禮部進士，梅聖俞與其事，得其《論刑賞》以示永叔，至驚喜以爲異人，欲以冠多士，疑曾子固所爲，乃寘之第二等。後以書謝，永叔見之，語客曰：老夫當避此人放出一頭地。（同上）

【王深父文集二十卷（節録）】　西麓周氏曰：王深甫學於歐陽公，與王介甫、曾子固、劉原甫游，其文出歐陽體，而尤純淡，序事曲折不窮，特壯偉不及也。……王深父、曾子固不遇歐陽公，亦豈作「落霞」、「孤鶩」等語哉？（同上）

【王容季文集（節録）】　按，侯官三王之文，蓋宗師歐公者也。其大家正氣，當與曾、蘇相上下，故南豐推服其文，而深悲其早世。然鼂、陳二家書録並不收入。《四朝國史·藝文志》僅有《王深父集》，纔十卷，則止有曾序所言之半，而子直容季之文無傳焉，亦不知其卷帙之多少，可惜也！（同上）

【王直講集十五卷（節録）】　陳氏曰：天臺縣令南城王無咎補之撰。無咎嘉祐二年進士，曾鞏之妹適之。從王安石遊最久，將用爲國子學官，未及而卒，爲之誌墓。曾肇序其集云二十卷，今惟十五卷。（同上卷二百三十六　經籍六十三）

【陳無己後山集二十卷（節録）】　鼂氏曰：陳師道無己，彭城人，少以文謁南豐，南豐一見奇之，許其必以文著。（同上卷二百三十七　經籍六十四）

## 施　宿

元豐四年辛酉，正月，詔試進士加律義。三月，參知政事章惇罷。七月，詔（熙河）、鄜延、環慶、涇原、河東五路進兵大討西夏，卒無功。詔命直龍圖閣曾鞏充史館修撰，專典國史。上初欲用先生（蘇軾），王珪難之，乃用鞏，明年以不合意罷之。（《東坡先生年譜》上）

## 劉　性

【宛陵先生年譜序（節録）】　宋嘉祐二年，詔修取士法，務求平澹典要之文。文忠公知貢舉，而先生爲試官，於是得人之盛，若眉山蘇氏、南豐曾氏、横渠張氏、河南程氏皆出乎其間，不惟文章復乎古作，而道學之傳上承孔孟。（《宛陵先生集》附録）

## 謝諤

【譜序】朝請郎試御史中丞兼侍講清江縣開國男食邑三百户、賜金魚袋謝諤題。曾之先姒姓，夏禹五世孫少康封次子曲列於鄫，因其封國而命之氏。自是，子孫遂以爲姓焉。歷魯僖公十九年，諸侯會於曹南，鄫君不及與會，宋襄公使之邾，邾人執鄫君而用之。至魯襄公五年，鄫世子巫復修先君之業。明年秋，莒人滅鄫，世子巫奔魯襄公，官失其守，更仕於魯，立爲桑梓。巫因嘆曰：國既亡矣，邑亦宜避，遂去邑，爲曾。其後有參，傳道孔門。至西漢末，有據者徙江南，子孫散處諸州，而簪組之士，歷世不乏，然終未盡盛也。至皇朝乃多顯達，名者四族，南豐、泉、贛、吉也。而南豐之譜可見如此。登桂籍者二十九，度其幟有加無已也。予嘗謂南安刺史宻，同官於舘，其子邁録譜見寄，《詩》曰：「維其有之，是以似之。」青氈故無恙，不可不勉以培其基乎？於是述其本源之遠，舉其家世之盛，而題其端云。（《南豐先生元豐類稿》卷首）

## 蔡正孫

【妾薄命二首】後山自注云：「爲曾南豐作。」天社任淵云：「按《漢書·許后傳》曰：『奈何妾薄命，端遇竟寧前。』故曹植樂府有《妾薄命篇》。」謝疊山云：「元豐間，曾鞏修史，薦後山有道德，有史才，乞自布衣召入史舘。命未下而曾去，後山感其知己，不願出他人門下，故作《妾薄命》。鞏，南豐人，歐陽公之客。後山尊之，號曰『南豐先生』。」其一：「主家十二樓，一身當三千。古來妾薄命，事主不盡年。起舞爲主壽，相送南陽阡。忍著主衣裳，爲人作春妍。有聲當徹天，有淚當徹泉。死者恐無知，妾身長自憐。」謝疊山云：「『主家十二樓，一身當三千。』十二樓，言粉白黛緑，列屋而閑居者頗多也。妙在『當』字，言其專房之寵也。」任天社云：「白樂天詩云：『漢宫佳麗三千人，三千寵愛在一身。』後山以五字道之，語簡而意盡。」又云：「『忍著主衣裳，爲人作春妍。』此句與下篇『向來一瓣香，敬爲曾南豐』之句，皆以自表，見其不忍更名他師也。」其二：「葉落風不起，山空花自紅。捐世不待老，惠妾無其終。一死尚可忍，百歲何當窮。天地豈不寬，妾身自不容。死者如有知，殺身以相從。向來歌舞地，夜雨鳴寒蛩。」謝疊山云：「『葉落風不起』，如李太白詩『雨落不上天，覆水難重收』。此意謂人才凋零，如秋風掃敗葉，葉已墜地，雖有風，不能吹之上樹矣。此言人之云亡，邦國殄瘁，世道日降，人物隨之，更不可扶持興起也。『山空花自紅』，意謂有松柏、杞梓、楩楠、豫章棟梁之材，始可謂之山。今山無林木，徒有野花自紅，不成山矣。正如朝廷無支撑世道之人，班行寂寥，惟有富貴之士，隨時苟禄，不成朝廷矣。『捐世不待老，惠妾無其終。』此二句無限意味。後山亦自嘆南豐薦引雖力而未遂，不期南豐死之速也。」任天社云：「『一死尚可忍，百歲何當窮。』言忍死尚可，祈死實難。意謂安得速死，以從其主也。師死而遂背之，讀此詩者，亦少知愧矣。」（《詩林廣記》後集卷之六）

【南豐先生挽詞二首】其一：「早棄人間事，真從地下遊。丘原無起日，江漢有東流。身世從違裏，功言取次休。不應須禮樂，始作後程仇。」任天社云：「『丘原無起日，江漢有東流。』此言九原雖不可作，而文章之令名，當與江漢俱存。老杜所謂：『爾曹身與名俱滅，不廢江河萬古流。』王介甫曾有《贈南豐》詩曰：『曾子文章世無有，水之江漢星之斗。』故此引用。末句乃後山自謂也。《文中子》卷末載：魏徵曰：『大業之際，徵也嘗與諸賢侍。文中子謂徵及房、杜曰：「先輩雖聰明特達，然非董、薛、程、仇之比。雖逢明主，必愧禮樂。」』按：程元、仇璋皆文中子高弟。後山自謂其材本不及程、仇，不待議禮樂而判優劣也。」《許彥周詩話》云：「無己作《曾子固挽詞》云：『丘園無起日，江漢有東流。』近世詩人莫及也。」其二：「精爽回長夜，衣冠出廣廷。勳庸留琬琰，形像付丹青。道喪餘篇翰，人亡更典刑。侯芭才一足，白首《太玄經》。」任天社云：「末句亦後山自謂也。《揚雄傳》：『鉅鹿侯芭，常從雄居，受其《太玄》《法言》。』《呂氏春秋》：『魯哀公問於孔子，曰：「樂正夔，一足矣。」』李太白詩：『誰能書閣下，白首《太玄經》。』」（同上）

【觀兗文忠公家六一堂圖書】「生世何用早，我已後此翁。……向來一瓣香，敬爲曾南豐。……」任天社云「……」又云：「南豐、東坡皆六一門下士。南豐修史薦後山，以布衣入史舘，命未下而曾去國，後以東坡薦得官。此詩云：『向來一瓣香，敬爲曾南豐。』後山雖感東坡而不以爲知己。作此詩時，東坡正爲郡守，終無少貶阿附之意，可謂特立之士矣。然亦知東坡之大，必能受之也。」（同上　卷之六）

## 家坤翁

【玉茗花次曾南豐韻 有序】 以君庠崇寧間，石刻爲據，詩題視集中少異，當是别本，蓋當時花雖名玉茗，人猶指爲山茶之種類。南豐自注云：「初，惟此花與揚州后土廟瓊花天下一株，近年瓊花可接，遂散漫，而此花爲獨出也。」此詩此注，亦知非山茶花矣。不然，何云天下一株？坤翁敬次韻於後：「憶昔詩豪爲寫真，至今光景尚如新。亭中客鬢幾人老，山下靈根千載春。倐歘相逢皆召杜，春容莫逆少雷陳。我來隨分熏知見，似與夫君夙有因。」（《臨川縣志》卷三十一）

玉茗氣貌如古君子，自南豐後少有識者，敬次原韻：「逢人共責沈諸梁，幸有南豐爲瓣香。禮樂誰從先進野，眼前張也空堂堂。」「昔日同論七椀茶，玉川心渴語徒誇。如今已得味外味，聊復浮光開白花。」（同上）

## 陳宗禮

【南豐祠堂記】 文章非小技也，三代而下，惟漢近古，惟昌黎、柳州能復古，繼是弊矣。宋以文治興，滌凡革腐，幾與三代同風，而士以文鳴者稱之。嘉祐中，歐陽文忠公以古道倡，南豐之曾，眉山三蘇，胥起而應。眉山父子稽千載治亂成敗得失之變，參以當世之務，機圓而通，詞暢而警，言言有補於世，美矣！然求其淵源聖賢，表裏經術，未有若吾南豐之醇者也。先生初登文忠公之門，其説曰：「明聖人之心於百世之上，明聖人之心於百世之下。」又曰：「趨理不避榮辱利害，相與争先王之教於衰滅之中」，則先生之學非角聲名、競利禄之學矣。韓子所謂「仁義之人，其言藹如也」。故溢而爲文，詞嚴義正，不詭不回，援孔孟之是，斷戰國策士之非，舉典謨之得，正司馬遷以下諸史之失。如鍼指南，如藥伐病，言語之工云乎哉？蓋眉山父子兄弟文之奇，南豐先生文之正，奇者如天馬，如雲龍，恍惚變態；而正者金之精，玉之良，凡物莫能加也。帛之煖，粟之飽，不可一日無，而人莫知其功也。以斯文明斯道，淑斯人，古所謂鄉先生者正如是，殁則祭於社禮也。而由元豐迄今二百年尚曠兹典。歲在甲寅，太守楊君瑱求守盱，訪求文物之遺，慨然掇郡帑之餘，下屬邑選委富而才者度地建祠，以慰是邦士君子之思。乃於邑之西隅，鏟草取曠，刊突就平，爲堂其中而置像焉。翼以兩廡，前有門以謹闔闢，後有堂以處衣冠之來聚者，經始於乙卯之夏，至丙辰之春落成。於是人無遠近皆知斯文，愈久愈光，而喜斯道之有屬也。覩像思人，紬文見道，必有進，進不自已者，豈但爲觀美哉！余嘗竊禄，中秘偶當陛對，嘗述先生之文之道，請賜謚立祠以光往哲，以範後學，朝廷既以文定易名賢，太守又爲祠以從衆欲。余適需次與觀規畫，邑之士請書其本末，遂不敢辭。初宣力助費者譚夢麟，偕其子日新續之者羅仲固，協謀營度者邑人徐誼、張友聞、嚴高。時寶祐四年正月望日記。（《南豐縣志》卷之五）

## 范　温

【山谷論詩文優劣】　孫莘老嘗謂老杜《北征》詩勝退之《南山》詩，王平甫以謂《南山》勝《北征》，終不能相服。時山谷尚少，乃曰：「若論工巧，則《北征》不及《南山》；若書一代之事，以與《國風》、《雅》、《頌》相爲表裏，則《北征》不可無，而《南山》雖不作未害也。」二公之論遂定。時曾子固曰：「司馬遷學《莊子》，班固學《左氏》，班、馬之優劣，即《莊》《左》之優劣也。」公又曰：「司馬遷學《莊子》，既造其妙；班固學《左氏》，未造其妙也。然《莊子》多寓言，架空爲文章；《左氏》皆書事實，而文調亦不減《莊子》，則《左氏》爲難。」子固亦以爲然。（《潛溪詩眼》）

## 徐　度

神宗患本朝國史之繁，嘗欲重修《五朝正史》，通爲一書。命曾子固專領其事，且詔自擇屬官。以彭城陳師道應詔，朝廷以布衣難之。未幾，撰《太祖皇帝總叙》一篇以進，請繫之《太祖本紀》篇末，以爲國史書首。其説以爲太祖大度豁如，知人善任，使與漢高祖同，而漢祖所不及者，其事有十，因具論之，累二千餘言。神宗覽之不悦，曰：「爲史但當實録以示後世，亦何必區區與先代帝王較優劣乎？且一篇之贊已如許之多，成書將復幾何？」於是書竟不果成。（《却掃編》卷中）

## 陳　鵠

陳無己少有譽。曾子固過徐，徐守孫莘老薦無己。往見，投贄甚富，子固無一語，無己甚慚，訴於莘老下有脱字。子固云：「且讀《史記》數年。」子固自明守亳，無己走泗州，間攜文謁之。甚驩曰：「讀《史記》有味乎？」故無己於文以子固爲師。元祐初，東坡率莘老、李公擇薦之，得徐州教授，徙潁州。東坡出守，無己但呼二丈，而謂子固南豐先生也。《過六一堂》詩略云：「向來一瓣香，敬爲曾南豐。世雖嫡孫行，名在惡子中。斯人日已遠，千歲幸一逢。吾老不可待，露草溼寒蛩。」（《西塘集·耆舊續聞》卷二）

介甫微時，與曾子固甚歡，曾又薦於歐陽公，既貴，而子固不屈，故外補近二十年，元豐末方召用。又每於上前力詆子固與蘇子瞻，《日録》可考也。（同上）

曾南豐編者按：原作曾元豐。誤。爲南宮舍人，時相令撰秋宴樂語，因問坐客曰：「霜始降而百工休，可對甚語？」久之，坐客云：「苦無全句可偶，當劈破用。」曾於是云：「霜始降而休百工，正得秋而成萬寶。」坐客稱善。既而文成，頌聖德一聯云：「惟天爲大，蕩蕩乎無能名焉；如日之升，皜皜乎不可尚已。」坐客皆擊節賞之。（同上卷五）

## 朱　褒

【和曾密公江樓詩韻】太史聲名重，江樓昔有言。詩清排屈宋，意古挹羲軒。飛棟蒼雲合，窺魚白羽翻。臺高縈水府，氣爽返梅魂。市遠風埃潔，川腴草木繁。滄浪初出日，瓠落可浮樽。曲岸疏帆影，枯槎隱燒痕。秋容天漠漠，春意雨昏昏。地易規模在，碑新典則存。溪山重入座，先哲豈虚論。（《江西詩徵》卷十二）

## 陳　模

歐公吉州□□□□□□□□□□□□□□□□□□□有成方收拾，如此頓挫，蓋於平淡中有頓挫處；有雄健處；又時乎有寬大氣象，開一步説處；又時乎有句句轉處。蓋其晚年所見愈高。不作文而自不能不文，不用字照當，而其血脉有自然之照當。曾南豐得歐文之反覆處，却無那雄健頓挫；陳同父得歐文之寬大處，却無歐文之拙而好處。（《懷古録》卷下）

誠齋以謝艮齋《南曹院記》似曾南豐，《送陳塤秀才叙》似歐公。（同上）

## 王定國

蘇子瞻既貶黄州，神宗每憐之。一日語執政曰：「國史大事，朕意欲俾蘇軾成之。」執政有難色，上曰：「非軾則用曾鞏。」其後鞏亦不副上意。上復有旨，起蘇軾以本官。（《聞見近録》）

## 趙次公

（蘇軾）《送曾子固倅越得燕字》　以先生詩案攷之，此熙寧三年詩也。〔曾子獨超軼，孤芳陋群妍〕子固即南豐先生也，今其集中有上歐陽二書，乃初謁醉翁時矣。退之詩：「異質忌處群，孤芳難寄林。」〔昔從南方來，與翁兩聯翩〕醉翁爲參政，時子固亦在舘閣，故云「兩聯翩」。〔但苦世論隘，聒耳如蜩

蟬〕按，先生詩案云：「送曾鞏詩以譏近來多用刻薄之人，議論鄙隘，如蟬之鳴，不足聽也。」（《集註分類東坡先生詩》卷二十）

## 宋援

（蘇軾）《送曾子固倅越得燕字》〔安得萬頃池，養此橫海鱣〕賈誼《弔屈原》曰：「橫江湖之鱣鯨兮，固將制於螻蟻。」（《集註分類東坡先生詩》卷二十）

## 趙夔

（蘇軾）《送曾子固倅越得燕字》　子固，名鞏，南豐人。嘉祐二年，永叔知貢舉，子固兄弟四人同登科。治平中與東坡同在館中。（《集註分類東坡先生詩》卷二十）

## 李厚

（蘇軾）《送曾子固倅越得燕字》結句注：謝晦詩：「偉哉橫海鱗，壯矣垂天翼。」李白詩：「魯國一杯水，難容橫海鱗。」（《集註分類東坡先生詩》卷二十）

## 樓　昉

《書魏鄭公傳》專是論後世削稿之失，反復攻擊，宛轉發明，後面三轉論難，每轉愈佳。此等議論有益於世，足以破千載之惑。（《晚村先生八家古文精選·曾文精選》）

## 袁　褧

家大夫嘗謂曾子固《南齊書序》是一部十七史序，不可不熟看。其要處云：所謂良史者，其明必足以周萬事之理，道必足以適天下之用，智必足以通難知之意，文必足以發難顯之情，然後其任可得而稱也。昔者唐虞有神明之性，有微妙之德，使由之者不能知，知之者不能名。其言至約，其體至備，而爲之二典者，推而明之。所記者豈獨其迹也？並與其深微之意而傳之，無不盡也。至於後世，事迹曖昧，雖有隨世以就功名之君，相與之臣，未有赫然得傾動天下之耳目。而一時偷奪悖理之人，亦幸而不暴著於世，豈非所托不得其人故也？第其中反復照應處，多累句重疊，爲可惜耳。（《楓窗小牘》卷上）

## 闕　名

東坡謂南豐編《太白集》，如《贈懷素草書歌》並《笑矣乎》等篇，非太白詩，而濫於集中。（《木筆雜鈔》卷上）

# 二　金元

## 趙秉文

【唐論（節録）】或曰：前人王令、曾鞏論過唐。曰：不法三代，子何論之卑也？曰：此書生好大之言也。觀開元以仁義治天下，亦三代之遺意也。以不封建不足以爲三代乎？藩鎮之召亂不得已也，況得已而封建乎？子以不井田不足以爲三代乎？宇文融括隱田而天下怨，況奪富以資貧乎？曰：非此之謂也。謂禮樂法度闕如也。曰：禮樂法度亦各隨時之時制，子以爲如周公之制而後可，是後世無復三代矣。房、杜、姚、宋不能知制作之本，而謂王令、曾鞏能知之乎？是又一王安石也。曰：然則先王之制治，其終不可見乎？曰：以仁義刑政治天下，略法唐、虞三代，參以後王之制，其可矣。如其禮樂，以俟明哲之君子。（《閑閑老人滏水文集》卷十四）

## 元好問

【閑閑公墓銘（節録）】道之傳可一人而足，所以弘之，則非一人之功也。唐昌黎公、宋歐陽公，身爲大

儒，繫道之廢興，亦有皇甫、張、曾、蘇諸人輔翼之，而後挾小辨者無異談。（《遺山先生文集》卷十七）

編者按：此則又見《閑閑老人滏水文集》附録。「繫道」以下爲「繫道之重輕，然且有皇甫、張、李、曾、蘇諸人輔翼之，而後挾小辨者無異談。」

## 方　回

【送柳州教授王俊父序（節録）】　昔曾南豐先生送李才叔編者按：《曾鞏集》作「李材叔」。知柳州，謂「繇京師而之柳，編者按：《曾鞏集》作「之越」。水陸之道皆安行」，則雖遠而不險。謂「風氣與中州亦不甚異。起居不違其節，未嘗有疾。」則意其地偏有瘴，而陋之者亦惑矣。南豐又謂「其物産之美，果有荔子、龍眼、蕉、柑、橄欖，花有素馨、山丹、含笑之屬，食有海之百物，累歲之酒醋，皆絶於天下。」然則使回也年未耄，亦欣然求一職任以往。（《桐江集》卷一）

【讀篔窗荆溪集跋（節録）】　《續稿》學水心文，造語用字全似蹈襲，則不可矣。《薛叔似墓誌》云：「刮皮脱澤，晶熒流通。」時永嘉經制宗薛士隆，理學宗鄭景望，公既叔事薛，且師事鄭，又與陳君舉數公博籌廣檻，得其粹完。陳後山學南豐文、山谷詩，不如此模倣也。……荆溪之文，稍不及篔窗。各爲哭水心詩十，力量輕重不見。荆溪有云：「韓、柳詞空偉，歐、曾見未親。」回則謂水心之見，尤其未親，而於韓、柳得一班耳。（同上卷三）

【劉元輝詩評（節録）】　韓、柳以後，元、白而下，晚唐漸漸凋零。歷五代至於歐陽公，文風始大變革，

梅、蘇詩一掃九僧體，豈可不考？曾南豐謂不能詩，實大有幽深平淡古詩。（同上卷五）

【讀後山詩感其獲遇山谷（節録）】　後山爲文早師南豐，不知何年以詩見山谷，聽山谷説詩，讀山谷所爲詩，樊棄舊作，一變而學豫章。然未嘗學山谷詩，字字句句同調也，意有所悟，落花就實而已。（同上）

洪覺範妄誕，著其兄彭淵才之説，以爲曾子固不能詩。學者不察，隨聲附和。今淵才之詩無傳，而子固詩與文終不朽。兩《上元》詩止是一意，「金地夜寒消美酒，玉人春困倚東風」，豈不能詩者乎？非精於詩者不到此也。「人倚朱欄送目勞」，併上句看，乃見其妙。謂游冶屬意者不勝其注想，而恨夫夜之短也。大抵文名重足以壓詩名，猶張子野、賀方回以長短句尤有聲，故世人或不知其詩，然二人詩極天下之工也。子固詩一掃崑體，所謂餖飣刻畫咸無之，平實清健，自爲一家。後山未見山谷時，不惟文學南豐，詩亦學南豐。既見山谷，然後詩變而文不變耳。（《瀛奎律髓·節序》卷十六）

編者按：《瀛奎律髓·節序》選曾鞏《錢塘上元夜祥符寺陪咨臣郎中文燕席》和《上元》兩詩，此則爲詩後之評語。

「邱原無起日，江漢有東流」，惟曾南豐足以當之。「侯芭才一足，白首《太玄經》」，非陳後山亦不可以此自許也。併挽温公詩三首，他人詩皆可廢矣。（同上卷四十九　傷悼類　《南豐先生挽詞》批語）

## 王惲

【閩清湯池留題】　「熙寧十年八月赴福唐，元豐元年九月被召還朝，往返皆經此。十五日，南豐曾鞏題。」僕以大元至元廿六年己丑秋，按部來閩，與公裔孫冲子同事。明年秋，以理去官，與先生往還時月略同。曠世相符，有似非偶然者。摩挲蘚刻，留詩而去。重九前四日，小子惲序。

潦倒嗟吾耄，淹留近歲終。客星回海上，桂棹發閩中。遠宦無遺累，歸帆得順風。湯池有蘚刻，往返似南豐。（《秋澗先生大全文集》卷第十三）

【暇日登道山亭、懷古亭，在烏石山巔，有碑刻南豐記文，其上刻鄰霄臺三大字】 閩會東南控巔溪，斗牛無孛歲無饑。文風興盛猶唐館，霸氣沉雄入劍池。海近重城朝日蚤，山蟠平野暮江遲。危亭一片瑶鐫在，晤語殘陽倚杖時。（同上卷第二十）

## 劉壎

【古人自少力學（節録）】 一日，几間見南豐先生文，閲視其《上歐陽公書》，乃慶曆元年也，時年二十三爾。其書有曰：「明聖人之心於百世之上，明聖人之心於百世之下。」又曰：「嘗自謂於聖人之道，有絲髮之見焉，周遊當世，斐然有扶衰救缺之心，非徒嗜皮膚，隨波流，搴枝葉而已。」又曰：「苟得望執事之門而入，則聖人之堂奧室家，自知可以少分萬一於其間也。執事將推仁義之道，横天地，貫古今，則宜取奇偉閎通之士，使趨理不避縈辱利害，以共争先王之教於衰滅之中。謂執事無意焉，某不信也。」觀先生之志如此，是其少年所學，起卓不凡，非若新學小生惟務詞章而已。且是時濂洛未興，而先生之學專向聖域，何可得哉？（《隱居通議》卷一）

【合周、程、歐、蘇之裂（節録）】 永嘉有言：「洛學起而文字壞。」此語當有爲而發。聞之雲臥吴先生曰：「近時水心一家，欲合周、程、歐、蘇之裂。」又言：「先儒謂文粹如金玉，又以爲有造化在其胸中，而未有以道視之者；然《答吴充秀才》一書，則其知道可見矣。南豐説理，則精於其師。如曰：『及其心有所得』而下二三百言，非所詣之至，何以發明逗徹。東坡雄偉，固所不逮；伊洛微言，或有未過也。」予詳此言，似謂歐、曾可以合周、程，而蘇自成一家，未知然否？反復紬繹，雖以道許六一，以説理許南豐，終是未曾深入閫域，而千載唯以文章許二公也。況晦翁詆斥蘇文，不遺餘力，水心雖欲合之以矯俗，然其地位亦只文章家爾，終不見其往復講辨如吕、陸也。（同上卷二）

【曾南豐（節録）】 自曾子固不能作詩之論出，而無識者遂以爲口實，乃不知此先生非不能詩者也。蓋其平生深於經術，得其理趣，而流連光景，吟風弄月，非其好也。往往宋人詩體多尚賦而比與興寡。先生之詩亦然。故惟當以賦體觀之，即無憾矣。唐詩之清麗空圓者，比與興爲之也；宋詩之典實閎重者，賦爲之也。然先生之詩，亦有不皆出於賦者，如古體有《麻姑山》一首「送南城尉羅君」者，甚似李白《蜀道難》，其中未嘗無比興也，謹録於後。……《英宗皇帝輓詞》有曰：「已應南陽氣，猶遲代邸來」，句尊壯而事切實，不減少陵。《秋日寄介甫》有曰：「煙雲斷谿樹，風雨入山城。」題曰「感事」，似有所指，即是興。《丁元珍輓詞》曰：「從軍王粲筆，記禮后蒼篇。謾有殘書在，能令好事傳。鵬來悲四月，鶴去遂千年。」蓋元珍歿於四月，故用鵬事，以對令威，殊切實。《錢塘元夕宴祥符寺》有曰：「金地夜寒消美酒，玉人春困倚東風。」又曰：「紅雲燈火浮滄海，碧水樓臺浸遠空。」流麗可愛。《齊川冬夜》編者按：《曾鞏集》作《冬夜即事》。有曰：「香清一榻氍毹暖，月淡千門霧凇寒。」齊寒甚，夜氣如霧，凝於木上，旦起視之如雪，日出飄滿階庭，尤爲可愛，齊人謂之霧凇。諺曰：「霧凇重霧凇，窮漢置飯瓮。」以爲豐年之兆。《早起赴行香》曰：「枕前聽盡小梅花，起見中庭月未斜。微破宿雲猶度雁，欲深烟柳已藏鴉。井轆聲急推寒玉，籠燭光繁秉絳紗。行到市橋人語密，馬頭依約對朝霞。」《凝香齋》有曰：「一尊風月身無事，千里耕桑歲有秋。」《北渚亭》曰：「午夜坐臨滄海日，半天吟看泰山雲。青徐氣接川原秀，常碣風連草木薰。」《次道子中書問歸期》有曰：「兩印每閑軍市靜，雙旌多偃送迎稀。」《北城閑步》曰：「土膏初動麥苗青，飽食城頭信意行。便起高亭臨北渚，欲乘長日勸春耕。」《華不注山》有曰：「高標特起青雲近，壯士三周戰氣酣。」《金山寺》有曰：「夜靜神籠聽呪食，秋深蒼鶻起摶風。」《彭城道中》有曰：「一時屠釣英雄盡，千里河山戰伐餘。」《韓魏公挽詩》曰：「堂堂風骨氣如春，衮服貂冠社稷臣。天上立談迎白日，掌中隨物轉洪鈞。忽騎箕尾英靈遠，長誓山河寵數新。萬里耕桑無一事，三朝功德在斯民。」宏偉尊壯，非曾公之筆力，不足以寫韓公之氣魄也。《城南》絶句曰：「雨過横塘水滿堤，亂山高下路東西。一番桃李花開盡，惟有青青柳色齊。」《夜過利涉門》曰：「紅紗籠燭照斜橋，複觀翬飛入斗杓。人在畫船猶未睡，滿堤明月一溪潮。」此二詩，則又清麗婉熟矣。《北歸》曰：「終日思歸今日歸，著鞭鞭馬尚嫌遲。曲臺殿裏官雖冷，須勝天涯海角時。」此詩雖若直致，然情思深婉，怨而不露。《迎駕》有曰：「錦袍周衛一番新，警蹕朝嚴下紫宸。俗眼望來猶眩日，天顔回處自生春。」《和御製觀燈》有曰：「翠幰霓旌夾露臺，夜涼宮扇月中開。龍銜燭抱金門出，鰲負山趨玉座來。」又曰：「天香暗度金虬暖，宮扇雙開彩鳳飛。」編者按：此兩句爲《和史館相公上元觀燈》頸聯。《集賢殿春宴》有曰：「冠劍九重霄漢路，鶯花三月帝王州。」觀今所選傑句如此，謂之不能作詩，可乎？《續稿》中更有堪取者。偶無其集，他日別鈔。（同上卷七）

【曾氏兄弟交鎮】　宋元豐中，南豐先生曾文定公鞏爲中書舍人，掌外制，時其弟文昭公肇，以磨勘轉吏部郎中；文定公爲行制，後文昭公爲翰林學士，掌内制。時其兄文肅公布拜相，文昭公爲草麻。當時朝班榮之曰：「兄行弟制，弟草兄麻。」近見《曲阜前集》，又載文肅公鎮瀛州日，瀛州即高陽關，今河間府。文昭公鎮金陵，一日詔曾布知江寧府，曾肇知瀛州，遂成兩易，自爲交代，尤人間兄弟盛事也。文肅公將離瀛，有詩寄文昭，文昭和之，各誇其所鎮之郡，今録於此，想見先朝文明之盛，爲之慨然。文肅過闕入覲，就留秉政，竟不及至金陵云。布作高陽臺衆樂園，被命與金陵易地，兄弟待罪侍從對更方面，實爲私門之慶。《走筆寄子開弟》：「樓臺丹碧照天涯，塞北江南未足誇。十里煙波新種柳，萬株桃李未開花。一麾同下西清路，兩鎮交迎上將牙。回首林塘莫留戀，風光還屬阿連家。」肇次原韻：「文物河間信可嘉，風流江左亦堪誇。水南水北千竿竹，山後山前二月花。久愧迂儒懷郡紱，聊須儁老駐軍牙。兩州耆州毋多怪，魯衛從來是一家。」（同上）

【後山（節録）】　陳後山師道，徐州人也。曾南豐先生見其文而奇之。（同上卷八）

【半山總評】　我宋盛時，首以文章著者，楊億、劉筠。學者宗之，號「楊劉體」。然其承襲晚唐、五代之染習，以雕鎸偶儷爲工，又號曰「西崑體」。歐陽公惡之，嘉祐中，知貢舉，思革宿弊，故文涉浮靡者，一皆黜落，獨取深醇渾厚之作。一時士論雖譁，而文體自是一變，漸復古雅。南豐曾文定公、臨川王荆公皆歐公門下士也，繼出而羽翼之，天下更號曰「江西體」。論遂以定。一時，宋文遂與三代同風。同時劉原父亦善爲古文，其作《禮記補亡》，儼然迫真也。他作比曾、王二公則不及。因讀《荆公集》，愛其數篇，抑揚有味，簡古而蔚。慮或亡失，因録之。（同上卷十三）

【祭曾博士文】「嗚呼！公以罪廢，實以不幸。卒困以天，亦惟其命。命與材違，人實知之。名之不幸，知者爲誰？公之閭里，宗親黨友，知公之名，於實無有。嗚呼公初，其志如何？孰云不諧，而厄孔多。地大天穹，有時而毁。星日脱敗，山傾谷圮。人居其間，萬物一遍。固有窮通，世數之然。至其壽夭，尚何憂喜。要之百年，一蜕以死。方其生時，窘若囚拘。其死以歸，混令空虚。以生易死，死者不祁。唯其不見，生者之悲。公今有子，能隆公後。雖彼生者，可無甚悼。嗟理則然，其情難忘。哭泣馳辭，往侑奠觴。嗚呼哀哉！」此文言死生之理，辭意殊妙，千古不易也。曾博士當是南豐先生之父，名易占，官至太常博士。（同上）

【南豐先生學問】濂洛諸儒未出之先，楊、劉崑體固不足道。歐、蘇一變，文始趨古。其論君道、國政、民情、兵略，無不造妙。然以理學，或未之及也。當是時，獨南豐先生曾文定公，議論文章，根據性理，論治道則必本於正心誠意，論禮樂則必本於性情，論學必主於務内，論制度必本之先王之法。其初見歐陽公之書，有曰：「明聖人之心於百世之上，明聖人之心於百世之下。」又曰：「趨理不避榮辱利害。」其卓然絶識，超軼時賢。先儒言歐公之文，紆餘曲折，説盡事情，南豐繼之，加以謹嚴，字字有法度。此朱文公評文，專以南豐爲法者，蓋以其於周、程之先，首明理學也。然世俗知之者蓋寡，亡他，公之文自經出，深醇雅澹，故非静心探玩，不得其味。而予特嗜之。其《元豐類稿》，則覽之熟矣。近得《續稿》四十卷，細觀其間，或多少作，不能如《類稿》之粹。豈公所自擇，或學者詮次，如《莊子》内外篇，山谷内外集之分歟？其間如《過客論》，則仿《兩都賦》；如《詔弟教》，則仿《客難》、《僮約》、《進學記》；如《襄陽救災記》則仿《段太尉逸事》。文公謂其多模擬古作，蓋此之類。又有《釋疑》一篇，亦仿西漢文字。前輩謂此乃公少年慕學，借此以衍習其文耳。觀《後聽琴序》、《題趙充國傳》、《題魏鄭公傳》諸篇，皆其妙者，蓋不可及也。其《上李連州書》，十五歲所作。前集《秃秃記》，二十五歲所作。公生於真宗天禧己未歲，至仁宗嘉祐二年丁酉及第時，年三十九矣。神宗元豐五年壬戌四月試中書舍人，賜紫金魚袋。九月二十八日，母仁壽太君朱氏卒，公丁憂。明年癸亥四月丙辰，公卒於江寧府，年六十五。歸葬南豐，朱文公作年譜，具載其本末如此。（同上卷十四）

《秃秃記》（評語節録）公之文，源流經術，議論正大。然《秃秃記》則自《史》《漢》中來也。此記筆力高妙，文有法度，而世之知者蓋鮮，予獨喜之不厭。昔嘗交蜀中士大夫，其論與予合。一日，與范忠文家子弟評文，誦此記甚習，且云：「蜀文士多誦之。」余因嘆西州之士，猶能知曾文之所以妙；而生南豐之鄉者，口耳乃未嘗及，可不媿邪？讀書無眼目，何名爲士？（同上）

【南豐縣學記】慶曆四年，南豐初建學，曾魯公易占作《學記》。略曰：「古鄉黨學校少長爲位以萃居，教用六德行藝，節用五禮六樂，糾用八刑，論用其鄉之老，蓋本之道民成化。故其士之入朝在鄉居家，皆就法度而莫爲非。此古之所以爲治，傳子孫不殆也。自鄉黨之制廢，學校雖存者亦戾古，其居無少長，教無六德行藝，節無禮樂，糾非八刑，論非其鄉之老，不本之道民成化而主於辭，故其士之入朝在鄉居家，皆無法度，而爲亦無所不至，此後之所以不爲古也」云云。前輩相傳，謂此記乃其子南豐先生十八歲少筆，代公作也。所謂「不本之道民成化而主於辭」一語甚味，蓋指科目辭章之弊而言。夫武之弊，削方鎮也；文之弊，徒尚辭也。二柄既失矣，欲强且久，可得乎？（同上）

【曾文宗西漢】　南豐先生曾文定公爲文章實宗西漢，故王舍人震序其文曰：「自負要似劉向，不知韓愈爲何如？」然予以劉向所作《戰國策序》與先生之序並觀，則勝於向。蓋向之序文冗贅，而先生之文謹嚴，如曰：「論詐之便而諱其敗，言戰之善而蔽其患，其相率而爲之者，莫不有利焉，而不勝其害也；有得焉，而不勝其失也。卒至蘇秦、商鞅、孫臏、吴起、李斯之徒以亡其身，而諸侯及秦用之者亦滅其國」，此等筆力，劉不及也。（同上）

《喜似》　南豐《續稿》有《喜似》一篇，爲介甫作，尊敬甚至。及其得志，則與之異。故《過介甫歸偶成》云：「直道距非難，盡言竟多忤。知者尚復然，悠悠誰可語。」（同上）

《雜識》　南豐《續稿》爲雜識二三兵事，多倣《史》《漢》，文可觀，《宋史備要》多采用之。（同上）

【年譜序（節録）】　晦庵先生雅重南豐之文，爲之作年譜，考訂精實，又爲作譜序，其文殊類南豐，豈韓文公效樊孟意耶？今録於左。……予考所謂「斯人爲世所重者，不知爲誰，想在當時有權位，故不敢斥言之也。晦翁文字多稱紫陽，今自稱丹陽未詳，前序甚肖曾文，後序差遠。綜其實，「不然」一語甚雅。予極愛之，後乃知出《史記·周紀贊》中，信知太史公語，自是不同。常人讀書皆泛泛耳，似此一語，誰復經心，而老先生竟用之，可見其心非泛泛者比。（同上）

【龍川宗歐文（節録）】　歐、曾、王、蘇四家，爲宋文宗，然皆未嘗用怪文奇字，刻琢取新，而趣味深沉，自不可及。（同上卷十五）

【嗣漢三十六代天師簡齋張真人墓誌銘（節録）】　予近作《桂舟先生墓誌》時，不曾觀此篇，偶信意作招詞以銘之。聞有一遊士見而評曰：「墓銘不應作騷體，觀其文字，考其議論，直須谿焉耳。」或以見告，因笑曰：「謂吾文似須谿，固非欺我，而謂銘不用騷體，亦未可以律我。」昔惟韓、曾不作此體，歐陽公銘石守道、梅聖俞，皆長言之。其説曰：「言之長，哀之深也。」（同上卷十六）

【詩文工拙（節録）】　世言杜子美長於詩，其無韻者輒不工；曾子固長於文，其有韻者輒不工。東坡詞如詩，少游詩如詞。此數公者，皆名儒大才，俱不免有偏處。（同上卷十八）

【經文妙出自然（節録）】　經文所以不可及者，以其妙出自然，不由作爲也。左氏已有作爲處，太史公文字多自然，班氏多作爲。韓氏有自然處，而作爲處亦多。柳則純乎作爲。歐、曾俱出自然，東坡亦出自然，老蘇則皆作爲也。荆公有自然處，頗似曾文，惟詩也亦然。故雖古作者，俱不免作爲。（同上）

【序書（節録）】　歐陽公作《五代史》，或作序記其前。王荆公見之曰：「佛頭上豈可著糞。」山谷歎息，以爲名言。且曰：「見作序引後記，爲其無足信於世，待我而後取重耳。」此説有理，然有遺論。如何平叔序《論語》，趙臺卿序《孟子》，杜元凱序《左傳》，豈謂經傳不足取信於世，必待此數人而後取重耶？李序韓，劉序柳，蘇序柳，王舍人序曾，亦豈謂韓、柳、歐、曾，有待於此數公哉？蓋序所以述作者之意，非謂作者待序而傳。使作者果不足傳，序顧足以爲重乎？涪翁之言未爲確論。（同上）

【駢儷總論（節録）】　宋初，承唐習，文多儷偶，謂之「崑體」。至歐陽公出，以韓爲宗，力振古學，曾南豐、王荆公從而和之，三蘇父子又以古文振於西州，舊格遂變，風動景隨，海内皆歸焉。然朝廷制誥、縉紳表啓，猶不免作對，雖歐、曾、王、蘇數大儒皆奮然爲之，終宋之世不廢。謂之「四六」，又謂之「敏博之學」，又謂之「應用」。士大夫方遊場屋，即工時文。既擢科第，舍時文，即工四六。不者，弗得稱文士。大則培植聲望，爲他年翰苑詞掖之儲；小則可以結知當路，受薦舉，雖宰執亦或以是取人。蓋當時以爲一重事焉。（同上卷二十一）

【盱江總評（節録）】（劉信翁）所作記序銘志極高古，有韓、曾法度。（同上卷二十二）

編者按：劉信翁即作者族兄劉掞。

## 戴表元

【鄧君疏（節録）】　鄧君揚施歐、曾翰墨之鄉，揮犀朱、陸講辨之地。膏肓泉石，幾欲攜老子入名山，欬唾珠璣，聊復對《離騷》飲醇酒。固天機之洒路，亦要路之峥嶸。（《剡源戴先生文集》卷之二十四）

# 金履祥

曾子固之古雅，蘇老泉之雄健，皆文章之傑然者。（《三蘇文范》卷首《蘇氏譚藪》）

# 王構

後山地位去豫章不遠，後山文師南豐，詩師山谷，故後山詩文高妙一世。劉後村序江西詩派（《修辭鑑衡》卷一）

# 潘昂霄

朱文公曰：「記文當考歐、曾遺法，科簡刮摩使清明峻潔之中，自有雍容俯仰之態。」又曰：「歐文敷腴温潤，南豐文峻潔，坡文雄健。」水心曰：「如歐公吉州學、豐樂亭，南豐擬峴臺、道山亭，荆公信州興造、桂州修城記。」（《金石例》卷九）

# 劉因

【跋魯公祭季明姪文真蹟後（節録）】汪應辰於公傳辯師古五世之誤，於忠節傳不辯其同五世之誤，亦可謂考之不精矣。是以知歐陽永叔不敢以《新唐書》世系列傳爲正者，不特張許孔氏，而曾子固所謂史誤者，又不特《李白傳》而已也。（《静修先生文集》卷之二十二）

## 袁桷

【曹伯明文集序（節録）】　江西之文曰歐陽、王、曾，自慶曆以來爲正宗，舉天下師之無異辭。宋金分裂，群然師眉山公，氣盛意新，於科舉爲尤宜。至乾道、淳熙，江西諸賢别爲宗派，竊取國策，莊周之詞雜進，語未畢而更事，遽起而輟，斷續鉤棘。小者一二言，長者數十言，迎之莫能以窺其涯，而荒唐變幻，虎豹竦而魚龍雜也。嗚呼，三公之文，其思淳以深，其理精以正，凌厲乎諸子。貞元而下，曾勃然不肯自讓。後之人懼蹈襲之譏，卒至於濫觴淪胥而莫能以救，可勝恨哉！（《清容居士集》卷第二十二）

【題曾文昭詩（節録）】　文昭、文肅當貧苦時皆舍人撫字，迄見有成。至於制誥則殆青過於藍。《尚書省記》實公所作，後評文者謂當爲萬世法。（同上卷第四十六）

【吴傳朋書曾丞相夫人虞美人草詩（節録）】　南豐諸曾與王廣陵爲文字交，吴紫溪實廣陵之外孫，於曾氏有素，則此詩爲文肅夫人所作無疑。（同上）

【跋汪龍溪外制草（節録）】　抑嘗考宋世内外制之作，至公編者按：指汪龍溪而始備，故其翦裁也有丁夏之風，其典雅也備曾、王之體，肆而不野，麗而不侈，則駸駸乎歐蘇矣。（同上卷第五十）

## 吴澂

【别趙子昂序（節録）】　盈天地之間一氣耳。人得是氣而有形，有形斯有聲，有聲斯有言，言之精者爲文。文也者，本乎氣也。……西漢之文最近古，歷八代浸敝，得唐韓、柳氏而古；至五代復敝，得歐陽氏而古。嗣歐而興，惟王、曾、二蘇爲卓。之七子者，於聖賢之道未知其何如，然皆不爲氣所變化者也。……夫七子之爲文也，爲一世之人所不爲，亦一世之人所不好，志乎古，遺乎今，自韓以下皆如是。（《國朝文類》卷三十四）

## 吴澄

【劉尚友文集序（節録）】西漢之文幾三代，品其高下，賈太傅、司馬太史第一。漢文歷八代浸敝，而唐之二子興。唐文歷五代復敝，而宋之五子出。文人稱歐、蘇，蓋舉先後二人言爾。歐而下，蘇而上，老蘇、曾、王未易偏有所取捨。……古文之統，其必曰唐韓、柳二子、宋歐陽、蘇、曾、王、蘇五子也。（《吴文正公集》卷十三）

【臨川王文公集序（節録）】唐之文能變八代之弊，追先漢之蹤者，昌黎韓氏而已，河東柳氏亞之。宋文人視唐爲盛，唯廬陵歐陽氏、眉山二蘇氏、南豐曾氏、臨川王氏，五家與唐二子相伯仲。夫自漢東都以逮於今，駸駸八百餘年，而合唐宋之文可稱者近七人焉。則文之一事，誠難矣哉！（同上）

【遺安集序】唐宋二代之文，可與六經並傳者：韓文公自幼專攻古學，既長，人勸之舉進士，始以策論、詩賦試有司。歐陽文忠公、王丞相、曾舍人、蘇學士皆由時文轉爲古文者也。（同上）

## 虞集

【廬陵劉桂隱存稿序（節録）】　昔者廬陵歐陽公秉粹美之質，生熙洽之朝，涵淳茹和。作爲文章，上接孟、韓，發揮一代之盛。英華醲鬱，前後千百年。人與世相期，未有如此者也。蘇子瞻以不世之才，起於西蜀，英邁雄偉，亦前世之所未有。南豐曾子固博考經傳，知道修己，伊洛之學未顯於世，而道説古今，反覆世變，已不失其正，亦孰能及之哉？然蘇氏之於歐公也，則曰：「我老歸休，付子斯文。雖無以報，不辱其門。」子固之言曰：「今未知公之難遇也，後千百世，思欲見公而不可得，然後知公之難遇也。」然則二君子之所以心悦誠服於公者，返而觀其所存，至於歐公，則闇然而無跡，淵然而有容，挹之而無盡者乎？三公之跡熄，而宋亦南渡矣。乾淳之間，東南之文相望而起者，何啻十數。……學者出乎其後，知所從事而有得焉，則蘇、曾二子望歐公而不可見者，豈不安然有拱足之地，超然有造極之時乎？（《道園學古録》卷三十三）

【南昌劉應文文藁叙（節録）】　嗚呼！爲文章者未暇縱論古今天下也。即江西論之，歐陽文忠公、王文公、曾南豐非其人乎？執筆之君子，亦嘗取其書而讀之，凡己之所爲，合於此三君子否也。苟不合，則己之謬可知已。而曾不出此，何也？蓋三君子之文，非徒然也，非止發於天資而已也。其通今博古養德制行，所從來者遠矣。宜乎樂爲寡陋而爲能者，不知思也。此三君子之文猶不足以知之，况三君子之上有當知者尚遠也，豈復知之乎？如此而欲以文自命，則亦惜乎秀氣之姿者矣！悲夫，豈

獨學者之咎哉！豈獨學者之咎哉！（《國朝文類》卷三十五）

## 馬祖常

【周剛善文稿序（節録）】　司馬遷耕牧河山之陽，得中州布帛菽粟之常，著而爲史，其言雄深。唐韓愈挈其精微，而振發於不羈。嘻，文亦豈易言哉！柳宗元篤其説，忿懥恚怨，失於和平。《淮西雅歌》、《晉問》諸篇，馳騁出入古今天人之間，蔚乎一代之製，而學士大夫皆宗師之。宋以文名世，歐、王、曾三氏降而下，天下將分裂，道不得全，業文之士咸澆漓浮薄，不足以經世而載道焉。（《國朝文類》卷三十六）

## 脱脱

【本紀第十二·仁宗四（節録）】（嘉祐元年）三月丁巳，詔禮部貢舉。……（二年）三月，賜禮部奏名進士、諸科及第出身八百七十七人。親試舉人免黜落始此。（《宋史》卷十二）

編者按：嘉祐二年，曾鞏中進士及第。

【本紀第十六·神宗三（節録）】（元豐四年）秋七月己酉，詔曾鞏充史館修撰，專典史事。……十月辛巳，史館修撰曾鞏乞收采名臣高士事跡遺文，詔從之。（同上卷十六）

【列傳第七十四·韓維列傳（節録）】　王安石罷，會絳入相，加端明殿學士、知河陽，復知許州。帝幸舊

邸，進資政殿學士。曾鞏當制，稱其純明亮直，帝令改命詞。維知帝意，請提舉嵩山崇福宫。(同上卷三百一十五)

【列傳第七十八·歐陽修列傳(節録)】知嘉祐二年貢舉。時士子尚爲險怪奇澀之文，號「太學體」，修痛排抑之，凡如是者輒黜。畢事，向之囂薄者伺修出，聚譟於馬首，街邏不能制；然場屋之習，從是遂變。……獎引後進，如恐不及，賞識之下，率爲聞人。曾鞏、王安石、蘇洵、洵子軾轍，布衣屏處，未爲人知，修即游其聲譽，謂必顯於世。(同上卷三百一十九)

【列傳第七十八·曾鞏列傳】曾鞏，字子固，建昌南豐人。生而警敏，讀書數百言，脱口輒誦。年十二，試作《六論》，援筆而成，辭甚偉。甫冠，名聞四方。歐陽修見其文，奇之。中嘉祐二年進士第。調太平州司法參軍，召編校史館書籍，遷館閣校勘、集賢校理，爲實録檢討官。出通判越州，州舊取酒場錢給募牙前，錢不足，賦諸鄉户，期七年止；期盡，募者志於多入，猶責賦如初。鞏訪得其狀，立罷之。歲饑，度常平不足贍，而田野之民，不能皆至城邑。諭告屬縣，諷富人自實粟，總十五萬石，視常平價稍增以予民。民得從便受粟，不出田里，而食有餘。又貸之種糧，使隨秋賦以償，農事不乏。知齊州，其治以疾姦急盜爲本。曲堤周氏擁資雄里中，子高横縱，賊良民，污婦女，服器上僭，力能動權豪，州縣吏莫敢詰，鞏取置於法。章丘民聚黨村落間，號「霸王社」，椎剽奪囚，無不如志。鞏配三十一人，又屬民爲保伍，使譏察其出入，有盜則鳴鼓相援，每發輒得盜。有葛友者，名在捕中，一日，自出首。鞏飲食冠裳之，假以騎從，輦所購金帛隨之，夸徇四境。盜聞，多出自首。鞏外視章顯，實欲擕貳其徒，使之不能復合也。自是外户不閉。河北發民浚河，調及他路，齊當給夫二萬。縣初按籍三丁出夫一，鞏括其隱漏，至於九而取一，省費數倍。又弛無名渡錢，爲橋以濟往來。徙傳舍，自長清抵博州，以達於魏，凡省六驛，人皆以爲利。徙襄州、洪州。會江西歲大疫，鞏命縣鎮亭傳，悉儲藥待求。軍民不能自養者，來食息宫舍，資其食飲衣衾之具，分醫視診，書其全失、多寡爲殿最。師征安南，所過州爲萬人備。他吏暴誅亟歛，民不堪。鞏先期區處猝集，師去，市里不知。加直龍圖閣、知福州。南劍將樂盜廖恩既赦罪出降，餘衆潰復合，陰相結附，旁連數州，尤桀者呼之不至，居人慴恐。鞏以計羅致之，繼自歸者二百輩。福多佛寺，僧利其富饒，争欲爲主守，賕請公行。鞏俾其徒相推擇，識諸籍，以次補之。授帖於府庭，却其私謝，以絶左右徼求之弊。福州無職田，歲鬻園蔬收其直，自入常三四十萬。鞏曰：「太守與民争利，可乎？」罷之。後至者亦不復取也。徙明、亳、滄三州。鞏負才名，久外徙，世頗謂偃蹇不偶。一時後生輩鋒出，鞏視之泊如也。過闕，神宗召見，勞問甚寵，遂留判三班院。上疏議經費，帝曰：「鞏以節用爲理財之要，世之言理財者，未有及此。」帝以三朝兩朝國史各自爲書，將合而爲一，加鞏史館修撰，專典之，不以大臣監總，既而不克成。會官制行，拜中書舍人。時自三省百職事，選授一新，除書日至十數，人人舉其職，于訓辭典約而盡。尋掌延安郡王䏼奏。故事命翰林學士，至是特屬之。甫數月，丁母艱去。又數月而卒，年六十五。鞏性孝友，父亡，奉繼母益至，撫四弟、九妹於委廢單弱之中，宦學婚嫁，一出其力。爲文章，上下馳騁，愈出而愈工，本原《六經》，斟酌於司馬遷、韓愈，一時工作文詞者，鮮能過也。少與王安石遊，安石聲譽未振，鞏導之於歐陽修，及安石得志，遂與之異。神宗嘗問：「安石何如人？」對曰：「安石文學行義，不減揚雄，以吝故不及。」帝曰：「安石輕富貴，何吝也？」曰：「臣所謂吝者，謂其勇於有爲，吝於改過耳。」帝然之。吕公著嘗告神宗，以鞏爲人行義不如政事，政事不如文章，以是不大用云。弟布，自有傳。幼弟肇。

肇字子開，舉進士，調黄巖簿，用薦爲鄭州教授，擢崇文校書、館閣校勘兼國子監直講、同知太常禮院。太常自秦以來，禮文殘缺，先儒各以臆説，無所稽據。肇在職，多所釐正。親祠皇地祇於北郊，蓋自肇發之，異論莫能奪其議。兄布以論市易事被責，亦奪肇主判。滯於館下，又多希旨窺伺者，衆皆危之，肇恬然無愠。曾公亮薨，肇狀其行，神宗覽而嘉之。遷國史編修官，進吏部郎中，遷右司，爲《神宗實録》檢討。元祐初，擢起居舍人。未幾，爲中書舍人。論葉康直知秦州不當，執政訝不先白，御史因攻之。肇求去，范純仁語於朝曰：「若善人不見容，吾輩不可居此矣。」力爲之言，乃得釋。門下侍郎韓維奏范百禄事，太皇太后以爲譭毁，出守鄧。肇言：「維爲朝廷辨邪正是非，不可以疑似逐。」不草制。諫議大夫王覿，以論胡宗愈，出守潤，肇言：「陛下寄腹心於大臣，寄耳於臺諫，二者相須，闕一不可。今覿論執政即去之，是愛腹心而塗耳目也。」帝悟，加覿直龍圖閣。太皇受册，詔遵章獻故事，御文德殿。肇言：「天聖初，兩制定議受册崇政，仁宗特改焉，此蓋一時之制。今帝述仁宗故事，以極崇奉孝敬之誠，可謂至矣。臣竊謂太皇當於此時特下詔揚帝孝敬之誠，而固執謙德，屈從天聖兩制之議，止於崇政，則帝孝愈顯，太皇之德愈尊矣。」坤成節上壽，議令百官班崇政。肇又言：

「天聖三年，近臣班殿廷，百官止請内東門拜表。至九年，始御會慶。今太皇盛德，不肯自同章獻，宜如三年之制。」並從之。四年，春旱，有司猶講春宴。肇同彭汝礪上疏曰：「天菑方作，正君臣側身畏懼之時。乃相與飲食燕樂，恐無以消復天變。」翼日，有旨罷宴。蔡確貶新州，肇先與汝礪相約極論。會除給事中，汝礪獨封還制書，言者謂肇賣友，略不自辨。以寶文閣待制知潁州，徙鄧齊陳州、應天府。七年，入爲吏部侍郎。肇在禮院時，啓親祠北郊之議。是歲當郊，肇堅抗前説，即而合祭天地，乃自劾，改刑部。請不已，出知徐州，徙江寧府。帝親政，更用舊臣，數稱肇議禮，趣入對。肇言：「人主雖有自然之聖質，必賴左右前後得人，以爲立政之本。宜於此時選忠信端良之士，寘諸近班，以參謀議，備顧問。與夫深處法宫，親近暬御，其損益相去萬萬矣。」貴近惡其語，出知瀛州，與兄布易地。時方治實録譏訕罪，降爲滁州。稍復集賢殿修撰。歷泰州、海州。徽宗即位，復召爲中書舍人。日食四月朔，當降詔求言。肇具述帝旨，詔下，投匭者如織。章惇惡之，欲因事去肇，帝不聽。元祐臣僚被譴者，咸以赦恩甄叙。肇請併録死者，作訓詞，哀厚惻怛，讀者爲之感愴。遷翰林學士兼侍讀。諫官陳瓘、給事中龔原以言得罪，無敢救，肇極力論解。時論者謂元祐、紹聖，均爲有失，兄布傳帝命，使肇作詔諭天下。肇見帝言：「陛下思建皇極，以消弭朋黨，須先分别君子小人，賞善罰惡，不可偏廢。」開説備至。已而詔從中出。布之拜相，肇適當制，國朝學士弟草兄制，唯韓維與肇，爲衣冠榮。建中靖國元年，太史奏日又當食四月。肇請對言：「比歲日食正陽，咎異章著。陛下簡儉清淨之化，或衰於前；聲色服玩之好，或萌於心；忠邪賢不肖，或有未辨；賞慶刑威，或有未當。左右阿諛，壅蔽矯舉，民冤失職，鬱不得伸。此宜反覆循省，痛自克責，以塞天變。」言發涕下，帝悚然順納。兄布在相位，引故事避禁職，拜龍圖閣學士、提舉中太一宮。未幾，出知陳州，歷太原、應天府、揚定二州。崇寧初，落職，謫知和州，徙岳州，繼貶濮州團練副使，安置汀州。四年，歸潤而卒，年六十一。自熙寧以來四十年，大臣更用事，邪正相軋，黨論屢起，肇身更其間，數不合。兄布與韓忠彦並相，日夕傾危之。肇既居外，移書告之曰：「兄方得君，當引用善人，翊正道，以杜惇、卞復起之萌。而數月以來，所謂端人吉士，繼迹去朝，所進以爲輔佐、侍從、臺諫，往往皆前日事惇、卞者。一旦勢異今日，必首引之以爲固位計，思之可爲慟哭。比來主意已移，小人道長。進則必論元祐人於帝前，退則排元祐者於要路。異時惇、卞縱未至，一蔡京足以兼二人，可不深慮。」布不能從。未幾，京得政，布與肇俱不免。紹興初，謚曰文昭。肇天資仁厚，而容貌端嚴。自少力學，博覽經傳，爲文温潤有法。更十一州，類多善政。子統，至右諫議大夫。論曰：劉敞博學雄文……曾鞏立言於歐陽修、王安石間，紆徐而不煩，簡奥而不晦，卓然自成一家，可謂難矣。肇以儒者而有能吏之才。宋之中葉，文學法理，咸精其能，若劉氏、曾氏之家學，蓋有兩漢之風焉。（同上卷三百一十九）

【列傳第八十·豐稷列傳（節録）】曾布得助擘畫，將拜相，稷約其僚共論之。俄轉工部尚書兼侍讀，布遂相。稷謝表有佞臣之語，帝問爲誰，對曰：「曾布也。陛下斥之外郡，則天下事定矣。」改禮部。（同上卷三百二十一）

【列傳第八十六·王安石列傳（節録）】王安石字介甫，撫州臨川人。父益，都官員外郎。安石少好讀書，一過目終身不忘。其屬文動筆如飛，初若不經意，既成，見者皆服其精妙。友生曾鞏攜以示歐陽修，修爲之延譽。擢進士上第，簽書淮南判官。（同上卷三百二十七）

【列傳第九十七・蘇軾列傳（節録）】　蘇軾字子瞻，眉州眉山人。……嘉祐二年，試禮部。方時文磔裂詭異之弊勝，主司歐陽修思有以救之，得軾《刑賞忠厚論》，驚喜，欲擢冠多士，猶疑其客曾鞏所爲，但置第二；復以《春秋》對義居第一，殿試中乙科。……神宗嘗語宰相王珪、蔡確曰：「國史至重，可命蘇軾成之。」珪有難色。神宗曰：「軾不可，姑用曾鞏。」鞏進《太祖總論》，神宗意不允，遂手札移軾汝州，有曰：「蘇軾黜居思咎，閲歲滋深，人材實難，不忍終棄。」軾未至汝，上書自言饑寒，有田在常，願得居之。朝奏，夕報可。（同上卷第三百三十八）

【列傳第一百九十八・文苑一（節録）】　自古創業垂統之君，即其一時之好尚，而一代之規橅，可以豫知矣。藝祖革命，首用文吏而奪武臣之權，宋之尚文，端本乎此。太宗、真宗其在藩邸，已有好學之名，作其即位，彌文日增。自時厥後，子孫相承，上之爲人君者，無不典學；下之爲人臣者，自宰相以至令録，無不擢科，海内文士彬彬輩出焉。國初，楊億、劉筠猶襲唐人聲律之體，柳開、穆修志欲變古而力弗逮。廬陵歐陽修出，以古文倡，臨川王安石、眉山蘇軾、南豐曾鞏起而和之，宋文日趨於古矣。
（同上卷四百三十九）

【列傳第二百・文苑三】　曾致堯字正臣，撫州南豐人。太平興國八年進士，解褐符離主簿、梁州録事參軍，三遷著作佐郎、直史館，改秘書丞，出爲兩浙轉運使。嘗上言：「去歲所部秋租，惟湖州一郡督納及期，而蘇、常、潤三州悉有逋負，請各按賞罰。」太宗以江、淮頻年水災，蘇、常特甚，所言刻薄不可行，詔戒致堯毋擾。俄徙知壽州，轉太常博士。致堯性剛率，好言事，前後屢上章奏，辭多激訐。真宗即位，遷主客員外郎、判鹽鐵勾院。張齊賢薦其材，任詞職，命翰林試制誥，既而以輿議未允而罷。李繼遷擾西鄙，靈武危急，命張齊賢爲涇、原、邠、寧、環、慶等州經略使，選致堯爲判官，仍遷户部員外郎。既受命，因抗疏自陳，願不受章紱之賜，詞旨狂躁。詔御史府鞫其罪，黜爲黄州副使，奪金紫。未幾，復舊官，改吏部員外郎，歷知泰、泉、蘇、揚、鄂五州。大中祥符初，遷禮部郎中，坐知揚州日冒請一月奉，降掌昇州榷酤，轉户部郎中。五年，卒，年六十六。致堯頗好纂録，所著有《仙鳧羽翼》三十卷、《廣中臺志》八十卷、《清邊前要》三十卷、《西陲要紀》十卷、《爲臣要紀》一十五篇。子易從、易占皆登進士第。（同上卷四百四十一）

【列傳第二百三·文苑六（節録）】陳師道字履常，一字無己，彭城人。少而好學苦志，年十六，早以文謁曾鞏，鞏一見奇之，許其以文著，時人未之知也，留受業。熙寧中，王氏經學盛行，師道心非其説，遂絶意進取。鞏典五朝史事，得自擇其屬，朝廷以白衣難之。……嘗銘黄樓，曾子固謂如秦石。……官潁時，蘇軾知州事，待之絶席，欲參諸門弟子間，而師道賦詩有「嚮來一瓣香，敬爲曾南豐」之語，其自守如是。（同上卷四百四十四）

【列傳第二百七·忠義三】曾忘字仲常，中書舍人鞏之孫。補太學内舍生，以父任郊社齋郎，累官司農丞、通判温州，須次於越。建炎三年，金人陷越，以琶八爲帥，約詰旦城中文武官並詣府，有不至及藏匿，不覺察者，皆死。忞獨不往，爲鄰人糾察逮捕，見琶八，辭氣不屈。且言：「國家何負汝，乃叛盟欺天，恣爲不道。我宋世臣也，恨無尺寸柄以死國，安能貪生事爾狗奴邪？」時金人帳中執兵者皆愕眙相視，琶八曰：「且令出。」左右盡驅其家屬四十口同日殺之越南門外，越人作窖瘞其屍。金人去，忞弟朝散郎㬅時知杭州餘杭縣事，制大棺斂其骨，葬之天柱山。事聞，予三資恩澤，官其弟忞、子峃、兄子宕，皆將仕郎。方遇難時，峃甫四歲，與乳母張皆死。夜值小雨，張得蘇，顧見峃亦蘇，尚吮其乳，郡卒陳海匿峃以歸。後仕至知南安軍。忞從弟悟。

悟字蒙伯，翰林學士肇之孫也。宣和二年進士，靖康間爲亳州士曹。金人破亳州，悟被執，抗辭謾罵，衆刃劘之，屍體無存者，妻孥同日被害。年三十三。（同上卷四百四十八）

【列傳第二百三十・姦臣一】　曾布字子宣，南豐人。年十三而孤，學於兄鞏，同登第，調宣州司户參軍、懷仁令。熙寧二年，徙開封，以韓維、王安石薦，上書言爲政之本有二，曰：厲風俗，擇人才。其要有八，曰：勸農桑，理財賦，興學校，審選舉，責吏課，叙宗室，修武備，制遠人。大率皆安石指也。神宗召見，論建合意，授太子中允、崇政殿説書，加集賢校理，判司農寺，檢正中書五房。凡三日，五受敕告。與吕惠卿共創青苗、助役、保甲、農田之法，一時故臣及朝士多爭之。布疏言：「陛下以不世出之資，登延碩學遠識之臣，思大有爲於天下，而大臣玩令，倡之於上，小臣橫議，和之於下。人人窺伺間隙，巧言醜詆，以譁衆罔上。是勸沮之術未明，而威福之用未果也。陛下誠推赤心以待遇君子而厲其氣，奮威斷以屏斥小人而消其萌，使四方曉然皆知主不可抗，法不可侮，則何爲而不可，何欲而不成哉?」布欲堅神宗意,使專任安石以威脅衆,使毋敢言。故驟見拔用,遂修起居注、知制誥,爲翰林學士兼三司使。韓琦上疏極論新法之害,神宗頗悟,布遂爲安石條析而駁之,持之愈固。七年,大旱,詔求直言,布論判官吕嘉問市易掊克之虐,大概以爲:「天下之財匱乏,良由貨不流通;貨不流通,由商賈不行;商賈不行,由兼併之家巧爲摧抑。故設市易於京師以售四方之貨,常低卬其價,使高於兼併之家而低於倍蓰之直,官不失二分之息,則商賈自然無滯矣。今嘉問乃差官於四方買物貨,禁客旅無得先交易,以息多寡爲誅賞殿最,故官吏、牙駔惟恐裒之不盡而息之不夥,則是官自爲兼併,殊非市易本意也。」事下兩制議,惠卿以爲沮新法,安石怒,布遂去位。惠卿參大政,置獄舉劾,黜布知饒州,徙潭州。復集賢院學士、知廣州。元豐初,以龍圖待制知桂州,進直學士、知秦州,改歷陳、蔡、慶州。元豐末,復翰林學士,遷户部尚書。司馬光爲政,諭令增損役法,布辭曰:「免役一事,法令纖悉皆出己手,若令遽自改易,義不可爲。」元祐初,以龍圖閣學士知太原府,歷真定、河陽及青、瀛二州。紹聖初,徙江寧,過京,留爲翰林學士,遷承旨兼侍讀,拜同知樞密院,進知院事。初,章惇爲相,布草制極其稱美,冀惇引爲同省執政,惇忌之,止薦居樞府,故稍不相能。布贊惇「紹述」甚力,請甄賞元祐臣庶論更役法不便者,以勸敢言。惇遂興大獄,陷正人,流貶鐫廢,略無虚日,布多陰擠之。掖庭詔獄成,付執政蔽罪,法官謂厭魅事未成,不當處極典。布曰:「驢媚蛇霧,是未成否?」衆皆瞿然,於是死者三人。惇以士心不附,詭情飾過,薦引名士彭汝礪、陳瓘、張庭堅等,乞正所奪司馬光、吕公著贈謚,勿毁墓仆碑,布以爲無益之事。又奏:「人主操柄,不可倒持,今自丞弼以至言者,知畏宰相，不知畏陛下。臣如不言，孰敢言者？」其意蓋欲惇而未能。會哲宗崩，皇太后召宰執問誰可立，惇有異議，布叱惇使從皇太后命。徽宗立，惇得罪罷，遣中使召蔡京鏁院，拜韓忠彦左僕射。京欲探徽宗意，徐請曰：「麻詞未審合作專任一相，或作分命兩相之意。」徽宗曰：「專任一相。」京出，宣言曰：「子宣不復相矣。」已而復召曾肇草制，拜布右僕射，其制曰：「東西分臺，左右建輔。」忠彦雖居上，然柔懦，事多决於布，布猶不能容。時議以元祐、紹聖均爲有失，欲以大公至正消釋朋黨，明年，乃改元建中靖國，邪正雜用，忠彦遂罷去。布獨當國，漸進「紹述」之説。明年，又改元崇寧，召蔡京爲左丞，京與布異。會布擬陳佑甫爲户部侍郎，京奏曰：「爵禄者，陛下之爵禄，奈何使宰相私其親？」布忿然争辨，久之，聲色稍厲。温益叱布曰：「曾布，上前安得失禮？」徽宗不悦而罷。御史遂攻之，罷爲觀文殿學士、知潤州。京積憾未已，加布以贓賄，令開封吕嘉問逮捕其諸子，鍛鍊訊鞫，誘左證使自誣而貸其罪。布落職，提舉太清宫，太平州居住。又降司農卿，分司南京。又以嘗薦學官趙諗而諗叛，責散官，衡州安置。又以棄湟州，責賀州别駕，又責廉州司户。凡四年，乃徙舒州，復太中大夫、提舉崇福宫。大觀元年，卒於潤州，年七十二。後贈觀文殿大學士，謚曰文肅。（同上卷四百七十二）

## 鄧友功

【賀劉掞爲史館校勘（節録）】 紫皇一夕下綸旨，細袚丹鉛勘文字。……廬陵健筆人莫贖，南豐瓣香竟

誰續。西江浩浩流古今，莫遣白頭愧青竹。（《隱居通議》卷九）

## 盧摯

【與姚江村先生書（節録）】　蓋先生之文，先秦、西漢之文，本六籍而支三傳，左右以群史諸子者也。其淵粹博贍，當與王子介、曾子固頡頏，至於近代葉適、洪咨夔、劉克莊諸人則瞠若乎後塵者也。（《國朝文類》卷三十七）

## 丁思敬

【元豐類稿後序】　僕嘗讀舍人王公所著《南豐先生文集序》，喜其有波濤、煙雲、三軍朝氣之語，足以摹寫斯文之妙。及觀紫陽夫子序公家譜，甚恨世之知公者淺，而後未敢以前言爲可喜也。公先世亦魯人，嘗欲抽瓣香，修桑梓，敬而未能。大德壬寅春，假守是邦。既拜公墓，又獲展拜祠下，摩挲石刻，知爲魁櫺千峰陳公名筆。至品藻曾、蘇二公文，則獨以金精玉良許曾文之正。信乎！曾文定之文價，至陳文定而後論定也。公餘進學，官諸生訪舊本，謂前邑令黄斗齋嘗繡諸梓，後以兵燬。夫以先生文獻之邦，而文竟無傳，後守烏得辭其責。乃致書雲仍留畊公，得所刻善本，亟捐俸倡僚屬及寓公、士友協力鳩工摹而新之，逾年而後成，其用心亦勤矣。後必有不汲汲於它務者，憫其勤而壽其傳，斯無負雪樓先生品題云。大德甲辰良月，東平丁思敬拜手書于卷尾。（《曾鞏集》附録）

## 余闕

【柳待制文集序（節録）】宋之盛也，則有周子、二程子、張子、歐、曾之文，南遷而下則敝而不足觀也。（《柳待制文集》卷首）

## 滕斌

西風吹老鬢根霜，幾度青山送夕陽。回首淵明今已矣，黄花猶帶晉時香。（《南豐先生元豐類稿》卷首）

## 王禮

【歐陽氏永思堂記（節録）】歐陽文忠公，天下之士也，其文天下之文也。在當時，曾子固已謂公之賢，韓子歿數百年而始有之，今同遊之賓客，尚未知公之難遇也，後百千年有慕公之爲人，思見之而有不可及之嘆，然後知公之難遇也。（《麟原文集》後集卷五）

# 三　明代

## 宋濂

【華川書舍記（節録）】　惜乎，學未聞道，又不足深知群聖人之文，凡若是者，殆不能悉數也。文日以多，道日以裂，世變日以下，其故何哉？蓋各以私説臆見譁世惑衆，而不知會通之歸，所以不能參天地而爲文。自是以來，若漢之賈誼、董仲舒、司馬遷、揚雄、劉向、班固，隋之王通，唐之韓愈、柳宗元，宋之歐陽修、曾鞏、蘇軾之流，雖以不世出之才，善馳騁於諸子之間，然亦恨其不能皆純，揆之群聖人之文，不無所愧也。（《宋學士全集》卷二）

【張侍講翠屏集序（節録）】　文之難言久矣。周秦以前，固無庸議，下此唯漢爲近古。至於東都，則漸於趨於綺靡，而晉、宋、齊、梁之間，俳諧骩骳，歲益月增，其弊也爲滋甚。至唐，韓愈氏始斥而返之。韓氏之文非唐之文也，周秦西漢之文也。韓氏之文固佳，獨不能行於當時，逮宋歐陽修氏始效而法之。歐陽氏之文非宋之文也，周秦西漢之文也。歐陽氏同時而作者有曾鞏氏，有王安石氏，皆以古文辭倡明斯道，蓋不下歐陽氏者也。歐陽氏之文，如澄湖萬頃，波濤不興，魚鼈潛伏而不動，淵然之色自不可犯。曾氏之文如姬、孔之徒復生於今世，信口所談，無非三代禮樂。王氏之文如海外奇香，風水齧蝕，木質將盡，獨真液凝結，斬然而猶存。是三家者，天下咸宗之。有元號稱多士，或出入其範圍，而隱括其規模者，輒取文名。以故，故章甫逢掖之徒，每驕人曰：「我之文學歐陽氏也，學曾、王氏也。」殊不知三君子者上取法於周於秦於漢也。所以學歐陽氏而不至者，其失也纖以弱；學曾氏而不至者，其失也緩而弛；學王氏而不至者，其失也枯以瘠。此非三君子之過也，不善學之，其流弊遂至於斯也。文之信難言者一至於是乎？（同上卷六）

【曾學士文集序（節録）】　惟曾氏出於郕國公，自都鄉侯據南徙，代有顯人，至於文定公鞏、文肅公布、文昭公肇起於南豐，遂以文章名天下。文定之製，標鶩奔放，雄渾瑰偉，文昭之作簡嚴平實，温潤雅馴，最爲學者之所同慕，不翅景星之與卿雲。……嗚呼，何南豐曾氏之多賢哉！……蓋先生之文，刻意以文定公爲師，故其駿發淵奥，黼藻休烈，起伏斂縱，風神自遠，王良執御，節以和鑾，而驅馳蟻封也。朱絃疏越，太音希聲，而一唱三歎也。濤起阜湧，飈行雲流，力有餘而氣不竭也。（同上卷七）

編者按：曾學士指曾堅，字子白。

【蘇平仲文集序（節録）】　古之爲文者，未嘗相師，鬱積於中，攄之於外，而自然成文，其道明也，其事覈也，引而伸之，浩然而有餘，豈必竊取辭語以爲工哉！自秦以下文莫盛於宋，宋之文莫盛於蘇氏。若文公之變化瑰偉，文忠公之雄邁奔放，文定公之汪洋秀傑，載籍以來不可多遇。其初亦奚暇追琢飾繪以爲言乎？卒至於斯極而不可掩者，其所養可知也。（同上）

## 張世昌

【題潛溪集詩（節録）】自從建安來，蒿蓬蔽菁莪。朝陽罕鳴鳳，秋蟲叫寒莎。韓公高世資，回瀾障狂波。……宋家諸老翁，經籍賴刮磨。文章本載道，重任力所荷。歐子才冠古，跋立鞏與坡。璜珩間玉佩，鏘鳴雜鑾和。寥寥百年餘，烽塵事兵戈。文風日漫漶，翾飛亂群蛾。（《宋學士全集》卷首）

## 吴沉

【題潛溪集詩（節録）】百家諸子何紛紜，各以所見相雄尊。西京而降喪厥淳，氣萎體敗至理堙。韓、柳一倡辭始振，刊落塵腐還本真。宋興廬陵高復騫，蘇、曾、王氏天葩芬。（《宋學士全集》卷首）

## 王晉

【潛溪續集序（節録）】方在宋時，言文章大家者，廬陵歐陽文忠公、南豐曾文定公、臨川王文公皆相望，近在數郡間，何其盛也！（《宋學士全集》卷首）

## 劉基

【蘇平仲文集序（節録）】東漢班孟堅之外，雖無超世之文，要亦不改故尚，故亦不失西京舊物。下逮魏、晉，降及于隋，駁雜不一，而其大槩，惟日趨於綺靡而已。是故非惟國祚不長，而聲教所被，亦不能薄四海、觀國風者，盍於是乎求之哉？繼漢而有九有，享國延祚最久者，唐也。故其詩文，有陳子昂而繼以李、杜，有韓退之而和以柳，於是唐不讓漢，則此數公之力也。繼唐者宋，而有歐、蘇、曾、王出焉。其文與詩，追漢、唐矣。而周、程、張氏之徒，又大闡明道理。於是高者上窺三代，而漢、唐若有歉焉。故以宋之威武，較之漢、唐弗侔也。（《誠意伯文集》卷五）

【宋潛溪先生文集序（節録）】　文以明理而氣以行之，氣不昌則辭不達，理不明則言乖離而道昧。六經以下，唯《孟子》爲最。孟子曰：「我知言，我善養吾浩然之氣。」夫以是而發爲文，又焉得而不偉也。漢、唐、宋之盛，則有賈、馬、揚、班、李、杜、韓、柳、蘇、曾、王諸公，是皆生於四海一統之時，挹光嶽之全，宜其精粹卓拔不可及也。（《宋學士全集》卷首）

## 王　行

《試祕書省校書郎李君墓誌銘》　右誌書其先，則詳其世系，而叙其歷代之顯人；書其後，則及于曾玄，而叙其四世之蕃衍。此正例之尤備者也。（《墓銘舉例》卷二《曾南豐文一十八首》）

《虞部郎中戚公墓誌銘》　右誌議論以發其端而致感嘆一作慨之意者，以著其家世學行之美，同柳文陸文通先生誌例也。前既叙其二世父子兄弟之出處矣，後復詳其氏之自出與其鄉里之遷徙焉。又一例也。（同上）

《張久中一作「文仲」，誤。墓誌銘》 右誌書未娶一此下有「不日未娶」四字而叙其所以未娶之故，而未娶見焉。又一例也。（同上）

《胡君墓誌銘》 右誌卒不日，葬不日，不書壽年，略也，而書其生之年，同歐文《明因大師塔記》例也。（同上）

《劉伯聲墓誌銘》 右誌詳其性資問學而略其履歷者，重在叙其久故之情也。題不書官，官不稱其學，而字重于其官，同韓文《柳子厚誌》例也。（同上）

《殿中丞監揚州稅徐君墓誌銘》 右誌詳叙其所自出者，所以著盛衰之不可常，而深致感歎之意也。又一例也。（同上）

《王容季墓誌銘》 右誌書母之父顯也，同韓文《京兆韋氏夫人誌》例也。詳書其諸兄以其皆有才學，同韓文《國子司業竇君誌》例也。（同上）

《都官員外郎胥君墓誌銘》 右誌書其子乞銘云：「祕閣校理裴煜以茂諶之疏來請銘。」按，唐三家及歐尹書乞銘皆曰「以狀」，而此曰「以疏」，雖紀實，又一例也。（同上）

《光禄寺丞通判太平州吴君墓誌銘》 右誌首云：「龍圖閣直學士、給事中吴仲庶具書載其子業官世行治，屬余曰：『吾子某不克壽，不得見其志，幸得銘信後世，則某其不泯泯，尚足以慰吾思也。』」按，唐三家及歐、尹墓銘無書其父具載子之官世行治乞銘者，此雖紀實，又一例也。（同上）

《壽安縣君錢氏墓誌銘》 右誌首叙其夫自處之高者，所以著君之能相之也。不書諱，同韓文《息國夫

人誌》例也。(同上)

《永安縣君謝氏墓誌銘》　右誌不書葬日，而書既卒至葬之日數，同歐文《石曼卿表》例也。(同上)

《永興尉章佑妻夫人張氏墓誌銘》　右誌題書其夫之名，同韓文《緱氏主簿唐充妻盧氏誌》例也。(同上)

《江都縣主簿王君夫人曾氏墓誌》　右誌不書諱，同《壽安縣君錢氏誌》例也。葬不日，無銘詩，略也。(同上)

《亡妻宜興縣君文柔晁氏墓誌銘》　右誌題書文柔晁氏。按，唐三家及歐、尹墓銘書法無以字冠于氏者，此冠氏以字，變例也。誌婦人而題書其字，又一例也。(同上)

《二女墓誌銘》　右誌無銘詩，略也。(同上)

《太子賓客致仕陳公神道碑銘》　右碑叙事而書其辭曰云云，同韓文《施先生銘》例也。(同上)

《刑部郎中張府君神道碑》　右碑銘不以詩而論以歎美之，同韓文《滎陽鄭公碑》例也。(同上)

《寶月大師塔銘》　右銘爲浮屠氏作也，而略無一語及其法者，同歐文《明因大師塔記》也。(同上)

墓誌銘書法既舉韓文爲之例，而取李、柳、歐、尹、曾、王、蘇、朱八家之文廣之矣，復因閲諸文集值有可爲例者，或一或二隨而舉之而輒實之，又所以廣九家之例也。(同上卷三)

## 朱右

【文統（節録）】　唐韓愈上窺姚、姒，馳騁馬、班，本經參史，制爲文章，追配古作；宋歐陽修又起而繼

之，文統於是乎有在其間。柳宗元、王安石、曾鞏、蘇軾亦皆遠追秦漢，羽翼韓、歐，然未免互有優劣。（《白雲稿》卷三）

【新編六先生文集序（節録）】鄒陽子右編《六先生文集》，總一十六卷。唐韓昌黎文三卷，六十一篇；柳河東文二卷，四十三篇；宋歐陽子文二卷，五十五篇，見《五代史》者不與；曾南豐文三卷，六十四篇；王荆公文三卷，四十篇；三蘇文三卷，五十七篇。編成，廼爲之序曰：文所以載道也。……惟六先生之文，備三才之道，適萬彙之宜，彝倫之懿，鬼神之情，性命之奧。上下數千百年，國家之興壞，人物之臧否，彰善刺惡，褒是去非，探賾索隱，鈎玄提要，或婉而章，或顯而微，或閎而肆，或峻極而瓌奇，要約而嚴簡，高曠深遠，豐贍博洽，動静隱見，變化出没，炳炳焉，焕焕焉，千態萬狀，蓋有不可殫論者矣。……韓文公上接孟氏之緒，而又翼之以柳子厚，至宋慶曆且二百五十年，歐陽子出，始表章韓氏而繼響之。若曾子固、王介甫及蘇氏父子，皆一時師友淵源，切偲資益，其所成就，實有出於千百世之上。故唐稱韓、柳，宋稱歐、曾、王、蘇。六先生之文，斷斷乎足爲世準繩而不可尚矣。（同上卷五）

【潛溪大全集序（節録）】唐韓子起八代之衰運，一復諸古。五季浸衰，歐陽子又從而振之，當時若曾子固、王介甫、蘇子瞻，皆有所依賴。（同上）

## 貝瓊

【唐宋六家文衡序（節録）】嗚呼！形氣相軋而有聲，而聲出於人者爲言。雷霆之擊非不烈也，海濤之升非不大也，笙、竽、琴、瑟之奏非不和也，皆莫過於人之純。聖人之經，又純之至也，故歷千萬世之久，雖善於言者，惡能儗而爲之哉？戰國以來，孟軻、揚雄氏發揮大道，以左右六經。然雄之去孟軻，其純已不及矣。降於六朝之浮華，不論也。昌黎韓子倡於唐，而河東柳氏次之。五季之敗腐，不論也。廬陵歐陽子倡於宋，而南豐曾氏、臨川王氏及蜀蘇氏父子次之。蓋韓之奇，柳之峻，歐陽之粹，曾之嚴，王之潔，蘇之博，各有其體，以成一家之言。固有不可至者，亦不可不求其至也。予嘗讀之，若《原道》、《原毀》，由孟軻之後，諸子未之能及。至宗元《守原議》、《桐葉封弟辯》，鑿鑿乎是非之公，使聖人復作，無以易之。其他馳騁上下，先後相發，誠樂之而不厭，信言之，異乎雷霆海濤、笙竽琴瑟、氣與形之相軋相成者矣。世之狃於所習，苟趍一時之好者，既不足以語，此或知師古爲事者，又梏於昏愚怠惰而不暇進其閫奥焉。此予之所深痛也。伯賢工文三十餘年，寔倍於予，其定六家文衡因損益東萊吕氏之選，將刻諸梓，使子弟讀之，而曾曲阜所作四篇，則采前人所遺以附南豐之後，其用心可謂勤矣。（《清江貝先生集》卷二十八）

## 趙汸

【潛谿後集序（節録）】 修辭以爲文，非古也。其起於漢之西京乎？太史公傳司馬相如：「吾壽王東方朔、枚皋、王褒之屬，以善屬文見知人主。」然皆不得列於儒林，而孔子弟子别爲傳。謂辭章爲文而不本於經，蓋昉於此。至唐韓子、宋歐陽公、曾子固相繼而出，始考諸經以立言，其器識之大，學問之

博，志節之固，又足振而興之，文辭之用，於是爲貴。（《東山存稿》卷三）

編者按：此則又見《皇明文衡》卷三十八，《宋學士文集》卷首。

【題妙絶古今篇目後（節録）】　夫以文爲學者，若唐韓、柳，宋歐、曾、王、蘇氏其人歟！然觀其《答李翺書》、《送徐無黨序》、《答吴充書》、《齊書目録序》、《文甫字説》，雖皆以文爲學，而能探其本，《潭州新學》、《詩書洪範傳後》、《吴職方赴闕序》、《思堂記》，則又閔學之陋，而稍知反諸身。（同上）

## 謝　肅

【送車義初歸京師序（節録）】　承唐者宋，建隆而下，文章猶有五季之粗鄙。慶曆以來，得歐陽修、蘇軾、曾鞏，而文章始無愧于漢、唐。……平易説理，氣脈渾厚者，歐陽修、蘇軾、曾鞏之文也。（《密庵集》卷六）

## 王　褘

【續志林 並序（節録）】　古稱文章家，自漢、唐而下，莫盛於宋，東都歐陽修氏、曾鞏氏、王安石氏，並時迭起，而蘇軾於其閒爲尤傑然者也。（《王忠文公集》卷十四）

【祭黄侍講先生文（節録）】　嗚呼！人物文章，有盛有衰，其所關繫，意者天則使然，非人力所能爲。昔在唐、宋，韓、歐之出，實當其盛時。時則劉、柳、蘇、曾相承並起，有以聳當世文治之巍巍。及其既

殁，文章遂卑。而君子於此，亦以驗其世運之推移。（同上卷十九）

## 蘇伯衡

【雜説（節録）】天下之技莫不有妙焉，而況於文者乎？不得其妙，未有能入其室者也。是故三代以來，爲文者至多，尚論臻其妙者，春秋則左丘明，戰國則荀況、莊周、韓非，秦則李斯，漢則司馬遷、賈誼、董仲舒、班固、劉向、揚雄，唐則韓愈、柳宗元、李翺，宋則歐陽修、王安石、曾鞏及吾祖老泉、東坡、潁濱，上下數千百年間，不過二十人爾。豈非其妙難臻，故其人難得歟？雖然之二十人者，之於文也，誠至於妙矣。其視六經豈不有逕庭也哉！（《蘇平仲文集》卷三）

## 安磐

劉呆齋以淵博之學英敏之才發爲文章，抑揚辯博，名蓋一時，獨於韻語若未解然者。世固有詩不如文，如韓退之、蘇子瞻、曾子固者，特其聲響格調之間差弱耳，未甚相遠也。呆齋往往多累句俗語，與其文若出二手，丘瓊臺亦然。客有問二公之詩，偶然及此，非敢輕議前輩也。（《頤山詩話》）

## 瞿佑

陳後山少爲曾南豐所知，東坡愛其才，欲牢籠於門下，不屈，有「向來一瓣香，敬爲曾南豐」之句。又《妾薄命》云：「主家十二樓，一身當三千。忍著主衣裳，爲人作春妍。」亦爲南豐作。然《送東坡》則云：「一代不數人，百年能幾見？風帆目力盡，江空歲年晚。」推重向慕甚至，特不肯背南豐爾，志節可尚也。一生清苦，妻子寄食外家。《寄外舅郭大夫》云：「嫁女不離家，生男已當户。」《得家信》云：「深知報消息，不敢問何如？」況味可知也，詩格極高。吕本中選江西宗派以嗣山谷，非一時諸人所及。（《歸田詩話》卷中　後山不背南豐）

## 方孝孺

【答王仲縉五首（節録）】　嗜奇好怪者，果何所本哉？苟謂於司馬遷、班固，則遷、固之書，有質直無華，如家人女子所言者。唐之文奇者，莫如韓愈。而其文皆句妥字適，初不難曉。宋之以文名者，曰歐陽氏，曰蘇氏，曰曾氏，曰王氏。此四人之文，尤三百年之傑然者，而未嘗以奇怪爲高。則夫文之不在乎奇怪也久矣，惟其理明辭達而止耳。（《遜志齋集》卷十）

【與舒君（節録）】　蓋文與道相表裏，不可勉而爲。道者氣之君，氣者文之師也。道明則氣昌，氣昌則辭達。文者，辭達而已矣。然辭豈易達哉？六經，孔、孟，道明而辭達者也。自漢而來二千年中，作者雖有之，求其辭達，蓋已少見，況知道乎？夫所謂達者，如決江河而注之海，不勞餘力，順流直趨，終焉萬里。勢之所觸，裂山轉石，襄陵蕩壑，鼓之如雷霆，蒸之如煙雲，登之如太空，攢之如綺縠，迴旋曲折，抑揚噴伏，而不見艱難辛苦之態，必至於極而後止，此其所以爲達也。而豈易哉？漢之司馬遷、賈誼，其辭似可謂達矣，若揚雄則未也。唐之韓愈、柳子厚，宋之歐陽修、蘇軾、曾鞏，其辭似可謂之達矣，若李覯、樊宗師、黄庭堅之徒則未也。於道則又難言也。（同上卷十一）

【張彦輝文集序（節録）】宋興，至歐陽永叔、蘇子瞻、王介甫、曾子固而文始備。永叔厚重淵潔，故其文委曲平和，不爲斬絶詭怪之狀，而穆穆有餘韻；子瞻魁梧宏博，氣高力雄，故其文常驚絶一世，不爲婉昵細語；介甫狹中少容，簡默有裁制，故其文能以約勝；子固儼爾儒者，故其文粹白純正，出入禮樂法度中。（同上卷十二）

## 吴　訥

祝氏曰：「宋人作賦，其體有二：曰俳體，曰文體。後山謂歐公以文體爲四六。夫四六者，屬對之文也，可以文體爲之；至於賦，若以文體爲之，則是一片之文，押幾個韻爾，而於《風》之優游，比興之假托，《雅》《頌》之形容，皆不兼之矣。」晦翁云：「宋朝文明之盛，前世莫及。自歐陽文忠公、南豐曾公與眉山蘇公相繼迭起，各以其文擅名一世，杰然自爲一代之文；獨於楚人之賦，有未數數然者。」觀於此言，則宋賦可知矣。（《文章辯體序説》　宋）

按蒼崖《金石例》云：「跋者，隨題以贊語於後，前有序引，當掇其有關大體者以表章之，須明白簡嚴，不可墮人窠臼。」予嘗即其言考之，漢晉諸集，題跋不載。至唐韓柳始有讀某書及讀某文題其後之名。迨宋歐、曾而後，始有跋語，然其辭意亦無大相遠也，故《文鑑》、《文類》總編之曰「題跋」而已。（同上

題跋）

《文章緣起》載漢武帝《公孫弘誄》，然無其辭。唯《文選》録曹子建之誄王仲宣，潘安仁之誄楊仲武，蓋皆述其世系行業而寓哀傷之意。厥後韓退之之於歐陽詹，柳子厚之於吕温，則或曰誄辭，或曰哀辭，而名不同。迨宋南豐、東坡諸老所作，則總謂之哀辭焉。大抵誄則多叙世業，故今率倣魏晉，以四言爲句；哀辭則寓傷悼之情，而有長短句及楚體不同。（同上誄辭　哀辭）

## 王　直

【金華阮氏族譜序（節録）】　古者列國皆有世譜。漢去七國未久也，而燕自召公至惠侯九世已失其傳次名謚，太史公作《燕世家》亦因而録之，不敢有加焉。其後蘇老泉爲《蘇氏族譜》，自眉州刺史味道而下失傳者，皆缺之，而詳其可知者，皆所以傳信也。南豐曾子固自序其世，泝漢都鄉侯以接子輿、子皙，可謂詳矣。而歐陽公不以爲然，豈非欲其傳信哉？此作譜者所當法也。（《抑菴文後集》卷十九）

【上模曾氏族譜序（節録）】　古者列國皆有史。然予讀《史記·燕世家》，自公奭九世至惠侯已失其詳。及觀歐陽公《與曾子固書》論其世族，蓋深歎傳系之難明。是故作譜之法，録其可知而略其不可知，貴以傳信也。（同上卷二十）

【贈主事黄振宗序（節録）】　而於今見之南城，在江西上游。其地多佳山水，而麻姑山爲最勝，有古僊人遺跡。宋謝靈運、唐顔真卿、白居易、劉禹錫、鮑溶，宋曾子固兄弟、黄庭堅輩，皆有詩文留山中。

（同上卷二十一）

【重刊葉水心先生文集序（節録）】　昔宋盛時，以文章名家，有廬陵、南豐、眉山、臨川數公者，窮聖賢之奥，究道德之微，故其爲文足以繼漢、唐之盛，天下皆師尊之。（《水心先生文集》卷首）

## 劉　球

【羅處士哀詞（節録）】　夫著之於家有其行，沾之鄉有其惠，施之用有其能，非善有諸躬者，未足及此。惟善有諸躬，則雖久生於世，人固莫不願之。人賴其久生於世而歿焉，是豈可不哀哉？且昌黎哀歐陽生，哀其有志而早没也；南豐哀蘇明允，哀其有文而終没也。則善有諸躬，而没如處士，亦不得不哀之也。（《兩谿文集》卷二十）

## 彭　韶

【與郡守岳公書（節録）】　人猶謂蘇長公以進茶譏君謨，有「前丁後蔡」之言，似不滿蔡者。殊不知天理人欲，同行異情。蔡公之意主於敬君，丁謂之意主於媚上，不可一概而論也。蘇公之言正猶望京謡「前宗後杜」之言，特謂其鋤誅奸盗之相繼耳，非謂宗澤乃杜充比也。不然，曾子固在福州，亦進荔枝，謂曾道君以口腹之欲，可乎？蔡公之學之節，蔡明允極慕之，其子乃譏之，豈有是哉？（《彭惠安集》卷八）

## 曹　安

韓退之嘗取己文二十六篇爲《韓子》，徐斯遠盡平生文才二十餘首，首首稱善。然詩文不能兼工，故謂曾子固不能作詩。曾嘗云：「古者作者，或能文，不必工於詩，或長於詩，不必有文，有以哉！」昔人謂老蘇不工於詩，歐陽公不工於賦，曾子固短於韻語，黄魯直短於散語，東坡詞如詩，少游詩如詞。數公之文名世，而人猶非之。信矣，作文之難也。（《讕言長語》卷上）

## 何喬新

【瓊臺類稿序】（節録）　唐宋之盛，以文名世者七家，而君子所取者惟韓氏、歐陽氏、曾氏三家之文而已，以其頗得於經而有見於道也。（《何文肅公文集》卷九）

【南豐縣志序】（節録）　南豐，名邑也。有曾文定公之文章，曾文昭公之剛大，朱光禄之厚德，曾悟、黄樞之忠義，其他名賢碩士未易縷數紀載。（同上）

【南豐曾氏族譜序】　南豐曾君仲質捧其宗譜詣予，請爲之序。予謝曰：子之先世以道德文章名天下，天下推爲名族，與漢之華陰楊氏、唐之河東柳氏並稱。宗譜必得名世者序之，不腆之文，不足以辱。子仲質曰：吾先世道德文章寂寥久矣，所以請予先生者，願得一言告吾之子孫，以祇遹前休耳，敢故請。予乃受其譜而閲之。首譜序得姓之由著矣，次家訓正家之道嚴矣，又次之宗圖世系昭矣，又次之家傳世德詳矣，附以前代與當世名賢之文，所以光昭世美者備矣。予作而嘆曰：懿哉！曾氏之文獻萃於此矣。吾盱大家世族不爲不多，一再傳之，後子孫雖碩且茂，而文獻已不足徵，此正文定公所謂囂子儉孫也。求如曾氏之文獻彬彬者一向鮮哉！予爲邑庠生時嘗識仲質之先君子汝愚，今歸老於家，又識仲質，其父子之行已渾然端且厚，不失其世守。閲其譜又知其子孫之茂且賢。信乎其爲名族而無愧於華陰之楊、河東之柳也。雖然，所貴乎名家之有譜諜者非惟使子孫知其源流所自而已，正欲其知祖宗之德業而趾美承休焉。曾氏之先郕國，以道德鳴千周，而萊蕪實啓之，文定公以文章鳴於宋，而文昭實和之，其立德立言皆所謂不朽者也，聞其風者咸思則而效之，況其子孫也哉！曾氏之子孫尚思祇遹前休，仕則推乃祖之道於用，使膏澤洽於民，居則禮乃祖之道於躬，使德義薰於鄉，斯不忝名賢之裔冑矣。嗚呼！曾氏子孫尚勉之哉！(同上卷十二)

【書元豐類稿後】　南豐曾先生之文有《元豐類稿》五十卷，《續元豐類稿》四十卷，《外集》二十卷。南渡後《續稿》、《外集》散軼無傳。開禧間，建昌郡守趙汝礪始得其書於先生之族孫濰，缺誤頗多。乃與郡丞陳東合《續稿》、《外集》校定而删其僞者，因舊題定注爲四十卷，繕寫以傳。元季又亡於兵火。國初惟《類稿》藏於秘閣，士大夫鮮得見之。永樂初，李文毅公爲庶吉士讀書秘閣，日記數篇，休沐日輒録之。今書坊所刻《南豐文粹》十卷是也。正統中昆夷趙司業琬某始得《類稿》全書，以畀宜興令鄒旦刻之，然字多訛舛，讀者病焉。成化中南豐令楊參又取宜興本重刻於其縣，踵訛承謬，無能是正。太學生趙璽訪得舊本，悉力校讎，而未能盡善。予取《文粹》《文鑑》諸書參校，乃稍可讀，《文鑑》載《雜識》二首，並《書魏鄭公傳後》，《類稿》無之，意必《續稿》所載也，故附録於《類稿》之末。嗚呼！先生之生當洛學未興之前，而獨知致知誠意正心之説，館閣諸序藹然道德之言，其學粹矣！至其發之賦詠，平實雅健，昌黎之亞也。世或謂其不能詩之，非妄耶！校讎既完，謹識於卷末。（同上卷十八）

【讀曾南豐詩】　韓公歿已久，詩道日陵夷。豈識渾雅作，徒逞妖媚詞。有如苔砌蛩，竟夕鳴聲悲。又如娼家婦，粉黛飾陋姿。寥寥數百載，夫子起紹之。一掃西崑陋，力追《騷》《雅》遺。峻如登華嶽，石磴何嶔崎。壯如雷電驚，白晝騰龍螭。清如方塘水，風靜緑漪漪。澹如空桑瑟，枯桐絙朱絲。雄拔追李杜，奇澀薄宗師。金陵與六一，嗟賞無異辭。群兒厭黍稷，相與甘糠糜。黄口恣淩詬，顧謂不能詩。豈知韓公後，何人能庶幾？想當揮翰時，元氣盎淋漓。渾涵實天造，顧豈推敲爲？我願寫萬本，卑卑喻群兒。千周燦彬彬，大音初可窺。欲造《風》《雅》域，斯文乃階梯。勗哉追古作，峻途極攀躋。毋爲拾紅紫，點綴鬬妍媸。（同上卷二十一）

【又過嘉禾懷南豐先生】　嘉禾驛下暫維舟，追感先賢淚欲流。學術自應超董賈，文章元不讓韓歐。讀書巖圮蒼苔滿，洗硯池荒暮雨愁。故里只今多俊彦，不知誰解繼前修。（同上卷二十四）

【桂坡稿序（節録）】　吾盱自宋號稱多士，其以文章名世者如直講李公泰伯、曾文定公子固與其弟文昭公子開，雄詞健筆，與歐蘇並驅而爭先，數十年來，諸老殂謝殆盡，雖作者不乏，然未有能攀三君子之逸駕者。以時翊質之美、學之博，苟能服膺韓子所謂「無迷其途，無絶其源」者而不已焉，則其文將駸

騀乎上薄古人。異時起衰振陋以追蹤三君子者，非時翊而誰耶？（《椒邱文集》卷九）

【寄楊學士維新（節録）】 昔薛簡肅公識范景仁於童稚之年，歐陽文忠公識曾子固於困悴之際。卒之，景仁以風節著，子固以文章名天下，後世咸服簡肅文忠之知人。閣下好賢之篤遠邁薛、歐，顧僕之不肖，豈范、曾比邪？惟當策駑礪鈍，以成閣下知人之明而已，矢心則然，未敢謂能也。（同上卷十六）

## 李紹

【重刊蘇文忠公全集序（節録）】 古今文章，作者非一人，其以之名天下者，惟唐昌黎韓氏、河東柳氏、宋廬陵歐陽氏、眉山二蘇氏及南豐曾氏、臨川王氏七家而已。然韓、柳、曾、王之全集，自李漢、劉禹錫、趙汝礪、危素之所編次，皆已傳刻，至今盛行於世。歐陽文惟歐所自選《居士集》，大蘇文惟吕東萊所編文選，與前數家並行，然僅十中之一二，求其全集，則宋時刻本雖存，而藏於内閣，仁廟亦嘗命工翻刻，而歐集止以賜二三大臣，蘇集以工未畢，而上升遐矣。……公爲人英傑奇偉，善議論，有氣節。其爲文章，纔落筆，四海已皆傳誦。下至閭巷田里，外及夷狄，莫不知名。其盛蓋當時所未有，其文名蓋與韓、柳、歐、曾、王氏齊驅而並稱信，如天之星斗，地之山嶽，人所快覩而欽仰者，奚庸序爲！（《東坡七集》卷首）

# 羅倫

【南豐文集序】　南豐先生《元豐類稿》五十卷，《續稿》四十卷，《外集》十卷。《類稿》宜興板行矣，《續稿》、《外集》世未有行者。南靖楊君參來令南豐，刻宜興板於縣學，屬倫叙之。夫聖賢之學，心乎道非心乎文也，道成於己而文自顯也；文人之學，心乎文非心乎道也，學文而闕乎道也。道成而文自顯者，文與道爲一也；因文而闕乎道者，道與文爲二也。道也者，天命之性本諸吾心而散諸萬事。其大者，君臣、父子、夫婦、兄弟、朋友之倫，其小者，威儀文辭食息起居之節，其達諸國家天下，尊卑貴賤相接之體，制度文爲之著，其筆之於書以詔後世，則《易》、《詩》、《書》、《春秋》、《禮》、《樂》之文，無適而非聖賢之文也。聖賢非有心於文也，道成而文自顯也。孔子曰：「文王既没，文在兹乎？」孟軻氏没而斯文不傳矣。後數百年而得董仲舒焉，得揚雄氏焉。仲舒惑於災異，未醇乎道；揚雄失於黄老，《美新》之文，君子羞之，其能與於斯文乎？揚雄氏没，又數百年，而後得韓愈氏焉，道之大用亦庶乎矣。然因其言以求其道，亦未免乎韓氏之病也。當是時也，其徒倡而和之者，眉山蘇氏、臨川王氏、南豐曾氏其尤也。二氏之説，淫於老佛者有矣。惟曾氏獨得其正，而猶未得與於斯文，何也？其用心者，韓愈、歐陽之文，而非文王、孔子之文也。當是時也，濂溪之周子，河南之程子，横渠之張子，三子者之用心，文王、孔子之文也。使曾子而得其門焉，則其所立其如斯而已乎？新安朱子所以與其文之正，而惜其未見夫道之大原也。於戲！數子者之文，率數百年而後得一人焉。其心專而力勤，終其身也而卒不得與於斯文者，心乎文而非心乎道也。昔孔子之門，心通六藝者七十人，獨如愚之顔子，莫有能及者，非惟當時群弟子莫能及，而天下後世卒莫有能及者，心乎道也。孔子告顔子以非禮勿視、聽、言、動，心乎道者之所事也。心乎文者，有至有不至，心乎道者，無不至矣。故孔子曰：「未之思也，夫何遠之有？」言心乎道者無不至也。雖然，曾氏之文，不得與於文王、孔子之文矣，然亦豈非百世之士乎？予三過南豐而問焉，其世已無聞，其祠已爲蔬圃。景泰間訓導汪倫立祠於讀書巖下，主其祠者，先生之叔父易持之後也。楊君既梓其文，復欲請於朝以祠之，予故成其志，使聞先生之風而興者，知求道於内也。賜進士及第翰林修撰湖西羅倫序。（《一峰文集》卷二）

【碧梧丹鳳圖序（節録）】大江之西，群鳳之郊，藪也。濂溪之周氏，草廬之吴氏，象山之陸氏，道德而鳳者也；廬陵之歐陽氏，南豐之曾氏，文章而鳳者也。（同上）

## 吴寬

【新刊渭南集序（節録）】蓋今觀子遹跋語，稱其所聞於父者，以六經、左氏、莊、騷、班、馬、韓、曾爲師匠，而天資工力，自得尤深。然則其言豈剽略割綴之所成哉？宜其沛然爲一家言而莫之禦也。（《渭南文集》卷首）

## 章懋

【讀荆公集（節録）】　孟子謂：「誦其詩，讀其書，不可不論其世。」使公之文不傳於世也，則吾不必論公之爲人；使公之學不用於時也，則吾無以考公之爲人。孰謂文章節行高一世，可與歐、曾、三蘇並驅争先，而心術行事顧與吕、蔡、章惇爲伍，其可惜也夫？其可惜也夫？（《楓山集》卷三）

先生《與東白先生書》曰：「竊聞『古之良史，其明足以周萬物之理，道足以適天下之用，智足以通難知之意，而文足以發難顯之情，然後能勝厥任。』」則史職豈不難其人乎？唐以《順宗實録》命昌黎，宋以《英宗實録》及《五朝史》事皆付南豐。今我孝宗皇帝，盛德大業，震耀古今，而以先生首群儒，總筆削，天下莫不稱嘆得人，是即今之韓、曾也。（《楓山章先生語録》）

## 周忱

【高太史梟藻集序（節録）】　自秦而下，文莫盛于漢、唐、宋。漢之賈、董、班、馬、劉、揚，唐之李、杜、韓、柳，宋之歐、蘇、曾、王，之數公者，各以文章名家，其初豈必追琢絺繪學爲如是之言乎？其所以寬厚宏博，汪洋放肆而不可掩者，則其浩然之氣所養可知也。（《高太史梟藻集》卷首）

# 莊㫤

【滁州志序(節録)】　環滁江北一晝，醉翁瑯琊環滁一晝，韋應物、滿執中之詩，歐陽修、曾子固、蘇東坡之文，醉翁瑯琊一晝，言醉翁瑯琊而不言豐樂、醒心、龍蟠者，以環滁之大言也。夫地因人勝，天下之大，豈無奇絶可晝如環滁者哉？無韋應物、王元之、歐陽修者之爲守，無蘇東坡、曾子固、滿執中者之爲客，是以無所題詠，無所描晝，而山川形勝徒滅没於荒煙白草，而文獻不足徵也。使有其人，則凡山水之可晝者，當磊磊自勝而不落於天地間矣。嗟乎！天下之物固有遇不遇者，蓋亦數也。雖然，數豈盡乎物哉？而物豈執乎數哉？以余觀之，環滁之遇不足以爲遇也。韋應物、滿執中者，詩果何哉？詩人之詩也。歐陽修、曾子固者，文果何哉？文人之文也。以詩文之人，而當此環滁之遇，其际尼丘之孔、泰山之軻、春陵之周、龍門伊洛之二程、紫陽雲谷之朱子，其所遇者當何如也？一元十二會，豈細事哉？萬古一大，開天闢地，一大幾會？人固思境，而境亦思人，山川與我固欲各無恙也。而《騷》《雅》餘談文章小技者，惡足以當此哉？(《定山集》卷六)

# 李東陽

【曾文定公祠堂記】　宋曾文定公子固居建昌府南豐，舊有書院在縣西奉親坊，後因以祀公。寶祐中，郡守楊瑱建祠迎盱門外，參知政事陳宗禮爲記。元元統初，公族孫元翊祠於臨川，虞學士伯生爲記。

季世兵燹，無復存者。國朝嘗建先賢祠於南豐縣學，公實與祀，而弗專也。景泰間訓導汪綸始即河東麓公舊讀書巖爲亭，名之曰曾巖祠亭。成化壬寅無錫秦君廷韶來知府事，慨其祠宇卑，乃命知縣李昱相地庀物，即巖之東而重建焉。背山爲堂，堂左右鑿石闢地爲東西廡，前爲門屋，屋之前疊石爲洞，洞之前因危石爲階五，五級，下屬於池，池之上爲橋以達於衢，其旁則别爲亭，亭右折數步，則書巖故地也。甲辰春，工始告畢，於是命公子孫領祀事。而時謹觀之，謂不可以無記，走書京師，請余記。夫所重乎立言者，必能明天下之理，載天下之事，理明事盡，則其言可以久而不廢。經傳之學弊而辭章作，其所著作能述事明理以翼聖道，裨世治，君子有取焉。其言不足重輕，無所益乎爲言矣。若縱衡權謀異端之説，其背戾聖道，又可論也乎？古之所謂著述者，自六經迄於孟氏，若韓子不免爲辭章之文，而所謂翼道裨治則有不可揜也。宋盛時以文章鳴者數家，予於曾文定公獨深有取焉者，蓋其論學則自持心養性，至於服器動作之間；論治則自道德風俗之大，極於錢穀獄訟百凡之細，皆合於古帝王之道與治。而凡戰國秦漢以來，權謀術數，之所謂學佛老，之所謂教，一切排斥屏黜，使無得以亂其説者，其所自立非獨爲辭章之雄也。且韓子去孟子已數百歲，無師傳授受之緒，其言之立世固以爲難，公之生歲又數百年而獨見超詣，去邪歸正，於治有裨，而於道不爲無益。則其言愈難，而其繫於天下亦重矣。夫有功於天下則國祀之，有功於鄉則有司祀之。孟子而上無俟論矣，予於廟之祀得韓，鄉之祀得歐陽諸公，如公之賢，固天下之祀不可闕者，而况其鄉哉？而况其子孫也哉？楊瑱與賢之心，元翊尊祖之義，於今殆兩得之，而無宗禮、伯生之文以紀事垂後，予於公不能無

慨於兹祠也。秦君當世士，好古而文，於其所嚮可以觀政矣。（《懷麓堂集》卷三十二）

## 鄭瑗

歐陽文紆徐曲折，偃仰可親，最耐咀嚼。荆公文亦高古，意見超卓，所乏者雍容整暇氣象爾。曾子固文敦厚凝重，如秦碑漢鼎。老蘇一擊一刺，皆有法度，東坡胡擊亂刺，自不出乎法度。（《井觀瑣言》卷上）

## 王鏊

【重刊唐六典序（節録）】 唐以中書、門下、尚書三省參領天下之務，今六部雖分願，猶尚書省之舊，而内閣則隱然，中書通政給事則門下之遺也。其餘寺監府院以分衆職，品爵勳階以叙群材，尚多唐舊，則居其官，攷其職，謂無所用於今，可乎？且非獨唐也，唐虞而下損益沿革咸具焉。昔宋祁論唐制精密簡要，曾鞏謂《六典》「得建官制理之方」，文不繁而實備。蓋開元中張九齡輩爲之其書，何可以不傳？則未知後有作者亦將有取於斯乎？而二君子惓惓翻刻，意亦有在於斯乎？（《震澤集》卷十三）

## 林浚

【讀書巖詩】 文敝千年手幹回，歐公以後力誰哉？兩山靈氣藏孤廟，一夜寒光舊古臺。中秘有書遺稿在，南豐無客瓣香來。推埋吏貫今衰白，頑局何時得好開？（《南豐縣志》卷三）

# 楊慎

【辭尚體要（節録）】《書》曰：辭尚體要。子曰：辭達而已矣。荀子曰：亂世之徵，文章匿采。揚子所云說鈴書肆，正謂其無體要也。吾觀在昔文弊于宋，奏疏至萬餘言，同列書生，尚厭觀之。……予語古今文章，宋之歐、蘇、曾、王，皆有此病，視韓、柳遠不及矣；韓、柳視班、馬，又不及；班、馬比三《傳》，又不及；三《傳》比《春秋》，又不及。（《丹鉛雜録》卷六）

曾子固云：「白樂天《長恨歌》，元微之《連昌宫詞》，鄭嵎《津陽門》詩，皆以韻語紀常事。」鄭嵎詩世多不傳，余因子固言，訪求得之。其詩長句七言，凡一千四百字，一百韻，止以門題爲名，其實叙開元陳跡也。其叙五王遊獵云：「五王扈遊夾城路，韓聲校獵渭水湄。或作「濱」，誤。彫弓繡韔不知數，翻身滅没皆蛾眉。赤鷹黄鶻雲中來，妖狐狡兔無所依。」自注：「申王有高麗赤鷹，岐王有北山黄鶻，逸翮奇姿特異。」……然其詩則警策清越，不及元白多矣，聊舉其略云。（《升菴詩話》卷六　津陽門詩）

《集韻》：「淞，凍洛也。」《三蒼解詁》：「液雨也。其字音送，俗語霧淞。」《漢書·五行志》：「雨木冰，亦曰樹介，又曰木稼，稼即介之訛耳，寒甚而木冰，如樹著介冑也。」《曾南豐集》云：「齊地寒甚，夜如霧凝於木上，日出飄滿庭階，尤爲可愛，遂作詩云：『園林初日浄無風，霧淞花開樹樹同。記得集英深殿裏，舞人齊插玉籠鬖。』」齊地以爲豐年之兆，諺云：「霧淞重霧淞，窮漢備飯瓮。」然淞之極，則以爲樹介冰木，諺云：「木若稼，達官怕。」蓋寒淺則爲霧淞，寒極則爲木冰。霧淞召豐，而木冰召凶也。

李獻吉詩：「大寒冰雨何紛紛，曉行日臨江吐雲。」蓋詠木冰也。又云：「今朝走白露，南枝參差開。紫宫散花女，騎龍下瑶陔。」蓋詠霧淞也，各極體物之妙云。（同上卷八　凍洛）

曾子固《享祀軍山廟歌》云：「土膏起兮，流泉駛兮。我徂於田，偕婦子兮。既耕且藝，耘且耔兮。一歲之工，在勤始兮。野無螟蟓，田有水兮。非神之力，其誰使兮！我苞盈兮，我實成兮。揮鐮掇掇，風雨聲兮。囷藏露積，如坻京兮。遺秉滯穗，富鰥煢兮。酒食勸酬，銷忿争兮。非神之助，歲莫登兮。我有室家，神所佑兮。我有耄倪，神所壽兮。神之惠我，惟其舊兮。上之報神，亦云厚兮。釃酒刑牲，肴核豐兮。吹簫考鼓，聲逢逢兮。我民歲獻，無終窮兮。千秋萬歲，保斯宫兮。」此詩王荆公稱賞，以爲有《雅》《頌》之意，當表出。昧者言子固不能詩，豈其然乎？（同上卷十　曾子固詩）

編者按：據《南豐縣志》，此詩乃曾鞏之弟曾肇所作。此則亦見四庫本《詩話補遺》和《升菴集》卷五十五。

北方寒夜，冰華著樹如絮。《春秋》謂之「雨木冰」。《五行志》：「樹介，言冰封如介胄也。」訛作樹稼。諺曰：「木若嫁，達官怕。」《集韻》：「淞，凍洛也。」又液雨也，《曾南豐集》云：「齊地甚寒，夜霧凝於木上，日出飄滿庭階，尤爲可愛，遂作詩云：『園林日出净無風，霧淞花開樹樹同。記得集英深殿裏，舞人齊插玉瓏鬆。』又曰：『香銷一榻氍毹暖，月映千門霧淞寒。』」又以爲年登之兆。諺云：「霜淞打霧淞，貧兒備飯甕。」余舊有詩云：「恠得天雞誤曉光，青腰玉女試銀妝。瓊敷綴葉齊如剪，端樹花開冷不香。月白詎謎三里霧，雲黄先兆萬家箱。貧兒飯瓮歌聲好，亦出何須賀謝莊？」（同上附録　洛澤）

## 孫承恩

【陽翁奏謝録序（節録）】 夫駢驪雖非文章之至，而古人多有施於君。上陸宣公敷陳治道，明揚典則，於斯爲盛。自夫眩奇侈博，多以事贅。砌觫勝而意脈微，纂組工而本質喪。雖韓、柳猶未能盡去時敝，至歐、蘇、曾、王，叙事渾成，紆徐委曲，斯爲大家。數語陽翁於兹，其亦有得於四子者乎？（《文簡集》卷三十）

## 林文俊

【送陳子仲詢守肇慶序（節録）】 今年冬，三山陳子仲詢自南京户部尚書郎擢守肇慶。夫肇慶，古端州也，於今爲鉅郡。然其地遠在嶺外，多瘴癘之害，仕者始至，輒以屈指計歸期，誠有南豐曾氏所云者。（《方齋存稿》卷三）

## 歸有光

【洪範傳（節録）】 昔王荆公、曾文定公皆有《洪範傳》，其論精美，遠出二劉、二孔之上。然予以爲先儒之説亦時有不可廢者，因頗折衷之，復爲此傳。（《震川先生集》卷一）

【上徐閣老書（節録）】 昔曾舍人鞏《上范資政書》云：「士之願附於門下者多矣。使鞏不自别於其間，

固非鞏之志，亦閣下之所賤也。」有光素慕鞏者，故不量其不能如鞏，而欲學鞏之自別焉。（同上卷六）

【送顧太僕致政南還序（節録）】　曾子固之《送周屯田》，直以得釋於煩且勞以爲樂，士大夫致身國家豈獨以能自釋於煩且勞爲樂耶？班與韓、曾之文，世皆以爲不可及，吾猶以爲未能究出處之義，而自度於其心，非爲論之精者。……吾所以論士大夫出處進退之際，韓退之、曾子固之所未及也。（同上卷十）

造語平淡則第八：文章意全勝者，詞愈樸而文愈高；意不勝者，詞愈華而文愈鄙。如曾子固《戰國策目録序》，無一奇語，無一怪字，讀之如太羹元酒不覺至味存焉，真大手筆也。（《文章指南》仁集）

《謝知制誥表》　王弱生曰：宋興百年，文章體裁猶仍五季餘習，鎪刻駢偶，淟涊弗振。自歐公以古文倡，而王介甫、蘇子瞻、曾子固起而和之，宋文日趨於古。歐公之詩，力矯楊、劉西崑之弊，專重氣格，不免失於率易。（《歐陽文忠公文選》卷三）

## 唐順之

【與王遵巖參政（節録）】　近來有一僻見，以爲三代以下之文未有如南豐，三代以下之詩未有如康節者。然文莫如南豐，則兄知之矣，詩莫如康節，則雖兄亦且大笑。此非迂頭巾論道之説，蓋以爲詩思精妙，語奇格高，誠未見有如康節者。（《荆川先生文集》卷七）

【與楊朋石祠祭（節録）】　後世學問所以小成者，皆由積之不厚而輕用之也。……曾文奉覽，所索鄙人

近作，因適寄至洪方州，所容取回，寄上請教也。（同上）

《帝王世次圖序》　歐文簡直，曾則多用雙關，富麗矣。（《文編》卷五十二）

《送石處士序》　此等文，歐、蘇、曾、王俱無之。（同上卷五十三）

《送楊少尹序》　叙得奇。此等文字，蘇、曾、王集内無之。（同上卷五十四）

《上歐蔡書》　叙論紆徐有味。（茅坤《唐宋八大家文鈔》卷九十八　南豐文鈔二）

編者按：清張伯行《唐宋八大家文鈔》卷十二亦引此則。

《福州上執政書》　南豐之文純出於道古，故雖作書亦然，蓋其體裁如此也。（同上）

編者按：清張伯行亦引此則。

《梁書目録序》　通篇俱説聖人之内，而所以攻佛者，不過數句。（同上卷一百　南豐文鈔四）

《太祖皇帝總序》　此等大文字當看其布置處。南豐有《滄州上殿劄子》，皆與此意同，並可與歐公《仁宗御集序》參之。（同上）

《禮閣新儀目録序》　此文一意翻作兩段説。（同上卷一百一　南豐文鈔五）

《王平甫文集序》　文一滾説，不立間架。（同上）

編者按：清張伯行亦引此則。

《送丁琰序》　南豐之文大抵入事以後，與前半議論照應不甚謹嚴。（同上卷一百二　南豐文鈔六）

《送江任序》　此文作兩段，一段言用於異鄉之難爲治，一段言用於其土之易爲治。（同上）

《贈黎安二生序》 議論謹密。（同上）

《送蔡元振序》 此文入題以後照應，獨爲謹密，異於南豐諸文。（同上）

編者按：清張伯行亦引此則。

《徐孺子祠堂記》 此篇三段，第一段敘黨錮諸賢及孺子事；第二段比論二事；第三段敘作亭。（同上卷一百四　南豐文鈔八）

編者按：清張伯行亦引此則。

《撫州顔魯公祠堂記》 此文三段。第一段敘，第二段議論，第三段敘立祠之事。敘事議論處，皆以捍賊忤奸分作兩項，而混成一片，絶無痕跡，此是可法處。歐陽公於王彦章之忠則略之，而獨言其善出奇。曾子固於顔魯公之捍賊則略之，而獨言忤奸而不悔，此是文之微顯闡幽處。（同上）

編者按：清張伯行亦引此則。

《清心亭記》 程、朱以前此等議論亦少。（同上卷一百五　南豐文鈔九）

## 王慎中

【曾南豐文粹序】 無錫安生如石刻南豐曾氏文粹成，屬某爲序，而重以武進唐太史順之同安洪郎中朝選二君之書以勉焉。予惟曾氏之文至矣。當其時王震序之，已無能有益於發明。晚宋及元，序者頗多，而其言愈下，予何敢任焉。唐君以文名世，洪君與之上下其學，文亦日有名，而二君見勉之勤如此，豈有他哉？亦慨斯文之既墜，而欲明其説於世也。故不揆而序之曰：極盛之世學術明於人人，風俗一出乎道德，而文行於其間，自銘器賦物聘好贈處答問辯説之所撰述，與夫陳謨矢訓作命敷誥施於君臣政事之際，自閭詠巷謡託興蟲鳥極命草木之詩，與夫作爲雅頌奏之郊廟朝廷，薦告盛美諷諭監戒以爲右神明，動民物之用，其小大雖殊，其本於學術而足以發揮乎道德，其意未嘗異也。士生其時，蓋未有不能爲言，其才或不能有以言，而於人之能言，固未嘗不能知其意。文之行於其時，爲通志成務，賢不肖愚知共有之能，而不爲專長，一人獨名一家之具，噫，何其盛也！周衰學廢，能言之士始出於才，由其言以考於道德，則有所不至。故或駁焉而不醇，或曲焉而不該，其背而違之者，又多有焉。以彼生於衰世，各以其所見爲學，蔽於其所尚，溺於其所習，不能正反而旁通，然發而爲文，皆以道其中之所欲言，非掠取於外藻飾而離其本者。故其蔽溺之情亦不能掩於詞，而不醇不該之病所由以見，而蕩然無所可尚，未有所習者徒以其魁博誕縱之力攘竊於外，其文亦且怪奇瓌美，足以誇駭世之耳目，道德之意不能入焉，而果於叛去，以其非出於中之所爲言，則亦無可見之情，而何足以議於醇駁該曲之際。由三代以降，士之能爲文莫盛於西漢。徒取之於外而足以悦世之耳目者，枚乘、公孫宏、嚴助、朱買臣、谷永、司馬相如之屬，而相如爲之尤能道其中之所欲言；而不能免於蔽者，賈誼、董仲舒、司馬遷、劉向、揚雄之屬，而雄其最也。於是之時，豈獨學失其統而不能一哉？文之不一，其患若此，其不能爲言者既莫之能知，由其不知之衆則爲之，而能者又益以鮮矣！四海之廣，千歲之久，生人之多，而專其所長以自名其家者，於其間數人而已，道德之意猶因以載焉。而傳於不泯，雖其專長而獨名爲有愧於盛世。既衰之後，士之能此，豈不難哉？由西漢而下，莫盛於有宋，慶曆、嘉祐之間而傑然自名其家者，南豐曾氏也。觀其書，知其於爲文良有意乎？折衷諸子之同異，會通於聖人之旨，以反溺去蔽而思出於道德，信乎能道其中之所欲言，而不醇不該之蔽亦已少矣。視古之能言庶幾無愧，非徒賢於後世之士而已，推其所行之遠，宜與《詩》《書》之作者並。天地無窮，而與之俱久，然至於今日知好之者已鮮，是可慨也。蓋此道不明，士之才庶可以有言矣，而病於法之難入，困於義之難精決焉；而放於妄以苟自便，而幸人之相與爲惑，其才不足以有言，則愧其不能矯爲之説誣焉。以自高而掩其不能之愧以爲是，不足爲也。其弊於今爲甚，則是書尤不可不章顯於時。顧予之陋，安能使人人知好之，而序之云然，蓋以致予之所感焉耳。（《遵巖集》卷九）

【與李中溪書一（節録）】《明倫堂記》曾録寄武進唐應德兄，並與書云：「此文乃明道之文，非徒詞章而已。其義則有宋大儒所未及發，其文則曾南豐《筠州》、《宜黄》學記文也。」唐君復書盛有所契，不以予言爲妄也。（同上卷二十二）

【與李中溪書三（節録）】吾鄉有洪方洲先生文詞直得韓、歐、曾、王家法，與唐荆川君最相知，其所作視荆川不啻王深甫之於曾南豐、張文潛之於東坡。（同上）

【與汪直齋（節録）】自有序記文字以來，諸名家之文爲記學而作者，唐人皆有愧詞，雖韓昌黎《夫子廟》一篇亦爲劣。蓋唐制立學不廣，不但諸家無名文，而諸家之文爲學而作者亦少。惟宋慶曆詔天下立學制，始盛於郡縣，而古文之興亦自慶曆以後。故宋人之記學者，其文甚多，然惟李盱江《袁州》、歐陽六一《吉州》二記，盛爲一代所傳。二文要爲差强人意，在二公亦非其至者。至曾南豐《宜黄》、《筠州》二記，王荆公《虔州》、《慈溪》二記，文詞義理並勝，當爲千古絶筆，而王公視曾猶爲差貶焉。（同上）

【寄道原弟書八（節録）】　蓋文之學不明於今甚矣。驟見使之迷惑驚怪無益也。方洲嘗述交遊中語云：「總是學人，與其學歐、曾，不若學馬遷、班固。」不知學馬遷莫如歐，學班固莫如曾。今我此文正是學馬、班，豈謂學歐、曾哉！（同上卷二十四）

【熙寧轉對疏】　董仲舒、劉向、揚雄之文不過如此，若論結構法則漢猶有所未備，而其氣厚質醇，曾遠不迨董矣。惟揚雄才難而又不能大變於當時之體，比曾爲不及耳。（茅坤《唐宋八大家文鈔》卷九十七　南豐文鈔一）

《移滄州過闕上殿疏》　體意雖出於《封禪》《美新》諸家，與韓、柳進唐雅序等門户中來，然原本經訓，别出機軸，不爲諛悦淺制，而忠藎進戒之義昭然，與先朝《周雅》比盛矣。真作者之法也。（同上）

《戰國策目録序》　此序與《〈新序〉序》相類，而此篇爲英爽軼宕。（同上卷一百　南豐文鈔四）

編者按：清張伯行《唐宋八大家文鈔》引此則。

《梁書目録序》　原道文字雄健傑特，亘古無倫矣。然説佛之失處不能如是，其稱吾道大旨亦不能如是精也。（同上）

《新序目録序》　南豐文字於原本經訓處，多用董仲舒、劉向也。（同上）

編者按：清張伯行引此則。

《列女傳目録序》　宋人叙古人集及古人所著書，往往有此家數。然多以考訂次第爲一篇之文而已，不能如先生更有一段大議論，以成其篇也。如後叙鮑溶、李白集亦不免用其體，蓋小集自不足以發大議論，又適當然耳。（同上）

編者按：清張伯行引此則。

《禮閣新儀目録序》　此類文皆一一有法，無一字苟，觀文者不可忽此。（同上卷一百一　南豐文鈔五）

編者按：清張伯行引此則。

《范貫之奏議集序》　沉着頓挫，光采自露。且序人奏議，發明直氣切諫，而能形容聖朝之氣象，治世之精華，真大家數手段。如蘇公序田錫奏議，亦有此意，然其文詞過於俊爽，而氣輕味促。（同上）

《强幾聖文集序》　此序雖不立意發論，而頗有逸氣，蓋少出於經而入於史氏之體，故亦有縱步。若王氏兄弟之序，則繩趨窘武，蹜蹜乎如有循矣。信乎，周道如砥，非君子莫之能履也。（同上）

《先大夫集後序》　先生之文如此篇之委曲感慨而氣不迫晦者，亦不多有。（同上）

《館閣送錢純老知婺州詩序》　治朝盛世，文儒遭逢，出入得意之氣象藹然篇中。觀者不但可以想見其人，而又可以知其時也。（同上卷一百二　南豐文鈔六）

《襄州宜城縣長渠記》　《二堂》及此記皆絶佳。（同上卷一百三　南豐文鈔七）

《擬峴臺記》　繁弦急管，促節會音，喧動嘈雜，若不知其宫商之所存，而度數亦自皦，如使聽者激竦加

以懽悦，此文之謂矣。（同上卷一百五　南豐文鈔九）

編者按：清張伯行引此則。

《學舍記》　此亦是先生獨出一體，在韓、歐未有。然大意亦自《醉翁亭記》、《真州東園》二篇體中變出，又自不同也。（同上）

《南軒記》《學舍》、《南軒》二記與《筠州》、《宜黄》兩學記皆謂之大文字矣。（同上）

編者按：清張伯行引此則。

《鵝湖院佛殿記》　嚴中正有奇峻。（同上）

《講官講》　此文根據經訓以爲掊擊之地，而措詞嚴健，復存委曲，是絶好文字。（同上卷一百六　南豐文鈔十）

《熙寧轉對疏》　董仲舒、劉向、揚雄之文不過如此。若論結構法，則漢猶有所未備，而其氣厚質醇，曾遠不逮董、劉矣。惟揚雄才艱而又不能不變於當時之體，比曾爲不及。（清張伯行《唐宋八大家文鈔》卷十一引）

## 王文禄

五季革命，五星纏奎，　文運重光焉。周、程、張、朱以窮理，歐、蘇、曾、王以達詞，金溪、横浦以尊性，涑水、金華以攻史，翼方以探數彰，永康以譎兵勝，又文之一大聚也。（《文脈》卷一　文脈總論）

歐陽六一典文衡，變文體，自作原弱，欲變入于弱也。先儒亦曰：「過豐腴而乏清勁，不及孫明復、石徂徠之簡健。」予曰：「歐陽肉多而骨少，孫、石肉少而骨多，曾子固本篤而欠玲瓏，王介甫骨骼而無丰采，皆不及蘇子瞻之俊逸也。」（同上卷二　文脈雜論）

歐、蘇、曾、王條暢豪邁，而曲折紆徐，終亦宋格。（同上）

## 茅坤

【復唐荊川司諫書（節録）】　嘗聞先生謂唐之韓愈，即漢之馬遷；宋之歐、曾，即唐之韓愈。某初聞而疑之，又從而思之，其大較雖近，而其中之深入處，竊或以爲稍有未盡然者。古來文章家，氣軸所結，各自不同。譬如堪輿家所指龍法，均之縈折起伏，左迴右顧，前拱後繞，不致衝射尖斜，斯合龍法，然其來龍之祖，及其小大力量，當自有别。竊謂馬遷，譬之秦中也，韓愈譬之劍閣也，而歐、曾譬之金陵吴會也。中間神授，迥自不同，有如古人所稱百二十二之異。而至於六經則崑崙也，所謂祖龍是已。故愚竊謂今之有志於爲文者，當本之六經以求其祖龍。而至於馬遷，則龍之出游，所謂大行華陰而之秦中者也。故其氣尚雄厚，其規制尚自宏遠。若遽因歐、曾以爲眼界，是猶入金陵而覽吴會，得其江山透迤之麗，淺風樂土之便，不復思履崤函以窺秦中者已。大抵先生諸作，其旨不悖於六經，而其風調，則或不免限於江南之形勝者。故某不肖，妄自引斷。爲文不必馬遷，不必韓愈，亦不必歐、曾。得其神理而隨吾所之，譬提兵以擣中原，惟在乎形聲相應，緩急相接，得古人操符致用之略耳。而至

於伏險出奇，各自有用，何必其盡同哉？（《茅鹿門先生文集》卷一）

【與蔡白石太守論文書（節録）】　屈、宋之於賦，李陵、蘇武之於五言，馬遷、劉向之於文章傳記，皆各擅其長，以絶藝後代。然竟不能相兼者，非不欲也，力不足也。……而自罪黜以來，恐一旦露零於茂草之中，誰爲弔其衷而憫其知。以是益發憤爲文辭，而上採漢馬遷、相如、劉向、班固及唐韓愈、柳宗元，宋歐陽修、曾鞏、蘇氏兄弟與同時附離而起，所謂諸家之旨而揣摩之，大略琴瑟柷敔，調各不同，而其中律一也。律者，即僕曩所謂萬物之情，各有其志者也。近代以來，學士大夫之操觚爲文章，無慮數十百家。其以雲吻霧噏，虎囓鷙攫之材，揚聲藝林者，亦星見踵出。然於其所謂萬物之情，各有其至者，或在置而未及也。近獨從荊川唐司諫上下，其論稍稍與僕意相合。僕少喜爲文，每謂當跌宕激射似司馬子長，字而比之，句而億之，苟一字一句不中其纍黍之度，即慘惻悲悽也。唐以後若薄不足爲者，獨怪荊川疾呼，疾呼曰：「唐之韓，猶漢之馬遷；宋之歐、曾、二蘇，猶唐之韓子。不得致其至，而何輕議爲也。」僕聞而疑之，疑而不得，又蓄之於心，而徐求之，今且三年矣。近迺取百家之文之深者按覆之，卧且唫而餐且噎焉，然後徐得其所謂萬物之情，自各有其至。而因悟曩之所謂司馬子長者，眉也，髮也。而唐司諫及僕所自持，始兩相印而無復同異。（同上）

【與王敬所少司寇書（節録）】　文以載道，道也者，庖犧氏以來不易之旨也。孔、孟没而聖學微，於是六藝之旨，散逸不傳。漢興鑒秦，招亡經，求學士，雖不敢望聖學，秦之所燔始稍稍出，共爲因言析義，考究異同，故西京之文號爲爾雅。而魏晉以還，惟唐韓昌黎愈、柳柳州宗元，宋歐陽學士修，及蘇氏父子兄弟、曾鞏、王安石輩之八君子者，賦材不同，然要之並按古六藝及西京以來之遺響而揣摩之者，其在孔門，不敢當游、夏之列，而大略因文見道，就中擘理。蓋嘗就世之所稱正統者論之，六經者，譬則唐虞三王也。西京而下，韓昌黎輩，譬則由漢而唐而宋間及西蜀、東晉是也。世固有盛衰，文亦有高下，然於國之正統，或爲偏安，或爲播遷，語所謂寖微寖昌不絶如帶是也。其他雖富如崔、蔡，藻如顔、射，譬則草莽之裂土而王是已，况於近代聞人學士乎哉？僕間嘗手評次之爲八大家，如別册，妄臆鄙度，已載總序及諸引中，不審公謂然否？（同上卷五）

【與萬思默督學書（節録）】八大家刻一部附上。韓、歐以下，近來文章家且謂漢西京後薄不足爲，而僕則妄謂八君子者，其材之小大不同，要之於六籍以來相傳之旨，似各能獲其雋永而爲之者。故一切鐫評，並爲指次如此。（同上卷八）

【復陳五嶽方伯書（節録）】僕嘗謬論文章之旨，如韓、柳、歐、蘇、曾、王輩，固有正統，而獻吉則弘治、正德間所嘗擅盟而雄矣，或不免猶屬草莽偏陲，項籍以下是也。公又別論近年唐武進、王晉江以下六七公輩，亦足以與韓、歐輩並軌而馳者，誠然誠然。然僕之鄙，則少自結髮，所鑱畫古作者之旨，而偶有所自好，不敢不吐於長者之側也。李獻吉樂府歌賦與五七言古詩及近體諸什，上摹魏晉，下追大曆，一洗宋元之陋，百世之雄也。獨於記序碑誌以下，大略其氣昂，其聲鏗金而戛石，特割裂句字之間者。然於古之所謂文以載道處，或屬有間。文之氣與聲，固當與時高下，而其道則六籍以來所不能間者。僕少嘗與蔡子木論文書，竊謂天地間萬物之情，各有其至。而世之文章家，當於六籍中求其吾心者之至，而深於其道，然後從而發之爲文，譬則金之在冶，而種種色色，無不得其鼓鑄之真。即如僕所頃次韓昌黎輩，而屬之八大家。漢之崔駰、蔡邕，晉之左思、陸士衡，齊、梁、陳、隋以下，非無龍驤虎門之士。而八君子者之中，曾子固殊屬木納蹇澀，嗷之無聲，嘘之無焰者，而僕猶取之，以其所序《戰國策》諸書，及記筠州、宜黄學諸文，蓋亦翩然能得古六籍之遺而言之者已。要之，非世所謂翡翠珊瑚刻鏤剸贋之飾而爲之文者，故蘇長公嘗稱韓昌黎文起八代之衰，其所指者固在此。（同上）

【唐宋八大家文鈔總序】　孔子之系《易》曰：「其旨遠，其辭文。」斯固所以教天下後世爲文者之至也。然而及門之士，顔淵、子貢以下，並齊魯間之秀傑也，或云，身通六藝者七十餘人，文學之科，並不得與，而所屬者僅子游、子夏兩人焉。何哉？蓋天生賢哲，各有獨禀，譬則泉之温，火之寒，石之結緑，金之指南，人於其間，以獨禀之氣，而又必爲之專一，以致其至。伶倫之於音，裨竈之於占，養由基之於射，造父之於御，扁鵲之於醫，僚之於丸，秋之於奕，彼皆以天縱之智，加之以專一之學，而獨得其解，斯固以之擅當時而名後世，而非他所得而相雄者。孔子没，而游、夏輩各以其學授之諸侯之國，已而散逸不傳。而秦人燔經坑學士，而六藝之旨幾輟矣。漢興，招亡經，求學士，而鼂錯、賈誼、董仲舒、司馬遷、劉向、揚雄、班固輩，始乃稍稍出，而西京之文，號爲爾雅。崔、蔡以下，非不矯然龍驤也，然六藝之旨漸流失。魏、晉、宋、齊、梁、陳、隋、唐之間，文日以靡，氣日以弱，强弩之末，且不及魯縞矣，而況於穿札乎？昌黎韓愈首出而振之，柳柳州又從而和之，於是始知非六經不以讀，非先秦兩漢之書不以觀。其所著書、論、序、記、碑、銘、頌、辯諸什，故多所獨開門户，然大較並尋六藝之遺略，相上下而羽翼之者。貞元以後，唐且中墜，沿及五代，兵戈之際，天下寥寥矣。宋興百年，文運天啓，於是歐陽公修從隋州故家覆瓿中偶得韓愈書，手讀而好之，而天下之士，始知通經博古爲高，而一時文人學士，彬彬然附離而起。蘇氏父子兄弟，及曾鞏、王安石之徒，其間材旨小大，音響緩亟，雖屬不同，而要之於孔子所删六藝之遺，則共爲家習而户眇之者也。由今觀之，譬則世之走騕褭騏驥於千里之間，而中及二百里、三百里而輟者有之矣，謂塗之薊而轅之粤則非也。世之操觚者，往往謂文章與時相高下，而唐以後且薄不足爲。噫！抑不知文特以道相盛衰，時非所論也。其間工不工，則又繫乎斯人者之稟，與其專一之致否何如耳。如所云，則必太羹玄酒之尚，茅茨土簋之陳，而三代而下，明堂玉帶，云罍犧樽之設，皆駢枝也已！孔子之所謂「其旨遠」，即不詭於道也；「其辭文」，即道之燦然，若象緯者之曲而布也。斯固庖犧以來人文不易之統也。而豈世之云乎哉！我明弘治、正德間，李夢陽崛起北地，豪俊輻凑，已振詩聲，復揭文軌，而曰，吾《左》吾《史》與《漢》矣，已而又曰，吾黄初、建安矣。以予觀之，特所謂詞林之雄耳，其於古六藝之遺，豈不湛淫滌濫，而互相剽裂已乎！予於是手掇韓公愈、柳公宗元、歐陽公修、蘇公洵、軾、轍、曾公鞏、王公安石之文，而稍爲批評之，以爲操觚者之券，題之曰《八大家文鈔》。家各有引，條疏如左。嗟乎！之八君子者，不敢遽謂盡得古六藝之旨，而予所批評，亦不敢自以得八君者之深，要之大義所揭，指次點綴，或於道不相盭已。謹書之以質世之知我者。（《唐宋八大家文鈔》）

【八大家文鈔論例（節録）】　宋諸賢叙事當以歐陽公爲最。何者？以其調自史遷出，一切結構裁翦有法，而中多感慨俊逸處，予故往往心醉。曾之大旨近劉向，然逸調少矣。王之結構裁翦極多鑱洗苦心處，往往矜而嚴，潔而則，然較之曾特屬伯仲，須讓歐一格。至於蘇氏兄弟，大略兩公者文才，疏爽豪蕩處多，而「結構裁翦」四字非其所長。諸神道碑多者八、九仟言，少者亦不下四、五仟言，所當詳略斂散處，殊不得史體。何者？鶴頸不得不長，鳧頸不得不短。兩公於策論，千年以來絶調矣。故於此或殺一格，亦天限之也。

曾南豐之文，大較本經術，祖劉向，其湛深之思，嚴密之法，自足以與古作者相雄長。而其光焰或不爍也，故於當時稍爲蘇氏兄弟所掩。獨朱晦菴亟稱之，歷數百年，而近年王道思始知讀而酷好之，如渴者之飲金莖露也。

予嘗有文評曰：屈、宋以來，渾渾噩噩，如長川大谷，探之不窮，攬之不竭，藴藉百家，包括萬代者，司馬子長之文也。閎深典雅，西京之中獨冠儒宗者，劉向之文也。斟酌經緯，上摹子長，下采劉向父子，勒成一家之言者，班固也。吞吐騁頓，若千里之駒，而走赤電，鞭疾風，常者山立，怪者霆擊，韓愈之文也。巉巖崱屴，若游峻壑削壁，而谷風凄雨四至者，柳宗元之文也。遒麗逸宕，若攜美人宴遊東山，而風流文物照耀江左者，歐陽子之文也。行乎其所當行，止乎其所不得不止，浩浩洋洋，赴千里之河而注之海者，蘇長公也。嗚呼！七君子者，可謂聖於文矣。其餘若賈、董、相如、揚雄諸君子，可謂才問炳然西京矣，而非其至者；曾鞏、王安石、蘇洵、轍，至矣；鞏尤爲折衷於大道，而不失其正，

然其才或疲薾而不能副焉。吾聊次之如左，俟知音者賞之。（同上）

《太常博士曾公墓誌銘》 曾易占歷宦坎坷，而荆公點次有生色。（同上《王文公文鈔》卷二）

《慈溪縣學記》 予覽學記，曾、王二公爲最，非深於學，不能記其學如此。（同上卷七）

【曾文定公文鈔引】 曾子固之才焰，雖不如韓退之、柳子厚、歐陽永叔及蘇氏父子兄弟，然其議論必本於六經，而其鼓鑄翦裁必折衷之於古作者之旨。朱晦菴嘗稱其文似劉向，向之文於西京最爲爾雅，此所謂可與知者言，難與俗人道也。近年晉江王道思、毘陵唐應德始亟稱之。然學士間猶疑信者半，而至於膾炙者罕矣。予録其疏、劄、狀六首，書十五首，序三十一首，記、傳二十八首，論議、雜著、哀詞七首。嗟乎！曾之序、記爲最，而誌銘稍不及，然於文苑中當如漢所稱古之三老祭酒是已，學者不可不知。歸安鹿門茅坤題。（同上《曾文定公文鈔》）

編者按：此則亦見清張伯行《唐宋八大家文鈔》卷首。

《熙寧轉對疏》 「勸學」二字，公之所見正，所志亦大，而惜也才不足以副之，故不得見用於時。姑録而存之，以見公之槩。（同上卷一）

《移滄州過闕上殿疏》 曾公此劄欲附古作者《雅》《頌》之旨，陳上功德宣之金石，而其結束歸於勸戒。（同上）

《議經費劄子》 名言。（同上）

《請減五路城堡劄子》 似亦名言，惜也篇末措注亦欠發明。（同上）

《明州擬辭高麗送遺狀》　極爲通達，國體之言。（同上）

《請令州縣特舉士劄子》　子固按古者三代及漢興令郡國各舉賢良者以聞，甚屬古意。世之君相未必舉行，而不可不聞此議，予故録之。入時事以後措注須本古之所以得與今之所以失。參錯論列，使朝廷開明，然後得按行之，而子固於此往往亦似才識不稱其志云。（同上）

編者按：清張伯行《唐宋八大家文鈔》（叢書集成初編本，下簡稱《文鈔》）引此則時，語序有顛倒。自「予故録之」以上數句放在「不稱其志云」之後。

《上范資政書》　按此書曾公既自幸爲范文正公所知，竊欲出其門，又恐文正公或賤其人，故爲紆徐曲折之言，以自通於其門，而行文不免蒼莽沉晦，如揚帆者之入大海而茫乎其無畔已。若韓昌黎所投執政書，其言多悲慨；歐公所投執政書，其言多婉曲；蘇氏父子所投執政書，其言多曠達而激昂。較之子固，醒人眼目，特倍精爽。（同上卷二）

編者按：清張伯行《文鈔》引此則。

《上歐陽學士第二書》　子固感歐公之知，又欲歐公並。覽覩其所自期待處，蘊思綴語，種種斟酌。（同上）

編者按：清張伯行《文鈔》引此則。

《上蔡學士書》　從歐陽公與兩司諫書中脱化來。（同上）

編者按：清張伯行《文鈔》引此則。

《上歐蔡書》　委婉周匝可誦，公文之佳者。(同上)

編者按：清張伯行《文鈔》引此則。

《福州上執政書》　子固以宦遊閩徼，不得養母，本《風》、《雅》以爲陳情之案，而其反覆詠歎，藹然盛世之音，此子固之文所以上擬劉向，而非近代所及也。(同上)

編者按：清張伯行《文鈔》引此則。

《謝杜相公書》　感慨深湛，雍容典則，有道者之文也，豈淺儇者所及。(同上)

《上杜相公書》　以書爲質，其説宰相之體處，亦自典刑。(同上卷三)

編者按：清張伯行《文鈔》引此則。

《與杜相公書》　此子固所不可及處，在不失己上。(同上)

編者按：清張伯行《文鈔》引此則。

《與孫司封書》　憫孔宗旦先儂智高之反而言，而猥與不爲禦賊者同戮而無聞。其爲書反覆千餘言，句句字字嗚咽涕洟，可與傳記相表裏。(同上)

《與撫州知州書》　子固有一段自別於衆人處之意，而又有所難言，故其文迂蹇不甚精爽，非其佳者。(同上)

編者按：清張伯行《文鈔》引此則。

《與王介甫第二書》　介甫本剛愎自用之人，此書特爲忠告甚篤，蓋亦人所難及者，但其砭劑多而諷諫

少，恐亦不相入。（同上）

編者按：清張伯行《文鈔》引此則。

《寄歐陽舍人書》 此書紆徐百折，而感慨嗚咽之氣，博大幽深之識，溢於言外，較之蘇長公所謝張公爲其父墓銘書特勝。（同上）

編者按：清張伯行《文鈔》引此則。

《答范資政書》 頌而不諂，伉而不驕。〔眉批〕悲之深，思之深，感之深。（同上）

編者按：清張伯行《文鈔》引此則。

《答王深甫論揚雄書》 此書所議甚舛，姑録而質之有識者。 以仕莽擬箕子之囚奴，抑已過矣，况《美新》乎？以子固而猶爲附和其説，甚矣！ 君子之權衡天下出處必至聖人，而後折衷也。 愚獨謂揚雄當不逮楚兩龔。（同上）

《答孫都官書》 書旨多蒼然之色，幽然之思。（同上）

《戰國策目録序》 大旨與《新序》相近，有根本，有法度。（同上卷四）

編者按：清張伯行《文鈔》引此則。

《南齊書目録序》 論史家得失處如掌。（同上）

編者按：清張伯行《文鈔》引此則。

《梁書目録序》 以「内」字論佛之旨，頗非是。 蓋佛原非以吾儒之外而彼自識其内也。 彼只見自家本

來原無一物，故欲了當本性耳。欲見本性，故將一切聲色臭味香法多爲丟去耳，而非以狥内故也。（同上）

《陳書目録序》 文屬典刑，不爲風波，而自可賞俯。（同上）

《太祖皇帝總序》 曾子獨見。其論宋太祖與高祖兩相折衷處，如截鐵。（同上）

《新序目録序》 見極正大，文有典刑。（同上）

編者按：清張伯行《文鈔》引此則。

《列女傳目録序》 子固諸序，並各自爲一段大議論，非諸家所及，而此篇尤深入，近程、朱之旨矣。（同上）

編者按：清張伯行《文鈔》引此則。

《説苑目録序》 此篇精神融液處，不如新序、戰國策諸篇。（同上）

編者按：清張伯行《文鈔》引此則。

《徐幹中論目録序》 子固於建安七子之中，獨取徐幹，得之。而序文亦屬典刑。（同上）

編者按：清張伯行《文鈔》引此則。

《禮閣新儀目録序》 按曾子固所論經術及典禮之大處，往往非韓、柳、歐所及見者。（同上卷五）

編者按：清張伯行《文鈔》引此則。

《李白詩集後序》 不論着李白詩，而獨詳白生平縱跡，此其變調也。然其結胎在臥廬山永王麟迫致之

上，蓋如此，李白夜郎之流，潯陽之獄，可釋然無愧矣。(同上)

《范貫之奏議集序》　須覽公所序奏議之忠直，而能本朝廷所以容忠直處，纔是法家。(同上)

《强幾聖文集序》　范希文與歐陽永叔爲深相知，坐希文貶，及希文經略西夏時，辟永叔爲掌書記，而永叔不從。其書曰：「吾嘗與公同其退，不當同其進也。」何等卓礮！幾聖之文今不可見，然平生所自見者並屬魏公幕府，則子固之所不滿而風刺之者，已見其概矣。此其文之典刑處，而王道思所批鐫云云，非是。(同上)

《王子直文集序》　意見好。(同上)

編者按：清張伯行《文鈔》引此則。

《王深父文集序》　深父之文不可得而見。予按，王荆公所爲墓銘與其相答書，大略賢者也。(同上)

編者按：清張伯行《文鈔》引此則。

《王平甫文集序》　以詩文相感慨。(同上)

編者按：清張伯行《文鈔》引此則。

《齊州雜詩序》　雖小言自中律。(同上)

《先大夫集後序》　子固闡揚先世所不得志處，有大體，而文章措注處極渾雄，韓、歐與蘇亦當俯首者。(同上)

編者按：清張伯行《文鈔》引此則。

《相國寺維摩院聽琴序》　參之歐陽公所贈楊寘琴説序，不如遠甚，而其學問之旨亦似有得者，録之。(同上)

《類要序》　其書之所纂，本微淺，而公序之，亦難爲措注，故其旨不遠。(同上)

《送傅向老令瑞安序》　僅百餘言，而構思措辭，種種入彀中，有簡而文，淡而不厭者。(同上卷六)

編者按：清張伯行《文鈔》引此則。

《送丁琰序》　篇中所見遠，而其行文轉調處，似不免樸遬紆蹇之病，故不英爽。子固本色自在子固所爲，本色不足處亦在。(同上)

《送周屯田序》　議論似屬典刑，而文章煙波馳驟不足，讀昌黎所《送楊少尹致仕序》，天壤矣。(同上)

《送趙宏序》　余嘗按南越，南越州郡吏特得威名者，撫而制之無難者，無已則雕其酋足矣。今之請兵大征者皆非也。(同上)

《送江任序》　古來未有此調出，子固所自爲機軸。(同上)

《館閣送錢純老知婺州詩序》　文之典刑，雍容雅頌。(同上)

編者按：清張伯行《文鈔》引此則。

《贈黎安二生序》　子固作文之旨與其所自任處並已槩見，可謂文之中尺度者也。(同上)

編者按：清張伯行《文鈔》引此則。

《送蔡元振序》　才餤少宕，特其所見，亦有可取。(同上)

編者按：清張伯行《文鈔》引此則。

《叙盜》　前半篇按圖次盜情本末如畫，後半篇則又歸重於不忍刑之意。此子固之文所以動合典刑也。而子固之讞獄詳悉處，亦可具見矣。(同上)

《序越州鑑湖圖》　通篇點次鑑湖，如天官家之次三垣五星二十八緯以及飛流疾伏，無不擘畫如掌，而又恐後之。勢家或請爲田而廢也，於是又詳爲辨覈參駁，曾公之文固雄，而其經世之略亦概見矣。(同上)

《送李材叔知柳州序》　立意似淺，然亦本人情而爲之者。録之，以爲厭遊南粤者之勸。(同上)

編者按：清張伯行《文鈔》引此則。

《筠州學記》　不如《宜黄記》所見之深，而其行文亦屬作者之旨。(同上卷七)

編者按：清張伯行《文鈔》引此則。

《宜黄縣學記》　子固記學，所論學之制，與其所以成就人材處，非深於經術者不能，韓、歐、三蘇所不及處。(同上)

編者按：清張伯行《文鈔》引此則。

《瀛州興造記》　刀尺不踰。(同上)

《繁昌縣興造記》　亦有幅尺。〔眉批〕先序縣之不可不興造如此，又見向無能任其事者。(同上)

《洪州新建縣廳壁記》　覽此文則知爲縣者所甚難。(同上)

編者按：清張伯行《文鈔》引此則。

《齊州二堂記》　辯証的確，得太守體。（同上）

《廣德湖記》　本末纖悉，得記事法，纔是有用文字。不如鑑湖圖序更妙。（同上）

《襄州宜城縣長渠記》　千年鄢水本末如掌，而通篇措注一一有法。（同上）

《徐孺子祠堂記》　推漢之以亡爲存，歸功於孺子輩，論有本末。（同上卷八）

編者按：清張伯行《文鈔》引此則。

《閬州張侯廟記》　覽前大半篇，曾公似薄張侯，有不必祀之意，其所按經典以相折衷處，雖有本領，而予之意竊以張侯方共與關壽亭佐昭烈，百戰以立帝業於蜀。《祭法》所謂「以勞定國則祀之」者也，恐須按此言爲正。姑録而存之，以見子固自是一家言處。（同上）

編者按：清張伯行《文鈔》引此則。

《撫州顔魯公祠堂記》　魯公之臨大節，而不可奪處凡四五。而曾公之文亦足以畫一而點綴之，令人讀之而泫然涕洟，不能自已。（同上）

編者按：清張伯行《文鈔》引此則。

《尹公亭記》　藴思鑄辭，動中經緯。（同上）

編者按：清張伯行《文鈔》引此則。

《墨池記》　看他小小題而結構却遠而正。〔眉批〕「而嘗極東方」下，突然借事感慨以破之上疑。「豈其

學不如彼邪」下，以題小而引大義以斡旋之。（同上）

編者按：清張伯行《文鈔》引此則。

《飲歸亭記》　渾雄中並見典刑。（同上）

《廣德軍重修鼓角樓記》　幅尺自好。（同上）

《歸老橋記》　文有古者詩人風刺之義，録之。〔眉批〕其源從柳子諸記中來，却入宋之衰調已。（同上）

編者按：清張伯行《文鈔》引此則。

《越州趙公救災記》　趙公之救災，絲理髮櫛，無一遺漏；而曾公之記其事，亦絲理髮櫛，而無一不入於機杼，及其髻總。救菑者熟讀此文，則於地方之流亡如掌股間矣。（同上）

編者按：清張伯行《文鈔》引此則。

《清心亭記》　此記與《醒心亭記》，所謂説理之文，子固於諸家尤擅所長。（同上卷九）

編者按：清張伯行《文鈔》引此則。

《醒心亭記》　未盡子固之長，然亦有典型處。（同上）

編者按：清張伯行《文鈔》引此則。

《擬峴臺記》　此記大略本柳宗元《訾家洲》、歐陽公《醉翁亭》等記來。（同上）

編者按：清張伯行《文鈔》引此則。

《道山亭記》　曾子固本色。（同上）

《南軒記》　子固所自爲學具見篇中矣。(同上)

編者按：清張伯行《文鈔》引此則。

《鵝湖院佛殿記》　公爲記佛殿而却本佛殿之所以獨得劫民與國之財以自侈，亦是不肯放倒自家面目處。(同上)

編者按：清張伯行《文鈔》引此則。

《僊都觀三門記》　曾公凡爲佛老氏輩題文，必爲自家門第。(同上)

編者按：清張伯行《文鈔》引此則。

《分寧縣雲峰院記》　於雲峰院無涉，而意甚奇。(同上)

編者按：清張伯行《文鈔》引此則。

《菜園院佛殿記》　此篇無它，結構只是不爲佛殿所困窘便是高處。(同上)

編者按：清張伯行《文鈔》引此則。

《洪渥傳》　有深思，有法度。(同上)

編者按：清張伯行《文鈔》引此則。

《唐論》　文格似弱而其議則正當。(同上卷十)

編者按：清張伯行《文鈔》引此則。

《講官議》　嚴緊而峻，必因當時伊川争坐講，故有此議。(同上)

編者按：清張伯行《文鈔》引此則。

《公族議》　亦合經典。（同上）

《爲人後議》　引據最嚴密，蓋以濮園之後，故有此議。（同上）

編者按：清張伯行《文鈔》引此則。

《救災議》　子固大議，其剖析利害處最分明。（同上）

編者按：清張伯行《文鈔》引此則。

《書魏鄭公傳》　借魏鄭公以諷世之焚稿者之非，而議論甚圓暢可誦。（同上）

編者按：清張伯行《文鈔》引此則。

《蘇明允哀詞》　叙明允生平，亦儘有生色可觀。（同上）

編者按：清張伯行《文鈔》引此則。

## 宋儀望

【重刻宛陵梅聖俞詩集序（節録）】　律詩濫觴六朝，而獨盛有唐。然自元和而降，斯軌復榛。韓退之文雄一代，而風人之旨缺焉。餘無論矣。有宋繼興，文總往代，歐、蘇、曾、王最稱大家。然論其詩，求所謂唐人之音，蔑如也。（《宛陵先生集》卷首）

## 羅汝芳

【重修曾南豐先生祠堂記】　文所以闡名理、攄性靈者也。惟壹以六經孔、孟爲宗，後世之學角逐聲利，剽竊奇詭，索之神理，蕩然無存，奚以明道而翼聖統也。南豐先生諱鞏，字子固，世所稱文定公者，系出郕國，郕國獨宗尼聖，格致誠正，忠恕一貫，無他術焉。先生起宋隆盛時，克纘箕裘，振五代文風之敝，與歐陽文忠公相倡和。其言曰：「明聖人之心於百世之上，明聖人之心於百世之下」，其學厥有宗旨矣。以故心源意緒，獨契六經；摛文掞藻，一軌於正。令當世學者咸知尊經，前以續孟學之不傳，後以開程學於未顯。洵如吳臨川所稱：「合乎程，接乎孟，而達乎孔者也。」歷六州而茂著鴻勛，登史館而纂修《實録》。雖其直道忤時，大業未就，而起敝維風，羽翼經學，如日中天，其功良偉哉！予居同先生之郡，竊慕六經之學，惟繕性明德爲兢兢，庶幾無愧孔孟心法者。先生道脉在心不在跡，而後人率祖非祠無以展孝思也。先時，查溪祠始於宋乾道八年，忠孫邁卜墓址而創之。淳祐中，九世孫文忠就軌制而廓之，歲久圮塌，故址具存。明嘉靖戊申裔孫淳、勝等慨祖祠之傾頽，協心修葺，重構前堂，然門屋猶卑隘也。萬曆戊寅，諸裔孫增修門廈，結砌階塗，歷秋冬告成，焕然一新，軍峰聳其前，珠山峙其後，禾石翼其左，魚洲塞其右。堂寢之弘麗，昭穆之森嚴，千萬禩烝嘗於斯，聚族於斯，先生在天之靈愈久不磨，蓋祀於鄉，有司者所以崇文重道也；祀於家，子孫所以尊祖敬宗也。查溪雖僻壤，前此幾不振，迄今人文輩出，廟祀重光，則先生歆饗自有在矣，爾後裔尚顧祖德思紹哉！

不徒祀之以跡也。予嘉先生世德之盛，後胤之賢，故述其巔末以垂不朽云。明萬曆己卯歲正月望日，南城後學近溪羅汝芳頓首拜撰。（《南豐縣志》卷五）

## 徐師曾

《周禮》：士師以五戒先後刑罰，其二曰誥，用以於會同，以諭衆也。秦廢古法，止稱制詔。漢武帝元狩六年，始復作之，然亦不以命官。唐世王言，亦不稱誥。至宋，始以命庶官，而追贈大臣、貶謫有罪、贈封其祖父妻室，凡不宣于庭者，皆用之。故所作尤多。然考歐、蘇、曾、王諸集，通謂之制，故稱內制、外制，而誥實雜於其中，不復識別。蓋當時王言之司，謂之兩制，是制之一名，統諸詔命七者而言。（《文體明辨序說》誥）

## 徐　渭

《擬峴臺記》趣靜而遠，思曲而長。曾公有所臨摹之作，神色自露本來。（《山曉閣南豐文選》引）

## 何良俊

曾南豐文，嚴正質直，刊去枝葉，獨存簡古，故宋人之文，當稱歐、蘇，又曰歐、曾。（《四友齋叢說》卷之二十三文）

王應麟言：　曾子固跋《西狹頌》，謂「所畫龍、鹿、承露人、嘉禾、連理之木，(然後)漢畫始見於今。」邵公濟謂：「漢李翕《王稚子高貫方墓碑》刻山林人物，乃知顧愷之、陸探微、宗處士輩，尚有其遺法。」至吴道玄絶藝入神，始用巧思，而古意稍減矣。觀此則畫家相沿，一定而不易。善鑒者可以望而知其年代之先後矣。（同上卷之三十八　畫）

## 宗　臣

【總約八篇　談藝第六（節録）】　夫六經而下，文豈勝談哉？左、馬之古也，董、賈之渾也，班、揚之嚴也，韓、柳之粹也，蘇、曾之暢也，咸炳炳朗朗，千載之所共嗟也。然其文馬不襲左，而班不襲揚也；柳不襲韓，而曾不襲蘇也。何也？不得不同者，文之精也；不得不異者，文之迹也。（《宗子相集》卷十三）

## 王世貞

【尹趙同聲録序（節録）】　吾又聞歐陽公於其年編者按：指嘉祐丁酉。鋭欲變其輕靡之習，而歸之大雅，故劉幾黜，而曾子固、蘇子瞻兄弟進。（《弇州山人續稿》卷三）

【書歐陽文後】　歐陽之文，雅渾不及韓，奇峻不及柳，而雅靚亦自勝之。記、序之辭，紆徐曲折。碑志之辭，整暇流動，而間於過折處，或少力，結束處，或無歸著，然如此十不一二也。獨不能工銘詩，易於造語，率於押韻，要不如韓之變化奇崛。他文亦有迂遠而不切、太淡而無味者。然要之宋文竟當與蘇氏踞洛屋兩頭，曾、王而下置兩廡。（《讀書後》卷三）

【書曾子固文後】　子固有識有學，尤近道理，其辭亦多宏闊遒美，而不免爲道理所束，間有闒塞而不暢者，牽纏而不了者。要之，爲朱氏之濫觴也，朱氏以其近道理而許之。近代王慎中輩，其材力本勝子固，乃掇拾其所短而舍其長，其闒塞牽纏迨又甚者。此何意也？毋論子固，即明允、子由、介甫俱不足與四家列而稱大，若名家者庶幾矣。（同上）

韓、柳氏，振唐者也，其文實。歐、蘇氏，振宋者也，其文虛。臨川氏，法而狹。南豐氏，飫而衍。（《藝苑卮言》卷三）

楊、劉之文靡而俗，元之之文旨而弱，永叔之文雅而則，明允之文渾而勁，子瞻之文爽而俊，子固之文腴而滿，介甫之文峭而潔，子由之文暢而平。（同上卷四）

編者按：明徐師曾《文體明辨序説》曾引此則。

烏傷王褘、金華胡翰雜用歐、曾、蘇、黄家語，空於文憲而力勝之。劉誠意用諸子，蘇伯衡、方希古皆出眉山父子，方才似高，然少波瀾耳。……鄭繼之出西京，頗蒼老而短。晉江出曾氏而太繁，毘陵出蘇氏而微濃，皆一時射雕手也。晉江開闔既古，步驟多贅，能大而不能小，所以遜曾氏也。毘陵從偏處起論，從小處起法，是以墮彼雲霧中。（同上卷五）

三玷缺：……曾鞏陵鑠維桑，歐陽修乖名濮議，蘇軾取攻蜀黨，王安石元豐斂怨，陸游平原失身。……

（同上卷八）

## 李贄

【參政王公（節録）】慎中夙好古，漢以下著作無取焉。至是始讀宋儒之書而喜之，尤喜曾、王、歐三氏文，即眉山兄弟猶以爲過于豪而失之放矣。以此自信，乃取舊所爲文悉焚之，製作一以曾、王爲準。唐荆川初見不肯服，久之相解，亦變而從之。嘗語人曰：「吾學問得之龍溪，文字得之遵巖。」其推許如此。（《續藏書》卷二十六　文學名臣）

【元豐五年】以曾鞏爲中書舍人。鞏文章本原六經，爲歐陽修所重。帝深知其才，命充史館修撰。（《史綱評要》卷之十　宋紀）

## 潘頤龍　林燫

鞏有盛名，莅政數年，吏不敢爲姦，閭里無追呼之擾。（《福州府志》卷之十五　名宦）

## 焦竑

【刻蘇長公外集序（節録）】唐、宋以來，如韓、歐、曾之於法至矣，而中靡獨見，是非議論，或依傍前人，子厚、習之、子由乃有窺焉，於言有所鬱渤而未暢。（《澹園續集》卷一）

# 茅維

【宋蘇文忠公全集敘（節録）】　五季承唐之靡，而宋復振之，以紹唐之元和。其間廬陵先鳴，而眉山、南豐爲輔。卒之士人所附，萃於長公，而廬陵不自功矣。（《蘇文忠公全集》卷首）

# 屠龍

【文論（節録）】　論者謂善繪者傳其神，善書者模其意。昌黎氏之文盖傳先哲之神，而脱其軀殼，模古人之意，而遺其形畫者也，奚必六經，必諸子哉？且風骨格力，韓子焉不有也？嗟乎！令韓子不屑屑於擬古而古意矯然具存，即奚必如六經如諸子，而自爲韓子一家之言可也；今第觀其文，卑者單弱而不振，高者詰屈而聱牙，多者裝綴而繁蕪，寡者率略而簡易，雖有他美，吾不得而知之矣，尚焉取風骨格力於其間哉？厥後歐、蘇、曾、王之文，大都出於韓子，讀之可一氣盡也，而玩之則使人意消。余每讀諸子之文，蓋幾不能終篇也。標而趨之者，非韓子與？（《由拳集》卷二十三）

# 湯顯祖

【劉氏類山序（節録）】　在宋，吾邑多嗜學，而晏元獻始用文章執政。曾子固爲序其《輯要》。（《湯顯祖集·詩文集》卷二十九）

## 陳洪謐

【玉茗堂選集題詞及序（節録）】　蓋江山之秀，勁挺出之爲忠義，則有弋陽、廬陵；沉涵泳之爲理學，則有南豐、鵝湖；恬漠守之爲清節，則有彭澤、南州；晶英噴之爲文章，則有六一、涪翁。（《湯顯祖集》附録）

## 陸雲龍

【翠娱閣評選湯若士先生文集弁首（節録）】　其思玄，其學富，其才宏。似欲翻高深峻潔之窠臼，另以博大瑰麗名。彭蠡之濤，風雷奮而天地浮；匡廬之瀑，珠璣噴而瑶玟落。句饒藻豔，字帶蘭芬。不又舍歐陽、曾、王别樹一幟哉！予謂歐陽轉卑弱之氣，開雅醇之先，爲春；曾、王掣（掔）斂氣多，爲秋，爲冬；而先生則爲夏。（《湯顯祖集》附録）

## 許重熙

【文集原序（節録）】　韓、柳更制，去蕪存美，中興斐然。歐、蘇、曾、王，各暢奢趣。衰宋不振，辭入注疏，冗手寡韻。……粤我義仍夫子，星降西州，雲章東夏。昔春秋在少，而朝野蚤傾；雖人爵未崇，而清風故遠。觀其體氣高妙，才情逸發，學浸洙典，筆芬左册。麗則之篇，並潘、陸而綴古；窈窕之音，續沈、宋而微吟。固已範玄趣奥，鑄新叶利，奪鮮化工，争清鈞廣。而書牋序記，翩翩奕奕。陶韓

鑄柳，語必衷裁；摹歐範曾，言非强結。學士謂之通才，文人師其大成矣。（《湯顯祖集》附録）

## 沈演

【尺牘原序（節録）】湯臨川文聲實與曾南豐相上下。勁骨逸思，則惟大（天）所授，有物來助。獨聖之語，乃出匠心。（《湯顯祖集》附録）

## 胡應麟

以昌黎《毛穎》之筆，而馳驟古人，奚患其不史也。而《順宗録》有取捨之譏，《曹王碑》多軋茁之調。柳以史筆推韓，與書翊戴至矣，而韓弗任也。《段秀實傳》，一臠足珍，他絶不覩。李習之翺，鋭以史自居，第唐一代，詎止高、楊兩女子哉。宋王、曾、蘇氏，重名居館職，徒成故事。《隆平集》今傳，非荀、袁匹也。史有别才，歷較唐、宋諸子，益信矣。（《少室山房筆叢》卷十三乙部《史書佔畢》一）

《庚溪詩話》云：「曾子固爲太平州司户，時張伯玉瑑作守，歐公、荆公皆與伯玉書，以子固屬之，伯玉殊不禮。一日，就設廳召子固作大排，唯賓主二人，不交一談。既而，召子固書屋，謂曰：『人皆謂公曾夫子，必無學不學也。』子固辭避而退，因請子固作《六經閣記》，子固屢作，終不可其意。乃曰：『吾試爲之。』即令子固書曰：『六經閣者，諸子百家皆在焉。不書，尊經也。』其下文不能具載。又令子固問《書》、《傳》中隱晦事，應答如流。子固大服，始有意廣讀異書。晁文以道言：『劉斯立跂初登科以賢稱，就亳州見劉貢父，談論皆劉所未知。』以道又言：『少年讀書時，常鄙薄廕補得官，後從李德叟遊，德叟輕賤科名，議論高遠，方有意真爲學也。』」據右宋人所述，則南豐似亦不甚讀書，蓋文與歐、王、蘇氏等，而學又不及伯玉。非庚溪筆之，殆同草木。謂小説可廢乎？（同上卷三十九庚部《華陽博議》下）

宋世人才之盛，亡出慶曆、熙寧間，大都盡入歐、蘇、王三氏門下。……王岐公、王文公、曾子固、蘇子瞻、子由、王深父、容季子直、李清臣、方子通等，皆六一徒也。（《詩藪》雜編卷五）

## 婁　堅

【麗句集序（節録）】　貞元中昌黎倡爲古文，柳、李、皇甫和之，而遠紹秦、漢之作。天聖中，歐陽變其少作，三蘇、曾、王繼之，而復尋中唐之緒。顧此非所論於儷偶之文也。（《學古緒言》卷一）

【尊經閣夜話述（節録）】　六朝之俳偶，唐初猶存。韓乃力振，柳與並馳。長慶以降，其細已甚。宋沿末流，歐始反正，王、曾維佐，三蘇並擅，長公其尤。（同上卷二十）

【與文文起太史書（節録）】　東漢、六朝之文，至韓、柳而一振；唐末、五代之文，至歐、蘇、曾、王而一振。今讀其文，雖此數公者亦各自爲詞，未嘗相襲，世乃有謂古文之法亡於韓者，彼不知也，曷足怪乎？（同上）

【寄姚孟長太史（節録）】　僕童子時，讀蘇長公《上梅直講書》，未之識也。及壯，因歐公「須讓此人」之語，始尋繹得之。其後，讀韓、歐、曾、王之文，一一窺其高處，進而求之賈、董、鼂、劉，又知遺詞布格雖各隨其時，而其爲卓然偉然也。（同上卷二十二）

## 陳繼儒

荆公《答曾子固書》，謂小説無所不讀，然後能知大體。（《太平清話》卷二）

陳後山攜所作謁南豐，一見愛之，因留款語。適欲作一文字，因託後山爲之，後山窮日力方成，僅數百言。明日以呈南豐，南豐云：「大略也好，只是冗字多，不知可略删動否？」後山因請改竄。南豐就坐，取筆抹處，連一兩行，便以授後山。凡削去一二百字，後山讀之，則其意猶完，因歎服，遂以爲法。所以後山文字簡潔如此。……夫文字之交，本是净緣，而常結惡業。故虚心者，宜待之以曾南豐；盛氣者，不宜待之以劉禹錫。（《讀書鏡》卷三）

## 朱之瑜

【曾南豐《説苑序》】　子政以貴戚之卿，當恭顯擅朝播虐，豈容坐視，至乃以枉己詘之，大不然矣。獨不曰禹、稷、顔子，易地則皆然乎？況乎屈平三黜，而君子不非其訐，自沉而死，而君子卒憐其忠。子固是非頗謬，大概可知也矣。無怪乎其登進劇秦美新之揚雄，而不疑也哉！（《朱舜水全集》卷二十四《讀〈説苑〉札記》）

## 袁宗道

【論文下（節録）】　無論《典》、《謨》、《語》、《孟》，即諸子百氏，誰非談理者？道家則明清净之理，法家則明賞罰之理，陰陽家則述鬼神之理，墨家則揭儉慈之理，農家則叙耕桑之理，兵家則列奇正變化之理，漢、唐、宋諸名家，如董、賈、韓、柳、歐、蘇、曾、王諸公，及國朝陽明、荆川，皆理充於腹，而文隨之。（《白蘇齋類集》二十）

## 孫慎行

【唐荆川先生文集序（節録）】　昔人謂唐之韓、柳，即漢之馬遷，宋之歐、蘇、曾、王，即唐之韓、柳。文章真千古一脉，蓋非虚言。今即謂國朝之先生，即宋之歐、蘇、曾、王，唐之韓、柳可也。……匠心獨到，得文章真傳者，先生一人而已。先生造理醇而議事極暢，立格高而命詞獨温，無一語不近人可曉然明，而又終無一語近人可形似摹竊者。居閑反覆誦讀，風神輝映，旨趣機躍，爲韓，爲柳，爲歐、蘇、曾、王者，若彬彬雜出乎簡端，卒欲指定以何篇擬之何家，何語仿之何篇，而終不可得也。（《荆川先生文集》卷首）

## 孫鑛

【與余君房論文書（節録）】　宋人云：褚少孫學太史公，句句相似，只是成段不相似；柳子厚學《國語》，段段相似，只是成篇不相似。今歷下新都二公亦然。……稽之前代，子厚亦不甚流動，而永叔最爲不博。大家唐二人，宋歐、曾、王、蘇父子共五人，欒城不與。（《月峰先生居業次編》卷三）

## 袁宏道

【徐文長傳（節録）】　文有卓識，氣沉而法嚴，不以模擬損才，不以議論傷格，韓、曾之流亞也。（《袁宏道集箋校》卷十九《瓶花齋集》之七　傳）

【答王以明（節録）】　近日始學讀書，盡心觀歐九、老蘇、曾子固、陳同甫、陸務觀諸公文集，每讀一篇，心悸口呿，自以爲未嘗識字。然性不耐靜，讀未終帙，已呼贏馬，促諸年少出遊。（同上卷二十二《瓶花齋集》之十　尺牘）

## 陸符

【四六法海序（節録）】　故唐以後稱大家者，無不以韓、柳爲宗，乃昌黎固所稱：起八代之衰，振綺靡之習者也。柳州則始泛濫於六朝，而既溯洄於秦漢，繇是稱兩家者率略其四六，而特重其古文辭。其

古文辭歷傳爲歐、蘇、曾、王，迨讀其四六製作，則又無不足謝六代之華，而啓一時之秀焉。（《四六法海》卷首）

## 陳明卿

《寄歐陽舍人書》　立意深嚴，在道德文章上以屬歐公，方不是尋常推獎。（《山曉閣南豐文選》引）

## 王志堅

（歐陽修）《謝知制誥表》　宋興且百年，文章體裁，猶仍五季餘習，鎪刻駢偶，淟涊弗振，柳開、穆修、蘇舜欽志欲變古，而力弗逮。自歐公出以古文倡，而王介甫、蘇子瞻、曾子固起而和之，宋文日趨於古。（《四六法海》卷三）

《賀熙寧十年南郊禮畢大赦表》　昌黎《上尊號表》云：「折木天街，星宿清潤，北嶽醫閭，鬼神受職。」此篇警語分明從彼脱胎。乃知摹倣之功，古大家亦不免。（同上）

《與孫司封書》　《宋史·忠義傳》云：「始宗旦官京東，與李師道、徐程、尚同等四人爲監司耳目，號爲四瞠，人多惡之。」即此書所謂「爲世指目」者也。又云：「知袁州祖無擇以其事聞，贈太子中允。」亦與此書合。（《晚村八家古文精選·曾文精選》引）

《書魏鄭公傳》　韓魏公嘗爲諫官，所存諫稿三卷，自序云：「欲斂而存之，以效古人慎密之義，然恐無以見人主從諫之美。」司馬温公出知邊州，嘗三上書言事皆不納，時范景仁爲諫官，公以稿付之，貽書謂：「古之人有奏疏而焚稿者，蓋所謂言已施行，不可掠君之美。若奏而不通，又自焚其稿，則與不言何異？」按，二公論不同，如魏公言，則温公爲彰君之過；如温公言，則魏公爲掠君之美。蓋二公皆因古人有焚諫草者，又不忍自焚其草，故委曲分疏，不自覺反墮一偏，不如曾公此論爲明白正大而無弊也。（同上）

## 顧大韶

【復友人書（節録）】竊謂文至於秦漢止矣，韓、柳之於秦漢，精粗兼舉者也，歐、蘇、曾、王，得其精而遺其粗者也。然其粗既遺，則其精者亦不全矣。何者？辭太清而氣漸薄也。（《炳燭齋文集》續刻）

## 陳仁錫

《寄歐陽舍人書》（夾批）「夫銘誌之著於世，義近於史，而亦有與史異者」，挑剔出來。「苟托之非人」，挑出來。「非畜道德而能文章者」，纔徐徐引入歐公身上來。（《古文奇賞》卷二十一）

《贈黎安二生序》（夾批）「蓋將解惑於里人」，以正爲奇。「孰有甚於余乎」，低昂。「則予之迂大矣」，子固何等氣岸。「生其無急於解里人之惑」，何等誶旋。（同上）

《墨池記》「而嘗極東方」，突然借事感慨。「墨池之上，今爲州學舍」，以題小而引大義，以斡旋之。

「其亦欲推其事以勉學者邪」，寧可擂破鼓，不可放倒旗。「而使後人尚之如此」，有餘思。（同上）

## 陳邦瞻

【王安石變法】仁宗嘉祐五年（庚子，一〇六〇）五月己酉，召王安石爲三司度支判官。安石，臨川人，好讀書，善屬文。曾鞏攜其所撰以示歐陽修，修爲之延譽；擢進士上第，授淮南判官。（《宋史紀事本末》卷三十七）

## 艾南英

【甲戌房選序下（節録）】國初以來作者之意與近日立言者所以明秦、唐、漢、宋文章相沿之法，是誰之力歟？海内有良心者固當知其所自矣。然於制舉業中，其流弊亦有二，以空疎枯寂爲先輩，以直述傳注爲尊旨，此非立教者之罪，不善學者之過也。夫先正豈不以高華典重鳴家，而近科房牘社藝，其確然程、朱氏者，靈奇怪偉，何所不有。以不善學者之罪，罪立教者，是猶見新法之悞國，而訾《周禮》、非聖人之書也，可乎？夫制舉業，小技耳。君子明其理，正其法，其效已如此，況於發揮六經兼綜諸儒之條貫，修明信史，勒成一家，藏之名山，使其文按歐、曾以上之旨而及於史遷，其效又當何如也。（《天傭子集》卷一）

【王子鞏觀生草序（節録）】文之好爲異者，未有不至於同，而文之不爲異者，雖欲同之而不能也。文至於同，則雖以兩漢詞人之雄，而不免爲稚子之執筆，况其次乎？製藝自震澤、毗陵高步成嘉之際，如規矩之於方員，盖文之能事畢矣。萬曆之季，此風浸遠，一二輕薄少年中無所得而以浮華爲尚，相習成風，其文非經、非史，非韓、柳、歐、曾諸大家之言，其人皆登館閣臺省，則自南宮之試，至兩畿各道所爲典試事校分闈者，又皆其人主之居高而呼，其應愈衆，而近日《十八房稿》之文爲甚。（同上卷二）

【前歷試卷自叙（節録）】嗟乎！備嘗諸生之苦未有如予者也。至入鄉闈，所爲搜檢防禁，囚首垢面，夜露晝曝，暑暍風沙之苦，無異於小試。獨起居飲食稍稍自便，而房司非一手，又皆簿書獄訟之餘，而予七試七挫，改絃易轍，智盡能索，始則爲秦漢子史之文，而闈中目之爲野；改而從震澤、毗陵、成弦先正之體，而闈中又目之爲老。近則雖以《公》、《穀》、《孝經》、韓、歐、蘇、曾大家之句，而房司亦不知其爲何語。每一試已，則登賢書者，雖空踈庸腐稚拙鄙陋，猶得與郡縣有司分庭抗禮。（同上）

【黄章丘近藝序（節録）】予所取章丘獨在近藝，非故以好異動，章丘亦以制舉藝之爲道，其藴皆唐、虞三代聖君賢相之事業，其精微則窮理盡性，以至於命之學。於是乎御之以才，則必司馬遷、劉向、韓愈、柳宗元、歐陽修、蘇洵、曾鞏之文章。如是而遇於世，則爲賢德之天；不幸而不遇，則金石可滅，而吾文不可朽，其爲賢德之天固在也。（同上）

【後歷試卷自序（節録）】或謂予曰：「子於文章既已規模歐、曾，慨然有挽回斯世，其追古大家之意，即近代所嚴事自侈先秦者，一切厭薄，以爲不足窺六經秦漢之遺。其大者既足以存矣，而試卷之刻，

不能自已，何耶？」予應之曰：「《簡兮》之詩不云乎？……」(同上)

【匡廬小草（節録）】 論文者常患夫形勢之不能合而至於離也。雖然形有大小，勢亦如之。苟其巨細各足其性之所得，而無羡於外，則形與勢合，亦何難之有？而爲文者知夫文之難於勢，而自顧其力之不足於形也，不免小其形以就大勢。於是其議論不必根經術而鑄百家，其氣格不必法先秦而迫西漢，其開闔首尾、抑揚錯綜不必與韓、歐、蘇、曾數大家相表裏。知是則所謂勢者不過爲空疎無學而機鋒便給者之所托足，乃詡詡然自以爲得文之虛。君子患夫此，故不得不正之以形。(同上)

【續刻周伯譽遺稿序（節録）】 唐之韓子，宋之歐陽子，力挽六朝五季之陋，而天下翕然共趨於古，此所謂開風氣之先者也。然韓子之於李翺、皇甫湜、張藉之徒，汲汲皇皇，扶而進之；歐陽子之於蘇氏、介甫、子固諸人，非其薦舉與棘院所收，則其受業之門人。其急之也，不啻父之於子，兄之於弟。彼二子者，其於友如此，其護持斯文何如也？然是二子者，天既假以壽考，得大成其文章，而又尊位光寵於朝，可以盡汲引當時之士，故後世無以過。(同上)

【青來閣二集序（節録）】 自萬曆之季，房稿盛行，而天下無制藝，學者莫不勦襲浮艷以欺奪主司，孟旋先生毅然以斯文爲己任，而天下始知以通經學古爲高。其於舉子業推而上之，覩其盛衰始終之故，以爲人心國是之所由，諰諰然欲障狂瀾而東之，其汲引天下文士，無論識與不識，爲之發明其所自得於聖賢之旨。又爲之聯上下疏戚之交，以生威輔勢者，不啻如韓子之於李翺、張藉，歐陽子之於介甫、子固諸人也。(同上)

【易三房同門稿序（節録）】　以歐陽公之明識，而曾子固又常受業於其門，子固以六經之文，典重醇深，爲公所推服。自今觀之，其文當濂洛未興之先，已能開性命之宗，無事理之障，疑非子瞻少年時所能辨也。而世所傳《刑賞忠厚》之書，似子固所不欲爲。「皋陶曰殺之三，舜曰宥之三。」則幾於戲矣，而公竟以疑似不能定其人，則知人之難如此。……夫興公爲文極天下恢奇詭異之觀，而予以疏散淡拙率其誠，然則予師之，知予也較難。然予師固常令泰和習典公也。久而吴公於予無夙昔之雅，僅以十年行卷意測十度，因以証之場中而知其人，則吴公之知予也尤難，然皆因其文以知其人，其視歐公之失子固何若吾？是以嘆夫兩先生之難也。夫古之文人根本道德，行於深微，而出之以誠，然皆不欲苟取一時之譽，以自餒其氣，而後爲天下後世之所宗。然以語於制舉藝，則其難於受知也，常至於悔其所持。今公之房□具在，其爲公所拔與鄰房所識者若而人，而子固之經術，子瞻之縱横，備見於中，士之讀之者，其亦不悔其所持矣。（同上）

【平遠堂社藝序（節録）】　諸君子之以名其篇，其有取爾也。建昌於江右，山水之勝，獨甲他郡。士生其間，宜其雄深渾厚，與曾子固、羅景鳴之文章經術，後先蔚起。（同上）

【金正希稿序（節録）】　予考其學問淺深，雖與年俱進，然大約以樸爲高，以淡爲老者，則未常有今昔之異也。故從鄭超宗索其藏本二百首，既録其尤者，而又是非其次者，以爲不潔不足以全正希。惟其戾於潔焉，而因以正告天下，亦正希之志也。雖然是道也，豈獨史遷哉？韓、歐、蘇、曾數君子，其卓然能立言於後世，未有不由於潔者也。嘉、隆以來，一二崛强剽獵浮華以爲古，此明允所謂絺繡之美，寸割而紉之，曾綈繒之，不若是同歸於庸腐者耳，而何能爲古文乎？嗟乎，正希之潔，斤斤見於制藝，而予不能忘情如是，況有人焉能按歐、曾以來之旨推其源流，與史遷合而見之古文辭，其人於今日輕重當何如哉？（同上卷三）

【戴子年淇上草序（節録）】制舉雖小，然本之經，以求其確；本之史，以雄其斷；本之諸子，以致其幽；本之歐、曾大家，以嚴其法。若是，是亦制舉之泉源也。子年之文，既已匯秦、漢，出於晚周諸子，其開闔抑揚、進退離合之法，雖未能盡得歐、曾之深，然亦可謂闖其門户矣。（同上）

【王康侯合併稿序（節録）】昔人所稱讀南豐曾氏之文，如見三代宿儒，衣冠言動，無非禮樂者，蓋考其文益以知其人，知其人而後益知其文之不可及也。（同上）

【四家合作摘謬序（節録）】自四家之文出，而天下知以通經學古爲高。原其意，以爲聖賢之理。推而上之，至於精微廣大，而要當使之見於形名、度數、禮樂、刑政，以爲先王治天下之大經大法存焉，而於聖賢所以脩己、待人、處事、應變。必言其確然者，爲可見可行之理。及其放而之於文辭，則又欲於八股中，抑揚其局，錯綜其句，出入於周、秦、西京、韓、歐、蘇、曾之間。以爲不如是，則制舉一道不能見載籍之全；而不如是，恐於立言之意，終有所未備。（同上）

【王承周四書藝序（節録）】今承周始入庠序，其去禄仕也甚遠，而其傲然不屑爲時文，已能卓然如是，此不獨見守溪、歸川、歸胡數先生之舉業，如韓文之久而愈光，而一時倡導之力，使天下知先輩之必傳於後，因以推原其故，則又知先輩之所以傳者爲其尊經翼傳，本於丘明、遷、固之氣格，而剗除一切

浮艷剽竊之爲可貴，而後天下乃有如承周。爲子固、子瞻之徒相繼而起者，則表章先輩等，於韓文其必自今之歐陽子始也。(同上)

【陳大士合併稿序(節録)】 韓退之起而振之，澤乎仁義道德，而其言遂傳於世。至宋，而南豐曾氏以六經之文爲諸儒倡，而王荆國、蘇眉山並生其時，其文皆以明道爲主，而其人又當濂洛未興，故能開深純之先，無事理之障。……自荆國至於今八百餘年，金峰靈谷之所孕育，而吾臨川後得陳大士，大士識力宣悟，世所共知。至其以明道爲主，本之中者知明而理足，高出秦、漢、晉、魏之上。則予獨知之，而人未必知也。蓋非大士之時藝，而即王荆國之時藝也；非王荆國之時藝，即荆國與南豐、眉山之文也。(同上卷四)

【蔡豈凡太尊課兒草序(節録)】 國朝古文詞之業，根本經術，規模子固，必推王道思。(同上)

【與周介生論文書(節録)】 夫文之通經學古者，必以秦、漢之氣行六經語，孟之理即間降而出入於韓、歐、蘇、曾，非出入數子也。(同上卷五)

【四與周介生論文書(節録)】 夫師古文猶師古人也。古人有羿、奡，有莽、操，有林甫、盧杞，必皆古人可師。則彼亦古人也，古人之文何以異此?經籍而後，必推秦、漢，爲其古雅質樸，典則高貴，序裁生動，使人如覩。……故韓、歐、蘇、曾數大家，存其神而不襲其糟粕。二千餘年，獨此數公能爲秦、漢而已。(同上)

【答陳人中論文書(節録)】 在舟中見足下談古文輒詆歐、曾諸大家，而獨株株守一李于鱗、王元美之文，以爲便足千古，其評品他文皆未當。不佞心竊嘆足下少年未嘗細讀古今人之書，而顛倒是非，需之十年後足，學漸克，心漸細，漸見古人深處，必當翻然悔悟，目前不必與之諍也。及足下行後，則從友人得見足下所爲《悄心賦》，乃始笑足下嚮往如是耶？此文乃昭明選體中之至卑至腐，歐、曾大家所視爲臭惡而力排之者。不佞十五、六歲時頗讀《昭明文選》，能效其句字。二十歲後，每讀少作便覺羞愧汗顔，而足下乃斤斤師法之，此猶蛆之含糞以爲香美爾。故張口罵歐、曾，罵宋景濂，罵震川、荆川。足下所寶持如是，不足怪也。及使者來發足下書，本欲置之不辨，然不佞憐足下之才，而又哀足下之未學，憫足下之墮落，則不得不正告足下。足下書甚冗，然其大意乃專指斥歐、曾諸公，以爲宋文最近不足法，當求之古。而其究竟則歸重李于鱗、王元美二人爾。何足下所志甚大，而所師甚卑也。足下謂宋之大家，未能超津筏而上，又謂歐、曾、蘇、王之上，有左氏、司馬氏，不當捨本而求末。夫足下不爲左氏、司馬氏則已，若求真爲左氏、司馬氏，則捨歐、曾諸大家，何所由乎？夫秦、漢去今遠矣，其名物、器數、職官、地理、方言、里俗，皆與今殊。存其文以見於吾文，獨能存其神氣爾。役秦漢之神氣而御之者，捨韓、歐奚由？……足下又云：唐後於漢，故唐文不及漢；宋後於唐，故宋文不及唐。如此則我明便當不及宋，又何以有陳人中？又何以有人中嘐嘐然所尊奉之王、李耶？宋之詩誠不如唐，若宋之文，則唐人未及也。唐獨一韓、柳，宋自歐、曾、蘇、王外，如貢父、原父、師道、少游、補之、同甫、文潛、少蘊數君子，皆卓卓名家。願足下閉户十年，盡購宋人書讀之，然後議宋人未晚也。……足下於三君子編者按：三君子指唐荆川、歸震川、王遵巖中稍恕遵巖，謂其少師秦、漢，此言亦謬矣。遵巖少時抄襲秦、漢句字，其後悔之，乃更作古文，其少作今無一字在集中矣。足下何從見之？遵巖以其少作爲臭腐，而足下追嘆之。然則足下乳臭時更勝足下今日耶？至於宋景濂佐太祖皇帝定制度修前史，當時大文字皆出其手，我朝文章大家自當首推其文，或以應制，故不甚暢，其所言或一二率爾應酬出自門人編録者，則誠有之，要之，師摹歐、曾不可誣也。足下姑取其序、記、傳之佳者讀之，可及乎？不可及乎？（同上）

【再答夏彝仲論文書（節録）】　人中欲尊奉一部《昭明文選》，一部《鳳洲滄溟集》，弟所視爲臭腐不屑者。而持此與弟争短長，又欲盡抹宋人，即歐、曾大家不能免耳，謂病狂喪心矣。……大約古文一道，自《史記》後，東漢人敗之，六朝人又大敗之，至韓、柳而振，至歐、曾、蘇、王而大振。其不能盡如《史記》者，勢也。然文至宋而體備，至宋而法嚴，至宋而本末源流遂能與聖賢合。恐太史公復生，不能不撫掌稱快。至元與國初而有振有不振，至嘉隆之王、李而大敗，得震川、荆川、遵巖救之而稍振，此確論也。雖太史公復生，不能逾吾言。（同上）

【與年侄温伯芳論大家書（節録）】　時文惟守溪先生無所不有，次則震川、荆川，有歐、有曾、有蘇，有極簡老文字，又有極輕婉文字，有高文典册，又有曲折疏宕，然此非可語於今日之人也。（同上卷六）

## 張宇初

【登擬峴臺】　城上危樓俯大江，峴山遺慕入蒼涼。萬家煙樹汀洲白，百層雲岑橘柚黄。裴度流風增感

慨，南豐舊刻妙詞章。衰榮塵跡知何限，極目狂歌付大荒。（《南豐縣志》卷三）

## 姜　洪

【重刊元豐類稿序】　文章與氣運之隆替相關，信不偶然也。宋興，五星聚奎，文運大盛。然猶至於六七十年而後，歐陽公卓然以古文振起於天下。當是時，又有如蘇老泉父子、王介甫、曾南豐諸賢相與和之，故能丕變五代之陋，上追西漢、先秦之古雅也，斯豈偶然哉？南豐先生天資高，學力超詣，其所得宏博無津涯，所趨則約守而恕行之，其言之而爲文，亦雄偉奔放，不可究極。要其歸，則嚴謹醇正，推其所從來，實嘗師友於歐公之門，而其所自負，則先正謂其要似劉向，不知韓愈氏爲何如。於戲！先正所際如是，所學、所行如是，所從來、所抱負又如是，其文足以鳴世，而並稱歐、蘇、王、曾四大家，又豈偶然哉？洪家食時，嘗睹先生《元豐類稿》於邑之元氏，欲手鈔之而未暇，及期則已爲有力者所取去矣。其後宦游京師，閱館閣，雖有此書目，而其帙皆留玩於他所。因又竊嘆不獨其文不偶然，雖讀之亦不可偶得也。歲之四月，洪疾，得告南歸。過宜興，訪友人鄒大尹孟旭，宿留累日，爲洪道其始得《類稿》寫本於國子司業、毗陵趙公琬，謀刻之，繼又得節鎮南畿、工部左侍郎、廬陵周公忱示以官本，彼此參校，刻梓成矣，試爲我序之。洪曰：嗟夫！是書之行，亦豈偶然哉？有數存焉耳。蓋唐自韓、柳至宋三百餘年，始有歐、蘇、王、曾出而繼之。自宋歐、蘇、王、曾至今大明，又三百餘年矣，而我列聖誕布文命於四海，亦八十年，於兹所謂文運與氣運正當會合，亨嘉之日也，得無名世者出以繼歐、蘇、王、曾歟？此先生之文所以始於周、趙二公而刻成於大尹，以盛行於世，而爲世學者之楷模也，豈復有區區不得讀斯文之歎哉？洪不能序斯文，亦有不待序而行者，獨惟大尹之刻本，不爲無補於世，無功於學者，不可使其無聞也，故忘其淺陋，爲僭書此於篇端焉。大尹名旦，孟旭字也，世爲樂安故家，知碭山、宜興二縣事，所至多惠愛及民，而律己尤嚴，若大尹可謂賢也矣。時正統十二年歲舍丁卯夏五月辛亥，賜進士、翰林修撰、樂安姜洪序。（《南豐先生元豐類稿》卷首）

## 趙琬

【重刊元豐類稿跋】 昔南豐曾氏之文，與廬陵歐陽氏、眉山蘇氏、臨川王氏並稱名家，而皆有集，板行于世。顧今歐、蘇、王三集世有印本，獨曾集散逸無傳，近世士大夫家蓋少得見其全集者。予鈔録此本，藏之巾笥久矣，嘗議重刊諸梓，與三集並傳，而力不逮。比宜興縣尹、樂安鄒旦孟旭考秩來京，訪予太學，間論及曾文，而孟旭亦以世不多見爲憾。予因出所藏以相示，孟旭閲之而喜曰：「宜廣其傳。」遂屬其回任所梓刻焉。板成，徵言以識其後。嗟乎！曾氏之文，粲然如日星之麗天，而光耀不可掩焉者，固無俟乎予言。然後之君子不爲古文則已，苟欲爲之，要不可不取法於此，猶離婁、公輸子之欲成方圓，而必以規矩也。孟旭尊崇先正，篤意斯文，而爲此義舉，其好善懿德，何可以不書哉？庸題末簡以識其成云。正統十二年七月七日，毗陵後學趙琬識。（《南豐先生元豐類稿》卷末）

## 鄒旦

【重刻元豐類稿附録】 聞刻南豐文集，喜而賦詩，以促其成。録似大尹鄒侯鄉契：「曾子文章世希有，水之江漢星之斗。」吾聞先儒有此言，盛事至今傳不朽。南豐刻本兵燹餘，内閣所藏天下無。世儒欲見不可得，誰是世南行秘書？義興茂宰江西彦，兩度鳴琴宰花縣。首捐官俸再刊行，要使流傳天下遍。晝長公退親校讎，良工鐵筆重雕鎪。更煩精鑒正亥豕，使有文光冲斗牛。知君此舉非小補，書成速寄争先睹。名姓長留天地間，千古清風播盱汝。鄉生大年稿呈。

右常州郡學司訓、臨川聶君大年聞予重刻《類稿》，以詩促其成。予愛其首稱先輩，謂「曾子文章世希有，水之江漢星之斗」。以「江漢」喻先生之文，則其雄放閎深可知。繼喻以「斗」，則其正大高明、芒寒麗天可見。夫以七字説盡先生文章之妙，可謂簡約有法矣。孰不愛之乎？況司訓此詩，亦通篇清麗，蓋才子之傑作也。且欲予親校讎，正亥豕，不致訛謬，是又有益於予者也。書成，謹附于篇末云。時正統丁卯夏六月望日，文林郎、知宜興縣事、樂安鄒旦謹識。(《南豐先生元豐類稿》卷末)

## 王一夔

【元豐類稿序】 昔濂溪周子曰：文以載道也，不深於道而文焉，藝焉而已。聖賢者，深於道者也。六經之文，所以載道也。爲天地立心，爲生民立極，爲萬世開太平也。必如是而後可以謂之文焉。第以文辭爲能，而不深於道，雖奔放如遷、固，高古如柳、韓，沈着縱肆如歐、蘇，亦不免周子「藝焉」之譏，尚得謂之文哉？若南豐曾先生之文，其庶幾於道者歟！先生諱鞏，字子固，魯國復聖公之裔，遠祖徙吾江右之南豐邑。先生生而警敏，讀書過目輒成誦，年十二即能文，日草數千言，多驚人語。甫冠遊太學，歐陽並齋一見其文，即大奇之。登嘉祐進士第，歷官外郡居多，最後始擢中書舍人。不逾年，丁内艱以卒。所至文章政事，卓卓爲人所傳誦欣慕。惜時不能大用，而徒昌其文。先生之文，雖未始六經之襲，而未嘗不與六經合也。善乎！宋潛溪評先生之文，謂如姬、孔之徒復出於今世，信口所談，無非三代禮樂，此可謂知先生之深者。彼三軍、朝氣、猛獸、江湖、煙雲譬者，尚得謂之知先生哉？先生所著文，有《元豐類稿》五十卷，已板行於世。屬者南靖楊參來令南豐，乃先生故邑，因求全集，正其訛漏，將鋟梓以廣其傳，乃介教諭句容王鐸，求予文以引其端。於戲！一夔何敢序先生文哉？昔歐陽公作《五代史》，陳師錫序之，而半山誚焉。以一夔而序先生之文，其蹈師錫之誚必矣。一夔何敢序先生文哉？雖然，師錫之序《五代史》，固不能免半山之誚，師錫之名，亦藉是以有聞於今日。先生文在天地間，如景星，如慶雲，如麒麟、芝草，而天下之人争覩之者唯恐或後，一夔之名，誠得藉之以有聞於後世，亦何幸歟！爲是不拒其請，而僭序之首簡。成化六年庚寅歲冬十月望日，賜進士及第、奉訓大夫、左春坊、左諭德、經筵官、兼修國史、後學豫章王一夔序。（《南豐先生元豐類稿》卷首）

## 謝士元

【重刻元豐類稿跋】 南豐曾先生所著《元豐類稿》詩凡五十卷，宜興原有刻本傳於世。知南豐事楊君參謂先生邑人也，流風餘韻猶有存焉，況文乎？乃以宜興舊本命工翻刊以傳，蓋欲邑之學者人人有而誦之。孟軻氏所謂誦其詩，讀其書，不知其人可乎？學者誦先生之文，則知先生矣。知先生則於感發也，特易易焉耳。參身任師帥，欲學者景行鄉之先哲，可謂善於教歟！書之末簡，豈徒識乎歲月，亦著參所存所施異於人云。後學長樂謝士元書於思政堂，時成化壬辰六月也。（《南豐先生元豐類稿》卷末）

## 陳克昌

【南豐先生文集後序】 南豐先生曾氏之文，與廬陵歐陽氏、眉山蘇氏、臨川王氏並稱名家，而皆有集行於世。先生之集，蓋刻自元大德甲辰。此爲《元豐類稿》。宜興有刻，爲樂安鄒君旦。豐學重刻，爲南靖楊君參。縉紳章縫，遂有善本争相摹印，人人得而觀之。鄒孟氏所謂誦其詩，讀其書，不知其人可乎？學者觀先生之文，則知先生矣，知先生則於感發也，特易易耳。歷歲兹遠，板畫多磨，雖嘗正於謝簿普，再補於莫君駿，顧旋就湮至不可讀。予謫盱之再稔，公暇輒留意於斯。而郡齋所存，若《李盱江先生集》、《養生雜纂》、《耕織圖》、《和唐詩》，昔所殘缺，悉爲增定。既又取是集讎校焉，易其敝朽，剔其污漫，更新且半，庶幾全録，閲三月始就緒。嗚呼！先生之文何事於予，顧誠有不容已者，而亦學者誦法所在，高山仰止，景行行止，願相與勉之。若徒以其文焉爾也，淺之乎求先生者矣。嘉靖甲辰仲春，前參議、仁和後學陳克昌識。（《曾鞏集》附録）

## 邵廉

【序刻南豐先生文集】　南豐先生之自叙文云爾，其言以一道德、同風俗爲盛，由當理故無工，由不當理故二。後之評贊者亡慮十百，其不知者風影形似，知之者卮言無當，蔓衍而反蓋厥指，讀者輒病。叙南豐曾氏者，孰與其自叙文甚確也？故今揭而論叙。夫曾氏之文，蓋庶幾乎孔門之文章也。《中庸》曰：「喜怒哀樂之未發謂之中，發而皆中節謂之和。」和也者，中也，天下之達道也。孔子曰：「辭達而已矣。」辭，喜怒哀樂之成章也。達，達其由中出也。辭達而道達也，故通之天地萬物無二也。曾氏當理故無二，以此，夫子之文章，可得而聞。自七十子喪而微言絶，其可得而聞者，卑弱者溺近，詖邪者荒遠，百家舛錯，如亡羊迷珠，即可得而聞者猶然，況不可得而聞者乎？漢興，庶幾乎道者，得一董仲舒。論政則明教化而重禮樂，論學則崇道誼而詘功利，而其指曰：道之大原出於天，天不變，則道亦不變。天即天命之中，道惟達故不變也，當理無二非歟？諸不在六藝之科、孔氏之術者，請絶勿通，非一德同俗歟？是孔門文章之支流也。由漢而宋，數百年而後得南豐曾氏，反約以闡其指，詳整以明其法。《叙戰國策》言道以立本，法以適變。《叙聽琴》詳五禮六樂其用，至於養才德、合天地而後已。《筠州學記》則詳次《大學》誠正修身，而本之致知。《新序》之作，又深明學有統，道有歸，而斥衆說，大較以一德同俗、當理無二爲旨趣。蓋二子者之文章，可謂至正矣。夫董仲舒之明一統，學海者也。仲尼日月也，水則海也。南豐子亦水之江漢乎？海之支委也；星之斗乎？是借日之光也。是故偏全者智識，醇駁者造詣，其辭指一也，未見大原之嘆，非文王、孔子之文之評，則所謂道德禮樂教化者皆非歟？噫！諒哉難矣。廉非敢以鄉曲後生與知公文事，而深有慨於知之者難也。序而刻之。隆慶五年辛未秋八月之吉，南豐後學邵廉謹題。(《曾鞏集》附録)

## 甯瑞鯉

【重刻曾南豐先生文集序】　余不佞，亦嘗誦先生之文矣。頃釋褐承乏豐土，私竊幸溯前哲徽音，獲寄仰止。入境久之，復耳三文公之迹爲詳，蓋相國文肅公子宣、史館文昭公子開，皆先生季仲，而先生諱鞏，字子固，則世所推文定公者。先生文舊刻縣署，存者陶陰亥豕，闕者首尾決衡。余悵然欲一新諸梨，而簿書倥傯，居鮮暇日。會邑庠士曾敏才、敏道、國彦、敏行、國祚、育秀、能先等詣余，請曰：「祖南豐先生倡道宋嘉祐間，爲時儒宗，所著文集若干卷，學士大夫交傳誦之。兹欲仰承雅意，摹刻佳本，藏之祖廟，以志不朽。乞賜一言之辱，弁之首簡，幸甚。」余維夙昔嚮往之勤，孜孜誦法，其可以不文辭？蓋先生之文至矣，乃六經之羽翼，人治之元龜，自孟軻氏以來，未有臻斯盛者也。夫其矢口成謨，摛詞樹幟，彼曷嘗雕鎪鍛煉，字櫛句比，規規然矜一隅，工累黍哉！辟之三垣九野，嚮夕而光章；萬壑群川，歸虚而沛艾。至錯經緯而涣淪漪，天地不爲文而不能使之不文，亦其勢然也。先生生崑體浸淫之後，洛學未興之前，識抱靈珠，神超象帝，致知誠意之説，率先啓鑰，功良偉矣。嘗試取先生書詳讀之，張皇幽渺，則天地萬彙靡遁其情；商訂運代，則曩疇風俗曲盡其變。條國家盈縮災眚，隨計蠹耗圖回之安在；規官守刑名法度，壹令錢穀獄訟之兼籌。旁至篇什賦詠，罔不温潤春容，可絃可誦。蓋先生於義理，繭絲牛毛，於學，貫道與器，故文章卓絶若此。考神宗時，屬新官制，除目填委，先生下馬口占敕詞，日除數十人，各極命官法意，神宗簡注特隆，有史學見稱士類之許。踐更中外，所至有聲。即父兄鼎貴，中朝故人，舒國秉均軸，先生進止泊如也。則先生自任，實貞且重，獨以文章致大名耶？故觀先生者，於道不於文，政以文論，亦自巋然諸名家中。何者？昌黎貽論於格致，柳州謬稱於羅侯。舒國新經字説之見疵，眉山縱横習氣之未遣。唯是六一紆徐典重，先生並之。至《爲人後議》一出，六一且有當時未見此論之歎，蓋追憶濮議云。然則先生在諸公間，有過之無弗及也。儻所謂六經羽翼，人治元龜，直接孟氏之傳，豈虚也哉？它時文昭公裔思孔氏爲余言：厥先祖世藏先生《隆平集》數十卷，别無副本，未敢輕示人，豐人士即不知先生復有是書。雅欲手寫全編，傳之好事，以困公車未能也。則並梓以垂示來者，非兹邑一快書與？諸生祖諱忠，先生再世孫，死金將之難於越，遺子宗，事聞，以恩澤補將仕郎，終南安軍守，由撫轉徙桑梓之查溪，世建廟貌，瞰溪流數武，余道盱舟次，往往爲之低回而謁其祠焉。思孔氏業古辭賦，已卓登作者之壇，而諸庠士英奕濟濟，咸質有其文，可謂能世其家者，余故樂爲之序，並致《隆平集》遺之。明萬曆丁酉歲季夏月穀旦，

賜進士出身、知南豐縣事、桐汭甯瑞鯉撰。（《曾鞏集》附録）

## 王璽

【重刻南豐先生文集序】 文以載道，道管於性，性定於一。六經以一爲宗，聖人以一爲極，先師之一貫，宗聖之一唯，立言經世，萬古不磨。下此諸子百家，奬言不一，鑿性畔道，不可以訓，則文實未易言也。吾豐據西江上游，人文代有，特競詞章，而性學不明，敝也久矣。南豐曾先生諱鞏者，其文章根自性學，遠追乃祖宗聖，一貫忠恕大學格致心法，以六經繕性，抱真守一，蓋接乎參而達乎孔者也。其有關道統，豈淺鮮哉？當時讀其文者，或世數相懸，或壤地相隔，皆獵其詞而未罄其行，誇其文而未得其性，是採花而忘實者也。予生先生數百年之後，尤幸得近先生之居，其性學淵源，忠孝廉節，滿著鄉評，超於文章之表者，得稔知而縷數。先生蚤負英敏，日記數千言，而博學詳説，反約之乎一心。善養祖姑，本於純孝，以經術課子弟，使知其一以定其性，會其道，以故諸弟以文學顯，冢孫以忠義名。歷任六州，所在料理，弭盜戢奸，惠政四溢，民風鼓鬯。兩遷史館，編次實録，斷自獨心，不以貴倨遷就。奈忠直忤時，撓於新法，相業未就，遂解組歸田，結興魯書院，與歐、蘇諸君子發明一貫定性之旨。所著《元豐類稿》、《隆平》、《金石》、《群史》諸書，總皆發自性靈，真得孔門心法，克紹宗聖家學者乎！迄今子姓蔓延，撫、建各設廟祀，而查溪後裔彬彬，人文稱盛，始信道脉所流也。先時《元豐類稿》，九世孫居查溪諱文受、文忠者已經校刻，第原本存縣久，多殘缺。予方捫心感慨，條裔孫才、行、道、思、秀、先等謀修先業，來屬予言。予雖不敏，嘗怪世之毁道滅性，專以定性主一之訓，私心向慕，而踵芳之志未諉也，輒起而言曰：爾諸士此舉甚盛心也，然克振箕裘者，不在浮慕其迹，要在遠契其心，誠以道爲型軌，心爲嚴師，則定性中自是法祖也。宗聖之一，先生衍之，先生之一，後胤當宗之，則兹集爲傳心令典可也。不爾無以暢明性道，何以光昭祖德哉？不佞爲先生後學，愧未能盡性至道，漫以一自持，朝夕乾乾，亦以此屬爾後士云。大明萬曆丁酉歲季夏月上浣之吉，賜進士、嘉議大夫、廣東提刑按察司按察使，前欽差撫苗、兩奉敕提督學政、知直隸太平府事、户禮二科左右給事中、使朝鮮國，賜一品服、侍經筵官、題准纂修世宗實録、翰林院庶吉士、乾乾道人、南豐里東後學見竹王璽撰。（《曾鞏集》附録）

## 趙師聖

【曾南豐先生文集序】　予自束髮受書，長而策名登朝，海内升平，天下乂安，讀書中秘，於今二十有餘年，凡古今文章升降之變，竊嘗窺之矣。自東漢以來，道喪文敝，雖以唐貞觀致治，幾於隆盛，而文章不能革五代之衰。昌黎韓子起布衣麾之，天下翕然復歸於正。愈之後二百有餘年而得歐陽子，其學推韓愈，以達於孟子。士無賢不肖，不謀而同曰：歐陽子，宋之韓愈也。時予鄉曾文定公橐其文數十萬言來京師，京師之人無知之者，歐陽公見而獨異之，初駭其文，復壯其志，由是而子固之名動天下。嗟乎！彼文公者，豈徒以其文章哉？方其迎骨於鳳翔也，王公士庶奔走膜唄，而文公冒死極諫，攖萬乘之怒而不悔。則文公衛道之嚴，正氣所磅礴，固已參天地，關盛衰，浩然而獨存矣。其手扶雲漢，章分裳錦，豈偶然哉？歐陽公立朝讜直不回，至其論文，則曰：道勝者文不難而自至，若道之充焉，雖行乎天地，入於淵泉，無不之也。不然，以歐公之才，豈不能爭裂綺繡，若子雲、仲淹輩，誠衛道之心嚴耳。曾子固、子開伯仲皆以文名於時，而子固文尤著。其《元豐類稿》言近指遠，大者衷於謨訓，而小者中於尺度。至論古今治亂得失、是非成敗、人賢不肖，以及彌綸當世之務，斟酌損益，必本六經。衛道之心，實與昌黎、永叔相表裏，非僅以文章名後世也。後之君子讀子固之文，而得歐陽子之志，與韓子當年抵排異端、張皇幽眇之深心，以上溯於子輿氏知言之教，則斯稿之傳，不爲無補於天下後世，乃足以明吾鄉之學，障百川而迴狂瀾，以庶幾於鄒魯之遺業也，有如是爾。同邑後學趙師聖題。（《曾鞏集》附録）

## 曾思孔

【讀書巖】巨靈仙掌劈何年，巖石崔嵬瞰大川。數仞宫墻正南面，元豐星斗自中天。墨池剩有紅泉注，帶草遥看緑綬懸。自詫腐儒疏學殖，六經猶此負家傳。（《南豐縣志》卷三）

## 鄧繼科

【遊讀書巖】春深媚景日暉暉，踏遍花茵遶翠微。滴水幽巖凌漢迴，受風斜燕傍人飛。藤蘿蓋瓦懸巖

古，松柘垂蔭護徑稀。星斗文章瞻百代，齋頭詞賦幾光輝。（《南豐縣志》卷三）

## 徐嘉賓

【春日遊讀書巖】春風吹水漾晴暉，緩步書巖酒力微。崖掛薜蘿煙霧鎖，林懸紅紫蝶蜂飛。墨池泉沁流香遠，石室苔幽印屐稀。仰止高山思陟彼，夕陽河漢送星輝。（《南豐縣志》卷三）

## 鄭炯

【讀書巖詩】大宋文風挽不回，嵌山老石尚巍哉！池邊蔓草餘書帶，巖畔垂蘿蔭硯臺。一代名公今絶倡，百年陳跡復誰來？登臨不覺霜威重，獨把金樽對客開。（《南豐縣志》卷三）

## 曾衮

【聽月石壁】鬱鬱荒階緑未除，洞門煙斷夕陽墟。月中冷榻彈琴後，水底濃雲洗墨餘。禾黍秋風人下馬，池塘春草鷺窺魚。壁門苔古留題處，不見新安舊日書。（《南豐縣志》卷三）

## 符遂

【曾南豐先生詩注序】筠之彭淵材謂先生不能詩，爲江南第五恨。其端一起，至有謂其有韻輒不工者。某竊疑之，因取先生之詩且讀且玩，則見其格調超逸，字句清新，愈讀愈不能釋。淵材諸人，何所見而云然也。（《元豐類稿》卷首）

## 毛　晉

【元豐題跋後識】宋興，五星聚奎，歐、蘇繩武，文運大振於天下，而曾子固尤爲歐陽公嫡嗣，不特士類見稱。即歐陽公亦曰：「此吾昔者願見而不可得者也。」嘗集古今篆刻爲《金石録》五百卷，不得與趙氏《金石録》三十卷並傳，豈獨曾子固賞識反出李易安夫婦下耶？始信書之顯晦不可思議也。若其收藏之富，寵遇之隆，讀王震《序》、韓維《神道碑》，可謂贊歎無遺矣。東平丁氏迺云：「曾文定之文價，至陳文定而後論定」，何哉？海隅毛晉識。（《元豐題跋》卷後）

編者按：東平丁氏爲元丁思敬，有《〈元豐類稿〉後序》。

余嘗論《東觀餘論》，力排六一居士《集古録》瑕處，將謂吹求無剩矣。及閱子固《跋》中如「江」、「紅」、「二」、「三」、「周昕」、「李翕」之類，不得不正永州之失。子曰：「吾猶及史之闕文也，今亡已夫！」蘇子瞻所以痛戒妄改古人文字云。晉又識。（同上）

## 宋祖法

泰巖南聳，黄崗西峙，龍山東鎮，濟清北繞。（《歷城縣志》卷二）

明湖蕩漾，濼水環流。南山儲材之資，濼口通舟檝之利。真古齊名區，東藩首邑。（同上）

歷居滄岱之間，群山走海，百派飛泉，下至勺水拳石，涉皆成趣。（同上）

## 曾佩

【南豐曾先生粹言序】宋三文公以文章彪炳一時，而余宗遂有聲江漢間。自我祖元紹公由後湖徙居田西，實祖文昭公，則不肖佩廼文定公從裔也。余髮始燥即從先君子亹，亹譚先世德業文章而撫余頂曰：「爾必亡忘先文公之業。」不肖少困舉子業，比長，備員臺史學殖幾落，頃，以建言亡狀杖戍雷陽，會新天子覃恩，詔歸田，廼得卒業。《文定公集》作而嘆曰：夫文章之垂於世也，豈不以道哉！藉不要於道，即摛辭春華，猶無益於殿最。譬諸三家之市列組點采，適足走鄉裏小兒耳。乃兩都之巨麗，海外之譎諔，政不在此。今天下家握靈珠，人人自欲追秦以上，語及宋則掩口，宋故卑疵不及格。然抽精騎於什伍，探玄珠於罔象，亦有頗可采者，何必上古？文定公具在，以今觀制詔則抵掌典謨，詩歌則伏孟漢魏。固已參軔前修，而冠冕宋代矣。顏之推有云：「文章之體，標舉興會，使人忽於特操，果於進取。」文定公當元豐群小之間，進退泊如，陳誼矯然，絶無一切文士之態，以故温醇爾雅，片語摹真，便足千古，豈與少年騁煙雲月露之華，競壯語以相矜哉？康樂氏謂得道須從慧業，文人直芘糠視之，然則公之文垂日月，蓋有道焉，進乎技矣。會遭兵燹，遺文散失。夫湮前人之盛業，遺千載之闕文，余小子愳焉。乃謀之公裔孫後湖松並查溪以達等，欲重訂正之。僉曰：唯唯於是。余遂刻

其粹言藏於家，以俟後之人。隆慶元年丁卯歲秋八月穀旦孫佩。（《南豐先生元豐類稿》卷首）

## 金　寔

【翰墨林七更有序（節録）】　先生（編者按：指覺非。）曰：《風》、《雅》遼闊，正聲微茫。競趨靡麗，大樸日亡。安得擊壤，以反渾龐。主人（編者按：指謝廷循）曰：經緯天地，轇轕後先。用與政通，體隨世遷。秦漢雄深，齊梁餒骳。韓公倡唐，衰弊特起。歐、蘇、曾、王，鳴宋之盛。及今賴之，矩矱由正。（《皇明文衡》卷三十二　序）

## 李良翰

【南豐先生集跋】　序曰：是書也，魯國之流裔，道南之槖籥也。蓋談道之書出，而文與道二矣。夫子之文章與性與天道一也。子貢以文章學，以博學多識而學，夫子啓之曰：「予一以貫之至矣，誠則明也。」魯國曾子獨契其密，乃洩其機於《大學》之止曰。止曰，物則一也，格致誠正，修齊治平，以貫乎一也。明則誠也，魯國子之文也。文王既没，文不在兹乎？南豐曾子生於孔學絶緒之後，程、朱未顯之前，會厥流潤，自見本原，其叙聖學略曰：思曰睿思以致知也。知至矣而誠，心以好之；好矣而誠，心以樂之。知斯好，好斯樂，樂斯安，凡以盡性也，盡性則誠矣。誠也者，成也。聖無思也，其至循理而已；無爲也，其動應物而已。神也者，至妙而不息者也。故述禮樂以謂合内外，而持養而貫禮樂於一，述政教以謂適變者法，立本者道，而貫政教於一。漢史遷、唐昌黎殆未臻此旨，即其造詣，有至有未至，而修言其庶幾哉！會厥流潤，自見本原，明以求誠，南豐子之文也。史謂斟酌遷、愈，本源六經，然乎哉？今去先生已久，猷紫陽朱子評世以文章知公者淺，而未竟其所以深，臨川吴子評公學有漢、唐，所不得而聞，而未指其所可聞。翰與先生裔以達購求遺書，得睹其全，敢妄臆之曰：魯國之流裔，道南之橐籥也。顧南豐有先生則南豐重，先生有集則先生重，先生後裔，世守其集，則先生久而益重。南豐後學生李良翰頓首跋。（《南豐先生元豐類稿》卷首）

## 應雲鸑

【重刻臨川先生文集後序（節録）】　公之文取材百氏，附翼六經，與韓、柳、歐、蘇、曾氏卓然成七大家，並傳海内，當與日月争光。（《臨川先生文集》卷末）

## 鄒元標

【崇儒書院記（節録）】　撫州，海内名郡也。其先多明德大儒，如晏元獻、王荆國、曾文定、陸文安伯仲、吴草廬、康齊諸先生者。或曰：元獻忠誠，三陸孝友，二吴篤實，南豐有功六經，粹然無疵。（《王荆公年譜考略》卷首二）

## 湯儼

【遊子固讀書巖】男兒不讀書，奚以男兒爲？讀書不大用，讀書亦奚裨？吾道得曾子，六經發華兹。山水媚幽獨，斯文吐英奇。卓卓天下士，聲名震京師。及乎佐神宗，上疏陳直詞。一抒夙懷抱，天顔喜隨之。才大衆傾軋，所蓄未及施。誰云東平公，衡論有微詞。賢者信如此，世人安得知？人言讀書好，讀書貴逢時。先生日以遠，書巖猶在兹。入户竄蒼鼠，塵埃滿罘罳。年年惟九月，村童登山屣。喧闐一遊歷，誰復遡光儀？我欲竊仰止，竹簡於兹披。兩間恣抉剔，一脈通崇卑。聖世搜潛穴，行將展心期。區區不自揣，斯言人共嗤。（《南豐縣志》卷三）

## 陸模孫

【謁南豐先生讀書巖】先生坐巖石，坐起手一編。書聲渡幽壑，泠泠風中弦。朱霞在天半，威鳳凌空騫。劉向亦卑擬，置身秦漢先。泉石詎有痼，猿鶴何足牽？所志在康濟，世運待轉旋。神廟鋭圖治，輔相求得賢。師古非不佳，違衆毋乃堅。輓之於中道，學術貴醇全。上不愧不遇，下以捄友偏。奈何不見投，徒以文章宣。讀書願未酬，遺恨當何言？邇來巖壑冷，寥寥七百年。伊余景仰久，作宰幸夙緣。瓣香豈能續，下馬心所虔。軍山遥相望，氣勢森萬千。盱水抱其趾，日夕含風煙。斯人不可作，回首心茫然。（《南豐縣志》卷三）

## 譚　浚

【書巖映月】一訪山南百感生，蕭條祠宇對孤城。雅談禮樂歸三代，世論文章出二京。池墨雲涵終古像，月明風動舊時聲。盱江人物從頭數，只羨元豐此弟兄。（《南豐縣志》卷三）

## 湯霍林

《送李材叔知柳州序》粹美親洽，爲友人致意，爲人民眷戀，都曾想過來，着痛着癢。（《山曉閣南豐文選》引）

## 盧文子

《送趙宏序》按古治盜已驗者治潭，以信義爲主，而本之身教，立言典要，有三代遺風。曲折澹宕，更有波勢。（《山曉閣南豐文選》引）

《歸老橋記》述書中所及，以爲作記要領，風刺處使頑鈍之吏如聽晨鐘。（同上）

《擬峴臺記》凡作臺觀遊記，有此後一段纔見雅致，俗子徒賞其鋪叙耳。（同上）

## 鍾　惺

《王子直文集序》亦不乏稱揚，到底文如其人，而止須細觀其斡旋之妙。（《山曉閣南豐文選》引）

## 譚經

【登南山曾文定公讀書處用慎廬韻】白鷗江水上，去住總忘機。枕石看雲起，臨流放鶴飛。晚風梧葉落，秋雨菊花肥。與子登臨晚，空瞻竹四圍。（《南豐縣志》卷三）

## 馮元調

【重刻容齋隨筆紀事一（節録）】有鬻《容齋隨筆》者，取閲一二，則喜其聞所未聞，千錢易之。然猶未悉容齋之爲何等人，《隨筆》之爲何等書也。歸以告本師子柔先生，先生曰：「此宋文敏洪公之所著書，其考據精確，議論高簡，讀書作文之法盡是矣。」又曰：「吾向從丘子成先生見此書而不全，汝亟取以來，吾將卒業焉。」又曰：「考據議論之書，莫備於兩宋，然北則三劉、沈括，南則文敏兄弟，歐、曾輩似不及也。」（《容齋隨筆》卷首）

## 陳隨隱

南豐而後艇齋君，忠義辭章萃一門。手澤流芳凌劫火，欽承猶得到來孫。（《南豐先生元豐類稿》卷首）

## 瞿式耜

【牧齋先生初學集目録後序（節録）】耜嘗聞先生之言曰：六經，文之祖也；班、馬，禰也；昌黎、河東、廬陵、南豐、眉山，繼別之宗子也。昌黎不師班、馬，廬陵不師昌黎，眉山不師廬陵，精神血脉，亘千古而行乎其間者，皆其塚適也。有宋淳熙以後，以腐爛爲理學，其失也陋；本朝弘正以後，以剽賊爲古學，其失也倍；揚扢今古，别裁訛僞，討論先正之緒言，追考六經、班、馬之譜諜，其在兹乎！其在兹乎！（《牧齋初學集》卷首）

## 李大異

【讀南豐先生遺稿】家傳文獻六經香，櫝有驪珠日月光。喬木蔭蔭人已遠，秖應故笏是甘棠。（《南豐先生元豐類稿》卷首）

## 方以智

去其痕而一以平行之，則歐、曾也。蘇則鋒於立論，而衍於馳騁。八家大同小異，要歸雅馴，學者鼓篋，門從此入。至於盡變，更須開眼。（《通雅》卷首之三　文章薪火）

## 聶子述

一門翰墨森圭璧，諸老題評粲錦花。珍重雲仍好收拾，夜虹貫月定君家。（《南豐先生元豐類稿》卷首）

## 周瑞禮

片言流落總吾師，遺稿諄諄妙救時。但恨故家三四紙，起人無限後來思。（《南豐先生元豐類稿》卷首）

## 李長祥

【與龔介眉書（節録）】孟子曰：「五百年必有王者興，其間必有名世者。」予常謂文人當亦然。司馬之至昌黎，亦可覯矣。柳、曾、王、歐、蘇繼之，猶之有名世之在前。（《天問閣文集》卷三）

【龔介眉文集序（節録）】曾、王、歐、蘇皆法韓，而能自爲韓，故得爲韓也。使其但爲韓，其於韓失之矣。（同上卷四）

【李雲田文集序（節録）】昔之文與詩一，今之文與詩二。六經，文也，而《詩》在焉；謂之經，其與今人之詩則異也，是文也。其後，若屈原、司馬相如、遷、固、李白、杜甫、韓愈諸人，皆各一代之作者。李、杜則專詩矣，騷賦猶詩與！韓愈則詩亡矣。迄於宋，若王、曾、歐、蘇，皆緣之韓愈以起，而詩總之亡矣。（同上）